有爱的青春陪伴者

此心何畏
但求一醉
恩怨情仇
不够下酒

衣冉 著

Langji jianghu

江苏凤凰文艺出版社
JIANGSU PHOENIX LITERATURE AND ART PUBLISHING

图书在版编目（CIP）数据

浪迹江湖 / 衣冉著. -- 南京 : 江苏凤凰文艺出版
社, 2022.1
ISBN 978-7-5594-5925-1

Ⅰ. ①浪… Ⅱ. ①衣… Ⅲ. ①长篇小说－中国－当代
Ⅳ. ①I247.5

中国版本图书馆CIP数据核字(2021)第097150号

浪迹江湖

衣冉 著

责任编辑　王　青
特约编辑　王　琼　张　磊
责任校对　周嘉嘉
出版发行　江苏凤凰文艺出版社
　　　　　南京市中央路165号，邮编：210009
网　　址　http://www.jswenyi.com
印　　刷　长沙鸿发印务实业有限公司
开　　本　880mm × 1230mm　1/32
印　　张　10
字　　数　348千字
版　　次　2022年1月第1版
印　　次　2022年1月第1次印刷
书　　号　ISBN 978-7-5594-5925-1
定　　价　39.80元

目录

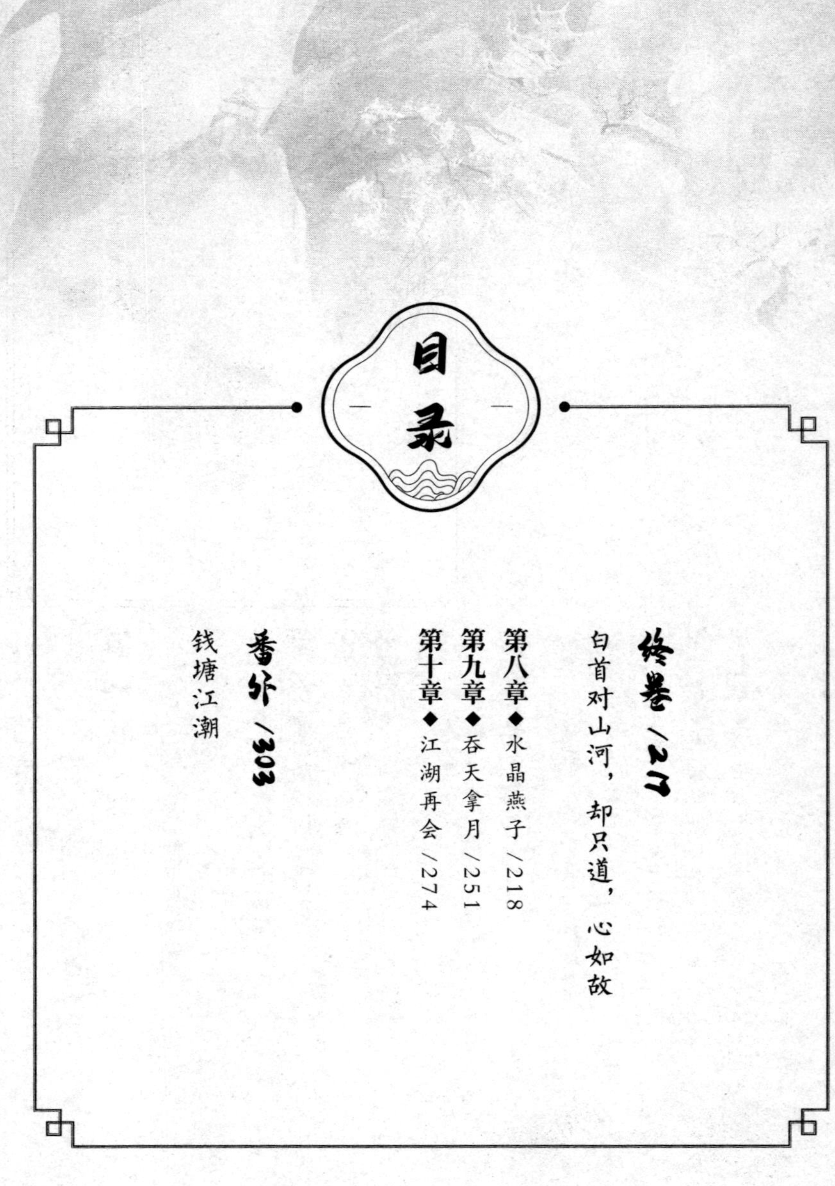

目录

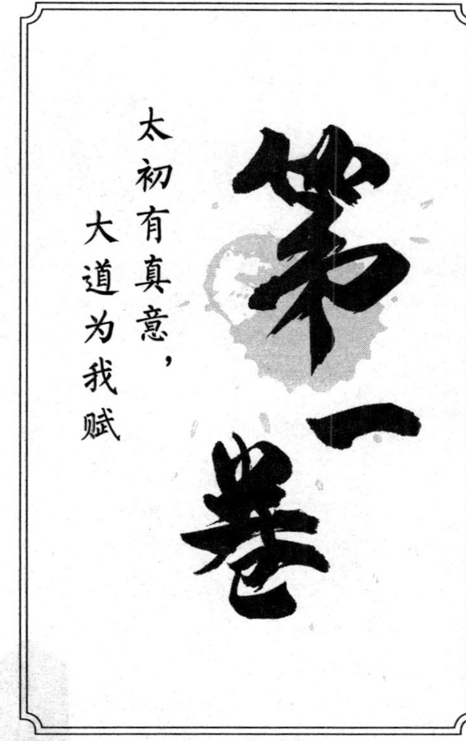

第一卷

太初有真意，
大道为我赋

第一章
初人江湖

L A N G J I J I A N G H U

这是苏缨第十三次想要翻墙去行走江湖——

以踩上一块布满青苔的石板，脚一滑，摔得四脚朝天，震惊了苏府整个后院，惹来家丁姊妹兄弟叔伯姑侄父母的围观而告终。

苏老爷把苏缨严厉斥了一顿，罚跪一个时辰，关了禁闭。但是，他不过一会儿就后悔了，悄悄摸摸回他女儿的窗前窥看。

只见他的宝贝女儿苏缨早已熄灯呼呼大睡，丝毫没有将他的惩罚放在心上。

苏老爷先是放了心，又有点生气。

带着怒气和忧心，他睡不着觉，找夫人商量："都怪你，没事让女儿看什么话本，整日里见人就是'青山不改'，听风声就说是'剑气如虹'，听马蹄响就是'古道西风'，还想去闯荡江湖，我原以为不过一时心血来潮，半年多了还是如此，这可如何是好？"

夫人却很想得开："不如让她出去看看，见过了不就回来了。"

苏老爷头摇得跟拨浪鼓一样："不成不成，江湖上血雨腥风，我苏府也算数一数二的江湖名门，雄踞西陵，多少仇家在外头，她一个小姑娘，多危险啊！"

夫人静静看了苏老爷半晌，方启齿道："老爷，我家祖上三代以收租和做买卖为生，打交道的不过方圆百里的乡绅佃农。老爷还没睡醒吧？还是和女儿看了同一个话本？"

苏老爷仍旧摇头："那也不可。江湖险恶，出了苏府，道口就有猛兽拦路，我怎么放心我女儿独行？"

"那是吴阿娘家养的大黄，长得凶，但很乖的，从不咬人。"

"不可不可，西山就有群匪，驻扎山中，日夜操练，咆哮山林，若将我宝贝女儿逮去做压寨夫人可怎么是好？"

夫人缓缓用一只手扶着额头，慢慢道："那是附近官兵打猎操练，前几日

还在西陵城门口贴了布告，老爷没去看吗？”

“我……我听张大柱说的！”

“大柱就是没事喜欢编瞎话，老爷别信他。咱们西陵城治安好得很，年年朝廷都要表彰两回，哪有什么山匪作乱。”

苏老爷沉默了。

夫人将针在鬓发中间擦一擦，继续纳着鞋底子：“依我说，她总这么折腾也不像话，不如让她出去看看。实在走不通，再回家继承几百亩地、几座山和几十个铺面吧。”

外面听壁角的丫鬟阿曼听到这话，忍不住朝天翻了个大大的白眼，一溜烟跑到后院去通风报信了。

阿曼身量不高，手脚粗短，长得白白胖胖的，看着就有福相。她一身花底袄、撒花裙，乌黑油亮的头发梳成两个鬏，跑起来肚子上的肉一抖一抖。

苏缨听到她笨拙的脚步声，一骨碌从床上爬起来，掀开帘子往外看。

“怎么样怎么样，爹爹松口了吗？”

阿曼凑近了，悄悄地跟她说：“夫人松口了，说让你出去闯，万一闯不出名堂，只能回家继承几百亩地、几座山、几十个铺面了。”

苏缨摇摇头，咬着嘴唇，很是惧怕的模样：“那有多少账本要算……真是太可怕了，我定要闯出些名堂，当个大侠才好。”

阿曼张张嘴，木呆呆地也点点头：“是啊，太可怕了……”

苏府有一个规矩，就是老爷说的话可以不算数，但夫人说的话绝对是金科玉律。苏缨的母亲松了口，她爹也不好说什么，只得极为不情愿地替小女儿准备行装——

五花大马一头，装着各种钗环裙佩、胭脂水粉、金银珠宝的大箱子一个，取暖用的暖炉、烧的银炭，还有一大包路菜，装满了苏缨平日最喜欢吃的五珍水晶鸭、雪丝火腿、胭脂鹅脯、桂花酥、糖酥酪……

苏老爷每张罗一样，就幽幽地叹上一口气，脸上挂满了嫁女儿一样的不舍之情。

不料，所有的行装都被夫人大手一挥，从路边抬回家去了。

留下门口孤单单的苏缨和阿曼，苏缨手里除了一个粗布包裹和一把剑鞘黑黢黢的剑之外，再无旁物了。

“阿娘……”眼巴巴地望着自己的吃的用的被一样一样抬回去，苏缨张口结舌、目瞪口呆，与她爹面面相觑。

夫人眉目温柔，但面色凝重，对她说：“你要吃桂花酥，要穿金戴银，就回家来。”

苏缨只道这是她阿娘变着法儿劝她不要走，紧紧抱着自己的剑，倔强道：“不，我不回家。”

夫人展露笑颜：“甚好，我女当如此。去吧，江湖路远，多加保重，常给家里来信。”说着就要关门。

苏缨急了，拿剑抵住门：“阿娘，你不给我钱吗？”

夫人奇道：“你何曾听过侠客从家中索要钱财的？”

“可……可我一文钱都没有，我肚子饿了怎么办？”

“话本里没说吗？官府都有榜，你去帮忙缉拿盗贼，就能得重金。”

“可上哪儿找江洋大盗去啊？”

“你何曾听过侠客让爹娘帮忙找江洋大盗的？”

苏缨被问得哑口无言，良久良久，挣扎道：“那……那我吃了饭再出发可以吗？”

这是从小被锦衣玉食娇生惯养长大的苏缨吃得最多的一顿饭，平日里丫鬟嬷嬷簇拥着七说八劝，她才肯矜贵地张一张玉口，这里挑一点，那里拣一点，两顿正餐也不必吃多了，横竖各种点心糖水都备着，唯恐她不肯吃。

这次可算是吃得风卷残云，唯恐她阿娘一不小心给收了。肥腻腻的鸭肉拌着碧莹莹的饭，雪白如丝绸、薄如蝉翼的鱼脍裹上春酱和山葱，还有炖得流油的黄酿鸡……

夫人在一旁，看得以锦帕捂嘴，笑吟吟道：“今日咱们家，算是来了一个打秋风的。来人，送这位侠客出门吧。”

苏缨出门的时候，手里还攥着半个枣泥窝头。

苏老爷看不下去，只得一边看着夫人脸色，一边塞了两块碎银子给女儿。

“这……这打发打秋风的也不止这点钱吧……”苏老爷望着夫人黑沉沉的脸，到底还是心疼女儿，硬着头皮塞到了她荷包里。

苏缨出门的时候，夫人又唤住了她：“缨缨啊。”

苏缨攥紧了手里的窝头和包裹，转过头来，一脸戒备地望着她阿娘：“阿娘还有吩咐？”

夫人还是笑吟吟的，说：“你既带了家生奴婢陪你，阿曼的月银，别忘了

给她。”

“……”

雪上加霜。

苏府大门在身后缓缓合上，苏缨和阿曼在早春略带寒气的风地里站了站，只听到附近鸡犬相闻，苏府地处偏僻，少有行人，愈增冷清之感。

苏缨咧了咧嘴笑，给自己壮胆："阿曼别怕，你跟着我，咱们这就去江湖上闯出个名堂来。"

阿曼还是怕得紧，走得畏畏缩缩："小姐，不如咱们先去继承那劳什子地和铺子再出来吧？"

苏缨摆摆手："不可不可，继承了要算这么多账，如何再出来浪迹江湖。你做什么喊我小姐？我如今也算是江湖中人，你要称我名号才对。"

"名号？小姐什么时候有了名号？"

"也对，你提醒我了，我要先替我自己想个名号。"苏缨垂下头，嘀嘀咕咕，陷入思索，"风尘三侠的话本最好看，红拂女的名号真是好听极了……红拂……红拂……"

"小姐想取名号叫红拂？"

苏缨立刻摇摇头："不能拾他人牙慧！我要叫，须得叫个顶顶新奇，世间独一无二的。"

她摸着下巴故作苦思。

"有了！"苏缨停下脚步，面向阿曼正式宣布了她闯荡江湖的名号，"洪福怎么样？洪福齐天的'洪福'，我阿娘常说算命先生说我'洪福齐天'，这名号定能保佑我在江湖上混得顺风顺水。"

阿曼张了张嘴，想了又想，还是硬生生挤出了一个笑容："这……当真是举世无双了……"

苏缨也满意万分，壮志凌云、气贯山河地拔剑朝前一指："古有红拂夜奔，今有洪福夜奔，今日我便去了。"

苏老爷给苏缨的碎银子，兑了八百文钱，是主仆俩所有的积蓄了。

这晚住店是在西陵城西郊外的一家小野店，破败得很，四野无人，灯火飘摇店家傲，嘴歪眼斜把门靠，滴溜溜的小眼珠上上下下把苏缨、阿曼看了个遍："穷酸相，爱住不住。"

苏缨还没怎么，阿曼倒先坐不住了，她身为西陵城豪富之家苏府的一等丫鬟，从前出入比个寻常人家小姐还精细，脾气也一等一的冲：“你说谁穷酸相？不识货！你狗眼看人低！”

店家也是个暴脾气，立刻就对骂上了：“说你们穷酸相，你和你，你们俩。在我家门口蹭茶喝，八百文钱数了半个时辰，还能数多是怎么的？”

苏缨蛮不好意思地说：“你这挂水牌说茶水免费……我们才来的。”

店家嘲讽道：“免费喝这么多，也不怕尿急，还算钱，讨钱去吧你。”

苏缨似有所悟：“是了，若实在没钱，我们还能去沿街讨钱。”

阿曼都羞得快要埋到地里去了，然而苏缨仿佛并不觉得这是一件丢人至极的事，说起乞讨坦然至极。

阿曼戳了戳她的胳膊悄悄说：“小……小姐快别说了。”

店家似乎觉得嘲讽羞辱都没有达到预期的效果，怪没意思的，便也收起了夹枪带棒的语气：“一晚上五十文，住就进店，不住就滚蛋。”

苏缨有些犹豫，把手里的钱币攥了又攥，只差拧出水来。

“老板，再少点吧？”

“还便宜？”店家急了。

没等他反驳，苏缨又问：“四十八文怎么样？”

从未听见过这样还价的，阿曼急得又戳了戳她的胳膊。

店家赶紧打断：“行！得！二位请吧，四十八文就四十八文了。”

阿曼欲言又止，节省了两文钱的苏缨喜滋滋。

屋里一灯如豆，苏缨出来闯荡江湖的第一天，住在离家几里路四十八文一晚的荒店里。卧榻上简单至极的草席，光是看着便感到硬邦邦的冷。屋中燃的不知道什么动物的油，昏暗又烟火重，苏缨只得在略亮堂些的客栈大堂中给家里写信。

大堂里没什么人，呼呼漏着风。

苏缨回忆着这一天。

“唔，阿曼，今日咱们都遇到什么了？”

阿曼歪着头想一想：“咱们从府里出来，道口遇稚子玩闹，放纸鸢。”

苏缨便在纸上写——甫出家门，即见二三游侠儿，相聚议事，以纸鸢为信，召群侠相见。

“还遇到了垂钓暮归的南老丈，还送了我们一条鱼哩。小姐你真好，把那

条鱼都给我吃了。”

——道逢耄耋老者，发须皆白，身姿矍铄，擅使长棍，驱线入水，乃见鱼龙跃波，瘦蛟缠舞。

“……还有打炭的白菹儿，烧炭烧得一身黑黢黢的，天黑都看不见他。”

——又有浑身黧黑者从西面来，观其形状，似书中说述“南海昆仑奴”是也。

苏缨写完，还颇为自得地念了一遍给阿曼听。阿曼不认识几个字，也不知道典故，只当她记得好，还拍了拍手：“明天一早，叫个人送回府里给老爷夫人看。”

二人自得其乐之时，忽然响起一阵哈哈大笑声。

闻声看去，只见是一黑衣青年，修长身材，四肢矫健，面色蜡黄，面貌平平无奇，唯一双眼睛亮得骇人。

他不知什么时候坐在大堂的角落里吃饭，一个人点了一碗粟米饭、一碟拌豆苗，吃得十分简朴。

他夹一筷子豆苗入口，瞧着苏缨，边笑边吃：“姑娘这些话，从哪里编出来的，仿佛有些耳熟？”

苏缨被识破编造故事，神情赧然，自然不会告诉他是从话本里学来的，只抿着唇，默默叠好信纸，手指在叠痕处来回划。

那人又问：“请问姑娘如何称呼？”

苏缨答：“洪福……洪福齐天的洪福。”

黑衣青年放下筷箸，拊掌赞叹道：“好名字，姑娘父母必高人也，是哪里人士？”

苏缨虽未经世事，天真懵懂，然而她历经半载准备闯荡之事，读过的话本车载斗量，死死遵循不得轻易与人透露家中情况的规则。她摇摇头道：“我不愿说。”

黑衣青年也不追问，“唔”了一声，便慷慨地邀请她们：“坐下来同吃？”

黑黑的灯下，那碟不知什么油炒的豆苗青白交加，边上还有烧焦的卷，粟米饭也是暗淡粗糙的颜色，苏缨不愿吞咽这样的食物。

她摇摇头，还是极有礼貌地对黑衣青年说：“多谢侠士，我才吃饱。”正此时，似为了应景一般，她从吃了午饭出门就再未进食的肚子咕噜噜叫了一声。

苏缨臊得满面通红，这下黑衣青年笑得更大声了。

不肯在他的嘲笑声中久待，苏缨收好给家中的书信揣怀里，领着阿曼急急回房了。

这夜，苏缨睡得很不好。阿曼下午吃了一条鱼，并不饿，也睡惯了简陋的卧榻，很快就呼呼大睡。房间木板薄得透风，四下里草虫的鸣叫都听得一清二楚，而此时并没有半分“虫声新透绿窗纱”的闲情逸致，苏缨在附近房间此起彼伏的鼾声之中辗转难眠。

惯了鼾声，将要睡着时，又被自己肚子里巨大的饥饿咆哮声吵醒了，她翻坐起来，围着薄薄的被子，在昏暗的灯火下又数起钱来。

七百五十二文，没有再多一文。

一个馒头两文。

住一晚至少四十八文。

就算她和阿曼每天只靠馒头活，这点钱也不够撑几天。仿佛可以看到若干日后，灰头土脸地敲家里门给阿娘认错回家的颓丧模样，苏缨狠狠摇了摇头，绝不可让这样的事情发生——明天起必须去赚钱了。

可话本里都没说大侠是怎么赚钱的呀……总不能真的去逮江洋大盗吧。

凭自己从家里护院那里学来的拳脚功夫，爬墙都爬不出去，怎么缉捕强梁啊。苏缨正在为未来生计发愁之时，忽有一道黑影，从窗边掠了过去，快得像风一样。

苏缨回过神，忽然浑身热血上涌，汗毛都立起来——

来了来了，飞檐走壁、身轻如燕、姿态缥缈的江湖!

她一把推开窗，晚上的寒风倒灌进来，呛得她打了几个喷嚏，只见窗外月色明亮，野地安静无垠，唯有一人，黑衣裹身，长身直立……手中持一长圆之物，正在……放纸鸢。

立刻明白过来方才从窗外掠过的只是纸鸢，苏缨失望至极，忍了又忍，终于忍不住一拍窗棂，大小姐脾气呼之欲出:“大晚上放纸鸢，让不让人睡觉啊!”

黑衣青年很是摸不着头脑，不明白为何半夜无人时，在野地里安安静静地放个纸鸢也会被人骂。

他无奈地叹了口气，一圈一圈地往回挽着线。

“纸鸢怎么吵着你睡觉了？”

苏缨还在气头上，抱着手气鼓鼓地说：“挡着我的光了！再说，打扰我睡觉就算了，这么晚了，你的线割着路过的孩童怎么办？”

“这里除了你也没有其他孩童。”黑衣青年低声念了一句。

苏缨没听见，火急火燎地骂完了，便要关窗睡觉。

窗拉得一半，那人道：“等等，不是你自己写的吗？遇到游侠儿，以纸鸢召集群侠相见。”

苏缨的手便是一僵，缓缓地又把窗户重新推开。

黑衣青年抬起头，看到那张出现在窗后的小脸，片刻前还冷若冰霜，此刻大大的眼睛亮晶晶的，盛满了惊讶与好奇。

只不过“群侠相见”四个字，就给这骄蛮的少女添了无限的耐性。

黑衣青年忍不住笑了。

他的笑声温和又低沉，朦胧月光让那五官稀松平常的脸也显得有些捉摸不透起来。

“你是游侠吗？”苏缨脑海里过了一遍此人。是了，他孤身行走，无所依傍，独宿野村，举动怪异——唐时传奇里写的，这样的人不都是大有来头吗？说不定他的褡裢里还装着几颗人头哩。

黑衣青年笑而不答。

他的沉默让苏缨兴味更浓了，追问道：“你在此处放纸鸢，你的仇家就会施展轻功来寻你吗？”

黑衣青年先是点了点头，继而，笑容僵在脸上：“是同伴，同伴来找我。不会有人傻到给仇家放消息的。”

苏缨问：“你的同伴是一群侠客？他们会结伴飞过来？”

这太过接近于群鸟相会的描述让黑衣青年迟疑良久，也不知是当点头还是当摇头。

苏缨半个身子几乎要从窗里探出来：“我……我可以看你们侠客聚会吗？”

黑衣青年温然一笑：“当然可以。”

他话音还未落，窗后的脑袋立刻就消失不见了，然后下阶梯的声音响了起来。不过片刻，披着薄被的苏缨已从店里跑出，直直朝这边奔来，双颊微微泛红，喘息不匀。

黑衣青年看了她一眼，默不作声地搅线收纸鸢。

苏缨被夜风所激，打了两个喷嚏，将半张脸都掩回被子里去，安安静静地站在旁边等候着，不发出一点声响，唯恐打扰了这一场她期待已久的侠客聚会。

黑衣青年收线收得有些困，转回头问她：“你还有没有什么想问的？”

苏缨道：“你们侠客真是用纸鸢联系呀？”

“也不是，我们从前放烟火为信。”

“为什么改用纸鸢了呢？”

“烟火嘛……被人以惊扰睡梦为由，告到官府，屡屡得逞。我们被罚得不轻，只得改用纸鸢。”黑衣青年笑得波澜不惊。

苏缨怀疑他是在记仇，暗讽自己方才的所作所为。她悄悄地岔开话题：“你们不是以武乱禁、快意恩仇的吗……怎么也怕官府？”

黑衣青年哈哈大笑：“不然如何，官兵上门来罚钱便要杀人吗？”

苏缨点点头，若有所思：“原来当侠客也要守规矩啊……我阿娘做买卖，也常教导我，不可以金银为上，肆意妄为，在商有商道。”

“你有个好阿娘，世间万物都是一个道理，在江湖也有江湖之道。”

“江湖之道？”

“江湖之道，便是人与人的道理。”

黑衣青年收罢纸鸢，转过头望着她。

他比苏缨高一个头不止，身姿昂扬，若不是面上黝黑，五官粗平，光看身形真是一个挺拔而气度非凡的男子。

“人与人之道，远而近，近而远，亲疏仇怨，林林总总，分分合合，五味杂陈，似放了五载的陈年之水，连着积灰落尘，一瓢饮尽，就是江湖。”

苏缨似懂非懂，慢慢地点了点头。这句话有些令人难以明白，却以出乎意料的方式，在她心上轻轻撞了一撞。

“明白了吗？”

“明白了。”

“所以，你真名叫什么？”

“叫洪福。”

“……”

苏缨嚼着他那句话，想着想着，便有些昏昏欲睡。而黑衣青年的侠客朋友们一直没有来，她又饿又困，后来便靠在了树边。

一个时辰以后，月上树梢，四下安安静静，草虫鸣叫，苏缨努力睁大眼睛，一眨都不敢眨。

一直留在眼眶中的天际，终于泛出隐隐鱼肚白时，她愤然闭上双眸，沉入了黑沉沉的甜蜜梦乡。

这一觉一直睡到了日上三竿，苏缨是被阿曼推醒的。

“小姐，小姐。”

苏缨睡眼蒙眬，一翻身坐起来：“来了吗？”

“什么来了？”

眼前只有阿曼胖嘟嘟的脸，窗外将近正午的炽热阳光打进来，照得脸颊发烫，耳里嗡嗡的。苏缨努力皱着眉思索：“我……我怎会在床上？我不该是在楼下吗？”

“小姐你说什么胡话呀，咱们昨晚一同睡的。”阿曼伸手贴她额头上，小心翼翼地说，“是不是身子不舒服……玩够了咱们回家去吧，夫人该担心了。”

阿曼始终没有想到苏缨是认认真真地要抛弃家中锦衣玉食的生活出来闯荡，满以为小姐遭了这么多罪，今日定要嚷嚷着回家了，却没想到这一夜过后，苏缨毫无返家之意，她急吼吼收拾包裹，下楼就去找店家问昨夜的黑衣青年。

“你说燕老二？你找他做什么？他一个驮夫，住在城西的破房子里，三天两头驮东西路过，一身臭汗，穷得胯下透风，你总不能一晚上就看上他了吧？”

店家说罢了，立刻自己又把自己说服了：“你也穷酸，你们倒是挺登对。”

“你且说他在哪里？”

“我在这儿！”

黑衣青年的声音从外头院子里传来，带着半句咒骂：“陈巴你这王八蛋，我自己都没报名号，你给我报得干干净净，下回路过我住隔壁王瘸子家，气死你这腌臜短命的。”

店家陈巴回了他一句更加粗暴的话。

苏缨的半只脚，就在这粗野的咒骂声中，疑惑地停在了门槛上。

眼前院子里那分明就是昨晚说出“一瓢饮尽江湖”的人，却又断断不可能是他。

这个人在正午亮堂堂的日光下，黑衣上的泥点子、汗渍、马毛、稻草灰，分毫毕现。就这么直白亮敞、大大咧咧地站在那里，挽着裤腿儿，拿刷子刷马。

哪里是半隐在夜色里的神秘黑衣人，分明是满身混浊；哪里有侠士的挺拔轩昂，分明满身臭汗将人逼到三尺之外。

黑衣青年直起身来，叉腰喘着粗气，看向踩着门槛的苏缨，等着这位娇气的小姑娘开口，猜想她必要悲戚控诉。

没想到，她一启口，竟是一声刺啦啦、脆生生的——

“燕老二。”

她叫得这么顺口，让黑衣青年险些没抓住刷马的把子：“哈？”

苏缨点了点头，又叫了一遍，郑重其事地问道：“燕老二，昨晚是你放纸鸢吗？”

苏缨那一口明明是嫩得不行的嗓，偏要用老江湖的口气，加之她面色严峻，似乎真有要紧得不行的事，这一问真把驮夫燕老二问住了。

燕老二掏了掏耳朵，吹吹指尖尘垢，满不在意地说：“是我啊。”

苏缨道：“你不是说你们要聚会的吗，还哄我看了半夜，人呢？”

燕老二讪讪一笑：“那是我唬你的，哪有什么侠客聚会……”

这时，店家陈巴哈哈大笑起来，捶着桌子道：“燕老二啊燕老二，侠客聚会，亏你编得出来，骗人家小姑娘，缺德啊你。”

“陈巴你给我住嘴！”燕老二黑着脸断喝陈巴。

“燕老二你给我说清楚！”苏缨也发了怒，气势在燕老二之上。

“我……”燕老二方理直气壮一点，在看到苏缨那双含着薄薄怒气、微微泛红的杏眼，到底心虚，一时气减势消，目光闪烁，“我就是放个纸鸢……那纸鸢是我在树上捡的，不知哪个顽童落在那处……”

陈巴的笑声越发放肆了，他原本坐着看热闹，此时笑得要翻滚到地上去。

“你当真不是游侠？”苏缨紧紧盯着燕老二，含着最后一丝期望问。

陈巴大笑捶地：“小丫头，他是个屁的游侠。他从小就长在西陵城，跟我穿一条裤子长大，打了二十多年光棍了，除了他那匹马，半个铜板值钱的东西都没有，给人驮货三天两头来我这里蹭吃蹭喝，住店的钱还欠着我三百二十九文呢。”

苏缨仍心有不甘：“可他孤身行走，独宿野村，举动怪异……”

苏缨怎样也不信，昨晚说出“江湖之道”那一番话的燕老二，会真的是一个泥腿子驮夫。

“那是因为他穷。”

燕老二张了张嘴，一个字都没说，算是默认了陈巴所言。

苏缨眼里的希冀像是一簇小小的烛火，被狂风卷灭了。

她神情怔怔，缓缓垂下了头，看起来落寞无比。

原本满脸写着死猪不怕开水烫的燕老二见此情形，顿感手足无措起来，唯恐这个娇滴滴小姑娘大哭不歇，那可如何是好……

燕老二仓皇四顾，怕她的家人忽然从哪里冲出来，让自己负责。

他结结巴巴地说：“你……你别哭啊。我不是故意的。”

苏缨低声道："我阿娘说，骗人是不对的。"

"我给你赔礼道歉。"燕老二低声下气。

"我不要你赔礼道歉。"苏缨语气倔强。

"那要如何？"

"你不是有一匹马吗？"苏缨抬起头来，拿眼风一看他那匹膘肥体壮的大黑马，"也没货，驮我进城。"

燕老二哑口无言，只觉眼花，她那兴致勃勃的脸上，哪有方才所见的落寞之情？难道刚才都是他的错觉？

这被摆了一道的感觉是怎么回事？

这丫头到底哪儿冒出来的？

十里八村的也没听过这个名号啊！

究竟是小白丁还是老江湖？

陈巴啧啧出声："哎哎，燕老二你那匹大马不是说来历非凡，谁都不给骑吗？平日里宁愿自己扛货物，也不让它驮，今儿这算是开荤了？"

燕老二怒瞪他们二人一眼，转过身去接着刷马，刷得刺啦有声、水点飞溅。

他没好气地对苏缨道："我还有半个时辰出发，要走就快些。"

苏缨点点头："好，我立刻去收拾行李。"

陈巴意味深长地说："这是被人制住了啊。穷酸姑娘，你下次再和他来住吧，我再便宜你两文钱。"

"当真？"苏缨眼眸微微睁大，略有些惊讶，立刻去房里寻了笔墨出来，叫陈巴立下再便宜两文钱的字据。

陈巴大字不识，叫她写好了自己在上头画个大圈，算是画押。

正在陈巴拿大拇指蘸了墨水，准备画的时候，一只粗粝的手伸过来捏在字据上。

燕老二面色不善，瞥一眼苏缨，捏起纸看，对陈巴说："事有反常即为妖，这鬼丫头贼精，谁会为两文钱立字据？此事必有诈，你别乱画。"说罢，摊开纸张，仔仔细细将纸上的文字都看了一遍。

"……"

却——

果真是说的下次来住便宜两文钱。

燕老二如今满脑子又被"刚才怎么会觉得她聪明，她有病吧"的想法所主宰，只见满篇的墨迹，写得工工整整，主旨确确实实的，就是为了便宜两文钱……

这丫头知不知道她用的是上等的松雾纸，墨一看就是金贵非凡的紫烟墨，光写这几个字花的就不止几十文钱了？

陈巴兀自在那边后怕庆幸，碎碎嘀咕着：“还是好老哥靠谱。你这丫头打的什么鬼主意？欺负我不识字，该不是要我把店转给她吧？真是人心难测，江湖险恶，没想到小小年纪竟然就有这么狠辣心思，人不可貌相啊……”

而苏缨站在那里，也不辩解，睁着一双大眼睛，很是无辜的模样。

燕老二越看越气，只觉认真看这玩意儿简直是对他阅历和才智的侮辱，啪的一声将纸拍到陈巴脸上，封住了他喋喋不休的口：“画押吧，就是两文钱。”

陈巴目瞪口呆，安静了半晌，默默画了押，然后又陷入了新一轮的念叨里：“你这丫头是真的穷酸，你看要不要来我店里刷碗，我一天给你十文钱？”

在旁目睹一切的阿曼，长长叹了一口气。

燕老二的大黑马神骏非凡，四肢修长，鬃毛耸立，双目炯炯有神，浑身黑得没有一丝杂毛。燕老二唤它“追风”。苏缨熟练地翻身上马，燕老二眼底流露出十分心疼的神色，不住摸着追风的毛，小声在它耳边说话。

追风走起来十分平稳，驾之神气万分。苏缨一时得意，忍不住便要去抓缰绳，被牵马的燕老二一个恶狠狠的眼神吓了回去。

行走了半日，日暮时分，繁华的西陵城展现在他们眼前。

那是金灿灿的阳光所照耀的一片城池，巨大城砖笨拙而规整，灰黑色的瓦当密密匝匝，鲜亮旗帜与生火造饭的烟火纠缠在一起，翻飞在城郭上。

城门大开，来来往往的行人摩肩接踵，此时正是住在附近的村民赶集归乡的时候，城门口人很多，扶老携幼，牵牛带羊，间杂黄狗吠叫。背着背篓者、挽着筐篮者、荷着锄耒者、挂着算盘者……鼎沸的人声、热烈浓重的泥土和汗液的味道席卷滚滚红尘，将苏缨整个席卷其中。

苏缨自小娇生惯养在家里，几乎大门不出二门不迈，偶然出门，都乘着软暖的车轿，从一个大房子到另一个大房子，从未跻身这样的人潮汹涌之中，便有些不知所措。

燕老二见她手脚笨拙，好几次差点被人群挤出去，她身形又矮小，若被人踩到地上很容易受伤。他终究看不过眼，伸出手臂左右环护，苏缨如抓住一根救命稻草，一手拉着阿曼，一手紧紧攥住他的衣角。

燕老二忙出了一身汗，好不容易才护她二人入了城。

将她们放在街口，燕老二说：“山高水长，就此别过。”

苏缨惊魂未定，仍怯怯的，左顾右盼，嘴上倒是硬极："好的，青山不改，绿水长流，后会有期。"

燕老二站在原地没有走，良久，他说："那你倒是把我的衣角放开啊。"

苏缨拉着衣角没放，可怜兮兮地抬起头看着他："你可否告诉我，西陵在哪里居住最便宜？去哪里赚钱最多？"

一个时辰以后，燕老二把苏缨领到了一间小酒馆门前。

酒馆位于西陵城西南面，苏缨看到一堵墙边挂了一方木牌，被风吹得哐哐打在门边上，上面粗糙地凿刻着"梨花巷"三个字，又用红色的漆刷了一遍，此刻漆已经掉了大半，更显得荒凉。

木牌底下有个小童坐在台阶上吹叶子玩，咂得吱吱哇哇，不成曲调。

顺着小童右侧看去，就是西陵城穷人聚居的梨花巷了。

酒馆就藏在梨花巷的一角，从外根本看不出来是一个店，它没有门牌和酒旗，门很小，小到只容得下一个人通过。门上挂着黑色的帷幕，帷幕两侧和底端都染了一层油腻腻的黑色污迹。

燕老二掀开帷幕，朝里面喊："老板，我带人来了。"

帷幕里黑洞洞的，一眼看不到底，只一股混杂着发霉、酒糟、湿冷的味道从中窜出来。

苏缨下意识地取出袖中帕子遮掩口鼻。

燕老二回过头来，带着微微嘲弄的眼神："这样怕脏，不如你自行去城东的画石堂客栈，那处自有你想要的。"说罢他钻了进去，被他手一带，帘子重重坠来，险些打到苏缨鼻子上。

湿湿腻腻的布直接拍到嘴边，浓郁气息猛窜到鼻腔，苏缨圆目大睁，手忙脚乱地拿帕子一裹帘边掀开，一脚迈进去："燕老二，你……你这样会打八十年光棍的。"

立刻有人回答了她这句话："好极，燕老二从前是个穷光棍，如今是个长寿的穷光棍啦。"

"……"

屋中很暗，虽挂了好几个油灯，光依旧笼在独自一隅，空气里又增添了劣质灯油燃烧的刺鼻气味。只见酒馆中不过四个四四方方的桌，一面墙边垒着大大小小的酒坛，一直堆到房顶。两桌空着，两桌有人。

说话的是柜台后胖胖的中年男人。他一看就是酒馆老板，穿着粗布衣衫，长着一张四四方方国字脸，眼睛笑眯眯的，很亲切平和的模样。

见着苏缨，酒馆老板眼睛一亮，乐呵呵地打量着她：“多灵秀的小千金，燕老二你可以啊，在哪儿拐来的？瞧这粉妆玉琢、生龙活虎的，倒是能卖个好价钱……”

苏缨惊得一脸煞白，摸到腰间佩的剑，倒退两步退到了门边，将阿曼护在了身后。

燕老二笑道：“我又不是胡牙三，不做拍花子的生意，这种缺德钱赚了也断子绝孙。再说，就这小丫头，你瞧瞧她这一身行头，这种货色，你敢卖她，卖出你一身的麻烦，吃不了兜着走。”

说罢，他也不看苏缨，随意地坐到了桌边：“我上回存了的半瓶梨花白呢？让小伢儿端过来，我刚运了一单货去南阳县，酒钱足得很。”

“就你这穷光棍，不拍花子也一样的断子绝孙。”

酒馆老板张罗跑堂的小子给他拿酒，边打着算盘，仍拿雪亮雪亮的目光上上下下在苏缨身上扫，打量货物一般的。

“那你这是带她来做什么？我话可说前头，别给我惹麻烦。”

燕老二道：“怎么会呢，谁不知道你是梨花巷土里正，十里八村的大长老，我还想在西陵混下去，得罪谁也不敢得罪你啊。这丫头是身上没钱了，想来老板这里接点活儿，看在我三分薄面上，你找找她能做的活儿派给她，能赚个十文几十文就成。”

听他这么说，苏缨才稍稍放了心，又拿眼睛去看酒馆老板。她不着痕迹地往前挺了挺身，显出自己的精神来。

老板却哈哈大笑起来，笑得差点弯下了腰。

苏缨在他的笑声里一脸莫名其妙，不知究竟哪里这样好笑。

酒馆老板笑过瘾了，朝苏缨招了招手，表情很和蔼：“小姑娘，你过来。”

苏缨向前几步，十分有礼貌地打招呼：“老板好，我叫洪福。”

老板笑眯眯地说：“洪福好，这名字听着跟我家招福是一对儿。”

“招……招福？”

一旁不知从哪里蹿出来一条雪白色的趴儿狗，绕着苏缨的腿汪汪直叫，老板指着它：“招福。”

阿曼忍不住扑哧笑出声来，很兴奋的模样：“小姐，真的是一对儿！”

这下连燕老二都笑起来了。

苏缨深深吸了一口气，给阿曼递了一个眼神，让她不要说话。

苏缨说："老板，以后我混江湖还要用这名呢，您可千万别告诉别人跟您的狗是一对儿呀。"

老板从柜台后绕出来，招呼她入座，提起茶壶，给她倒了一盏茶："小姑娘，你为何孤身出来行走江湖？家中父母呢？"

苏缨答："是阿爹阿娘同意我出来的。"

"你当真姓洪？"

苏缨不作声。

老板了然于心，也不逼问，又问："那你可会一招半式的防身功夫？"

"学过一些，不过我缉捕不了江洋大盗。"

老板微微一笑道："我这里也没有缉捕江洋大盗的活儿派给你。实话跟你说吧，江洋大盗来我这里领活儿还差不多。"

苏缨闻言，不禁心底一寒，忙道："老板，我绝不作奸犯科！"

老板哈哈笑道："要你作奸犯科，你也没那本事呀。"他说着，从怀里掏出一些物事来，那是一些竹管、蜡丸，还有草纸。老板将竹管、蜡丸一手拨开，只拣着草纸，拿起一张问苏缨——

"替淮安巷的王婆婆找她的小猫儿，黑底白点子的，一边耳朵缺个口，性格野得很，牙尖爪子利，走失三日了，五十文钱。做不做？"

苏缨怔了一会儿，怀疑自己听错了："是……找小猫吗？"

老板见她犹豫，便收了纸卷，道："这可不容易，这是有些难。"

"我……"

"那另一个活儿你做吗？钱少一些，二十文，每日去街口王记烧饼铺排队买烧饼，一早上排五六轮即可。"

老板见她沉默不语，又说："还有每日去云来戏台给柳飘飘捧场，这个虽只有十文钱，可免费听戏，还有点心吃。"

仍未听见她说话，老板不由得有些犯难，扒拉着纸卷思索道："可没有再简单的了。"

苏缨迟疑着问："老板，可有更加适合我的？"她说着将自己那把破旧的剑往桌上摆了摆，目光含着一丝濒临破碎的脆弱希冀。

老板深深看她一眼，摩挲着下巴，若有所思缓缓道："有，烛情楼想找个面目清秀的小丫头在门口招揽顾客，拉顾客进去就成，倒是不用真陪客。这个钱多，一天八百文。"

说话间，燕老二咳嗽一声，提着酒壶走过来，将壶底在桌上磕了两下，对苏缨恶声恶气道：“烛情楼有人做了，找猫、买烧饼、捧场，你三择一。不选就滚。”

他忽然凶巴巴，苏缨也不落下风，收下旧剑，气势如风站起身：“滚就滚。”

一口气走出了酒馆好远，阿曼扯一扯她的袖子，道：“小姐，你为什么不接呢？这些活儿不难，也有钱赚，咱们慢慢做着，维持生计。这样的便宜活儿只有下九流汇聚之处，四下很吃得开的老板才有，燕二爷是真心想帮忙，你应当道谢的。”

苏缨脚步微驻，低头看着足下。精细绣边的花鞋畔飘落几片零碎的梨花，皓皓洁白被脚一踩便与尘土混在一处，她拿足尖轻轻踢着花瓣，道：“阿曼，我们并不是为了赚钱出来的。这样的活儿，与我家中童子丫头们受雇于阿爹阿娘，拿钱办事有什么两样呢？”

阿曼不解：“可……拿钱办事，替人消灾不也是江湖常事吗？”

苏缨摇摇头：“找猫也就罢了，烧饼铺骗人、戏台子捧场算哪门子江湖？”

后顾酒馆一眼，只这般犹豫停驻了片刻，苏缨便再不迟疑，往梨花巷口走去。

苏缨再见到燕老二，是在一日之后。

这日苏缨独自在城西的朱雀大街闲逛，四处留意着各处榜文，无奈这些时日西陵城实在太平得紧，官府贴出来的榜文里，也多是些小蟊贼，索价极低，揭榜的人比蟊贼多得多。

苏缨百无聊赖，择一处闹市中的台阶晒太阳看神仙过路之时，忽见对街一晾晒丝绸的竹架之下，闪过了小小一个身影。她眼尖，一眼便辨别出是一只黑底白点子的小猫，混在人群之间，轻盈地穿过繁复竹架，跃上房边石兽头，尾尖轻晃，藏进了巷子里。

苏缨想起王婆婆家正找的那只小猫，顿时生出天降五十文之感，迅速起身追上去。

小猫进了巷子后，身影便快似闪电一样，忽上忽下，左拐右拐。

苏缨疾步跟上，好几次差点便要捉住，猫滑不留手，又挣脱了开去。

一猫一人在巷中穿行，好几次差点撞着晾晒豆子的簸箩，眼前景象渐渐改变，巷子曲折过后，前方又是一阵喧闹的人声，苏缨猛地俯身，将小猫牢牢抱在怀里，不让它挣脱，忽闻到了一股自街巷之间传来的香味——这香极怪，十分浓郁，混杂着劣质胭脂呛鼻的香味、果物腐烂的幽幽甜香、人身上混杂的汗

味，还有若有若无的酒香。

小猫在怀中挣扎，苏缨合拢双臂将它紧紧抱在一处，一手捏住它后脑勺的皮，不让它动弹。

苏缨抱着猫站起来，立刻被前方的景象惊住了——只见这一条背阴的街，左右都是高耸的两三层小楼，雕梁画栋，华美非常。水牌是紫檀色，窗幔多是软桃色的，灯笼是朱红色，此刻亮着光，透出漫世浑噩的意味来。最惊人的是一众身着纱衣、窈窕美艳的女子，衣衫多不蔽体，肩头雪白的肌肤就露在鲜艳丝织外，又被幢幢灯火镀上薄薄的醉红色，看得苏缨面红耳赤。

阿娘从小教导她女孩子要衣冠端整，发髻归正，勿说衣不蔽体，但凡发丝有一点蓬松都绝不可示于人前，否则便是大大失礼。

大街上人来人往，揽客的是婀娜女子，舒展着细软的腰肢、丰满的胸脯、挺翘的臀部，而街上的行人大多是结伴而行的男子，独行者少，越发显得苏缨一个抱着小猫独行的少女很是显眼。她前后找不到路，眼睛又不敢四处瞥看，一次偶然落到街边，看见一抹香肩、对着她绽放的盈盈笑靥，面上的火辣更甚了一层，匆忙垂下眼帘。

此情此景，小猫也安分了，安安静静地伏在她怀里一动不动。

苏缨低着头，走得极快，突然重重撞到了一物。

抬起头来，竟是一个美艳女子。

苏缨一眼看去，不由得倒吸了一口气——世间竟然有这样美的女子！

她肌肤丰盈，蛾眉樱唇，瑶鼻丰挺，施朱擦粉，端的是香气馥郁，艳丽无匹。一身大红色衣衫裹在高挑身躯上，衬得她如云端仙子，令人不敢近亵。

苏缨同是女子，头顶才堪堪到其肩头。

她撞了人家，又看得呆了，片刻之后才察觉自己的失礼之处，忙出声道歉。

然而女子目光冷冷的，冰冰凉凉，朱唇微启，声音竟又低又沉，很是熟悉：“洪福女侠，你独自来花街柳巷做什么？”

苏缨诧异万分，她自报过名号的除了阿曼就两个人。

脑海中先是浮现了胖胖的酒馆老板，对比身形，绝不是他。

而后——

“燕……燕老二？”苏缨禁不住大呼出口，声音又惊又颤，惹来远近一片目光。

这一声实在引人注目，燕老二一把捂住苏缨的嘴，将她拉到了角落僻静处。

苏缨瞪大眼睛，目光上上下下打量燕老二，除了身高与那双遍布老茧的手，无论如何也看不出之前那个满身汗腻的驮夫身影。

她陷入了茫茫疑虑——这人是一摊泥水不成？怎么初见是神秘行侠，再见是粗鲁驮夫，三见又成了风情美人？

燕老二道：“你小点声，给老板娘发现我是男子，我和刘叔都要倒霉。”

刘叔应该就是那酒馆老板了。

苏缨似懂非懂地点点头，倒是不作声了。

燕老二又问：“你为何会来这里？”

苏缨想了想，道：“我抓贼来着。”

“抓贼？”

“不错。”苏缨说，“我见那贼步伐轻盈，上蹿下跳，定是轻功不凡。我便挺剑而行，一路穿街过巷，欲擒拿此贼，一不小心就走到这里了。”

燕老二问：“贼呢？”

苏缨不及说话，怀里的小猫先嘹亮地叫了一声。

燕老二眼里含笑，伸手摸摸小猫的脑袋：“这就是你抓的贼？”

苏缨忙摇头：“当然不是。”

燕老二见识过她在野店写信的吹牛本事，微微一笑，不再多问。他此时描面敷粉，五官半点也看不出先前平平无奇的模样，叫苏缨心底暗暗吃惊，粉黛竟可以将人面目描摹得一点也看不出？

她心底存疑，问燕老二：“你为何扮作女装在这里？”

不提这倒还好，一提到，燕老二一脸怒容：“那日我一时口快，说这活儿有人做了，你走后刘叔便问我——人呢，在哪里？”

“所以你便自己做了？”苏缨不禁笑得眉眼弯弯。

燕老二见她笑颜，一口气噎在后头，也不知是当气，还是当笑。

没想到，不过片刻，苏缨竟敛了笑容，认真道：“多谢你。”

燕老二莫名其妙：“谢什么？”

“那日你莫名其妙地发火，是为了拦着我来烛情楼吧？我看了这里便明白啦，若不是你，我定会为八百文来的。我……我来了却也决计不会……决计不会……”她微微红了脸，余下的话却说不出来。

燕老二忽而笑道：“自作多情。”

“啊？”

“八百文，够我喝一个月的酒，你却当我是为了你？”燕老二眼里笑意愈

深，开口毫不留情。

苏缨反驳道：“既然有这么容易来钱的活儿，那你从前为何不做？”

燕老二答不出来，沉默半晌，道：“此非江湖好汉久留之地，赶紧走吧。你往东走，在胡姬香铺那里左拐，再走几步就是朱雀大道了。”

苏缨也记起来要尽快送小猫去找王婆婆拿赏金，便与燕老二挥手作别。走到街口时，余光忽然瞥见一个身形肥硕的壮年男子带了几个人，前前后后左左右右将燕老二围了起来，她脚步微微一滞。

西陵城惜柳亭亭长周天情这一日寻常来勾栏寻欢作乐，他注意到烛情楼新来的那位红衣丽人许久。

周天情先前来过一次，单要点红衣丽人陪客，老鸨儿惧他权势，向他和盘托出，这就是个托儿，只拉人喝酒，不陪客。若一定要点，还得问问那丽人愿不愿意，再单独给人家钱。

为保险起见，周天情带了几个自己的兄弟，将红衣丽人燕老二围在了中间。

这阵仗，一时让烛情楼前空出了一大片。有些人围过来看热闹，更多的远远避开。

燕老二伶仃一身站在人圈中，被数个粗壮男子围绕，面上却殊无异色。

周天情见对方比自己还高了半个头，怎么抬头挺胸也鼓不出气势，索性开门见山，亮出底牌：“美人儿，进去陪兄弟们喝一盅酒，爷是惜柳亭的亭长，少不了打赏你。”

听到名号，附近围观者又多了一些，人群中窸窣有声，互相耳语。

“前些日子，这姓周的还带着几个人糟蹋了那边桃花厅的莺莺姑娘。真是作孽啊。”

惜柳亭亭长周天情在西陵城臭名远扬，此人仗着家中有人在京城当官，在当地作威作福，便是花街柳巷都常常白嫖不给钱，偏偏县太爷不敢管他，报官也无甚大用，是勾栏院各家老板顶顶头疼的人物。

周天情名号响当当，燕老二却一动也不动，眼皮也没有抬一下：“若是我不愿呢？”

他声音低沉，听得群人疑云丛生，只道为何这娘子长了一张绝色容颜，声音却像个男子。

周天情冷哼道：“愿不愿意，那也由不得你。”

燕老二微笑道：“这事儿讲究个你情我愿，你这样恐怕不合适吧？”

周天情懒得与他多言，大手一挥：“绑走。”

正此时，人群中忽响起脆生生的一声——

“且慢！”

周天情刀尖一般的目光所至，人群自动分开，只见一个华衣少女，一手握着剑，冷脸俏立，正是苏缨。

周天情浸淫市井多年，在见到苏缨时，目光微微一闪，经验告诉他这个女娃娃不好惹。她身上穿的衣裳精细至极，在西陵城很是难得，必出身豪富之家。

这样的人家，要么是士族，要么是商贾。就算是商贾，为找靠山，大多与朝中官员有着千丝万缕的联系。

周天情左右一扫，没见有人跟着她，心里疑窦丛生，道：“小姑娘，不要多管闲事。”

苏缨道：“他不愿跟你走，你为何要为难他？”

周天情耐心逐渐消磨，也不屑跟一个稚气未脱的少女多加解释：“关你屁事，赶紧给我滚蛋，再多事，我管你哪里来的，一起带走。”

好心人在身后劝苏缨不要多管闲事，连燕老二亦是带着怒色呵斥她：“你做什么，赶紧走。”

苏缨没有倒退，反倒朝前迈了几步，站在了人群中间，笑眯眯地说：“我倒要看看，谁拿得动我。”

周天情被挑衅得理智全失，当下也顾不得在意她的背景，怒吼一声：“给我上！”

两个随从来拿苏缨，苏缨身形灵动，微微闪身，也不拔宝剑，反倒用手去够来人。

随从碰到她的手，忽见她袖口之间毛茸茸的一团，不知闪过了什么，自己掌心便是尖锐的一阵剧痛，勾皮带肉，痛得他惨叫出声：“这丫头带着暗器！”

摊开手一看，鲜血淋漓三道抓痕，绝非人力可为。

苏缨脚步极快，转身容袖子去扫另一面，不见她袖中怎么动作，数道血痕霎时又出现在另一人脸上。

她负手在后，自己脸色也微微泛白，袖中似有物起伏，被她运力按住，语气冷然：“我这白猿爪滋味如何？这是小菜一碟，与你们开开胃口。识相的赶紧走，否则叫你们死无全尸。”

两方开打，不过两个回合，烛情楼前已混杂不堪，兵荒马乱。不知是谁碰着了楼下大竹篓子里装的红花，这勾栏用来当筹码用的花顿时打翻得满地都是，再被行人所踏，满地碎红。

苏缨气势非凡的白猿爪一席话，顿时让四周还要围上来的几人有些犹豫。

一人擦着脸上的血痕，龇牙咧嘴，对周天情小声道："亭长，有诈，她暗器锋利异常，像淬毒了。"

周天情疑虑更深了一重，心下转过几个念头，这丫头装扮大有来头，又敢独自一人行走，仗义出头，只怕真有些不好惹。可他又舍不得将到口的肥肉放走，双眉紧拧，死死盯着苏缨："你暗器淬毒了？"

苏缨面上紧紧绷着，嘴唇微抿，道："方才的没淬，你再来试试？"

周天情道："究竟是哪路好汉？"

苏缨答："楚水洪无际，沧茫福无涯。听过吗？"

周天情老老实实地答道："没听过。"

苏缨冷笑道："那是你见识少，我的名号也是你可以听的？还不速去！"

玄乎其玄，让人摸不着头脑。周天情迟疑良久，又望向燕老二。

只见那女子窈窕美艳，面若冰霜，虽有些高壮，实属旷世佳人之姿。周天情喉头干咽了两下，心里便有了选择，况此时已是骑虎难下之势，若这般被个女娃娃唬得灰溜溜地去了，他面子何保？如何再在西陵城行走？

色从心头起，恶向胆边生，他大步朝苏缨走去："你们不敢上，我亲自来。我倒要看看是这鬼丫头的爪子硬，还是我的铁拳硬。"

苏缨见他没有被唬住，一时便有些慌，然而她深知输人不输阵的说法，此时无论如何不能表现出怯意，若是因惧怕退后半步，便会溃不成军。

苏缨不退反进了半步，脸紧紧绷着，将旧剑横在了身前，心里默念护院传授的拳脚心诀，心想，不管了，先打一架。

周天情比她硬生生高了一个头，身材魁梧，肌肉遒劲，又出身军旅，步子稳扎稳打，一抬手便要来拿她的剑。

然而，他的手还没有碰到苏缨的剑，就似被什么所震，手烧灼了一般迅速避开。

周天情浑身一震，眼睛惊讶地睁大："好强的剑气！"

苏缨不明所以，只当周天情在演戏诈人，手腕一抖便将剑往前送了送。就在这时，似有什么从眼前迅速飞过，像是一片花瓣——这样的香花方才被人打翻散落了满地。那一点殷红，从苏缨的剑身背后飞出来，扑在了周天情面上。

花瓣扑人面，本该是极为温柔的画面。

然而被扑者一声痛叫，往后踉跄退了好几步，再看他时，面上已多了一道锋利的伤痕，似被什么利器划过，鲜血如泪滑过脸颊。

周天情被彻底激怒，朝苏缨猛扑，手脚并用，想将她扑倒在地。苏缨眼疾手快，微屈膝稳住下盘，将手中古怪的剑朝前疾刺，剑尖所指，剑风凛冽，激起脚下无数花瓣，红香并起，乱红成阵，似一阵繁杂雨点，朝对面泼洒而去。

软玉温香，落花到处，周天情被重重掀翻到底，惨呼不已。

他的脸上落满了红色的花瓣，与之相应的是满脸的刀口，均为一寸长，细而深。他满脸鲜血淋漓，仓皇地叫："眼睛，我的眼睛！"

花和血混杂一处，这血腥中又有些美的画面太过诡异，围观所有人的目光都集中在苏缨手中的剑上，交头接耳不休：

"周亭长竟吃了这么大的亏！"

"不见这女娃娃怎么动啊。"

"这是何等出神入化的剑术。"

"摘花伤人，已近仙人也，她穿得又这样贵气，不会是个神仙吧？"

"……"

苏缨不料这剑竟有这样的威力，一时竟也被吓着了。待她反应过来，朝着地上的周亭长恶狠狠地抛下一句："你有眼不识泰山，眼睛长了也没用。你以后再为祸一方，以武乱禁，逼迫他人，我便来取你项上头颅。"说罢，拉着燕老二便跑。

周天情骂骂咧咧，他手下被这飞花伤人的一幕吓呆了，不敢拦截，而围观的众人巴不得离这凶煞少女远一些，纷纷让出道来。

二人跑得极快，燕老二藏在软香烟罗里的手，滚烫灼热得可怕。

苏缨足足跑了两条街，方转入一个巷子口停下脚步喘气。她此时方将袖子中的猫儿取出来，只见方才吓退了两人的小猫抖一抖毛，一爪又朝苏缨抓来，苏缨一个不察又挨了它一爪子，疼得龇牙咧嘴，却死死抱住它不放。

燕老二在巷子里稍微改装，扯下了头顶的发片和簪环，用檐下罐里的水洗去脸上脂粉，又扯去了外头的帔、下身的裙，如此只剩下里头长衫，虽仍鲜艳了一些，也不再那么打眼。

他回过头，正看见苏缨袖间的道道血红，眉头一皱，便斥责道："我用得着你多管闲事？拿一只猫儿，一点三脚猫功夫，就敢去和恶霸就打，你胆子怎

么长的？”

苏缨方才打架时拿猫爪子唬人，自己臂上也被划得不轻，不知伤了多少道，火辣辣攒在一起疼。忽然被恶语相向，脑子蒙了一会儿，她本盘算着不要燕老二道谢，一席冠冕堂皇的话都想好了，只待事了拂衣去，深藏身与名。没想到竟然被当头一通骂，这与预想中相差太多的场景令她又疼又气，一言不发，一脚便朝燕老二踹去。

挨了扎扎实实的一脚，燕老二踉跄往后退，脸上毫无痛苦之色，神情亦是淡漠不已，冷冷扫她一眼，便撇下她往巷子口走去。

苏缨气得脑袋里炸开一样疼，对着他的背影道：“燕老二，我本是看不惯他欺男霸女，为的我自己，并不用你谢我！然而你这番作为，实在叫人寒心，世上便是你这样的人多了，才少了许多仗义执言，古道热肠！我、我最不喜欢你这样的人了！”

燕老二脚步停也不停：“多谢，我也并不需要你的喜欢。”

苏缨被燕老二轻描淡写的一句话堵得死死的。

她自小颇受娇惯，毫无与人争吵的经验，落得自个儿生闷气，待觉得咽不下这口气想继续与他吵，走到街口却发现不过才一会儿光景，燕老二的身影已消失在茫茫人海之中。

第二章
西陵过客

LANGJIJIANGHU

苏缨读过唐时话本，里面总有些神兵利器，古剑古镜，自有灵气，伤人无形。她原先不信有这样的神兵利器存在，现下却有些信了。

回到暂居的三十文一晚的破旧客栈中，苏缨对着她的剑发呆。这把剑是小时候阿娘给她的，阿娘说，这是一把很厉害的剑，是高人所赠，虽然破旧，可大有来头。

阿曼端来一个馒头、一碗稀粥、一碟虾卤瓜，愁眉苦脸地说道："小姐出去了一日，臂上这么多伤，才赚了五十文钱，这如何够我们开销，光上药就不止了。"

苏缨随口道："这有何难，你寻一件粗布衣裳来，换下我现在穿的，拿去当了，也许还够我们吃几天馒头。"

阿曼应了，替她更换衣着，又将她头上的金玉珠环取下来，攒作了一个小布包。

"明日一早，我去换了。"

苏缨坐在桌畔，以手托腮，望着剑怔怔出神。

烛火将剑刃照耀得森然生光。

苏缨拿手去碰，冰冰凉凉的，没有什么反应。

她略纳闷，执起剑柄，起身朝放在桌上的灯轻轻一挥，带起的细风将火苗扇熄了。

阿曼无可奈何地打开火折子燃起灯，灯下苏缨的眼睛亮得吓人，她说："阿曼你看到了吗，我的剑可以隔空灭灯。"

阿曼用手又扇熄了灯："小姐，我的手也可以。"

再度点亮，灯火下苏缨如霜打的茄子一般。

这一晚，不管苏缨如何试，剑给她的回应无不在昭示着——这就是一把普普通通的剑，由铁打制而成，剑鞘是牛皮的，因为放的年头太久了还有些破损，除此之外再没有别的特别之处了。

她脑袋里开始反反复复想白天的场景，微小的细节在脑海中重新回放，那些凭空而起的花瓣，逐风而去的凛冽，直扑人面的狠辣，剑风吹来的方向，那个方向是……

记忆里没有人站在那里。

然而慌乱中，余光分明瞥见了一角艳丽的裙角。

苏缨猛地从卧榻上坐起来。

“燕老二！”

阿曼与苏缨并头而卧，忽被惊醒，嘟嘟哝哝道：“小姐，你唤燕二爷做什么，明日去梨花巷寻他呀。”

苏缨对着被子上映下来的一片月光，深深吸了一口气，又让气息缓缓吐出来，试图让自己平静下来。

不可能。

护院师傅说，世间一流的高手无不是凭借拳掌脚掌的运用与十八般武器的精妙，像这样无物凭空，驱使花瓣伤人的，简直闻所未闻，见所未见。

与其相信这是隔她尚有一段距离的燕老二所为，还不如相信是这剑成了精。

“他该不会是个精怪吧。”苏缨嘟嘟哝哝，蒙头又睡去。

这一晚梦中光怪陆离，稀奇古怪，一会儿梦到在陈巴的野店中聚了一大群侠客，有衣衫翻飞翩若惊鸿使一把长剑眼中清光粼粼的女侠，有古井无波太阳穴凸起一头稀疏干发掌如鸡爪的老叟，还有精壮身材一脸横肉挥着大刀大口吃肉的中年男人……后来，燕老二出现了，他身着一身红衣长裙，艳若桃李，身后有人击鼓，鼓点越来越急，他掌中花瓣纷飞，温香灼灼，那花瓣环之绕之，忽然应着鼓声，若一场雨，朝自己扑面而来。

苏缨惊醒于一道微亮的晨曦之中，才发现梦中听到的鼓声原来是有人在不停敲门。

阿曼已经不在了，该是出门当衣服首饰去了，屋里只有她一人。

被打扰了光怪陆离的梦，苏缨起床气十分之大，没好气地问：“谁？”

没有人回答，拍门的声音板正持续，恍若风吹的木棒，哐哐哐打在门上，毫无生气。

苏缨摸到剑，拔剑出鞘，走到门边，透着门缝往外看，复问了句：“是谁？”

“女侠，我们家主有请。”是一个女人的声音，倒是客客气气。

“哪家家主？”事实上苏缨一概不知，只是装腔作势地发问。

门外答：“西陵墨家。”

竟问到了一个自己果然知道的家主，这令苏缨有些吃惊。墨家算是她家的世交，小时候还和他们家几个小孩一处玩耍过。不过阿娘说墨家和自家这种没啥追求的家族不同，墨家是要当官的——世代有人当官。

所谓道不同不相为谋，一来二去，两家关系也就远了。

苏缨还记得她小时候曾把墨家这一代孙辈的小公子乳名唤阿尧的揍过一顿，小公子鼻青脸肿地给她放过狠话：“下次见你，必十倍奉还。”

之后……就再也没见过了。

难道是阿娘听说我进城了托他们接我去他家住的？抑或是那叫阿尧的墨家小公子复仇来了？

满脑袋故交情谊的苏缨忽略了一个很重要的事，那就是墨家奴仆对她的称呼并非姓名，而是“女侠”，故此在她慷慨打开门，看到四五个五大三粗的奴仆围上来，将她看囚犯一样围在中间时，脑中是充满疑惑的。

楼下备的马车，她拿手轻轻敲了敲，车壁灌了一层铜。

她的一举一动，都有四五个人盯着，只差上脚镣，拿铁索穿琵琶骨了。

苏缨不由得茫然自问：难道我的本事已经到了和江洋大盗一个待遇的等级了吗？

墨家在西陵城东，住在那一片非富即贵的东来桥附近。

接见她的是墨家小公子阿尧的爷爷，墨信芳。一见面，墨信芳便朝她拱了拱手道“女侠好”。

苏缨小时候见过他，间隔十余载，此刻记忆中只剩模糊一影。她也不戳破，恭恭敬敬地说：“墨家主好。”

墨信芳与她寒暄了几句，莫不是早上吃饭没有，吃的什么这等废话。

正在苏缨心中疑惑到无以复加之时，墨信芳终于道：“昨日听说女侠在烛情楼前，驱使花瓣，伤了周亭长一只眼睛，可有此事？”

苏缨心头一揪，问：“墨家主从哪里听来……驱花伤人这等无稽之谈的？可是周亭长找您告状的吗？”

墨信芳笑道：“我听奴仆议论，说西陵城来了一位本事了得的女侠，这才

想要请女侠为座上宾，指点指点我家这些不成器的子孙。”

苏缨似明了了，面上恍然大悟之色，笑道：“原来如此，这，我义不容辞。”

墨家主面现欣慰之色，状似随意地问了一句：“不知女侠技艺如此精绝，是师从何人？”

苏缨道：“说起来，墨家主可能会觉得荒诞，那是我梦一骑白鹿的神仙，持剑授我十载，梦中习得。”

墨家主呵呵一笑：“当真是奇缘！请问那白鹿老神仙可是自称青阳子？那白鹿名叫‘追风’？”

追风……燕老二那匹马的名字。

苏缨心里隐隐闪过什么，下意识便开口隐瞒了过去：“不，骑的那鹿名叫阿尧。”

“阿尧”两字一出，墨信芳就陷入了沉默之中。

苏缨与墨信芳相顾两无言。

半晌，墨信芳道：“请女侠先去休息吧。”

出去以后，苏缨很快就发现自己被软禁了。

她在墨府中客舍、花园等地可以自由走动，然而一旦靠近外出的内院门，便会被人不软不硬地拦下来，理由是“老家主请女侠教家中几位小公子习剑，还望女侠千万不要推辞，至于束脩，定会丰厚万分”。

苏缨尝试几次，没能出去，便恶声恶气，对拦她的奴仆撂下话：“留我做客，只怕墨府养不起我。”

那奴仆笑嘻嘻的，并不将她的话往心里去，连管家都没回禀——瞧她一身寒酸打扮，这些行走江湖的侠客，吃的见的也有限，顶多是金锅烙饼、珍珠翡翠炖燕窝之类的名堂罢了，还能养不起？笑话。

……

一个时辰后，管家急匆匆地跨过两道门，哭丧着脸去找墨家主：“老爷，今早您请来的，那个名叫洪福的女侠客，实在不好伺候啊！”

墨信芳正在练字，闻言微微纳罕：“有什么不好伺候的？”

管家一肚子苦水，满面委屈：“我令人准备了朝食，给她端过去，她一口就尝出来那碧玉雪粳米不是玉田县产的，就罢碗不吃了。要我们上蜀中鹧鸪米熬的粥……这……这我是闻所未闻啊。”

墨信芳微微一笑，道：“难为你，那是蜀中上贡的米，据说在鹧鸪尾上播种稻谷，一年还收不得一斛，我也只听闻过。”他掐掐胡须，“你换湖广上贡用的鸽血糯给她熬粥，就骗她这就是鹧鸪米。她就是故弄玄虚，还能真吃出来不成。”

管家应着去了。

不过一炷香的时间，管家又回来了。

“老爷，我上的几道菜均被她尝了一口，就批得一文不值，不再肯吃了。”

“一文不值？怎么个批法？”

“那粥她一尝就知道是鸽血糯，还尝出来是去年的陈米……还数着鸡鸭鱼肉说，这些不过是吊汤的阿物，竟然也堂而皇之摆上桌，她要吃……”

“吃什么？”

“鸳鸯炙酪、生豹肝、双香旋鲊、奶房羊肉炖、白渫齑、火烧鹄子、葱泼兔，点心她还要吃牛乳玉蕊羹。”

“……”

“她还笑话……”

墨信芳的脸色越来越黑：“笑话什么？”

管家讷讷地说：“笑话我家装菜用的是银盘，筷箸是象牙筷，说这些是土豪乡绅所用，既富且贵的人家现在时兴用云窑的三色彩，点犀避尘筷。”

墨信芳气得一拍桌案，吹得胡子两道飞：“岂有此理，我家是读书人家，怎能一味铺排。”

他负着手，来来回回地踱步，气得指着管家说：“主人家待客，岂有她指指点点的，有没有做客之礼。你就放在那里，她爱吃不吃。”

管家怯怯地说：“她说……说……”

墨信芳斥道：“还有？还说什么？不要吞吞吐吐！”

管家一口气道：“那女侠还说，如若不衣香软，不居湘竹，不食肥甘，她就不吃不喝不眠不休，万一饿坏了，以后传扬出去，墨家以后怎么见人？”

墨信芳气得手抖：“若不是看在……若不是看在……”他一跺脚，“去，她要吃什么，要穿什么，要玩什么，你都备着，家里没有，就去……就去买，再不行就去西郊的苏府借。”

苏缨再见管家时，见他一脸为难，笑嘻嘻地问：“是不是墨家主说，要把我撵出去？”

管家忙道："绝非如此，绝非如此。家主说，女侠要什么，尽管提。您方才要的冰和蜜瓜做果子冻酥山吃，老奴已经记下了，这就去置办。"说着招呼两个丫鬟上前，"带洪女侠去客居，任她挑选，凡是要置备的，统统记下来，发到二门外采办，听清楚了？"

两个丫鬟恭顺无比，屈膝俯身："是。"

苏缨不由得暗暗佩服起墨老家主来。

她这半日起码就帮墨家花出去了几百两银子，墨家竟还能忍？

"慢着。"

在前往客舍的路上，苏缨忽然脚步一住，看向几丛幽竹掩映的另一道月门。她虽于草木风水上没有什么研究，但作为一个自小生活在各种别致院落的人，她对一座庭院中最好的院子有奇准的敏锐直觉。

那院子门口的花草排列明显就更有匠心一些，小径铺的青石子也和大院里不一样，透过竹子还能看见大幅的青纱鲛绡，若皑皑白雾，透森森竹影，这一眼就看得出来是做了一个直通往池边的小天井，可坐在水边听水声，焚香弹琴喝茶，很是风雅。

苏缨打量半晌，满意地点点头道："我要住那个院子。"

丫鬟这下更加为难了："这是……"

"这是我的屋子。"

有人替她把话茬接了下来。

循声而看，一华衣少年正笑吟吟地往这边走来，薄薄嘴唇边挂的笑极温柔和煦，十分有礼地应对着苏缨无礼的请求。

"在下墨予尧，女侠昨日剑气驱花败亭长已让人如雷贯耳，今早吃得我家向苏府借粮也着实让人大开眼界。论理，有我爷爷下的令，我是该把院子也让给你的，可是……"

他渐渐收敛笑意："我不喜欢别人住我的院子，谁都不行。"

是阿尧——

苏缨听到墨予尧的名字，微微蹙起眉，陷入了深思。

墨予尧此刻气势逼人。他肌肉紧绷，五指蜷缩成拳，眼眸微眯，脸上明摆着"绝不妥协"四个大字。

墨予尧打定主意，最坏的结果，顶多就是跟这江湖女侠打上一架，最好激怒了她，使出传得神乎其神的剑术来，遂了爷爷的愿。

他好整以暇，静待着苏缨的反应。

苏缨回想着，小时候墨予尧是长得最瘦弱的那一个，四肢瘦小，头发枯黄，都六七岁了还没有五岁的她长得高。他力气小、脾气臭、嘴巴硬，最是招人打。

苏缨和墨予尧之间结着梁子，而且是不小的梁子——忘了究竟是谁开始挑的头，然后你来我往，针锋相对，墨予尧次次都在苏缨手底下吃了大亏。

最后一次是在三月里，那时桃花已经开了，两家一起开了游春宴。墨予尧仗着学会了爬树，爬到一棵桃树上，居高临下地大骂苏缨。苏缨硬是找到一个长竹竿把他从树上捅燕子窝一样捅了下来。

而后，血肉横飞，战况激烈，墨小公子哭得稀里哗啦，自不必提。

苏缨望着现在比自己高了一个头不止的墨予尧，心头翻起劫后余生的庆幸快意：幸好，五岁以后自己家就不怎么和墨家来往了，否则岂不要被这人反过来欺压许多年。

墨予尧看她脸色怪异，目光似有似无地停在自己头顶，心想这些江湖人士，当真古怪至极，该不会被惹得太生气，想直接放杀招吧？

墨予尧自忖骨头硬，毫无畏惧之色，反朝前走了一步：“怎么，你要住就从我身上踏过去。否则，绝不可能。”

片刻之后。

风轻轻掠过竹林，黄莺嘀嘀啾啾地叫着，墨家后院还是一派春日里的平静安和。

唯有墨予尧，如处酷暑，满头大汗，急得手脚不知道往哪里摆：“哎……你……你怎么哭了？你别哭……你不是个大侠吗，你倒是和我打架啊！”

回答他的只有苏缨默默饮泣的声音，她一双又大又圆的杏眼此时满盛泪光，眼角通红，声音不大，然而越发显得伤心至极。

苏缨哽咽着抽气，边哭边说：“我……我离家日久，这里十分像我家中爹娘的院子……我想家了，我想爹娘。”

她这样的哭法，梨花带雨的一张脸，加之可怜兮兮的诉求，让旁侧的丫鬟都对她抱以同情，似乎霎时忘了方才在此处横行霸道作威作福的是她，主动挑事鸠占鹊巢的也是她，反倒显得墨予尧作为主人，冷面相拒，太过小气。

收到来自丫鬟们略有意见的眼神，连墨予尧都开始怀疑，自己究竟是说了什么十分过火的话了。

而面对别人的挑衅，江湖人不该废话不多说拔剑就上吗？

现在的女侠都是如此脆弱的吗？

墨予尧一个头大成了三个，只觉此时此刻，比满是夫子的书院还要难熬。为了尽快止住苏缨的哭泣声，一句话似乎完全没有经过他脑袋就由舌头做主，嘴唇开合，冲口而出：“那……那你住吧，我去住客房。”

待回过神自己说了什么，墨予尧简直想抽自己一个大耳刮子。

怎奈话已出口，如覆水难收，他只得让身到一边，眼睁睁看着苏缨一边擦拭眼泪，一边对他道谢，然后住进了他的院子。

苏缨进入院中，临轩而坐，四下顾看。她眼角还有泪痕，一丫鬟见之不忍，安慰道：“我家公子态度唐突，还请女侠不要往心里去。”

丫鬟自然不知，若要苏缨提剑砍人，那是十分不济，若要她任性败家，世上还鲜有敌手。

苏缨这等在家骄纵惯了，缺乏管束之辈，惯会拿腔作调、撒娇耍痴，擅用泪水辖制人，其收放自如，炉火纯青，也算得上是一派开山之祖的水准。

苏缨泪痕没干，又生了他心，扫着附近陈设，香炉、香盒、笔筒、几架等物，手指轻轻敲在几案上。

她一面拿锦帕擦拭眼泪，托起那香盒道：“香盒要珊瑚色的，俗话说一剑环、二花草、三人物。你快去换个珊瑚色的剑环香盒来吧。”又指着花瓶道，“还有这个，换青花花鸟鹅颈瓶来，只插上一枝蜡梅，摆到屏风旁边去。墙上挂的麈也换了，要旧玉柄，青丝的。”

她站起身来，将墨予尧屋中陈设的灯、镜、杖、箪、琴、梳具等物一通挑剔，这个粗鄙，那个太俗，这些以古制为好，那些又重材质。偏偏她挑剔得很是在行，让管家无可反驳。一通改造，院落焕然一新，愈增古雅精致之感。

苏缨闹了半日，总算疲倦了，便令人垂下重重幔帐，点起帐中香，靠在元螺钿榻上休憩。

墨予尧站在院落之外的竹林里，让竹子掩着他的身影，看着一个又一个丫鬟进进出出，脸色白了又青，青了又黑。

他咳嗽一声，唤住了匆匆从里面出来的管家。

“怎么回事？我的屋子还能挑出这么多毛病？”

管家长叹一口气：“此女非富即贵，不好得罪，哎，不好得罪。公子你且自己站站，老奴去置办了，还要找人借一盏闵中珠灯、一台花梨香方几、一对儿鸂鶒……”

“鸂鶒？”墨予尧惊问，“鸟儿也要借？”

管家道：“可不是，这等珍禽一时半会儿在市上也采买不来。”

墨予尧纳闷不已：“现在的女侠都这么不好伺候了吗？”

管家没有时间与他多说话，脚不沾地地又去忙了。

墨予尧来来回回，越想越觉得疑惑，便去找他爷爷吐了苦水，问为何要留这么一个古怪侠客在家里。

墨信芳面前放着一张长长的纸，写满了这一日的账目，他看完，发现还折了一半，拉开，又扯出一模一样的三页……

墨信芳苦笑道：“看来这尊佛，我们当真贡不起啊。”

墨予尧道：“那就速速打发了吧。爷爷想找人教几个兄弟习剑，也不用找这么贵的，我听说城北武馆里几个师傅剑术也出神入化。”

墨信芳摇摇头，道：“有些事你不知道。我留着她，大有用处。此刻将她放出去，顷刻之间，整个西陵的好武之辈都会一拥而上，你信不信？”

墨予尧诚实地回答：“不信。”看着爷爷愀然变色，他解释道，“你看她的模样，又娇又弱又瘦，说哭就哭，哪里有半点江湖侠士的味道？还不如苏家小妹妹，那乳名唤作缨缨的来得凶悍一些。”

墨信芳呵呵一笑：“莫要这么说你缨缨妹妹。那是你孤陋寡闻，据我所知，她那日使的那一招，其实不是剑招，而是掌法，江湖上唤作‘绝云负青手’，不会有错。除了青阳子，这世上再没有一个人能做到折花伤人了。想那青阳子何等样人，神龙见首不见尾，行事孤傲，他们师门一门单传，他收一个娇滴滴的女娃娃为传人，却也不算是不合乎他的行事准则。”

墨予尧听得云里雾里：“那她这么厉害，都要扶摇直上青冥了，我家也容不下这尊大佛啊。爷爷不是说青阳子号称一门单传，那这女娃娃就更不可能吐露半点剑术了，咱家的钱岂不是打了水漂？”

墨信芳淡淡道：“我要的只是青阳子的传人在我家当过座上宾的名声，这名号于我有大用。”

“你看上她了吧？”

梨花巷，小酒馆数十年不改的幽暗和陈杂中间，刘叔观察了燕老二良久，打破了两人间的沉默。

燕老二似未听闻。

这日酒馆生意不好，小小的暗屋中只有刘叔和燕老二两人。

燕老二手边放着一个破破烂烂的鸟嘴铜壶，里边还剩下能晃得叮当响的一点梨花白。他面色依旧是蜡黄的，眼睛耷拉，颧骨和太阳穴泛着青，显得又黑又瘦，精神萎靡，像是得了痨病的人一样。

燕老二发了很久的呆了，面前摊开了一张羊皮纸，纸上笔墨横飞，线条肆意，描画出一个单手持剑，很是威风的少女模样。赫然就是那日穿着富丽的小姑娘，只要是见过她的人，便能轻易认出来。

刘叔换着方位在东南西北各个角假装擦桌子，终于偷瞄着拼凑出了这幅画。不由得啧啧称奇——奇也怪哉，和尚道士一样从来不对女人感兴趣的燕老二，此刻看着一个少女的画像喝酒，一看就是一个时辰，半点不挪眼。

他一巴掌就朝燕老二后脑勺呼去。

“看上就去找她，你找不到，喊胡牙三找。我招呼胡牙三一声，让他假装掐小姑娘的花儿，你又假装去救她，英雄救美，让这小姑娘爱上你。不止，还有……独孤三娘有一种药，叫什么‘透骨香’，下给她，保准她恨不得黏在你身上，跟你两个化作一个。”

刘叔被燕老二一道凉如刀刃的目光盯着，声音戛然而止。

刘叔心里忽然涌过巨大的不安，这个年轻人模样贫病，底儿也透明得可怕，然而在他十分不注意的时候，总会有不经意的一两个神态，让刘叔这种见多识广的老江湖都感到不寒而栗——那分明是常常出现在行刑的刽子手、杀人如麻的大盗面上的神色。经常杀人的人，凶煞之态是掩不住的。

燕老二一个看着像得了痨病的驮夫，半月出去给人驮一次货，赚点钱回来买酒喝，一喝就是好几天，从不打架，从不惹事，算是梨花巷来历最清白干净、安分守己的人，这样的人怎么会有凶煞神态？

刘叔百思不得其解，只得干笑两声，道：“我也是看你看这小姑娘画像看了许久，给你出个主意，让你得偿所愿。”

燕老二拿起酒壶慢慢喝了一口：“刘叔，你不认得这纸了？这是我从你柜子里拿出来的。”

“我可没看上这小姑娘……”刘叔下意识地辩解一句，忽然，面色一改，大怒拍桌，“燕老二，你竟然敢偷看我的烟信？”

所谓“烟信”，乃是下九流的江湖人士之间交流情报的一种方式，寓意有烟火升起造饭的地方，就有这种烟信。负责中转烟信的必须是在江湖中非常有威望的人，比如刘叔。

西陵城的烟信都会汇集到梨花巷来，交给刘叔。

乞儿、变戏法的、说书的、唱野戏的、暗娼等等凡是行走江湖讨生活的人，都是烟信的送信者。

刘叔必须拿到以后，再派发给需要这些讯息的人。

他一直把这些烟信视为比生命更重要的东西，这是大伙儿对他的信任。

烟信里面的信息加起来，贵比千金——江湖上有句俗话，宁给一锭金，不传一烟信。

所以此刻，一直笑呵呵人畜无害的刘叔，面色涨红，额上青筋泛起，气得鼻孔张大、手忙脚乱，迅速一把抢走那幅画："你这该短命的，若不是看在你平时安分守己的份上，我要剜出你一双眼睛。"

燕老二忙解释道："刘叔莫气，我并非有意。只是十分不解……江湖上怎么会有人出五百两黄金，找这么一个小姑娘。"

刘叔皱起眉头，重新又把那一卷画打开，上面写满了黑话——江湖人称之为"春话"，一般人看不懂。

他匆匆一扫，震惊得睁大了眼睛："前些年，朝廷找一个杀过几十个人的悍匪大盗，也才十金。这、这五百金……这小姑娘犯什么事了？究竟是谁开了这么大的价钱？"

燕老二眼睛里闪过晦暗之色，说："她那日和我在一起，废了周天情一只眼睛。"

"周天情一招子值这么多钱？怎么可能！周天情是王八鳖仙托生的也不值这个钱啊！"

刘叔心里惊颤不止，这是他收烟信以来，看到的最多的人头赏金。而且买家注明，一定要活口。如果找到苏缨，送到这其中的指定地点就能拿到五百金。

金灿灿的五百两黄金！

刘叔眼睛放光，这下看着燕老二也像看一尊金佛。

"燕老二，燕兄弟，燕大哥。快，我们去找这小姑娘，送过去咱俩平分，你就能娶上十门八门的媳妇了！"

燕老二微微一笑，眉宇之间，掠过沉郁的刀锋："刘叔，你看清楚，换人的地点在白玉京。"

白玉京，大名如雷贯耳，所谓"天上白玉京，十二楼五城，仙人抚我顶，结发受长生"，其在西陵以北一百里，是西京长安城外西侧一座新修起来的城池，筑城至今不过十载，里面住着无数尚武的世家，朝廷用之作辅助拱卫京城

之用。据说城里奢华万分，珍珠为泥，铺玉为地，由朝中抚顺司的獠牙看守，掌管城中庶务的是天子直接指派的朝中大员，三载一换。

没人到过白玉京，在穷人的幻想之中，那里是朱阁玉楼，琼枝仙草，如梦华胥，只非人间。白玉京里没有穷人，不需要下九流的职业，是刘叔这种江湖人的势力唯一覆盖不到的地方。除了朝中大员和居住在其中威名赫赫的武家，没有人知道它是什么模样。

刘叔闻言也沉默了良久，踟蹰道："这……究竟是怎么回事，莫非是朝廷在找她？"

燕老二深深皱眉，一言不发。

就在这时，门口传来急促的脚步声，门帘被一只手卷开，下面出现了阿曼跑得红通通的脸，她神情焦急万分。

"老板，燕二爷。我实在没有办法了，你们可曾见过我家小姐？她已经失踪好几天了，处处找不见她。"

西陵城城东，墨府。

桃花开得正好，花瓣片片飞落，落在草地上，飞到廊下花梨木躺椅上沉睡的苏缨发间，也黏着在墨予尧被汗水湿透的衣上。

眼下春景正盛，阳光灼人。墨予尧站在院中扎着马步，汗水顺他的额头流下，一滴一滴，刺在眼皮上，让他视线有些模糊。即便如此，那两道视线依然如刀尖一样锋利，直欲将苏缨身上剜出一个大洞来。

爷爷非但没有因为这个侠士的奢靡作为将她扫地出门，反而将她待为上宾，成天山珍海味流水似的换，七八个丫鬟围着她转，来了个帝姬也不过如此了。

一天前，苏缨终于松口，答应墨信芳可以选一个墨氏子弟传授功夫，当时对话是这样的——

"女侠现在可有高足了？"

"现下还没有。"

"我家中有几个子侄，都是资质奇佳之辈，女侠看看，看得中谁，挑中尽可收徒。"

"……"

"老夫深知，女侠师门一脉单传，传徒宜早。我几个孙儿都根骨甚好，特别是孙儿墨予尧，前些年还有白玉京的武家要收他入门，我都不舍得。"

墨予尧清晰地记得，听到这里，苏缨看了他一眼。那眼珠子黑如墨丸，透亮见底，然而墨予尧本人分明从中读到了一丝幽微的狡黠之意。好像记忆里也有这样一双眼睛，状似纯善，实则恶劣透顶，令他频频遭殃，他条件反射性地感到脊背微凉。

果然，只听她很干脆就答应了：“那就墨予尧吧。”

爷爷大手一挥，允了。

在苏缨心中，浪迹江湖，原先是一个浪漫至极的词。

更不用说，如今春景正盛。

这个时节，当泛舟江上，听一夜春雨，看白猿清啸；当折一枝梅花，赠给萍水相逢的天涯羁旅人；当青旗沽酒，醉卧烟霞之中，不知归处。

而不是毫无意义地消磨在金马玉堂中，当江湖变成了另一个家一样的笼子，滋味就不那么舒服了。

苏缨已经十分想走了。

然而不管她如何奢靡浪费，墨家无不倾力满足，叫她一点把柄也抓不着。

回回请辞，墨信芳总要她再留三日，多指点指点墨予尧。

三日，又三日。

苏缨逐渐焦灼，她惦记着外面的阿曼，也惦记着燕老二——燕老二一定骗了她，他一定藏着一个很大的秘密。

这秘密叫他伪装成一个浑身布满了泥点和汗水的驮夫，用经年不换的黑衣隐藏行迹，然后在驱花伤人的时候暴露了这庞大秘密的一角。

是的，苏缨现在无比确定那天伤了周天情的就是燕老二。

如果此时此刻还不能证明她的剑只是一块废铁，那么脑子长来将毫无意义。

此刻，苏缨的剑，与墨予尧手中的桃花枝架在一起。

她的手在抖。

被一枝桃花枝逼到手抖其实不是什么丢人的事，但是一把开过刃的剑，连一根桃花枝都砍不断……就尴尬至极了。

苏缨用尽浑身的力气，才和墨予尧维持这一个“双剑”相交的姿势。她当下万分后悔，为何不能退一步海阔天空，为何不能坐下来师徒两人好好谈一谈，为何要脾气这么大，不堪徒弟三言两语所激，拔出了剑。

如今，当如何收场？

墨予尧一脸凝重，透过手中的花枝繁叶，看被掩映的苏缨脸庞逐渐失去表情，察觉到桃花枝在微微地颤抖，他疑惑万分，不禁再加了点力气。

这于他，不过用了五成力道，而对苏缨，仿佛又加千钧之力，让她难堪万分。

陷入如此尴尬境地的苏缨眼瞅着打不过了，正欲以尊师重道为由，将这便宜徒弟训斥一通时，忽然听到一个男人的声音，惊破了整个庭院的宁静春光。

“梦里抱月剑！”

乃见一身量高大的男子出现在月门之下，一身的官服氅裘，玉带缠腰，足踏皂鞋，手握金丝盘绕的黑牛皮马鞭，那握鞭的手戴着银色护甲，衬得他肤色病着一样的苍白。

这人身份尊贵，墨信芳尚要亲自陪同，为他指路。此刻，站在他身后的墨信芳呵斥道：“阿尧，不得无礼！还不快参见沈大人。”又对苏缨说，“洪女侠，这位是抚顺司的廷尉沈大人，专为寻你而来。”

苏缨与墨予尧俱是一惊。

墨予尧惊的是抚顺司的人为何会到西陵来。须知抚顺司乃是当下最显赫和炙手可热的“衙门”，十年前当朝天子即位时下令设置，抚顺司上设司丞一人，位同三品，虽然品级不是很高，却有御前行走之权。抚顺司寻常处理公务，亦是在长乐宫开辟的一处宫殿，上面的匾额都是天子御笔，可见此司的御宠。来的这一个是廷尉，属六品，然而如此年轻就身处核心之位，可见往后前途不可限量，难怪自己爷爷都对他颇为忌惮。

他来家中……难道是捕人的？

墨予尧行礼时，心里狠狠一沉。抚顺司和它赫赫有名的权柄齐名的，是心狠手辣的手段和臭名昭著的恶行。民间多称他们为“獠牙子”，讥讽他们不择手段，行专断惧怖之事。寻思到这儿，他不由得担忧地看向了苏缨。

苏缨家中不如墨家意在宦途，她养在深闺，从未听过抚顺司的大名。然而她善于察言观色，从墨信芳和墨予尧沉重的表情中已觉察到来者不善。

这抚顺司的沈大人正紧紧盯着苏缨手中的剑，这把顷刻之前在苏缨心中已沦落至“废铁”的剑此时照样平平无奇，反照着阳光，闪出点点寒光。

沈廷尉眼如鹰隼，目光自剑上，闪电一般移到苏缨脸上。

那一股积年办案的凶煞之气，把苏缨迫得面孔泛白，不由自主地倒退了一小步。

庭院中没有人敢说话，唯沈廷尉声音响了起来，自信、傲慢，藏着淡淡的鄙夷：“你手中拿的，是青阳子的佩剑‘梦里抱月剑’，你前几日在市中，用了青阳子的绝技‘绝云负青手’，你便是青阳子的传人。”

他语气是笃定的，并没有要问苏缨的意思。

苏缨反驳道："我不是！"

沈廷尉立刻便问："那你的剑从何而来？"

苏缨哑然无声。她不可说，这把剑是娘亲给她玩的，她从不知有这样大的来历。沈廷尉这样咄咄逼人，来者不善，她说出娘亲，一定会给家里带来很大的麻烦。

沈廷尉冷着脸，挥挥手："带周天情。"

两个衙门的衙役押着周天情走上前来，只见平日耀武扬威"朝中有人"的周天情，此时畏畏缩缩地缩成一团，一只眼睛贴了药，满脸细细长长的刀口子还未愈合。他一上来，便指着苏缨说道："不错！沈大人，就是这个贼女！就是她那天耍她那把剑，把窑姐的花都变得凌厉得跟刀尖一样，将我一只眼睛都扎废了。"

沈廷尉嫌他粗鄙，面上闪过明显的嫌弃之色，挥挥手让人把他如麻袋一样拖走了。

沈廷尉又把眼睛移向了苏缨，那双眼睛像是猛兽锁死了猎食的动物，锋利雪亮，透出令人如处数九寒冬的寒意："人证物证俱在，你，还有何话说？"

然而此刻苏缨已经冷静下来，她定了定神，双目圆瞪，看了回去："我还有很多话说。"

沈廷尉不料她这样大胆，皱眉咬牙："说。"

苏缨道："且不管我是不是青阳子的传人，青阳子和他传人怎么了？是作奸犯科，还是劫货杀人了？"

她这一问，已然打好主意，剑是说不清楚了，燕老二还是可以说清楚的。

如若燕老二真的用那日驱花伤人的绝技犯了大罪，就算他们有点交情，她也决计不会包庇。

沈廷尉眼睛微微眯起，语调之中竟含了几分戏谑："你们江湖人，不称这是'舍生取义，为国锄奸'？你怎么又不敢认了？难道杀孙止水的不是你？"

沈廷尉一言出口，四下寂然。

苏缨还没来得及回答，墨信芳倒吸一口气，蓦地变色，立刻道："沈大人，我等实在不知青阳子的传人与孙大人一案有关系，否则绝不敢收留此人在家。"

墨予尧急道："爷爷……"

墨信芳呵斥他："住口！你给我闭嘴，过来。"

此时庭院中站了许多人，墨信芳、墨府家丁、西陵官差衙役，数十人在沈

廷尉身后。对面的苏缨那处，只有她和墨予尧两个人。

墨予尧待要听从爷爷所言站过去，余光瞥见苏缨孤单单一个人站在那儿，脚步终究没有动。他在墨老头子如火烧胡须的怒目之中，硬着头皮，向沈廷尉行了一个礼，道："沈大人，她……本事好像不怎么样的，您多查一查。"

墨信芳气急之下，下令家丁将他绑了过去，向苏缨道："洪女侠，我孙儿与你的师徒之谊，今日为止，还请莫要纠缠。"

苏缨怔怔沉思，似没听见他这句话。

沈廷尉目里带笑，看墨信芳忙着撇清关系，与他鄙夷一瞥，这才慢慢补上了还没说完的话："今日抚顺司办案，本该诸人趋避，你既听着了，可要封口。如若我在旁人那里听到一句'孙大人一案与青阳子传人相关'，你就等着抄家落狱，你这一表人才的小孙儿，就去巴夷考官去吧。"

墨信芳忙道："不敢，不敢，还请沈大人速速将这贼人捉拿归案。"

沈廷尉笑道："你急什么？便是判罪今日就处斩，也得给她两三句话分辩。墨老爷这么急，是怕朝廷钦犯在你家中待的时间长了，有辱你家清名。那你请她上门的时候，怎么就没想过这一层呢？"

"我那是不知……"

沈廷尉面上眨眼之间变色，沉如黑铁，呵斥道："住口，抚顺司办案，岂容旁人在这里支支吾吾、指手画脚，出去。"

墨信芳年逾花甲，遭一个后辈用他呵斥孙儿一样的语气呵斥，面色难看至极，仓促挥一挥手，脚步蹒跚而去。

不过片刻，墨家庭院中就只剩下苏缨与沈廷尉一行人。

沈廷尉的目光重新投在苏缨身上，上上下下，将她打量了个遍。

锦衣玉服，手指细嫩，肤色白净，发厚浓密，绾着不便行动的发髻，她手垂着，袖中深处一截剑，剑被日光所照耀，隐隐透出月白色青华，这把剑他在卷宗里看过许多遍，是"梦里抱月剑"。

然而亦不是没有疑点，比如，她气息滞沉、皮肉太嫩，看起来半点高手神态都没有。

沈廷尉道："想好了吗？人就算不是你杀的，也必是你认识的人所为。若真是别人，你带我去抓到了，你自可脱罪。"

苏缨沉默良久，终于开口："我带你找到了人，我可有封赏？"

她澄澈如水的双眼，其中闪着莹莹潋滟光华，活脱脱只是一个懵懂不知事的少女，做出这样的天真之问。

沈廷尉长眉一挑："自然。"

苏缨又问："我帮你缉捕他一个，当缉捕多少江洋大盗？"

沈廷尉有些不耐烦，随口道："朝廷钦犯，弑杀当朝一品大员，无视王律法纪，罪同谋逆，当诛九族。多少个江洋大盗都比不得。"他语锋一转，"不过在此之前，我要知道，你究竟会不会绝云负青手。"

他拿着鞭子的手，往前轻轻一挥，四个手持长棍的衙役一拥而上。

棍风带起桃花瓣扑撒翻飞，四人一齐，从东西南北四个方向围向了苏缨。

苏缨有些惊慌，眼神四下扫顾，脚步行走挪腾，举剑挡住当前一棍。然而即便是她会一点拳脚功夫，终究毫无实战经验，加之裙裾太长，不便行动，使得她不顾尾，拆过几招后，肩背之上很快受了身后两棍所击。

噗噗闷响之下，苏缨几要往前扑倒，火烧油滚一样剧烈的疼痛瞬间炸开来。

苏缨的眼眶霎时就红了。

她回身去挡，两边又有人围上来，不过片刻之间，身上已挨了力道刚猛的数棍。

持棍的衙役都是五大三粗的精壮汉子，肌肉遒劲，棍子挥得虎虎生风，在沈廷尉的默许下，用十成之力，接连不断地击向当中锦衣华服的娇弱少女。不慎落在她背上的花瓣，均被击得和柔软纠葛在一处，花汁洇染，如斑斑血迹。

剧烈的疼痛四面八方无处不在地逼来，苏缨哪里承受得住，不过几棍之下，便失力向前扑倒，摔在泥地上，粗糙的泥沙将她袖口的细嫩皮肤擦出大片红来。

原本到此，已能试出她毫无杀人之力，然而沈廷尉锋利的眉峰之间，眼眸微动，视线轻扫。

衙役收到他的示意，趁苏缨伏在地上无法反抗，一人狠狠踩住她双足，两人持双棍交叉架在她腰间使其贴伏在地不能反抗，一人高高举起棍子，长棍携风，一棍接一棍，又准又狠地重重落在她臀上。

苏缨似被滚油泼过的鱼，猛地直起上身，后腰撞在了架着的木棍上，又被强按着伏下身去。

太过强大的痛觉瞬间裹挟了苏缨的意识，她双足被制，连蜷缩都不能，但眼前一阵一阵发黑，手指紧紧抓住泥沙，将嘴唇都咬作乌青，方能勉强维持一丝神志的清醒。

她额头冷汗潺潺而下，嘴唇被咬出了腥味，破碎的痛呼从喉间溢出来。然

而所有人都没有停手的意思，他们都已试出来她并没有本事，却仍旧不想停手，她浑身颤抖，眼皮被汗水蜇得轻颤，睫毛抖如细羽，冷汗簌簌而下，视线模糊，看不清是什么人在眼前，只见沈廷尉气定神闲负手而立，居高临下地望着她，毫无下令停手的打算。

疼痛似要将身体撕作两半，汗水湿透了颊边头发，贴在脸上，呼吸越来越沉……恍恍惚惚中，苏缨想起她爹，每每她淘气得过了，爹爹总会吓唬她请家法。

那其实不过是一片又轻又薄又脆的竹片，被爹爹砸一砸桌子就裂开了。

可爹爹宁愿震得手疼，也从没有动过她一根手指头。

若爹爹知道，有人用可碎筋断骨的棍子狠狠打她，他会不会气得吹胡子跳脚，要替她出气呢？

还有……还有阿娘。

阿娘是会说，哪有侠士让家里出头？还是会为了她受伤，而心疼流泪呢？

阿爹，阿娘……我好疼。

耳边棍声呼啸不止，似暴风骤雨，毫无与她片刻的喘息，几有一瞬，她觉得，自己要被人活活打死在这里。

似过了很久，久到攥在手里的土将手指磨破了，棍声才停下来。

身体已麻木到毫无知觉，苏缨的半张脸被泥沙和唇上咬出的血迹混在一起，嘴里都是沙子。

她手撑在泥地上，慢慢地仰起头，强撑着摇摇欲坠的身体，汗与血一并，染得她面如罗刹，声音嘶哑：“我……我并非罪人，你如此……如此作为，不怕……藐视法纪吗？”

沈廷尉笑声十分畅快疏朗：“这是我抚顺司的杀威棒，凡是扰着我，让我出力的人，勿论是不是罪人，都要受一遍的。”他走近，望着地上的苏缨。

这个不久之前还看着金尊玉贵、骄矜难言的少女，顷刻之间已变作折枝的花，颓败如泥中之狗。

这让沈廷尉的心中掠过难言的快意，他啧啧称奇：“看着娇气，骨头倒硬，竟然没有哭鼻子。”

在他印象之中，这样的少女，西京富贵人家一抓一大把，别说受刑了，就算蹭破了一点皮，都要哭得地动山摇，将养好多天。

面前的少女皮肤如她们一样娇嫩，看着仿佛上好的陶瓷一样，却生生挨过了杀威棒，没有哭着求饶，倒有些令他刮目相看。

苏缨笑了，这笑因脸上泥污和血迹装点，透出些微狰狞之色：“当然了……我可是大侠。”

在西陵城的西南面，有一个很小的集市，被人唤作“卯市”，因其每隔十日丑时开市，卯时散市，每每还在旁人梦中，集市已经烟消雾散，旁人对此知之甚少，故又有人称“鬼市”。

卯市有蔬果瓜菜供给早起的酒楼餐馆采买，不过这只是很少一部分，这里大多时候做着一些“不见天日”的生意，譬如“旧物”的买卖。旧物囊括了普通人家中用不着的旧东西，也有盗墓贼从墓地里抠出来的器具、奴仆在主家偷的物什、盗匪销赃的金银、土巫医做的方子药……千奇百怪，鱼龙混杂，不一而足。

想在卯市买到东西，需严格遵循此地的规矩，其一便是脸熟，其二是会些“切口”，不然看到的只是一些再平常不过的事物，一丁点好物都买不到。

胡牙三是这里的熟客。

这日卯市方开，天还擦黑，一条旧巷子点灯照烛，蜿蜒走出两个坊，便是卯市的全貌了。

路边有人敞着摊铺，也有人支着棚，还有人就在地上铺着坐摊，狭窄的巷子中间只留下一人的通道。

人逐渐多起来，胡牙三挤在人群中，龇咧着嘴一通乱骂，走得极快。他脸上有麻子，人长得凶，又做的拍花子的营生行当，为许多人不齿。卖灯具的吴大娘奚落他：“哟，这不胡牙三嘛，歪歪咧咧的，赶刺笼嘞？”

“刺笼”便是这里的黑话，意思是赶着上牢狱中去。胡牙三瞪她一眼：“我找人嘞，钱瞎子在哪块摆摊？”

钱瞎子并不瞎，乃是一个面似七八十岁的老叟，没人知道他究竟多老了，只知道每隔一两年，便有人在卯市中传“钱瞎子死了，身都僵了”“埋在城北黑凉山上，孝子贤孙跪了一地”“他一个老鳏，有个屁的孝子贤孙，还不是好心人破席子一裹扔过去，就他那条狗还守守坟坑”……

传得有鼻子有眼，神乎其神。

隔年照样看着钱瞎子挂着他那几十年不离身的褡裢，引他那条叫花子的狗，颤颤巍巍地又出现在卯市街头。每每此时，撞见他的人都要吓一跳。

如此，一传就是十来年。

没有人知道钱瞎子现在究竟是个活得好好的人，还是从坟坑里诈起来的尸。

都说人老成精，到钱瞎子这个岁数，就是精中之精。他以看卦相面为生，没有生意的时候，也会搓点土方子卖一卖。同时他也是个“消息贩子”，他活得久了，提着褡裢走街串巷，在西陵城认识的人很多——哪家馆子新卤的肉方子、哪家媳妇偷了汉子、哪里的暗娼最水灵，问他准没错。

胡牙三找到钱瞎子，后者正坐在台阶上给他的草鞋拍灰，面前支着一个不大不小、四四方方的摊子，上面横七竖八摆了点发灰的草药。

黑狗花子一看见胡牙三就竖起尾巴站起来，冲着他直咧嘴巴，喉咙里呜呜有声。

钱瞎子没呵斥狗，低着头，给胡牙三一个白苍苍的头顶，慢慢说：“你不做正当营生，花子看不起你。”

胡牙三不以为意，从兜里掏出一个圆润顶大的银锭，足有五两，搁在钱瞎子的铺子上。

“钱老，一点小钱，不成敬意。”

钱瞎子却看都不看：“卖娃娃的钱我不收，拿了折寿，拿走。”

旁边有人眼馋了，打趣道：“瞎子，你不拿我拿了？”说着，一只脏手就伸过来，被胡牙三一脸凶相地吓走了。

胡牙三道：“不是我的钱，是梨花巷驮夫燕老二的，他不熟卯市的规矩，在外头候着，托我来见您。这可是干干净净的血汗钱，他一年到头一趟一趟给人搬东西攒的媳妇本。”

因卯市特殊，一旦有生面孔进来，便有些专门探哨儿的人传信，像钱瞎子这种颇有些本事的能人异士立刻悄悄从后巷子离开，再要寻他还要等下一次卯市开市，所以燕老二才托了胡牙三前来，自己在外面等候。

钱瞎子听完了，寻思一会儿，这才抬起头来，拿银锭在手，观察缠丝成色，掂掂分量：“你说他是梨花巷的，怎么不找刘叔？”

胡牙三嘿嘿笑道：“刘叔哪有您有本事。我们这不寻一个小闺女嘛，好几日了，鞋都走破了还是寻不到，没人见着。刘叔那处只能等人送烟信，没有就没有了，不及您这儿清楚，抽抽烟，掐掐手，胸中什么都有。”

钱瞎子“咦”了一声：“什么小闺女，可有画像看得着？”

胡牙三从怀里掏出来一卷纸，这是燕老二从烟信里描摹出来的，已经有些破旧了，满是折痕。

钱瞎子一手沾着画，掏出怀里一个烟斗，吧嗒吧嗒，抽起烟来，默默地不说话。

胡牙三蹲下身伸手给他接烟灰：“统共就一幅，钱老莫烧着，我那兄弟宝贝得很。”

钱瞎子吐了一口烟圈，道：“你这事，不好办哪。”

胡牙三谄媚道：“这不笑话嘛，西陵这地界还有能难着钱老的事？”

钱瞎子摇摇头：“我从我在城东东来桥边墨老爷家做门房的远房侄孙那儿，听过这个人。”

胡牙三眼睛一亮，一拍大腿道：“原来是被墨府请去了，我就说怎么还有我找不到的人！”

钱瞎子道：“你别乐太早，我侄孙昨天下午就被他家赶出来了。这钱，我收你一半。你去墨府，不一定寻得到人，听说昨天有变化，墨府发生了大事，来了个大人物。究竟是什么人、什么身份、来做什么的，我半点也打听不到了。我若再知道了，就给刘叔捎烟信去，你也不用再加钱。”

胡牙三心里悚然而惊——竟然有钱瞎子也打听不到的人。按说钱瞎子这样的本事，天上神仙都知三分，他都不知道，来头得大成什么样。

钱瞎子抽完一杆烟，用鞋底磕磕烟灰，从褡裢中找了几吊钱，推给胡牙三。

“找你的，带回去吧。”

卯初时分，燕老二就到了东来桥。

阿曼期期艾艾地跟在他后面，问胡牙三：“那个钱瞎子真的可靠吗？怎么会在墨老爷家呢？小姐真在他家，不会不告诉我呀。”

胡牙三冷哼：“信不过就罢，我反正只能帮到这儿了。”

燕老二往后狠瞪一眼，示意二人闭嘴。

墨府大门紧闭，里头没有丝毫人声，把门的人也没有，整个府邸死寂一片。

他走到衔紧铁环的门口，拿起铜环就要拍门，被胡牙三拦住。

“里边有点不对，走后门。”

看到后门也紧紧闭着，胡牙三道：“不妙。但凡大户人家，这个时候媳妇婆子们早就从后门忙活起来了，后巷一定有许多卖菜卖油卖炭的，他家这个时辰还安安静静，倒像是没有住人。”

阿曼应声：“是啊，我家从前早就开始买菜了，后巷子什么人都有，比外面的集市还热闹哩。”

燕老二上前拍了拍后门，无人应答。

他拍门的力道由缓至疾，砰的一声，那看似坚固万分的门裂作两边，轰地从里倒在地上，吓得阿曼跳了一跳。

胡牙三不由得咂舌："兄弟，你还有这手？"

燕老二说："门本就是坏的。"先走了进去。

胡牙三踉在后面，看那断在地上，又粗又重的锁，打死也不愿信这门是坏的。

一日之前还繁盛万分的墨府，此刻陷入一片死寂之中，找不见一个活人。

阿曼忽然眼睛一亮，指着池塘中交颈缠绵的鸂鶒道："燕二爷，看那处，是鸂鶒。我家小姐最喜欢那种紫鸳鸯，一般人家中没有养，她一定在这里住过。"

阿曼顺着小径靠近鸂鶒嬉戏的一片池塘，寻到一旁的院落，每走一步，就惊叹一声："是，是，和家中的卧房一模一样，绝对没有错。"

燕老二随她走到院中，丛丛青竹摇曳，绿影森森，一片细腻幽微的甜香迎面拂来，窗边还有琴，华美的钿榻上绣被半掀，似犹有温度，几案头香炉烟残，一旁搁着一个镌刻了花鸟的银色袖炉，拿在手中，上面银铸的莲蓬空心，随着动作发出轻轻的铃声。

这香味似有似无，燕老二鼻息极灵，闻出来是初见苏缨时她身上的味道。

房间里的装扮，仿佛住在这里的人才醒来，出门去看鸳鸯戏水。

本该如此的布局，却半个人影也没有，燕老二心中涌起不安之情。

阿曼仍懵懂，见他握着袖炉不说话，以为他正看里头的香，笑盈盈道："这是我家小姐自己配的苏香，有梨、白檀、苏花汁子、三熟蜜，好闻吧？"

正此时，胡牙三呼声从外传了来："快，快来看！后院有血！"

那是数株桃树之下，厚厚一层柔软花瓣上散落的斑斑血迹。

并不多，只是星星点点，亏得胡牙三耳聪目明才看得出来，其中有一处血迹最多，花瓣凌乱，似有人在地上翻滚过。

燕老二拈起一片花瓣，借微微晨光，看上面淡淡的血迹，这轻巧的一抹红随着初升朝阳刺向瞳孔，令他眼睛眯起，眉头紧蹙，心中盘绕的隐隐不安达到了顶点。

墨家虽是外来户，然而来西陵定居已逾百年，家中还出过两个邻县里的小官，家族正呈蓬勃向上、枝繁叶茂之迹，按理说正是在这里和邻县士族互相联姻，繁衍生息，扎根固本的时节，却几乎在一夕之间，锁上大门，走了个干干净净。

究竟是发生了什么事情？

随墨家在一起的苏缨，此时又在何地呢？

阿曼远远见到庭院里的血就哭了，瑟瑟缩缩地躲在门口不敢细看：“这里不是杀了个人吧？”

燕老二道：“血少较淡，不会是杀人。”轻轻一搓，花瓣在指尖化成浆子，陡然，一股极淡极淡的气味从指尖传来，花浆遇热，浓郁的桃花汁辛酸的气味中，夹杂了一股似有似无的白檀香味。

他心中一动，往地上看去，唤阿曼：“你过来。”

阿曼发着抖，走得极慢。

燕老二心中正焦急，断喝一声：“速来。”

阿曼被吓得浑身一颤，委委屈屈地走过去。

燕老二从地上小心翼翼地捡起另一片花瓣，只见上面有花粉一样浅浅的粉末，几乎就和花粉混为一体，然而若仔细分辨，其上夹杂糙米的颜色，细腻均匀，似是香末。

阿曼拿在手中，伸手抹了一层闻，忽如遭雷击一样把花瓣扔了去，往后退了好几步，跌坐在地上：“是……是苏香的香末……这是小姐、是小姐的血！”

燕老二目光聚在花瓣上，视线慢慢移动，走到门边，又能看到一点极淡极淡的粉末。他招呼胡牙三：“去借条老狗。”

胡牙三立刻想到了今早对他吠叫的花子。

若论寻味，在西陵城就算是衙役们的牙犬，也比不上钱瞎子的爱犬花子。

巧的是，钱瞎子惦记着给的消息准不准，待卯市散了后，就到东来桥来探头探脑。胡牙三一出门就见着他，哎哟一声好巧，便不由分说一根肉条递过去，没等花子上口，将它拎喉锁皮抱了起来，转身闷头往墨府跑，动作熟稔万分。

钱瞎子年老，跟在后面跑不快，口中骂骂咧咧：“你个拍花儿的，拍我狗做啥？”又看其盗狗熟稔，他气得胡子高高吹起来，骂得颤颤巍巍，“胡牙三你该钻刺笼挨斧头，你还会盗犬。”

胡牙三哈哈大笑跑在前面，边跑边炫技：“拍花儿盗狗盗鞋吹局儿，我都会，改天教教钱老您？”

胡牙三将花子交到燕老二手里，那狗一离他的钳制就狂吠起来。燕老二不由分说按住狗头，让它去闻门边粉末的气味。花子抵死不从，尾巴高高竖起，刨爪低吠。

钱瞎子赶来，拿拐杖敲得门槛咚咚直响：“犟驴不喝按头水，让开，让开。”

我只为你折腰。

事了拂衣去，深藏身与名。

青山不改，绿水长流，后会有期。

以纸鸢为信，召群侠相见。

大千世界，十丈红尘，生如过客，行色匆忙。

护卫弱者，不惧强者，这是剑的意义。

秉武为天下，仗剑为苍生。

太初有真意，大道为我赋。

抬头低首，便是江湖。

江湖还是那个江湖。

我可是大侠。

浪迹江湖

Langji jianghu

燕老二忙道：“钱老，人命关天，还请通融通融，借爱犬一用，必有厚偿。”

钱瞎子脸色这才好看些，一把推开胡牙三，将花子抱起来。

那狗一经钱瞎子的手就安静下来，钱瞎子又是摸头，又是顺毛，许诺了它好些吃食，方将它放下来。

花子精神抖擞地摇摇尾巴，转个圈，将鼻子凑到粉末上闻一闻，汪汪叫一声，便拔腿往门外跑去。燕老二紧跟其后，见花子在一个拐角处，又停下来闻，摇摇尾巴毫不迟疑地朝前走。

燕老二这才确定了那些香粉并非苏缨偶然间落下，而是有意一点点撒下，心头大定。

东来桥、定襄桥、王记胡饼铺、黼黻绸缎坊……花子在前，一点一点嗅过去，燕老二紧紧跟在它后，目光分毫不离。

天逐渐亮透，街上行人多起来，气息一嘈杂，花子的速度就慢了下来，走到一个街口，愣是来来回回，徘徊嗅了好几遍。

胡牙三在后赶到，抬头一看，怪叫了一声，急急忙忙对燕老二说：“怪今一大早就被吴大娘‘放快’，讨不到好口风，真要钻刺笼，出门不吉，出门不吉。我且去了，不奉陪，你接着找，找完把花子给我，我给钱老送过去。”话还没说完，整个人已经一溜烟去了。

燕老二见他吓得三魂失色，抬头往前看，竟是西陵衙门。

花子有些困惑，摇了摇尾巴，终于确定了一样，汪汪脆叫两声，拔腿往衙门大门口跑去。燕老二忙追上，将狗从石狮子底下捞起来，便有两个衙役骂骂咧咧来赶他。

燕老二退到一侧的背街巷子中，暗中观察这衙门。

花子在奔向石狮子前，闻的是正对面的一块石砖，而奔向狮子以后，再无迟疑又要往里走，几乎可以确定，苏缨并非路过撒下香末，而是顺着石子，直入了衙门。

抓走苏缨的，是县衙？

阿曼眼圈红红的，兀自喃喃道：“我家小姐……是去哪儿了？怎么流了这么多血？小姐最是怕疼，衣裳内边有几个线头，身上都要红一片，若真的受伤流血，我要怎么跟老爷夫人交代。”

燕老二问：“你家小姐，怎么会招惹上县衙的人？”

阿曼道：“我和小姐才从家中出来，她只见过你、掌柜的、陈巴几人，那日就抓了一只猫，回来第二天就不见了，总不能是哪家丢了猫，将她告衙门里了吧？”

燕老二沉默不语。

苏缨失踪的前一天，他和她见过的。小丫头找到了王婆婆的猫，还逞英豪要在烛情楼前救他的命，用猫抓伤了周天情的两个随从，然后……

周围行人逐渐多起来，意识到此非久留之地，燕老二领着阿曼到附近街尾的一间客栈，向掌柜的递了一块碎银子，道：“梨花巷刘叔，让我向掌柜的，讨一瓮梨花白。”

那掌柜的一听，微微变色，默不作声地收下银子，唤人引他们到二楼。

这客栈修得高，二楼有一间房，打开窗户，稳稳当当对着县衙的后院，燕老二在窗边落座，暗暗注意县衙的动静。

掌柜的亲自端了茶水来，合了门，又从里闩住，这才小声道：“好歹替我谢刘叔，前几天他给我送烟信，说许多外县人从北方来，将走的路线都给我了，我让伙计提前去接，发了好一笔财。”

燕老二笑道：“这是小事，何足挂齿，掌柜的也常常送烟信过去，大家江湖上的人，互通有无，才是正理。”他又问，“怎么最近多了很多北方来的客人？北方不是西京的方向吗？”

掌柜的道：“可不是，平日里哪见那边来这么多人？”他压低声音，凑近了，“还都是练家子。我有个伙计，偷偷听到其中有一个，是白玉京下来的。可不敢招惹。”

燕老二微微一怔：“白玉京？”

又是白玉京，刘叔的烟信里，有白玉京的人出五百金在找苏缨。

现下又来了许多白玉京的人到西陵城。

那丫头究竟是因为什么招惹了这么多麻烦？难道她本就是白玉京的人？

燕老二脑中电光石火之际，掌柜的叹息道：“可不是嘛，白玉京都是武家，和朝廷关系千丝万缕，又是当今天下武艺顶绝的所在，谁敢招惹。我这几日提心吊胆，就怕有些粗手笨脚的冲撞了，都换上伶俐麻利的伙计，只盼着好来好走，我就求神拜菩萨了。”又打量着燕老二说，“你是刘叔的朋友，也是我的朋友，有什么要帮忙的，尽管说来。”

燕老二点点头，直白道：“请掌柜的帮我查一查，昨日天亮到今日天亮，衙门里进了哪些人，出了哪些人。”

掌柜的怵然变色，双手一推下意识便是拒绝的态度：“这可是官家……”

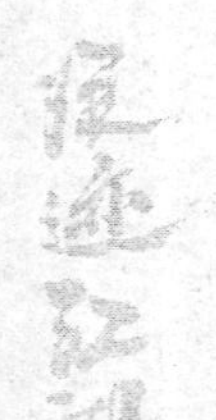

燕老二从怀里又掏出一锭银子，足有十两："实不相瞒，我一个救命恩人现在身陷囹圄，我必须救下她。"

燕老二顿了一下，见他依旧犹豫，又道："掌柜的只要帮我这个忙，他日有用得上的地方，只要你叫一声，燕无恤赴汤蹈火，在所不辞。"

行走江湖的草野之人，漂若浮萍，聚散如烟火，大多以代号相称，做生意的就是"掌柜"，算卦相面的就是"半仙"，屠户就是"屠子"，走街串巷的小贩就指他卖的物事喊个"磨刀李""饴糖梁"之类的诨号，鲜有人正正经经报了自己姓名。

掌柜的见他神情郑重地报出真名，深敬他要从衙门中捞出救命恩人的恩义之举，也着实为他手中雪白的银子所动，掐了半日的胡子，终是小心翼翼地收下银子，道："燕爷，你这桩事，我……我便诺了。"

等掌柜的走了，阿曼才开口，眼中已隐隐有些敬慕之情："燕二爷，官府的消息你也弄得到，你真厉害。"

这样的消息，都是极难的。譬如掌柜的虽拿了钱，却也可能会折损掉埋在衙门中珍贵的眼线，风险极高，若换作旁人，千金也买不到。燕无恤久居梨花巷，又与刘叔相熟，也送过几趟烟信，算是他们"道上人"，这才有一条暗道走。

这日天擦黑，掌柜的才把消息送来。

燕无恤展开一看，脸色便一沉。

阿曼见他面色不好，忙问："怎么样了，小姐出事了？"

燕无恤缓缓道："昨日夜里，二十三个戴着红锦带的京中官差，绑了一个人送入大牢。那人受了杀威棒，此时昏迷不醒，明日一早就要启程转送京中，有一队百人骑护送。"

阿曼面色唰地一白。

燕无恤一面说，一面也慢慢地想着。天色已暗，他往外看入晦暗夜色之中，良久良久，说了一句话："我只得尽力而为，能不能救出，还要看她自己的造化了。"

阿曼察觉他有尽人事听天命之意，不由得心凉了半截："你的意思，我家小姐，凶多吉少了是吗？你就准备坐视不管？"

燕无恤道："京中，红锦带，来人是抚顺司，百人骑护送，必是重之又重的朝廷钦犯。"他看向阿曼，"连白玉京的武家，见到抚顺司也乖得跟狗一样。我一个只会干粗活的驮夫，如何向抚顺司要人？"

阿曼被他凉凉淡淡的目光看得心里一阵阵发寒，就如窗外黑沉沉的天幕蒙住了人的口鼻一样。

小姐……怎么会招惹上朝廷的人。

一想到小姐可能就要不明不白地送了性命，自己又当何去何从？如此这般，怎么敢回去向老爷夫人说道？阿曼一时只觉前路迷茫，比外头的夜色还要暗淡一些，忍不住泪水夺眶而出。

距客栈数墙之隔的地牢里，阴暗又潮湿。

抚顺司六品廷尉沈丁慢慢走到最里间的一个牢房，医官颜知昌提着药箱，跟在他身后。

这里素来是用来关押死囚的，较寻常牢间要干净些，铺了一点干草，有一床薄薄的棉絮，重重锁链锁死窗门，透过缝隙，只能看见苏缨犹在昏迷，裹着那床棉絮缩成小小一团，满口说着胡话。

沈丁令人打开牢门，颜知昌便进去替苏缨把脉。

沈丁挥手让衙役避退，牢中只剩下三个人。

不一会儿，颜知昌回道："这是气血淤积，有热发不出来，若一直憋在五脏六腑，恐怕不好。"

沈丁皱眉："不过小小的杀威棒，何至于此。"

颜知昌犹豫道："这姑娘年纪小，身子娇弱……"他看着苏缨迷迷糊糊地叫着阿爹、阿娘之类的话，不由得心生怜悯，心想这么个小姑娘，会是犯了何等滔天大罪，要受这样的重刑？

颜知昌对沈丁的答话也有些怨怼在内："沈大人，刑讯这一关，受不住就送命的大有人在，您也是知道的。如果要留活口，就不要太随心意了。"

沈丁道："我的行事，容得你来置喙？"

颜知昌任职于抚顺司，平日里做得最多的事莫不是替这些"獠牙子"给犯人吊着一条命，不让他们在还有价值时死去。见惯了太多惨不忍睹的画面，身上没一块好皮的也过过眼，只是头一次见着这么年少，又这么皮娇肉嫩的女娃娃。他一壁叹息，给苏缨含了一粒丸药，茶水送服，又让她含了一片参片，在她手臂间施了几针。

如此良久，苏缨还是没有醒过来。

颜知昌对着沈丁摇摇头："您若还想留活口，明日再提审。"

沈丁道："也罢。明日照常启程，将她转提西京长安城，投入抚顺司大狱。"

缉捕之时，颜知昌也在场，听他这一句话不由得纳闷："这女娃娃不是说杀孙大人的另有人在？"

沈丁冷冷道："贼的话你也信？她有梦里抱月剑，就是青阳子的传人。现在青阳子已作古多年，孙止水死于青阳子的独门招式绝云负青手，有何问题？"

颜知昌道："可……她确实是一点功夫也没有。我探了脉息，气海里也是空空如也，绝没有错的。"

沈丁冷笑："焉知这不是贼人脱罪的手段，青阳子手段诡谲，掩藏气海是举手之劳。司丞急召我回京，必是司里有大事，我哪有闲情逸致与她空耗，带回京结案是正经。"

可——结案就是死罪啊！

颜知昌悚然一惊，冷汗直流。

沈丁如此草率，轻描淡写地凭一把剑就定了苏缨的罪，叫他惧怖不已，想要为苏缨分辩一句，张张嘴却说不出话来。

颜知昌低低地念叨了数声罪过。

二人离开之后，黑暗又安静的牢笼里，苏缨缓缓睁开了眼睛……

夜色越来越浓，万家灯火，起烟造饭的时节，客栈的大堂十分热闹，人群熙熙攘攘，跑堂的熟练地穿梭于各个桌椅之间，将热气腾腾的菜个个端上去，嘴里滑得流油，说着让人放声大笑的彩头。

有个说书的先生，借着掌柜家的生意，在客栈一楼的一隅摆了一张桌子，惊堂木拍得山响，唾沫星子横飞，说《谢小娥传》。

说书先生从掌柜那里得到消息，这里住了许多从北方来的白玉京的武家，为了迎合他们的胃口，他就说了一个江湖侠女为家人复仇的故事。他文采飞扬，表情生动，又会一些唱念做打，将一出出刀光剑影，演绎得十分传神。

正是众人拍手称快喝彩之时，阿曼的哭声越来越大，却依然只在一角，只让燕无恤听个明白，就淹没在兵荒马乱一样的喧嚣之中。

燕无恤默不作声地吃饭。

阿曼擦着眼泪，呜呜咽咽，哭得凄惨万分："是了……就是这出戏，我家小姐就是被这些戏文所害，什么《谢小娥传》《霍小玉》《匣中记》《孙止水传》……"

有一瞬，燕无恤怀疑自己听错了："什么……孙什么传？"

阿曼见他忽然抬起头来，目光亮得骇人，哭声一下子噎在喉里，抽抽噎噎地说："孙……止水。"

燕无恤微微抽气："这是哪个说书编排的？"

阿曼怔怔道："我……我不知道，是家里夫人攒下的话本子……小姐常常跟我说这故事，还常赞杀孙止水那人是为国锄奸的大……大英雄……"

燕无恤面上陡然出现了一种很奇怪的脸色，阿曼以为他下一刻就会笑出来，而他眼中分明一丁点笑意都没有。

过了好一会儿，他面上神情才恢复如常，轻声一叹："再有什么理由，杀人就是杀人。这些传奇话本、说书先生，害人不浅。若能侥幸救她出来，送她回家去吧，她心绪单纯，不是能行走江湖的人。"

阿曼闻言，鼻子酸酸地问："可，真……能救出来吗？"

燕无恤无言以对。

就在这时，掌柜的一路疾走，端了一盘他们没有点过的菜来，嘴里骂骂咧咧，嚷着跑堂的偷懒，目光沉沉浮浮，与燕无恤交换了一个隐秘的眼神。

盘底，压着一张字条。

燕老二拿在手里，待掌柜的走远，灯下一览。是刘叔的笔迹，气势雄浑，力透纸背：

十万火急！速回！

凡是走江湖讨生活的人，最怕的就是这一日多事、易与人产生口角之分，故而一早起来，到午时之间，很忌讳有人"放快"，即言语冲撞，让这一日多舛不顺。

燕无恤回梨花巷的路上，一直在回忆，今日如此不吉利，究竟是被谁放了快。

昨晚一整夜没睡，今日从早到晚，一个比一个坏的消息如浪潮一下接一下拍来，换个定力稍差、体力稍次的，早被拍晕在地。

不知怎么，脑海中就想到那一日分别时，小丫头嫩生生的嗓音，她说什么来着。

他脑海中的画面一一回放：

花子四只小短腿往后划拉边跑边退；

桃花从地上往树上飘；

刘叔的烟信卷回去、合拢；

花柳街行人倒着走；

最后，凝结到一个叉腰跳脚的娇俏身影上。

脆生生的声音响起来——

“我最不喜欢你这样的人了。”

是了。

此刻，自己这个她最不喜欢的人，还要为她劳心劳力、四处奔走，赔光了钱。燕无恤不由得苦笑，多希望这只是她报复自己几句斥责的一场玩笑……而不是，真的惹上了大祸。

燕无恤赶到梨花巷时，四处已渐渐响起了二更的梆子，暮春时节，梨花落尽，一地凄清。

刘叔候在酒馆门口，等他一到，就将他拉了进去。

酒馆里空空荡荡，除了角落一桌的桌腿上绑着一个浑身裹得紧紧的，脸抹得又脏又黑的叫花子，嘴里塞了一个布团，歪头昏迷不醒。

刘叔低声道：“这要饭的很古怪，在烛情楼门口从中午坐到晚上，说是要找那日被周天情侮辱的姑娘。”

又是烛情楼。

燕无恤单单听到这三个字，脑子里就能炸开一阵余味悠长的疼。

刘叔道：“你也知道，那块地盘是不让叫花子去扫兴的，李丐头带上几个兄弟，将他带走打了一顿，他是没还手，看着老老实实的，答应不生事，转眼又去门口等了。赶也赶不走，打也打不服，烛情楼的鸨儿没法，只能来找我问那日的姑娘在哪里……这不就是你嘛。”

燕无恤思索片刻，发觉此事有异。

叫花子不能进花柳街，这个要饭的又连李丐头都不认识，这就表示他并非一个真正的叫花子，也并不是为了那日的美色而来，必定有隐情。

刘叔想必也是察觉这点，才让人将他带过来。

燕无恤用一杯茶，泼醒了乞丐。

乞丐浑身打了个冷战，缓缓睁开眼睛。他有一双极为明亮的眼眸，透着没有经历世事磋磨的干净，嘴唇干裂翕动，嗓音沙哑：“这……这是何处？”

燕无恤与他开门见山地说：“你不是要找周天情觊觎的人？是我。”

乞丐抬起头，缓缓地打量他一番，摇摇头：“休得骗我，我要找的是一位美貌姑娘，那姑娘的朋友出了大事，再不去救……再不去就晚了。”

燕无恤直觉此事定与苏缨被捕之事有关，沉默片刻，道：“你只能选择信任我。我也在找那位朋友，她被朝中来人抓进了衙门。”

乞丐神情骤变：“你知道？你认识洪福女侠？”

果然是她。

燕无恤颔首道：“认识。”

乞丐如抓住了一根救命稻草，急切地道：“她被抚顺司怀疑是杀了幽州刺史孙止水的真凶，抚顺司六品廷尉沈丁来拿的人。你们快想法子替她脱罪，否则性命不保。”

燕无恤一听，大惊失色，脱口而出：“胡说八道！”

乞丐两指合拢，指天起誓：“我若有半个字虚言，天打雷劈。她那日在烛情楼前用了青云子的绝技绝云负青手，被抚顺司的眼线看到了。沈丁说，杀死孙大人的绝技正是绝云负青手。”

燕无恤沉浸于震惊之中，满脸难以置信的神色，连连说了好几个胡说八道，破口大骂：“抚顺司这群尸位素餐的王八羔子，脑中装的均是一摊草包烂泥，杀死孙止水的根本不是青阳子那老匹夫的绝云负青手。”

“不是……”乞丐问，“你怎么知道？”

燕无恤冷冷一笑：“因为是我杀的孙止水。”

乞丐与刘叔皆换了一张极震惊的脸。

没等他们两人反应过来，燕无恤已如闪电一般出了手，一掌敲晕了乞丐，手起人倒，干脆利落，再睨向刘叔。

刘叔腿脖儿打战，直要往桌下钻，一面念叨：“燕二爷，我什么都没听见！什么都没听见！看在我俩多年交情的份上，您大人大量，饶了我对您叨骂驱使、占您便宜、给您酒里注水……”

燕无恤倒吸了一口气：“酒里注水？”

刘叔又惊又颤，跌跌撞撞翻箱倒柜找出两坛宝贝的纯酿梨花白，双手奉上：“燕爷，是我有眼不识泰山，这是赔您的酒钱。”

燕无恤也不与他客气，接过酒瓶一手拿着，一手拎起瘫地上的小乞丐，掀帘而去。

未几，门外响起一阵清脆的马蹄声。

刘叔跟出去，看见燕老二骑上了他那匹宝贝无比的黑马追风，马脖上响铃悠悠，踏着一地碎琼乱玉，消失在雪白月光和幽微深巷之中。

还是此夜，月明。

西陵城一重一重的屋檐，密密匝匝，其上倾泻了如水月光。

小乞丐是被夜风刮醒的，他下意识就翻个身，做出想要拉扯被子的动作，一转头，便感觉身下生风，呼呼刮过，千重屋檐，就在枕畔！

自己竟然躺在房顶！

他吓得手脚并用，急忙趴稳，满心恼怒是谁将他放置在这里，一抬头便看见了罪魁祸首。

燕无恤坐在房顶横梁的巨大兽头上，手中握了一坛酒，酒坛晃晃荡荡，声音清脆，已去了大半，浓烈的酒香沿着夜风飘入鼻息。他双目一动不动地定在夜色中的某一处。

乞丐在瓦片上叮叮当当地爬了两步，忽觉此态不大雅观，便忍住身居高处的惧意，颤颤巍巍地站起来，慢慢往燕无恤所坐之地挪去。

待与燕无恤并肩，他才看清楚对方目光所聚，是西陵县衙的大牢。

与旁人家万家灯火的模样不同，那里陷入了一片深水一样的黑沉闷窒之中，唯有几点火把，愈加衬得那黑深入眼底，令人胸中生出窒闷之感。

燕无恤一言不发，只是喝酒，那酒如水一样，源源不绝地往嘴里灌，好像永远不会醉。

夜风将他身后黑灰色的破旧大氅吹得迎风鼓舞，乞丐这时才看清，他面上也有酒水——这人已被酒水洗去了颧骨、太阳穴和眼底处痨病鬼一样的青黑，酒液流淌处，是一张干净而俊逸的面容。乞丐素知江湖上有易容之术，此时方有些相信他说的是真的了——他真的是男扮女装、引周天情觊觎之人。

如果没猜错的话，他才是真正的青阳子传人。

和江湖传说咫尺之距，乞丐心中，蓦地生出了几分敬慕之感，良久，他选了一片瓦当坐下，问："大侠……为何要杀孙止水？"

燕无恤乜斜醉眼，看了他一眼："你不如问屠夫为何要杀猪。"

这……太过超凡脱俗的回答让乞丐瞠目结舌，不知该如何继续聊下去。

幸而，燕无恤也没有与他深入对话的趣味。

屋顶又维持了一阵尴尬的沉默。

两个大男人这么坐在屋顶什么也不说，氛围有些怪异，总要找些什么说，乞丐又问："你会救她吗？"

燕无恤道："为何不救呢？"

乞丐犹豫着，如果回答"大侠你竟然敢从抚顺司手里救人"，说不定他会说"我都敢杀孙止水，还不敢救人"，于是话锋一转，自认聪明地问："一个人救吗？"

燕无恤反问："不然呢？"

乞丐陷入了很长的沉默，但终究还是喃喃着把话接了下去："我不敢去，我……我怕连累我家，我怕连累我爷爷。我来找你，已是我所有能做、敢做的事情了。我不像你，独行江湖，逍遥自在，随心所欲……"

啪——

是酒坛落在瓦当上的声音，清脆，瓷片飞裂。

燕无恤转头看着乞丐，面上一收醉中不羁之色，面色冷肃，深不见底的黑色眼眸里，蕴藏着巨大的层层阴云，那是乞丐看不懂的神色。

"谁告诉你，我独行江湖，就逍遥自在、随心所欲了？"

乞丐被他看得背脊一阵一阵生凉，张张嘴却答不出话来。

燕无恤冷冷一笑，拍开另一坛密封，兀自喝酒。

乞丐感觉到自己失言，舌头转了转，偏了话题。

"你为什么要喝这么多酒？"

"壮胆。"

"……"

屋顶终于陷入了良久的沉默。

乞丐靠着凉沁沁的墙壁，老半天后，又在困倦之中，好心嘱咐了他一句："今夜有点冷，你少喝一点。"

燕无恤纳闷："冷吗？我怎么觉得这样热？"

"你在想什么？为何会觉得热？"

"我在想一个姑娘。"

"……"

乞丐半睡半醒的脸，也掩不住听到这话的震惊之情。

一个大男人，大晚上喝着酒，想一个姑娘，并觉得热，这是大侠的意中人啊！

乞丐心里翻起浓浓的兴味，好奇万分地问："是怎样的姑娘？"

燕无恤沉默了片刻，回忆着，用平淡冷静的语气评价道："娇气、任性、胆大包天……"他一顿，又补充道，"心眼很小。"

乞丐再一次瞠目结舌："这、这是仇家吧。"

燕无恤哈哈一笑，不再说话。

他深深地望向黑暗中的县衙大牢，心里一个炙热的疑问，闷闷地敲击着胸膛，直欲将翻江倒海的酒意一并倾泻而出——

你，为何不招出我呢？

后半夜，月光雪白。

监牢里十分冷，春夜更是回潮，墙边窸窸窣窣，不知跑过什么动物。苏缨不敢靠近墙壁，只得蜷缩在干草一角，身上的伤生生地疼着，连绵不绝，强弱起伏，激起额上一阵一阵的冷汗。牢笼中的味道很不好闻，夹杂木头腐朽潮湿的味道，阴森森似发着霉一般，盖在身上的破絮也又臭又脏，她却丝毫没有力气将它掀开一点。

苏缨素来极是喜净，行走坐卧之处就算不要芳香馥郁，至少也干净洁爽，此情此境，她只觉得比杀了她还叫她难过一些。

她仍发着烧，浑身泛起心悸的干热，脸颊发烫，头似要裂开一样疼，喉咙干渴，嘴张开几乎能感到刺起的脆皮扎入唇间软肉，张一张嘴，都是受刑一样难受。

“水……”她烧得迷迷糊糊，无意识地从喉咙间发出低声喃喃，渴盼着路过的狱卒能发一发善心，给她一点水。

即便是一滴水，也好。

果真有轻微的脚步声，由远而近，停在了牢门前。

苏缨拼力挣开被角，早被泥土污迹沾染的缎绣之间露出雪白的一截藕臂，纤纤五指上有泥沙磋磨出的细细伤口，指甲上鲜红的是玫瑰一样的蔻丹，笼罩在幽暗的灯火下，竟生出一种别样的艳丽。

她的声音沙哑而颤抖，似抓到一丝救命的稻草，唤着想要水。

铁索啪的一声，掉落在地。

吱呀——

门缓缓打开了。

牢狱里非常暗，廊中幽微的灯火，几乎照不进来。

苏缨烧得迷迷糊糊，只觉有人走到她身侧，将她脑袋托起来，喂了几口水。

那是外边狱卒们喝的粗茶，喝到嘴里却如久旱逢甘霖，苏缨大口咽下去好几口，喝得太急，又伏在榻边咳嗽起来。这一番动作太大，牵扯到身上的伤，剧痛之下，呻吟不止。

一只手轻轻拍她的背，小心翼翼地扶她躺下。

粗粝的手指停在她的脸上，轻轻擦拭她额边鬓角的冷汗。

苏缨即便烧得迷糊，此时亦察觉怪异，偏头想要避开，那手便收了回去。

可人还没有走，就在榻边。

苏缨睁开双眼，仔细看了又看，却只能看到一个高大的轮廓。

“谁？”她哑声问。

那人却没有回答，只这么站在榻边，盯着她看。

空气里隐隐约约，还有一股酒气。

苏缨心头发怵，往里缩了缩，道：“你……你不要乱来。我是抚、抚顺司的重犯……你若敢不规矩，我立刻……自断筋脉死在这里。他们结不了案，你……你会死得很惨。”

她的声音很低，又极沙哑，如此这般，也有像奓毛小猫一样张牙舞爪的气势。

那人闻言，退后了两步，而后，转身走出牢门。

待牢门合拢，苏缨才略松了一口气。

因有此一事，苏缨后半夜不再敢睡，硬撑着等天亮抚顺司来提人。

卯时，天还未亮，沈丁便带着人来了，火把照得牢狱亮如白昼。

颜知昌提着药箱进来，替苏缨把脉，又喂下一粒丸药，便有人上来将她发间簪环首饰皆去了，脚下坠上脚镣。两个卫士一边一个，将她从牢狱中押上了囚车。

这是抚顺司特制的囚车，由精铁制成，通体黝黑，触之生寒。内里用棉布顺着铁条包了一圈，防着重犯撞笼自杀。苏缨被折腾得气息奄奄，脸色苍白地靠在笼子边，队列往前行走，车轮滚滚，她只觉自己像街头杂耍那些铁笼中的兽类一样，伶仃于世，举目无依。

沈丁唯恐她撑不到西京，无法向上交代，因此令颜知昌就守在她身边，随时诊断，用参片吊着精神。

颜知昌透过几条黑黢黢的铁栏，观察苏缨的脸色。她身体娇小，脚下又戴着巨大的脚镣，蜷在一处显得这笼子格外大。姣好的面容却苍白消瘦，越发显得麋鹿一样大的眼睛清亮绝伦，泉水一样停在幽幽眼窝里。

车行了一阵，颜知昌觉得无聊，便与她有一搭没一搭地说起话来。

苏缨兴致不高，一面敷衍相答，一面将盛了苏香香末的锦囊，悄悄放在衣底。

凉风扑在面上，让人清醒了些。

苏缨举目往外看。

晨光笼罩的西陵城安宁而静谧，有百人骑开道，周围没有一个闲杂人等，只能看见一座又一座熟悉的房屋、牌楼、市坊。这条道路她走过许多遍，幼时

乘坐软轿，轿子里又暖又香，轿外下着雪，轿夫的靴子踩在雪地上，咯吱咯吱一直响。那时她掀开帘子往外看，阿娘揽着她，对她说："朱门酒肉臭，路有冻死骨。"

她正是懵懂稍知事的时节，隐约觉得这话像是外面有人指着她们说，而不该是阿娘指着外面的人说的，她扑闪大眼睛，问："那咱们家是朱门吗？"

阿娘说："是，缨缨长在朱门。"

她闻言，自是欣喜自己不必冻死。

阿娘又说："你虽长在咱们家，也不要被高门朱阁、绮楼绣户蒙住双眼，限了心性。你要知道，世上不止家中的绣房院落，不止花花草草、珍珠琅玕，天下很大，有山有水，有海有湖，很多人在挨饿，很多人流离失所，人间苦楚，举目皆是……为娘希望你以后看见了这些，但凡有能力伸出援手，一定要帮一把。"

彼时苏缨尚小，不是很明白阿娘说的话，她比了一下手臂，画得像月亮一样圆，说："天下有叔叔家中秋夜做的大饼子大吗？苦楚有饼上的芝麻点子那么多吗？"

阿娘莞尔失笑。

苏缨想一阵，又嘟起嘴不乐意地说："天下那么大，缨缨这么小，只有大欺小，如何小帮大？"

阿娘揉一把她的脑袋，温言耳语，如今仍留在耳畔："君子慎独，不求全，不刻意而为。只要做自己觉得正确的事，不留愧于己，不蒙羞于人，坦坦荡荡，磊磊落落，就是最好的缨缨了。"

做自己觉得正确的事情。

不留愧于己，不蒙羞于人。

……

苏缨记忆中，阿娘是一个温柔、稳当又有些冷漠的女子，从小便不怎么亲力亲为地抚养她，放任她放肆野蛮地迎风而长，甚少过问她的日常吃食衣裳等别人家母亲唯恐不尽心的事，大多时，会任她予取予求，只若是过分，便一点都拿不到。

撒娇对阿娘一点用都没有。

其实阿娘也很疼她，只是从来都表现得很克制，顶多，在她生病的夜里，坐在床边陪她一整夜。

此时此刻，对家中爹娘的思念盖过了身上的伤痛，让她心绪支离，鼻头发酸。

颜知昌看着苏缨眼眸四顾，怔怔出神，问她：“你还有家中人吗？”

苏缨对他戒备非凡，忙摇头道：“没有了，我是孤儿，这身衣裳是在墨家得的。”

颜知昌叹了口气道：“可惜了。”

苏缨没有接话。

颜知昌又问：“你不问我为什么觉得可惜？”

苏缨依然没有答话，她视线向上看到了什么，眼眶骤然睁大，眸子像是被朝阳所浸，一下子亮了起来。

那里面盛满了方才融化的春水，波澜潋滟间尽是喜悦之情。

“我可惜你，好好的一个小姑娘，就要送了命……”颜知昌喃喃着，见她神情怪异，竟然满脸欣喜，不由自主随她视线看去，当即也“咦”了一声。

前方就是西陵城的北门，那是极高的一扇城门，向北通过驰道，通往西京长安城。

城墙巍峨，磊磊而上。

此刻春风正刮得盛大而浩荡，天际绵延一线鱼肚之白。

巨大的城墙城砖之上，本该空无一人，却迎风飞舞着一只盘旋摇曳的纸鸢。

“遇到游侠儿，以纸鸢召集群侠相见。”

“你们侠客真是用纸鸢联系呀？”

“你在此处放纸鸢，你的仇家就会施展轻功来寻你吗？”

“是同伴，同伴来找我。”

那只纸鸢，苏缨见过的。

第三章
湛卢剑意

L A N G J I J I A N G H U

城墙上没有人，那纸鸢是断了线的，上下飘忽，慢慢悠悠，自城墙上栽倒下来，正落在沈丁的马前。

沈丁微微蹙眉，令人将纸鸢拿起给他看。

只见那纸鸢上悬着一张红纸，纸上写着笔力遒劲、龙飞凤舞的几个大字——

囚无罪，立释归。

沈丁霍地回头，死死盯住苏缨。

苏缨察觉到他目中的凶狠之意，略偏过头，不迎其锋芒。

沈丁想了想，轻轻地拨转马头，行至铁笼之侧，轻声问苏缨："这是你的同伙？"

苏缨静静地看着他，没有说话。

沈丁冷笑，将那纸鸢从囚笼缝里扔了进去："稚子玩意儿。"又对身侧卫士道，"传令百人骑，放缓行速，控弓弩，严加戒备。一旦有可疑之人靠近，当即斩杀，不必过问！"

沈丁吩咐完，似仍觉不足。感到自己的权威被一只纸鸢大大冒犯了，他冷冷对苏缨道："百人骑是我大靖最精锐的虎狼之骑，甲胄齐备，弓弩正利，一能敌百。不管来的是谁，都是一个死。"

苏缨面色微变，往后缩了缩。

如愿在她面上看到了畏惧之色，沈丁方下令队伍重新开行。

车轮滚滚，走过西陵城城门，洞开的门外，是烟尘四起的洛南古道。

距离他们抵达河洛府，只需要一天。而后再往北走，临近西京，十步一岗，五步一哨，又有白玉京的武家拱卫，就是神仙也不能救人。

思及此，沈丁心里微微一定，面上无甚表情，只放缓了缰绳，控制马速，走到了一行人的中间。

苏缨的囚笼在队列之尾，她怀中抱着纸鸢，手指摩挲过上面的字迹。她微微有些担忧，抬起头来，望向隐藏在朝雾里的驰道。

如此，百人骑严加戒备，一走就是半日，什么都没发生。

沈丁派出去三四个斥候在前探路，每一次回来报的均是“坦途无障”。

颜知昌忍不住小声对苏缨说：“是真有人救你？认真要救，怎么不打埋伏，只打草惊蛇地放个纸鸢？现在倒好，走得又慢，连只鸟儿都飞不进来，这倒像是在害你。”

苏缨靠在笼壁上，眼皮微抬，道：“你不懂吧？这就叫江湖行事，就像你爹要打你，总要先教育你一样。”

颜知昌不防受了这一句刺，气了个倒仰。看苏缨脸色，比之早晨的惨白无光，已好上太多，那双灵动非常的杏眼，竟含着一点笑。

让颜知昌感到自己被嘲讽了。

“你得个纸风筝，乐什么？真能有人把你捞出去，我倒真要叫他爹。”

颜知昌指着附近的铁甲卫士，教育她：“你看看，这些都是真刀真枪。这可是西京南大营最精锐的百人骑，跨良马，佩金鞍，披坚执锐、无坚不摧的百人骑，你认得吗？”

苏缨指着自己，问颜知昌：“你看看我，你认得我吗？”

“不认得。”

本着输人不输阵的想法，苏缨道：“我……可是话本里的大侠，跳崖死不了，下水淹不了，踩不扁，锤不烂，化成灰都能复活过来让你叫爹爹的大侠。”

颜知昌沉默了片刻，道：“大侠你倒是出来啊，你出来我就叫你爹爹。”

苏缨无语片刻，道：“我现在不过是遇到了一点小麻烦。”

颜知昌敲一敲铁笼：“你管这叫小麻烦？你就嘴硬吧，等你脑袋掉了看你怎么嘴硬。”

苏缨将脑袋别转到一边。

二人话不投机，各自闭嘴。

说话间，队列已行至山峦环绕之地，举目而望，俱是丛林灌木。沈丁举起鞭子，勒令队伍停息，稍作休整，方往前推行。

只见道路曲折，一阵山风呼啸而来，山林之上，群鸟振翅凌霄。

沈丁脸色一沉，道：“有埋伏！”

当下百人骑变换阵形，行进速度变得很慢，弓弩手在前，苏缨身侧多了许多戒备森严的卫士。

一瞬间，苏缨几乎可以听到紧绷的呼吸声和拉满的弓弦声，她眼睛眨也不敢眨，听见自己的心跳声，由缓而疾，怦怦地拍击在胸膛上，几乎叫她喘不过气来。

一步……

两步……

几百步……

什么也没有发生。

待走出了这一片山峦，沈丁忍不住，转头深深看了苏缨一眼，眼底阴鸷之色浓郁。

车轮驶上平原，面对一望无际的草地旷野，行进速度又快了起来。

颜知昌恨铁不成钢地问苏缨："大侠，搭救你的人在何处啊？"

苏缨此时也有些底气不足起来，回他："在……前方。"

颜知昌笑了笑："再往前走十里，是小寒山，过了小寒山，就都是平地了。你同伙不会在平地救你吧？"

百人骑都是骑兵，马匹驱驰纵横，在平地有绝对优势。

就算是这些江湖乱党胆子再大，也绝不敢在平地乱来。

苏缨难以回答他，索性开始闭目养神，她心底此时亦是满满的疑惑和不安之情。车轮在山泽之间往前推进，每一步，于沈丁等人都是松一口气，于苏缨，却如重锤一样狠狠敲击在心上。

然而，一切都太如沈丁所愿，也太不如苏缨所愿。一直到车马行过小寒山，还是什么都没有发生。

苏缨双手放在铁笼边，望着远处斜阳草木，延伏一线平途，面色苍白如死。

前方就是一望无际的沃野。太阳已坠往西方，暮色悄然降临。

沈丁的队列之中有哈哈大笑的声音。

"沈大人，那贼就做了缩头的乌龟了吧？"

"白白戒备了一日，连个鸟影都没有，真要让爷爷我逮着这贼，定要将他揍得屁滚尿流，让他娘都认不出他来。"

"敢耍我。"

"还以为多大能耐，也就学黄口小儿，放个纸风筝。"

"……"

一时军心大安，队列松弛，沈丁亦是毫不在意起来，传令就地生火造饭，吃完了就在下一个云中驿休憩，明日再赶往河洛府。

然而，就在他们军心松散之时，前方薄薄的雾气之中，忽然出现了一个身影。

先是最前方的斥候反应过来，疾呼："沈大人，有人！"

众人看去。

只见前方坦途大道上，一人横刀立马，似已等候多时。

他身穿黑衣，跨着黑马，一身铁灰色大氅，马背上挂着一把长长的陌刀，刀刃散出微微寒光。

背后的夕阳余晖披了满身，模糊了刀刻一样的脸，刚刚走出的小寒山还有山峦与雾霭，遥遥栖在身侧，令他凭生了几分不可靠近之感。

黑马趔趄而立，原地踏足，尘沙四溅。

那人一只手控着缰绳，漫然开口："我在此候了一日，尔等庸徒，拖拖拉拉，三步一停，目散眼迷，臂似苇摆，被个纸鸢吓破了胆不成？"

他的声音不大，也不凶狠，甚至可以说是平和而低沉的。

然而这几句话骤然响起之时，却压过了人群的喧嚣、马鸣风萧、车辙滚动之声，如一道惊雷一般传到每一人的耳朵里。

当下——

马匹开始躁动，卫士也开始不安，众人耳中嗡嗡直响。就连隔得最远的苏缨都感到胸中震痛，耳鸣不止，头晕眼花。

颜知昌叮嘱道："捂耳朵。你太虚弱，禁不住他的'狮子吼'。"

苏缨抬手捂住耳朵，双眸凝在那道身影上，她认出了坐骑是追风，马上之人当是燕老二无疑。

然而他的面容半点不似记忆中相貌平平无奇的燕老二，反倒是轮廓幽深，目如寒潭，出奇地俊逸。

苏缨不由自主地分出一只手来擦了擦眼睛，想看清是不是暮光太盛，将她刺得眼花的缘故。

"别看了，是我。"燕无恤催马上前，柔声道，"我来了。"

不知是不是他刻意强调了"我来了"三字之故，苏缨霎时更红了眼眶，先前不足为人所道的无数委屈皆一齐涌上来，令她目中微湿，手指握紧铁笼柱，

怔怔不语。

燕无恤的第一句话，已让沈丁大为失色，惊怒交加，见他单枪匹马而来，如入无人之境，径自与笼中囚徒说话，竟未把自己和大靖最精锐的百人骑放在眼里，怒极反笑，拊掌道：“好一对落难鸳鸯，好一出情深似海……”话音陡转，抬手往前一指，扬声道，“弓弩手。”

一声令下，还沉浸在震惊之中的弓弩手立刻就位，摆阵，拉弓，控弦，放箭。

数个弹指之间，箭矢齐发。

燕无恤面色一沉，身形微动，握着陌刀的手移到马鞍之前，数道刚猛霸道的刀意骤起，箭矢甚至来不及近他的身，便被似无处不在的幽微凌厉的刀锋斩断，甚被横挡击回，眨眼之间，竟有在前的数人中了碎裂的箭矢，惨叫一声坠落马下。

这等如潮汐巨浪一般凌厉无匹，又如泼天大雨一样无所不在、滴水不漏的刀法，令沈丁大惊失色，他自忖在白玉京也是排得上前十的高手，却对这孤身怪客的招式闻所未闻、见所未见，不由得“咦”了一声。

他脑海中飞速闪过白玉京各大高手的招式，琢磨破招应对之计。

然而，又不过两个弹指，在第一批箭矢放罢了，第二批箭还未架在弦上的当头，燕无恤已快如鬼魅地逼近了沈丁身前，刀锋凛冽，刀意如梦，层层逼近，兜头斩落！

燕无恤的身形实在太快，快到附近的卫士都来不及做出反应，待箭再架起时，对准的已是燕无恤与沈丁两人，投鼠忌器，谁也不敢轻举妄动。

嗡——

陌刀呼啸之声在耳。

沈丁一瞬间，被逼到鼻尖的刀锋迫得鼻梁发酸，然他毕竟身经百战，反应极快，手中软鞭在电光石火间猛地掸直，鞭如灵蛇，拦住陌刀的刀刃，迅速盘过三匝，奋力阻挡住这宛若雷霆的一击。

这是沈丁的绝技，唤作“柔骨鞭”。他擅使一条金丝、牛皮、牛筋盘在一起的长鞭，柔时绞人骨软肌销，刚时令人肝胆俱碎，筋骨皆断。

燕无恤来势汹汹，招式诡谲，让沈丁不敢轻忽，一出手便是集毕生之所学的“盘字诀”，这一盘以柔克刚，绞缠而上，如长虫游走，紧紧贴于陌刀之上，若是寻常的刀，不消几下盘缚，轻则失力脱手，重则刀裂柄脱。

陌刀在长鞭的束缚下顿住，停在半空之时，刀刃离沈丁脖颈只有三寸之距，透过刀刃上的白芒，对上来人幽深而晦暗的黑眸，感到其中透出的层层杀意，沈丁冷汗直流。

刀还在加力，燕无恤的内力仿若沧溟之浩瀚雄浑，不绝如潮，御行如风。沈丁拼力而挡，两力拼撞之间，他胸口翻覆，五内如焚，紧握住鞭的两手渐渐勒出一道深深的血痕。

不过片刻，沈丁浑身已如被水倾头而下，汗湿重衣。

反观燕无恤，目中古井无波，面上不动如山，冷静得让沈丁直怀疑对面是一尊铁人。

沈丁很快就慌了，眼见盘字诀对陌刀毫无撼动，忽然收手撤力往后仰，避开陌刀的刀凤，长鞭一绕从袖底再度探出，往燕无恤腕上缠去，灵若游蛟，是柔骨鞭的绞字诀。

沈丁意图趁燕无恤手握长兵难以骤然抽出防身之机，发挥自己短兵和软兵的优势，制住他的一只手。

然而燕无恤竟不避反迎，四指将鞭身一握，朝自己的方向狠狠一拽，反倒让沈丁身形不稳，险撞刀上。

沈丁仓促回防，便是此时，燕无恤精确地捕捉到长鞭掸直的空门，刀刃倾斜，如一片薄薄的电光骤然穿透鞭身。

啪的一声，那条极韧极柔的长鞭瞬间断作了两截，陌刀扫除抵挡，径自横在了沈丁颈侧。

沈丁长鞭瞬间脱手，面色灰败如死。

一盘、一绞。他在燕无恤手底下，只走过了两招。

沈丁自恃高手，以长鞭为傲，从白玉京到抚顺司，从未经历如此凄惨之败，竟让人将长鞭断作了两截，奇耻大辱覆蒙于心，急怒之下双手袖筒微微颤抖。

这一幕也震惊了四周的卫士，论武艺高强，沈丁均在他们之上，却不到三招就惨败于黑衣怪客之手，靠得近的人，已不由得身如筛糠，腿脖儿打战，一时竟谁也不敢上前。

然而，燕无恤的陌刀却没有如他们所料那样直斩而下，而是牢牢停在了沈丁苍白的脖颈边，不再靠近一点。

燕无恤一手拎着沈丁的领子，将其携下了马，四足落地，周围自动隔开了一个圈。

他手中掌握着沈丁的性命，谁也不敢轻举妄动。

燕无恤道："沈大人，我求你一件事。"

沈丁扫一眼脖边的刀，暗暗咬牙：“你说。”

“我可以不杀你，也可以不杀任何人。杀幽州刺史孙止水的是我，你尽可以缚我回去受审。”

燕无恤的几句话，让沈丁面色骤变，不可思议地望向燕无恤——这人疯了不成？

然而燕无恤目光诚挚，神情严肃，无半点玩笑戏弄之意。

沈丁灰寂如死的脸，蓦地有了一点血色，眼睛四转，思索着燕无恤的提议。

“你要我答应你什么？”

燕无恤往苏缨的牢笼看了一眼：“放了她，还她清白，不要追捕她。”

“就这么简单？”

“就这么简单。”

颜知昌尚沉浸在看过了燕无恤出招的震惊之中，听见他的要求，愈加吃惊，脖颈僵硬，吃力地转头回去看了苏缨一眼。

他见她的脸紧紧绷着，视线一动不动地黏在燕无恤身上，心下便有几分了然，凑过去低声道：“哎，我那赌约可以取消吗？”

“什么赌约？”

“就是谁把你捞出去，我管谁叫爹的那个。”

“……”

颜知昌又道：“你这郎君，也算是情深义重了……我就说怎么这么大本事，还要绕这么一大圈子。”

苏缨闻言，蓦地怔住，脑海中掠过昨晚后半夜监牢中给她喂水的那个黑影，彼时昏昏沉沉，并不认得，此时仔细一想，身高、体形、行事，不正是燕老二嘛。

他既然有本事半夜神不知鬼不觉地把自己救走，为什么却要兜一大圈，偏偏选了最是平原利于骑兵行军之地，单枪匹马而来，骤然出手制伏沈丁，再谈条件。

她心中忽然浮现了一个想法，初露端倪，便心底惊颤。

难道燕老二竟然……竟是要……

“不要。”苏缨下意识地抓紧了铁笼，出声打破了燕无恤与沈丁的交谈。

“不要！”她没有叫出燕无恤的化名，也没有说理由，只是紧紧盯着他深如寒潭的眼睛，拼命摇头。

燕无恤尚未回答，沈丁先一步道：“这里岂有你置喙的余地！”

他话音刚落，脖颈一凉，陌刀又逼近了两分，此时已紧紧贴在他颈子上，刀刃闪着寒光，瞬间便破开了一道口子，鲜血淋漓而下。

沈丁不料燕无恤突然发难，背后起了一层薄汗，望向燕无恤，性命关头的危机令他一向平静的嗓音也有了一丝颤抖：“做……做什么？”

燕无恤朝苏缨看了一眼，只一眼，便转过了头去，对沈丁道：“沈大人，想好再说话。你点一点头，擒贼的功劳就是你的。”

沈丁沉默片刻，道：“我允了，立刻释放她，还她清白，抚顺司不会留下她的案宗，白玉京也不会再有任何人搜查她，她不会再是逃犯之身。”被人胁迫而出此言，沈丁自觉是奇耻大辱，此时面色苍白，张一张嘴，为自己的上一句话辩解道，“你既是真凶，我要抓的本就是你，与旁人无关。”

燕无恤细细打量着沈丁，将他脸上细微的变化尽收眼底。

那边苏缨还在苦苦恳求燕无恤，而他恍若未闻，只专注于猜测沈丁是否会遵守诺言。良久，他方开口：“君子一诺。”

沈丁道：“项上人头作保。”

燕无恤颔首，打了一个呼哨，黑马穿过人群，奔到他身侧。

燕无恤的刀依旧架在沈丁脖颈之畔，指两人牵马过去将苏缨放出来。

铁笼打开，苏缨双足挂着脚镣，身上又带着伤，一日只进了一点水，被解开脚镣扶上马时，险些从马上坠下来，只得抱着马脖子，聚了些气力，慢慢直起身。

两个卫士将马缰牢牢抓在手中，牵着马走到燕无恤与沈丁二人身前。

苏缨此时已不再说话，只怔怔望着燕无恤，一张本就被折腾得清瘦了一圈的脸更显苍白，双目之间水光幽幽，竟是泫然欲泣。

见此情状，燕无恤不由得出声安慰道：“小丫头，江湖有江湖之道，庙堂有庙堂之律，人是我杀的，我不过前来投案罢了。你不必难过，也不要惦念，倒是我害你受了这么多日的苦，我……对你不住。”

苏缨缓缓摇头，声音里有一丝被拼命压抑的哽咽：“不，我阿娘说……我阿娘说孙止水才是大奸大恶之徒，杀孙止水的不是坏人，是英雄。”

燕无恤哈哈大笑：“想不到我浪迹一世，随波逐流，混迹鸡鹜之群、蜉蝣之境，也有一日，能被人叫英雄……多谢，你阿娘还在家中等你，快回家去吧。”

二人话别，看在沈丁眼中，竟满是缠绵悱恻之意，他冷冷一笑，眼底滚过

沉沉暗色。

燕无恤见苏缨已上马，开口催沈丁令人放缰纵马去，沈丁却一动不动。

沈丁道："人我已经放在马上了，你总要给我看看你的诚意。万一她走了，凭你这样的身手，谁拦得住你？我岂不是要竹篮打水一场空？"

燕无恤想了想，对沈丁说："我放了刀，赤手空拳，你尽可放心了？"

沈丁忌惮于他深厚的内功，道："叫人锁了你的琵琶骨，方可放人。"

燕无恤思忖良久，终是颔首答应下来。

卫士押着苏缨与黑马候在一边，沈丁承诺等琵琶骨锁上，当即放人。

燕无恤依言扔下陌刀，七八个卫士涌上前，用铁索将他紧紧束缚住。沈丁这才得以从他的钳制中逃脱，掏出手绢擦着脖子上的血，厉声道："上精铁链，穿琵琶骨，锁起来！"

燕无恤并没有反抗，垂下双手，任由卫士用铁索将他双手绑缚，脱下上衣，露出了遍覆一层筋肉的上身。

精铁穿过身体，血液喷涌而出。

冰凉的精铁和滚热鲜血混在了一处，燕无恤喘息粗重，喉底溢出低吼之声，眉头深深皱起，其上汗珠密密麻麻，顺着眉骨、眼皮、鼻梁，滑过下颌脖颈。

十指粗细的铁索，闪着寒光的铁钩，径直钻入肩胛，穿胸而过，他似一只被俘获的兽，被牢牢钉死。

苏缨被人押着看这一幕，一直在眼眶里打转的泪水终于夺眶而出，断线珠子一样接连不断地淌落，偏过头不忍心再看。

直至皮肉终于穿透，铁索两端被数卫士牢牢握在手中，沈丁终于满意地点了点头。

汗水顺着发梢一滴滴落在地上，洇入泥土，燕无恤吸了好几口气，缓缓抬起头来，望着沈丁，声音较方才低弱了两分："可以放人了吧？"

沈丁欣然道："人，是可以放了。"他从地上捡起自己断作两截的鞭子，心疼得啧啧有声，"可是你折了我的鞭子，这账如何算呢？"

燕无恤面色微变："你想如何？"

沈丁微微一笑："这条鞭子，我出入怀袖，伴了我十几年，说是如同我心爱的妻妾一样也不为过了。你今日竟辱我妻妾，让我经此奇耻大辱，我是不是该以同样的方式，在你身上取回来？"

燕无恤不料他这样睚眦必报，怒道："这是你与我的恩仇，你先把人放了，我人就在此，凭你讨债。”

沈丁笑道：“你骨头硬得很，怕就算一个死，我也辱不了你，除非……”他把目光投向了苏缨。

燕无恤倒吸了一口凉气，急问：“你想做什么？”

沈丁嘴角勾勒一弯弧度，眼里却一点笑意都没有，他喃喃自问：“我想做什么？我不想做什么。”指一指押着苏缨的数个卫士，“不如问，他们想做什么？”

“无耻之徒！”燕无恤大怒之下，破口而出，猛地站起身，就连四五个卫士都押不住。

沈丁忙往后退了好几步，又加了些人束住铁索，任由燕无恤挣得叮当作响，面上笑意也越来越深。

燕无恤面上惊怒，目光如炬，一动不动地死死盯着他，声嘶沙哑：“沈丁，你也是朝廷中人，怎可出尔反尔，做此卑鄙下作的诡计？”

沈丁低笑出声：“我卑鄙？我下作？那我还是叫你亲眼看看，不见棺材不落泪。”说罢，他闪身一旁，对几个卫士使了一个眼色。

一人的手便搭在了苏缨的肩膀上。

苏缨面色惨白，急往后退，身后也围上几个卫士，汗臭的身躯、污秽的言语、混浊的气息，像是一张密密麻麻的网，兜头兜脑逼来。

苏缨浑身颤抖，剧烈挣扎起来，却被两人牢牢绑了手，动也不得再动一下，伴随一声尖厉惨叫，她的外袍被粗暴撕开一道口子，肩头瞬间绽开一抹羊脂玉一样的嫩色。

燕无恤忽然被那道雪白刺痛了一样地眯了眯眼。

几乎是同时，一粒石子飞去，凌厉剑意划破长空，闪电般斩断了探向苏缨的手。

血腥如涌，鲜红盛绽。

凄厉的哀号声响起来，苏缨身旁霎时空了一个圈，四周响起此起彼伏的恐惧抽气声。

再看探手撕衣服那人，已断了一臂，躺在地上痛苦蜷缩着，号叫不止。

沈丁大惊失色：“竟还能使出绝云负青手？”

燕无恤缓缓抬起头，看着沈丁。他上半身肩头穿入铁链，鲜血直流，披了半身，衬得整个人如炼狱修罗。

暮色覆了四野，天际浮云如灼，火烧一样的颜色染遍了山石、草木、马匹、

囚笼……燕无恤业已一切都听不到，耳边只余空澈寂静。

天地之间，似乎只剩自己喘息的声音，回荡在五内，朦胧了蕴识。

像是一刹那。

又像是沧海桑田的久远。

燕无恤脑海里什么也不剩，茫茫的一片雪白。

他感觉到冷，这应当不是身上铁索的温度，而是吹在皮上的风，暗淡的、裹挟汹涌的暮色，回荡着荒原上幽呜的沉响，空空打在骨头上。

他不记得自己出了多少招，两手无力，他只得腾身而起，腿踢出去，脖颈断裂的脆感，刀戟冷硬的触觉，血腥的黏腻留在足下。

身上的束缚不过是一堆铜铁，就算历经了千锤万凿，也不过是条条冷寂俗物，而原先束缚在心底的那一条，究竟是什么？

规则、信誉、道义。

求一个公道。

求一个无愧。

而如今什么也不剩了，没有陌刀，没有追风，甚至两只手皆被锁住，只能睁着一双眼睛。

早知如此……

早知如此啊！

燕无恤低声笑了起来，狰狞又低沉的笑声满含嘲弄，声音让人感到来自骨髓深处的寒意。

沈丁远远对上燕无恤杀红的双眼，只觉此情此景，当为平生所见最为恐怖。他遍体生凉，再顾不得此刻近距，目眦欲裂，声嘶力竭地疾呼："快！放箭！放箭！快！"

弓箭的一头，密密麻麻，黑黑一排，指向了中间的人。

箭矢离弦飞来，燕无恤猛地跃起再落地，两条铁索坠在泥土上，带起尘沙四溅，他挥舞拖在身后的铁索，竟令飞沙走石皆成暗器，裹挟凌厉剑意而出，四周再度响起哀号之声。

沈丁浑身开始不由自主地颤抖。

距他数数十尺的距离，燕无恤一步、一步靠近。

燕无恤身上渐渐热起来，仿佛可以听见血液滚滚，游过四肢百骸的酣畅淋漓之响，仿佛可以听见湛卢剑意在气海之间铮然长鸣，俯视苍生，叩问洪荒。

青阳子传下一脉内功，名"湛卢剑意"，得名于开山立派时，从上古神剑之中得的一缕灵气。

此剑意代代相传，传道者必遵循——秉武为天下，仗剑为苍生。

即传承湛卢剑意的人，要以身为剑，高悬人世之间，俯视鸿蒙混沌之境。要秉承公心、激浊扬清，令作恶者忌惮、为祸者惊颤，令那宵小俯首、魑魅魍魉退散。

燕无恤再度拾起落在地上的陌刀之时，天边最后一丝猩红残阳也坠落山头。

小寒山头，月如冷眼，荒原广袤，寂凉无边。

当燕无恤用陌刀斩断腕粗的铁链之时，所有人，包括沈丁在内，都知道无人再能拦得住他了。

一开始，卫士们以为他定是要救走被强迫的苏缨，故而退出苏缨身侧数十尺远，让出一条道，以便他救了人就走。

然而燕无恤捡起地上的铁灰色大氅，将已经昏迷的苏缨兜头兜脑地覆在其下，便提刀直冲沈丁而去。

沈丁脸色灰败如死，哪里敢战，铆足了劲往后退，下令百人骑在前掩护。

燕无恤出手迅捷，陌刀劈刺砍杀之间，鲜血四溅，腥味扑鼻。百人骑已见识过此人的恐怖之处，军心涣散，难以撄其锋芒。

很快，陌刀便从人群之间劈出了一条血淋淋的路，直指向后方沈丁。

不过眨眼，已在十来步开外。

沈丁大骇，拉了一匹无主之马翻身便上。

燕无恤冷哼一声，手中陌刀脱手，裹挟凌厉刀风，在夜空之中划过一个弧度，稳稳刺中马脖，马匹长嘶抬蹄，猛地翻滚在地。

沈丁被甩出，狠狠摔在地上，双足一时无法站立。他伏在地上朝前爬了两步，背上忽然一重，便觉寒毛直立，粟粒密密麻麻在脖子上浮起一层，滴着血的陌刀，重新架在了他脖颈边。

燕无恤一足踏他背上，一手抓住他头顶的发髻，将之脖颈拉长。

沈丁吓得颤抖不止，嘴唇张合，要说什么。

然而这一次，他一个字都来不及说出口。

血液飞溅，人头落地。

……

沈丁一死，百人骑更是摧枯拉朽，兵败如山倒，便是刀枪剑戟一齐而上，

也难以扭转覆灭之势。

这是太漫长的一夜，漫长到，颜知昌一度以为自己看不到明日的太阳了。

他两股战战，心口疾跳，拼命思索着逃生的路。他看到有逃兵，然而一旦马蹄声响起，那人就会成为燕无恤最先攻击的目标，很快丧命刀下。

颜知昌明了其意图之后，冷汗簌簌而下——这黑衣刀客特地选了平原来劫人，难道除了一开始降低沈丁防备之余，也有最后破釜沉舟的打算？便是叫任何一个人都不得逃出去。

没有比平原……更容易让他分辨有没有逃兵的地方。

颜知昌不敢深思，深思甚恐。

颜知昌在夜色中摸索，悄悄靠在了伏在地上的苏缨身侧，掀开大氅往里看，只见灰氅下的少女双眸紧闭，月色下脸蛋清皎，睫毛覆了一层淡淡的阴影，这样安宁静美，似与外面血腥残暴的一幕毫不相关。

颜知昌推了推苏缨，低低地急切呼唤道："小丫头，小丫头……你醒醒，看在我也为你说过话的份上，救命啊！"

怎奈苏缨这两日损耗太过，又受了惊，此刻昏迷不醒，在他推搡之下毫无所觉。

反倒是燕无恤极为警醒，余光瞥见有人动了这里，立刻赶了过来。

顷刻，腥风卷来，颜知昌直以为大限将至，两股战战，颤声道："大侠饶命！大侠饶命！我绝不会说出一个字！我……我是个医官，给她看病的，我什么也没做！"

话音刚落，陌刀闪着冷冷寒光的刀刃一顿，收去刀势，堪堪停在了他的脑门上。

颜知昌从鬼门关捡回一条命，吓得冷汗涔涔，晕倒在地，后事不知……

西陵城西五十里处，有山名"浮游"，草木珍奇，多飞瀑流川，数座山峰并列，千回百转，曲径通幽，乃道教名山，其上多历代文人的摩崖石刻，令过客流连忘返。

浮游山的第二峰尤其险要，人迹罕至，便是打柴的樵夫、捕蛇谋生者、采药的农人都极少踏足。

此刻，浮游山第二峰，朝阳初起，春光正盛，晨光倾洒，鸟儿鸣叫，追风走在草地上，甩尾巴慢慢吃草。

草坪尽头的竹屋之中，一面容清秀俊雅、举止温娴的白衣文士撑在窗上，观察着浑身是血、一脸煞气，正……蹲门口使劲搓洗衣物的大侠。

大侠的肩上还有两个洞，被他用土医的法子填上些草木灰，随着其用力搓洗的动作，草灰簌簌而下。

白衣文士蹙眉道："燕兄，你好歹也是青阳子于世上唯一的传人，再怎么混得差，也是一代大侠，不至于连重新买一件衣衫的钱都没有吧？"

白衣文士在一旁打量着燕无恤，他眼底血丝遍布，身上除了铁链穿胸，还负了好几道伤，然而这人似铁人一样，行动如常，还在换衣、洗衣、喂马。

脑海中浮现出今天天刚亮时，燕无恤怀中抱着一个女子，敲响大门的情景。

那女子锦衣华服被磨得破破烂烂，一张俏脸毫无血色，发髻凌乱，肩头的衣裳还少了一块，如被暴风摧残过的花朵，可怜无比。

他当即便指责燕无恤："怎么把人折腾成这样？"

然而燕无恤的神色实在太怪了，怪异得让他这个多年好友在脱口而出一句戏弄之后，气氛都冷在了当场。

他很快发现了不寻常的地方，燕无恤身上的血腥味太重，其气海翻腾，刚刚大开大合地使用过湛卢剑意，现下气力微微不济，手腕在微微发颤，更可怕的是其眼睛，血丝遍布，神情晦暗，眉宇之间还留着数道凛冽的杀伐之息。

坏事了。

这厮杀人了。

这厮杀了很多人。

关门。

他当下便要合拢门，然而晚了一步，燕无恤一抬脚顶住了门，道："我把追风放你菜园子了。"

他咬牙切齿："你……够狠！"急急忙忙夺门而出，去菜园里驱赶黑马。

他很快发现，燕无恤不仅把追风丢在了菜园里，还丢了一个人——一个被敲晕了的锦袍医官，身上还佩戴着抚顺司的官佩。

他吃了一惊，走到门边敲敲门板问："你怎么还留了一个，一顿杀不完，带走路上杀？"

燕无恤没有回答他，小心翼翼地把那女子放在了小屋里唯一的一张床榻上，又打来水，仔仔细细地替她擦去面上沾染的血迹。污泥和血点子擦净了，露出一张美丽而安宁的睡颜。

那女子长着一张看起来很乖巧的脸，肌肤白皙柔嫩，轮廓线条柔和，眼睫浓密，黑发如墨，一看就——没被欺负过。

他见状，啧啧有声，燕无恤这穷得裤裆生风的人，和这么个金娇玉贵的小姐，怎么都联系不到一起去。

“她是谁？哪个富贵人家的小姐？你们什么关系？”

燕无恤没有回答，望着榻上昏迷不醒的女子，怔怔出着神。

那一瞬间，他在燕无恤微皱的眉头、暗沉沉的眼底看到一丝怜惜之色，当下，如被拍通了任督二脉，福至心灵，猜到了事情的梗概。

“她被人欺负了？”

燕无恤没有说话，算是默认了。

他又问：“你救她？杀人了？”

依旧是沉默。

他吃了一惊：“燕无恤，你竟做出这样冲动的事情？”

他深知这厮虽然武艺高强，但实打实是个冷心冷面的人，江湖边界，人心险恶，多的是欺男霸女、坑蒙拐骗、腌臜营生勾当，燕无恤常年混迹于此，从未见对方像一个正常的大侠一样嫉恶如仇，怒发冲冠，拍案而起，荡尽世间不平。大部分时候，对方都是冷眼旁观，当佐酒之肴，看过就罢。他没少为这奚落燕无恤是个胸无大志、没甚作为的人，空负了一身绝顶本事。

“你怎就忽然这么仗义了？”他迟疑着，小心发问，“杀了多少人？是什么人？”

燕无恤陷入沉思，用手搓了搓遍布血丝的发红眼眶，说：“七八十……百来个吧？”

他愣了愣，干笑两声：“燕爷……燕爷好身手。这样吧，我这小庙也装不下你这尊大佛，待会儿等人醒了你赶紧走吧，不要被官府追上了。”

燕无恤道：“杀的正是官府中人。”

他再度震惊了，眼眸睁大，嘴唇合不拢，一脸如被雷劈过的神色，结结巴巴：“你……你是要反啊？”

燕无恤把半张脸埋入掌中，唯余下一双眼睛，红通通的，望着沉睡的女子。

“揽洲……我实不知，当怎么办了。”

……

李揽洲是江南人，幼时举家北迁，家住西陵城，也算是个书香门第。燕无恤那时同他比邻而居，两人自幼熟识，交情匪浅。后来燕无恤长到十岁，有了一番奇遇，也在他的见证之下。

李揽洲曾入京求官。朝堂上拔擢官员，文走科举，武走白玉京。他四体不勤五谷不分，入不了白玉京，只得靠着腹内诗书，混了个芝麻大小的官。又因得罪了上司，不到一载就被免了官。

家中嫌他丢人，他也懒怠居在家中，故结庐浮游山隐居起来，耕作山林，白衣放鹤，倒也自在。

燕无恤住在梨花巷，每年都会来和他喝酒。

年年大雪封山的时候，就会看到燕无恤从山脚下迤逦而来，带着肉，还有稀淡的梨花白，同他烧柴山间，一窗飞雪，小炉温酒，对酌到天明。

两人像有默契一样遵循着对酌之约，然而去年冬天，燕无恤却失约了。

再见他时，却是春暖花开的时节，他带着一身血腥，抱着一女子，仓促上门。

李揽洲知道，燕无恤是无处可去了。

李揽洲对苏缨滋生了无限好奇，这是怎样的女子，竟令燕无恤大失平日水准，冲动至此。

苏缨醒来时，是第二天的早晨了。屋中有水声翻腾，李揽洲手持一卷书，白衣翩然，目光若有若无地停在她的身上。

苏缨缓缓睁开眼睛，又合上，再度睁开，目光移向了李揽洲："你是谁？"顿了顿，又问，"燕老二呢？"

李揽洲合拢书卷，微微一笑："他死了。"

"死了？"苏缨一惊，猛地从榻上坐起来，面上满是难以置信之色。

是了，她失去意识之前，燕老二已被贯穿了琵琶骨，四五个人锁着他，生死就悬于一线之间。

李揽洲笑意更深了："可惜啊，被人乱刀砍死了。再铁骨的英雄，也难过软身蚀骨的美人关呀，你说是不是？"他这一壁玩笑得畅快，没有料到苏缨望着他，圆睁的杏目毫无预兆地就流下了一大滴眼泪，滑过下巴，紧接着，又是一滴。她面上惊讶表情逐渐退去，嘴唇微动，奋力咬着唇，这样隐忍，越发显得这滴泪水悲伤至极。

就连李揽洲这心知不过逗弄她的人，都被她的神情刺得心间一痛，不知所措起来。

苏缨颤声问道："他是为救我死的吗？"

李揽洲编不下去了，他张口结舌，一字难吐。正此时，门口传来一声巨响，转头看去，却是燕无恤一脚猛地踹开了门。

李揽洲刻意别好的门闩断成两半，吧嗒一下落在地上。

窗外晨光大盛，他身影背光，虽看不见表情，依旧可见四肢俱全，全体无恙。苏缨定定看去，神情微怔。

燕无恤将怀中抱的一捆柴放在门边，目光极为不善地盯着李揽洲，才靠近，没来得及开口，忽然就感到腰间一暖，是苏缨从榻上跪坐起来伸出两只手，环住了他。

燕无恤浑身蓦地僵硬。

“太好了，你没有死。”苏缨抓着他的衣衫，眼睛湿漉漉的，泪水一并尽擦在了衣上，不一会儿就洇起一片深色，她还在哭，抽气不止，不知是太过受惊后怕，还是真的为他差点死去这个事实感到悲伤。

燕无恤的心肠忽然变得非常柔软。

他怔怔着，有些不知所措。他平日打交道的，不是粗鲁野蛮的市井人、性情古怪的江湖人，就是如李揽洲类尖酸刻薄的文人，从未与一个姑娘这样近身过，故而此时，竟不知该如何对待怀中这个湿漉漉、馨香又柔软的物什。

他的手像是灌注了铅水一样，硬得可怕。宽厚的手掌，慢慢放在她温暖、毛茸茸、微微汗湿的后脑上，极是僵硬地顺着抚了一抚。

当下，应当如何止住她的眼泪呢？

燕无恤垂下眼帘，缓声劝导：“莫哭了……哭花脸不好看了。我给你下山去买饴糖吃？”

……

李揽洲先是没眼看下去，此刻是没耳听下去了，哀其不幸，怒其不争，于是咳嗽了两声，擦着二人边，无声地走出门去。

窗外正是好天气，盛大春光扑面而来，草木葳蕤繁盛，墙边上藩篱攀爬了开着嫩黄色花的藤，此刻，葩吐芬芳，柳丝如柔，燕语呢喃，是人间最好的春景了。

李揽洲如是想着，唇边浮起了一个欣慰至极的笑容，缓缓伸了个懒腰。

苏缨哭过之后又睡着，再醒来时，屋里只有李揽洲一人。

他指着桌上一碗添了春葱、薇叶、苦荼，熬得稀烂的糊状物，一脸献宝地对苏缨道：“小妹子，过来喝粥。”

苏缨才喝了一口，就感到一股复杂而沉郁的味道充斥着整个脑袋，便是她一天一夜没吃饭，对着这碗粥，依然有些犹豫，拿着勺子的手紧了紧。

“这……这是什么粥？”

“这叫仙人粥，都是浮游山上的山珍熬成的，有延年益寿、返老还童之功效。”他指着自己，“你看我，看着年轻俊朗，实则我快八十了，山下人都叫我老神仙。”

苏缨埋下头，沉默地喝着粥。

用态度表明她是一个字都不会信了。

李揽洲递给她一把剑：“这是你的剑？燕无恤一起带回来的，好像是在那百八十个尸首中间找到的。”

“他叫燕无恤？百八十个尸首？”苏缨震惊了。

李揽洲忙不迭地点头：“你不知道？你竟还不知道他的名字？”他悄悄地靠近苏缨耳边说，“燕无恤，行年二六，武功精绝，青阳子传人，从不锄强扶弱，从来都在茶馆嗑瓜子看戏，从前还算是个不务正业的吃瓜大侠，如今，他入魔了。”

苏缨沉默了一会儿，一本正经道：“你骗我。这些我看得多了，入魔哪有这么容易的？”

李揽洲微微一怔：“看得多了？你竟还是个老江湖？”顿了顿，又道，“这话你就说错了，所谓一念成佛，一念入魔，不信待会儿你自己看，他的一举一动，都充斥着入魔的气息。”

“……”

苏缨嫌他神神道道太过，放弃了与他的交谈。

吃过饭后休息了片刻，恢复些精神，走出院子，看到了呆愣愣坐在草地上的颜知昌。她想向颜知昌打听她昨日吓晕过去后，究竟都发生了什么。

谁知颜知昌一看到她就打了个冷战，在她发问之前，便答道：“我什么都不知道！”

颜知昌一边说，一边起身后退，仿佛她是一个食人的修罗一样。

“我真的什么都不知道。”

颜知昌急匆匆扔下一句，摸爬滚打着走了，留苏缨独自站在草地上，望着这里唯一还算正常的追风，满腹疑惑，不知当从何抒起。

燕无恤是在日落时分归来的。

苏缨坐在平时李揽洲坐在那里眺望的大石上往下看。

浮游山下山石草木丰美葳蕤，皆披上了一层薄薄的暮色，山下有一条小径，蜿蜒盘旋，曲折而上。燕无恤的身影先是极小的一个黑色的点，他走得不快也不慢，直上山岭如闲庭信步一般，一时隐入茂林之中，一时又出现在白石之上。

她一手撑着脸，双眸一动也不动地紧紧跟着那一小点。

直到那黑点越来越大，可以看清楚他手中提了一壶酒。

再近了一些，便能看见经夕阳勾勒的，轮廓幽深、沉稳俊逸的面容，一角锋芒突出的下颌，半隐在斗笠和微微晦暗的暮色中。

苏缨歪着脑袋，只觉自出家门以来，此时此景，方满足了她看见江湖的一角想象。

山海之间，悠悠而来，竹篱、木扉、小径、夜归人。

她眼里逐渐盛满笑意。

燕无恤抬头时，便看到了她的笑容，与暮色混在一处，如一泓温暖的泉水，柔柔地冲过心口。

那里往往是李揽洲在等候他，天地之大，也几乎只有李揽洲会在每年雪落时，在这里等他。

而此时苏缨像是一抹强烈而鲜亮的颜色，那块冬日里时常覆雪，嶙峋而突兀的怪石，竟也被覆盖得光华蕴藉。

燕无恤也不禁微微笑了起来。

他一笑，脚步就止住了。

苏缨等得有些着急，她站起身来，脚步蹒跚地扶着斜斜的老松，对他说了一句什么。

山间风声呼啸，她底气不足，燕无恤没有听清。

于是见她神情有些着急，又说了一遍，还是消散在风里。

燕无恤下意识朝前走了几步，旋即脚步一顿，一足点在石头上，施展轻身功夫，三五下掠过剩下的一段山路，朝她站定的大石跃来。

他站定在她身前："你方才说什么？

苏缨："说你走慢点，前面路险。"

燕无恤："……"

他沉默了片刻，从怀里掏出一个被苇叶和麻绳裹得四四方方的小包，被他贴身而放，像是什么贵重东西，递到苏缨手里时，犹存热度。

"这是什么？"

燕无恤就地坐在石头上，将脸偏转到一边，吐出两个没有感情的字——

"饴糖。"

“哦。”

苏缨拿在手中，却不打开，回答也似他一般，没有什么波澜。

燕无恤不看她，拍开酒壶的泥封，畅饮一大口。

二人无话并坐。

山间云忽起，酒意散漫，风缠松隐，黄昏微醺。

良久，苏缨问得小心翼翼：“燕老二？”

她似想问什么，又没有问出口。燕无恤不看她，喉结滚动，兀自咽着壶中烈酒，语气却含了一丝催促意味。

“说。”

“你……你从前买过饴糖吗？”

燕无恤终于转过头去，见苏缨掌中碧青的叶间，摊着一摊黏糊糊的黄色物事，沾着叶片碎屑。他眉头一皱，脱口而出：“这是什么？”

“这是你买的饴糖啊。”

苏缨低垂着眼，望着摊开的掌心，表情极是落寞：“糖都化了……”

燕无恤轻声道：“对不住，我从没有买过糖，也不曾吃过，不知道不应该放在怀里。”

苏缨闻言一怔，抬起头来。

见燕无恤神情自然，些微歉疚仍在眉宇之间，目光柔和万分。

苏缨小心翼翼地拿起一张苇叶，吹去上面的碎屑，舔了一口，笑得眉眼弯弯：“好甜，我从未吃过这样甜的糖。”

燕无恤微微一笑，借着一点薄薄的醉意，他问苏缨：“那日你落在沈丁掌中，吃了这样大的苦头，你当知道沈丁是在找我，为什么不将我招出来？”

苏缨专心致志地剥着饴糖吃，半点犹豫也没有地答：“我不想招给他，我不喜欢他。”

燕无恤下意识地问：“可你不是也最不喜欢我吗？”

苏缨迟疑了一下，惊讶于他竟还耿耿于怀于这种数天之前极怒之下的口角之争。

她神情微微一肃，正色道：“说不喜欢你，与不喜欢他，是两种不喜欢。我不喜欢他说别人藐视法纪，自己却视法纪于无物，又喜欢出尔反尔，心肠歹毒，是瞧不起的不喜欢。

“我阿娘说，人要做自己觉得正确的事情，我不想招出你，和你想去杀孙

止水，皆是一样的。”

她说得大义凛然，燕无恤听在耳里，一时觉得极为熨帖，一时又觉得微微怪异：“你方才说什么，两种不喜欢？”

苏缨听他追问，反应过来，解释道：“此事说到底是因我在花柳街前逞能引出的，以你的本事，原本不用我出头，也能悄悄地解决了恶霸。后来我虽袒护了你，你也来救我了，你很义气，我……并没有不喜欢你。”

燕无恤见她神情诚挚，忍不住伸手覆于她发顶，温声道：“若不是刘叔跟你说烛情楼，我也不会去做那事，再往前说，若不是我领你去了梨花巷，你应当平平安安，岂会经历棍棒之苦、牢狱之灾，还险些……险些……”

他眼眸里如蕴着巨大阴云，温暖的暮阳逐渐退去，冷色迫近，神情严肃：“世间万事万物，早有预兆，环环相扣，因果更替，自有天定，人力难挡。你切莫将此事起因归咎于你。”

“好！好个因果更替，人力难挡。”

这一壁刚说完，那边就响起一个拊掌而笑的声音，却是李揽洲缓步而来。他白衣曳地，相貌干净清爽，娴雅万分，于余晖一衬，倒真有些飘飘欲仙的风致。此刻他一脸的嬉笑玩味，也不知方才的话被听去了多少。

他取笑一句，见苏缨、燕无恤皆站起身来，不再似方才亲密同坐谈话的情状，啧啧两声，可惜道：“我来得不是时候。”

燕无恤将酒壶抛给他：“正是时候，我昧了几口，算是跑腿钱。”

李揽洲接在手里，晃了晃，愤怒难当：“这尽了半壶，你竟有脸说是昧几口？你如今一贫如洗，举家来投，不知仰人鼻息，还敢喝主人家的酒。”

燕无恤道：“你既如此算得清，我把那医官抵给你如何？”

李揽洲呵呵一笑：“要他做什么，惊弓之鸟一个，你不如一起一刀杀了，如今留着也是个祸患。你下山一趟探得怎么样了？朝廷可张出榜文捉你了？”

燕无恤道：“悬村偏远，还无动静，我走了烟信，让人找刘叔打听消息。”

他转过头对苏缨说：“过些时日，待刘叔烟信回来，你就下山回家去吧。”

苏缨迟疑了一下，道：“我不想回家连累爹娘。”

燕无恤果决道：“不会。我去救你前已打探清楚，沈丁是抚顺司第一个找到你的人，还没来得及将你的情况上报，昨夜的人除了那医官，其他人都是死人，也认不出你来。你先乔装，跟着山下悬村赶集的戏班子走，悄悄回家，过个两三年再出来，到时候青阳子传人是谁自然真相大白，再没有任何人会找你的麻烦。”

李揽洲神色陡然一变：“真相大白？燕兄，你要做什么？”

燕无恤道：“尘归尘，土归土，我自然做我该做的事情。”

他说这话时，目光向苏缨扫了一眼，终是狠了一狠心，道：“烟信三日之后就到，你就下山去。”

说罢，他一点足自石上下来，与李揽洲擦肩而过，道：“你不肯要医官，我就赔给你百只鸟雀去卖，偿你收留之恩。”

他身形飘忽，很快就消失在月光下。

苏缨留在大石头上，她还捧着饴糖，缓缓坐下，适才才觉得隔江湖那样近，此时又觉得那样远。

她没有下来，而是慢慢地吃着渐渐被夜风冷凝的饴糖，咯嘣咯嘣的，一口一口，边吃边看着。

李揽洲站在原地发呆。半晌，霜露渐起，一轮淡淡的弦月挂在山头，燕无恤的身影像是一粒小小的墨丸，凝在雪白如纸的月光下。他如燕轻身，在一片山林之间登临树梢，采撷了大把松针。

李揽洲坐到苏缨身侧不远处，发问：“小丫头，你知道燕无恤练的是什么功夫吗？”

不待苏缨回答，他又道：“那是青阳子传下的一脉内功，名湛卢剑意。”

“湛卢剑意？”

“湛者，明亮剔透；卢者，人之瞳仁。湛卢剑是这天地之间，一双明亮的眼睛。”

山林如一脉又一脉安静廷伏的长龙，雪亮的月光下，燕无恤手中携松，身体如被长风托举，轻得直欲和月光一起去了。他施展着轻功，身影越来越高，越来越高，最后一借力，自树梢上跃起，飘飘然天地之间。

月光将他的身影照得无比清晰，分毫毕现。

如果说昨夜的燕无恤像是嗜血入魔的修罗，施展的湛卢剑意如洪荒凶兽，咆哮天地，令人不寒而栗。那么今夜他身体中缥缈的剑意就像是翩翩起舞的鹤鸟，矫若游龙，照影惊鸿，说不尽的写意潇洒。

像是一幅铜展而开的山河画卷，一抹灵动跳脱的墨迹，赋予了留白间无限侠气、潇洒之气。

“它就是上苍俯瞰人世的一双明察秋毫之眼，秉性公正无私，是仁道之剑。”李揽洲目光悠远，语气淡然，似叙说一个与他毫不相关的古老传说，“‘君有

道，剑在侧，国兴旺；君无道，剑飞弃，国破败。’湛卢有灵，能分辨清浊，为有道之君而留。”

话音刚落，脚下的土地微微震颤，那是燕无恤自方才腾起之处，一跃而下，足下所点，一道无形剑气直落，如长虹贯日，蛟龙入海，猛烈的力道撼动山峦，激得山林战栗不歇。

“湛卢剑意传说是铸剑大师欧冶子的友人所创，得了这上古神剑的一丝灵气，竟练得浩瀚如海的内功，凝剑气于无形，摘花撷柳也可伤人，是天下最霸道、最厉害的心法。”

扑簌簌——

群鸟受到了山林震颤的惊动，从树林里腾起。松针从燕无恤手中化为无数牛毛细雨，飞快地打向鸟群。柔韧的松针被灌注了凌厉的剑意，裹挟潇潇风雨飒飒之声，便是此起彼伏的鸟儿落地之响。

苏缨睁大了眼睛，似不敢相信面前这一幕。

“瞧见了吗，这都是雕虫小技，你不知道湛卢剑意真正的厉害所在。”

苏缨问：“既然湛卢剑意如此厉害，为何天下很少有人修习呢？”

李揽洲笑道：“这天下哪有这样便宜的事情。如若人人都这般厉害，岂不乱了套。故而湛卢剑意靠修炼，是练不成的。要靠师父，尽数将自己的功力传给一个根骨奇佳的徒弟，且师父一传，就没有啦。”

闻言，苏缨又吃了一惊：“这剑意一人一人地代代相传，岂不是会越来越厉害？”

李揽洲点头，道：“正是。师父凝结毕生修为，一概给了徒弟，传到燕兄这一代，以上已凝结了数十位高人的毕生功力，瞧，此人如今可翻江倒海，也有前人功绩。”

苏缨问：“那燕老二岂不是天下最厉害的人了？为何他不去白玉京呢？我护院师傅曾经对我说，天下武艺好的人都在白玉京，去那里是可以靠武艺得爵位的。”

燕老二身怀绝技，竟然放着金碧辉煌的白玉京不去、唾手可得的高官厚禄不要，而是委身尘土之中，混迹市井之间，以一个昏昏如痨病的形容，暗里行刺杀之事？

李揽洲哈哈大笑，说：“小丫头，你果真是涉世未深哪。如果你是君王，知道这世上有一个就算你身处宫阙、重兵环护，也可弹指间取你头颅的人，你会怎样？”

湛卢剑是死物，君王可以取到手中，昭示君道。

而传承湛卢剑意的，却是活生生的人。

苏缨心里灵窍，几乎是瞬间就想明白了这个关节。再看燕无恤，山林之间已沉沉如水，再无一点声息，仿佛适才搅乱月华的惊鸿剑影，尽是幻梦一场。

李揽洲道：“从前几十代，湛卢剑意一直就毫无名气，毕竟天下只有一人会，而传人大多是世外隐士，从不干预世事，倒也相安无事。麻烦的是，到青阳子这里出了问题。

“青阳子是一个孤高愤世的人，也是一个入世的大侠。他见不得世间冤屈，仗着绝技在手，屡屡出手，做的惊动天下的一件事是……只身入乾安宫，胁迫当今皇上，答应他一件事情。”

李揽洲语气急促起来，眼睛里迸出光华，神态也再不似白日那个安宁如玉的君子，而是像一把剑：“当年，一介芥豆之微的黔首，在高手云集、重兵环护的宫殿中，用剑指着至高无上的君主，要他答允自己一个诺言……此人为人之剑走偏锋、畅快恣意、孤胆胸襟，真不知那日是何等的绝世风姿，痛惜此生不能一见！”

他又痛心疾首：“燕无恤空捡了他一身的功力，却半点没有传其风骨，成日里在市井消磨，可惜，可惜。”

苏缨不爱听他说燕无恤不好，将话引了回去：“天子答允了青阳子前辈的诺言吗？”

李揽洲点点头：“他应允了，并履行了自己的诺言。可是那之后不久，朝中就开始肃整江湖之辈，焚毁散落四处的各派典籍，杀了无数高手，只将一些听话的留在了白玉京。天上白玉京，十二楼五城，哈……白玉京就是一个笑话，是朝堂修给江湖的一个牢笼。传说白玉京珍珠为泥、铺玉为地，那不过是江湖人士的累累白骨、斑斑血泪，你如今去看城门口的一尊黄金天女散花雕像，那就是当初收缴围杀高手的兵器融化而铸。”

天子被青阳子惊动，几乎毁去了整个江湖。

这段血腥的过往，经李揽洲噙着山间草木之息的温和语气娓娓道来，更显得恐怖万分，叫人心间发寒。

苏缨沉浸其中，久久没能回过神来。

直到燕无恤将一个装满了鸟雀的布包扔给李揽洲，道：“拿着你的鸟滚蛋，不要诓骗吓唬她。”

这些日子天气渐暖，新鲜的鸟雀，如不立刻用盐酒腌上，很快就会发臭。

月渐上中天，屋子里传来均匀的呼吸声，燕无恤不见了人影，颜知昌在马棚中睡死过去。

夜幕中，李揽洲挽起长长的袖子裤腿，将赤裸裸的胳膊晾在外头，拔着满满一盆的鸟的毛，满头大汗。

他独自将百只鸟雀开肠破肚，抹盐晾干，东方发白时才总算晾好了最后一只鸟，直起腰杆时骨头咔咔直响动。

李揽洲瞅着时辰，去洗了个澡，换上一身干净的长衫，拿起折扇，除了眼底的青灰和疲态，依旧是那个温润如玉的谪仙人模样。

此时，燕无恤方踏着晨光而来。看见廊下晾的鸟雀，他吃了一惊："这些都是你自己料理的？"

李揽洲半眯着眼，悠然摇扇，摇头道："君子远庖厨，我请旁人料理的，我怎会做这种粗野的活儿呢？"

燕无恤笑道："是极，你辟谷欲仙，想必也不与银钱打交道。我还说帮你拿去悬村卖了，换些银两，却不必了？"

李揽洲忙道："岂有此理！"他合上扇子站起身来，用扇柄戳了戳燕无恤的肩膀，"君子爱财，取之有道。你等那丫头醒了，速携她下悬村去采买，匀出床榻来，让我也歇一觉。"他长长地打了个哈欠，"圣人说食寝有时，方能五体康健。我一晚没合眼，困极了。"

辰时，燕无恤便带着苏缨和颜知昌下了山。

浮游山下有座小村庄，叫悬村，因浮游山山势极险，每日早上山岚薄雾笼罩，将房屋衬得如在天上，故又名"仙人村"。

燕无恤将颜知昌安置在悬村中，对他说："你会医术，就留在悬村之中，三五载后，事情过去了，你再回家寻你的族人。"

颜知昌如今对着燕无恤依旧战战兢兢，抖如筛糠，道："那日情势逼人，我原见了不该见的，燕爷饶我一命，乃是宽宏。我家中早已无人，不过孤人一个，能活一命全仰您大德，我立誓此生就在悬村之中，悬壶济世，行医救人，绝不下山一步。若违此誓，叫我祖宗泉下不宁，我坠落山崖，粉身碎骨，不得超生。"

燕无恤听颜知昌发了这样毒的誓言，默默半晌，抬手对他行了个礼。

颜知昌哪里敢受，连忙抬住他的手道："这是为何来？"

燕无恤道："这一拜不全是为你，只当那日百人骑中也有似你一般的人物，却枉作了我刀下亡魂。”

颜知昌道：“哪里话，要怨当怨沈丁这毁诺小人，死有余辜，牵累旁人。若他好好地遵循诺言，放了人走，贼也擒到了，人也两相安。他好好的大路不走，偏要害人，我寻思纵他人泉下有灵，冤头债主，当归到沈丁身上。”说着，他又忙不迭地一摆手，“自……自然，我不是说燕大侠是贼。”

燕无恤一笑：“你且用不着劝慰，我早已债多不愁，从不怕人追讨，百年以后到泉下，大抵也是个厉鬼。”

颜知昌听了他的话，自无他话再说。

二人一番谈话，均是在悬村的一处简陋的茶馆中，此刻桌椅间都是下地干活的农人，正是春耕，村民忙碌，茶馆老板的生意也好。粗瓷的瓦罐里熬了大罐大罐的茶水，山野粗茶，竟也茶香四溢。人群来来往往，摩肩接踵。

颜知昌一袭布袍，走出茶馆去，便如一滴小小的水，汇入江海中去了。

身裹粗布衣裳的苏缨在村落几日一次的街市中行走，她身上原来穿的一件罗衣污了一些，被她悄悄剪去一部分，裁成一片一片的料子，包在手中，想要找一家当铺换点回家的路钱。

她走了半日，没有寻到当铺，只有一位开线铺的货郎愿意花八十文买下来，带到城里去卖。

苏缨与他还价了半日，还是只得了一百文钱。

苏缨换好了钱，又找到算卦的摊铺，要了一些笔墨，想给家中写信。她坐在喧闹的市中，一支分岔粗笔，一张粗野草纸，一面写，一面沉吟，落笔极慢，神情又十分认真。

燕无恤寻到她的时候，纸上已经密密麻麻的，写了整整一页。

苏缨主动将信件交给他看：“你帮我瞧一瞧，这样写，我阿娘看不出来什么吧？”

只见信上满纸的春景，说浮游山的山水幽静，老松奇形怪状。还写了山下的春耕，嫩绿稻芽儿，放牛的小童，皆是这两日所见。

她文字悠慢舒缓，看在眼中，竟也觉闲适透纸而来。燕无恤微微一笑道：“当初你才出家门时，满纸江湖事，现今反倒都说春景，半点不提有奇遇。你阿娘一见必知有异，你不如将你初时编故事的本事拿出来，虚虚实实，反倒让她放心。”

苏缨提笔正沉吟间，忽闻外面敲锣打鼓地响起来，人群中一阵喧嚣，继而

都朝声源涌去。

苏缨不由得好奇："这是什么？"

燕无恤道："戏班子。昨日有人张了野布告，说是今天要来演一出跣足杂剧。"见她目中露出跃跃欲试之情，便道，"跣足戏很热闹，也有些武艺编排，去瞧瞧，与你家书有益。"

靠近布台处，鼓点愈急，大锣惊鸣。燕无恤一听，面色便浮起兴味。

跣足剧是流传于岭南的一种杂剧，伶人赤足，饰鸟羽，面涂朱，有湘楚淫祀之风。这是近两年才在西陵流行起来的一种剧，取打闹玩笑，博人一乐，看个热闹。

苏缨将目光对准戏台一角敲鼓的人，那是个身材高武的大汉，肌肉遒劲，面上施朱。敲的乃是岭南特有的乐器，足有一人高的水鼓。

大汉力道正宗，手持一柄白蜡木槌，铆足了劲往鼓面上敲，声音洪亮，一声声如打在心间。

水鼓每密集地响一阵，人群中必起一阵高喧吆喝。

三四个赤了半身、戴着面具的伶人应和鼓点，在戏台上又是翻筋斗，又是叠罗汉，还有一个少年掌着说角儿，调侃幽默，惹得观众哄堂大笑，不时便有小钱飞出去，哗啦啦落在地上。

旁边响起了议论声：

"哪儿来的戏班，好地道精彩，数十年没见过这样有真本事的跣足戏了！"

"瞧敲鼓那个，那才是真本事，人高的水鼓，敲得恁好！"

"村里打哪处请来的？从前怎么不来？"

"……"

苏缨也看得入神，不时喝彩，激动处想要慷慨打赏，摸到只有几个稀稀落落小钱的荷包，只得生生忍住了。

戏到中场时，翻筋斗的伶人退去，敲鼓大汉走到正中来，道："某走村串巷，今日遇到最捧场的，心里喜欢。我这人，一喜欢就技痒，给你们露个真手！都说水鼓赖水音，无水不好听，今日我敢把水都放出来，装两个人进去，再敲与诸公听！"

四下里，惊呼声一片。

只见真有人将大鼓直起来，鼓边一面敲开一口，放了水出去。

敲鼓大汉便问谁肯入鼓中去，四下里无人敢尝试。

敲鼓大汉请到了燕无恤身上："这位爷，见您身姿挺拔、器宇不凡，装旁人都没有装你更教人服我。"

燕无恤余光瞥见苏缨一脸好奇，目光期待，寻思着横竖闲来无事，便点一点头，应允了。

敲鼓大汉又指苏缨："那就请爷带您身旁的佳人一并，让我敲一出阴阳恰合的妙点戏！"

苏缨喜这鼓新奇，跃跃欲试，无不允的。

这一出鼓中盛客，旁人起哄之声更沸，几欲将房顶掀开。

这水鼓平放地上时，足有苏缨这样高，一旦立起来，更是比燕无恤都要高一些。

庞庞然一个大鼓，立在戏台中间。

燕无恤先托着苏缨，在伶人的相助下从撬开的口边装了进去，随后也进了鼓中。

鼓缘合上，一时只有二人。

这鼓应当常常表演过装人的戏码，故用厚厚的木板又做了一个隔断，免鼓面落槌敲到人。鼓中空间逼仄，不得不紧紧贴在一处。到此时，苏缨方察觉出不妥来。

春衫很薄，几乎能轻易地透过两重布料感受到紧贴一处的躯体，燕无恤身上的气息，兜头兜脑地将她裹挟在内。

鼓中昏暗，燕无恤看见一息之隔，苏缨晶莹如雪的肌肤，几乎是肉眼可见地一寸一寸覆上薄红，先是脸颊，然后是有小小一个耳眼的耳垂，最后是纤细的脖颈。

嘭！嘭！嘭——

擂鼓大汉开始慢慢敲起来，牛皮做成的粗厚鼓面，一下一下振动着。

苏缨只觉自己的身躯也在微微地震颤，她身子往后缩，然而鼓中多大一点距离，便是她尽力地缩了又缩，也只能和燕无恤紧紧相贴。

便就在这时，鼓身忽然剧烈地震动了一下。

只听外面说角儿少年念道："我有嘉宾，鼓瑟吹笙！如此良辰何？如此良人何？"

鼓点越来越疾，越来越密，鼓身被缓缓地挪动，继而，朝着燕无恤那面倾斜了——

不知是气息灼在耳边的热，还是逼仄空间的热，有沉重的呼吸之声，被鼓点催得令人心里发慌。苏缨毫无一点距离地伏在燕无恤身上，与他手足相抵，身躯相偎。视线直直相接，是英武坚毅的下巴，燕无恤的喉咙在她的视线里，滚动了一下。

苏缨视线仓促闪避，忽然察觉到燕无恤一直掌住鼓身的手掌忽而朝下，揽在了她的后腰，骤然收紧。

燕无恤低下头来，在她面上亲了一口。

苏缨蓦地浑身一僵，原先只是一重薄红的面颊，一时红得如鸽子血一样。

嘭！嘭！嘭——

一时竟不知是鼓点的声音，还是胸口剧烈跳动的声响。

一层薄薄的牛皮之隔，鼓点还在敲。

鼓中昏黄晦暗，灯火照耀着鼓面上艳红的牡丹花，一点幽微的红光，愈衬得面上绯色殷如胭脂。

苏缨面红过耳，张了张嘴，欲问什么。

燕无恤的声音很低，其中夹陈着隐隐的沙哑，唤着她的名字“苏缨”，听在耳里似带着一把小小的钩子，划着软肉。

乍听真名，苏缨微微一惊，旋即明白过来定是阿曼所言，抿住双唇，没有言语。

燕无恤的手指结满了终年习武留下的厚茧，然而他指节修长，抚到下巴上时，带来麻痒微痛的触感。

苏缨心跳如擂鼓，在他手指的加力下，重新抬起头来，然而目光依旧是朝下的，闪烁在颤如蝶翼的睫毛间。燕无恤的气息逐渐靠近，这一次，是欲覆上她微张的双唇。

氛围实在太过暧昧，仿佛这样的亲密是再自然不过的事情。

苏缨并不讨厌燕无恤，应当说，她此时是有点喜欢他的触碰的。

然而她也很难为情，难以思考，浑身僵硬，在燕无恤怀里维持着一个仰头的姿势，眼睛又低垂，时时欲躲开的别扭姿势。

五内似糅杂在一起，化作了一摊柔水，心尖儿被猫爪子划着，被人按弦挑弄着，揉出从没有体验过的颤动。

她微微合上眼，视线中燕无恤利落的下颌越靠越近，沉沉的鼻息就落在脸上。

就在此时——

燕无恤动作却生生一止。

他忽然抬起头，将手掌放在鼓中震颤的木板上，面色微变。

苏缨一头雾水，惑然睁眼，见他覆在木板上的手好像是被什么力劲弹开了。

燕无恤道：“李揽洲都与你说了，这是湛卢剑意的‘探微’，能激发‘探微’，对方内力不浅。”他的声音还残余一丝情动的沙哑，加之刻意压低，痒痒的气息拂在耳边。

能修习内力，并有一定基础的，其人必出自汇聚天下武家的白玉京。

可擂鼓的，分明是一个演岭南蛮夷跳足戏的粗野大汉，怎会来自白玉京？

燕无恤一掌破开当中隔断，直接将手掌对在了鼓面上，顿时，鼓面平静如水，波澜尽消。

破木一声巨响，叫台下众人又沸腾喧闹起来，喝彩之声不绝于耳。燕无恤对苏缨道：“我破开鼓身，你立刻躲到人群中去，越远越好。”

苏缨点点头：“你多加小心。”

话音刚落，鼓槌再落鼓面，燕无恤一掌过去，直与其相交，两股巨力汇聚一处，震得鼓面的牛皮瞬间四分五裂，只剩下空荡荡一个环面和盘架。

台下炸开了比方才更甚的闹哄。

苏缨一按台边快速没入人群之中，听见旁人说——

“我就说这二人是戏班子的托，你看，这不炸场子了。”

“如今的跳足戏真好，戏班子下了血本了。”

“台上那位爷演的是武生吧？身段恁地道，你看那有劲的模样，长得也英武，说不是托儿我都不信。”

“哟，你瞧，他拿上白蜡棍了，和敲鼓人打起来了。”

“精彩，真精彩！”

“还等什么，赏啊！”

噼里啪啦，小钱纷纷落在戏台子上。

苏缨直挤到边缘，方透过高高大大的人墙，从缝隙间透过去看。

只见燕无恤与那敲鼓大汉缠斗在一起，比起那日身负陌刀的刚猛凌厉，他这日出招轻柔，意在探知深浅，故而白蜡棍两三下猛击之后，便只守不攻，待鼓槌砰砰地踩上来。

这日的敲鼓人本事比沈丁要高不少，一把小小鼓槌，在他手中似狂风骤雨

一样。只是他一味地猛攻，越发显得燕无恤长棍使得不急不缓、滴水不漏。

苏缨知燕无恤本事高，此时只要把自己藏好便是顶顶的要紧事。果见那戏班子中的少年、伶人视线均在人群之中盘旋，像在找她。

苏缨不敢再看，溜了出去。她跟着赶集的人群，走到一家小小的布坊，用二十文钱重新换了葛布短绔衣裳，又把早上整整齐齐绾好的头发梳成了鬏儿，再弄两把草灰抹在脸上，活脱脱便是乡间小子的模样。

苏缨站在离戏台子不近不远处，来回踱步，听见里面忽而响起满堂喝彩声，又忽而是惊声。

她遥遥张望，心内不安。

又过了大约一盏茶的时间，燕无恤先从那边出来，苏缨便朝他挥手。他点足几下掠过来，一手揽住苏缨，几下纵跃朝山上去。

耳边风声呼呼响，苏缨挂在他身上，听见他说：

“白玉京已经找到浮游山，你今晚就必须走。”

苏缨“嗯”了一声，这才猛然忆起方才鼓中的一幕一幕，霎时间脸烫得如火烧火燎——

“你……”

“你是……想问我为什么亲你？”

燕无恤有些低沉的声音隐在悠悠的风声里，语意直白，更加令苏缨这个未经人事的少女满头雾水，磕磕巴巴，问不明白。

“为……为什么？”

燕无恤低下头，耳根微微泛红，轻声道：“待料理完白玉京这帮人，我便去你家中寻你。”

苏缨蒙了，一时没转过弯来，盯着他发红的半边脸颊，自己也不由得红了脸，低声道：“那……那你要先偷偷给我递信，我家后院有个狗窦，你在狗窦下埋信，我让阿曼去取。你可不要贸贸然就拜会我爹，会被打出去的。”

燕无恤正欲说什么，忽然一仰头，面色一点一点地沉了下来。

只见浮游山上，一道浓烟自山中升腾而起，铁灰深沉，浓暗蔽日，正是李揽洲的住所。

第四章 十二高楼

LANGJIJIANGHU

燕无恤加快速度，急赶而上。

然而，已经晚了。

他赶到李揽洲的小屋时，最后一根烧黑的房梁堪堪落下，砸起了一片烟尘。

只见烬尘四散，菜园狼藉，腌制的鸟雀散落一地，李揽洲平日精心照管的鹤鸟也败羽横陈在地，满院子被洗掠得狼藉不堪。

燕无恤直往小屋去，在未尽的火光之间翻找着，最终寻到一具于厚厚棉絮间的尸首……尸首被烧得面目全非，唯有身上的衣衫和高挑异于常人的身姿方能让人辨认出是李揽洲。

燕无恤愣愣地望着李揽洲的尸首，似不敢相信一样，反反复复地辨认。

他伸出手去，碰到了尸首腰间悬挂的一块玉——这是李揽洲过世的娘亲留给李揽洲的唯一念想，李揽洲曾说，翩翩君子，如琢如磨，君子无故玉不离身，便是哪日死了也要佩着玉去。

燕无恤紧紧将它握在了手中，喉间爆发出一声嘶哑的哽咽。

身侧火焰还未尽，尘烟还四起，燕无恤就坐在废墟之间，面前摆着李揽洲的尸首。

苏缨远远立在他身后，只见他手臂肩膀微微颤抖，低垂着头，手里握着玉佩，手指关节泛白，一条被烧得七零八落的穗子垂在掌心旁。

良久良久，他似终于从窒息间喘过气来，重重地吸了一口气，便连那吸气的声音，都带着浓重的沙哑。

“揽洲……”

揽洲与他，相交莫逆，亲如手足。

“李揽洲。”

十余年来，放鹤山林，与世无争。

谁会害他性命？谁要害他性命？谁能害他性命？

燕无恤眼眶发红，手指颤抖，合捏成拳，一下一下捶打在木碎石渣、尘灰热烫的地上，直至手腕一侧满是淋漓鲜血，犹未停手。

苏缨原知他悲伤难抑，一直默默不语，任他发泄，此时见他状若疯癫，忙上前拦住了他的手。

“燕……燕无恤……”苏缨喊住了他，却不知这样的情景当如何安慰他。

所幸，燕无恤经她一拦，也并未再做出过激的动作。

他只是翻过手掌摊开，注视着自己沾满尘灰的手，看着看着，嘴角微微咧开，露出了一个嘲讽至极的笑容。

他轻轻道：“揽洲常说我有翻江倒海之能，可到底，有什么用呢？”

天将暮时，淅淅沥沥地下起了小雨，春雨润如丝，追风不知何时从山间下来，在草地上慢慢踱步，吃着沾满露水的青草。

苏缨身上衣衫皆打湿了，蜷在树下的一角，雨丝像无孔不入的细绵一样，灌入眼角，模糊视线。

燕无恤为李揽洲立好了一座简陋的坟茔，数根相并的湘妃竹立在墓前，就算作墓碑。

燕无恤摩挲竹身，一壶喝剩下的老酒，倾倒于墓前，然后唤上苏缨，牵马下山。

燕无恤一路并未回首，只有苏缨，在踏上荒路山径时，回头望了一眼。

也是暮时，山雨朦胧。李揽洲为自己选的隐居地风雅无限，有一大片竹林，此时竹林寂寂无声，细雨穿林打叶，群山默默，四野昏昏。一夜山鸟飞尽，只余数只老鸹，扑扇翅膀，长声鸣叫。

燕无恤携着苏缨下了浮游山，连夜离开了悬村……

此时此刻，百里之外，山海之间，一隅华美的居室当中，立着一个锦衣华服的俊秀公子，那公子手持黄金罍，其中盛满了鲜红的酒液，是自波斯而来的葡萄美酒。

锦衣公子凭栏远眺，漫拍栏杆，轻裘缓带，笑意雍容。

他酒意尽了，转身之时，身前赫然立着一尊巨大的水晶笼——那是一个方寸一丈、四四方方，被黄金底座托起来的华美牢笼，几乎占满了整个居室，当中惶惶然飞着一只轻盈的燕子。

面前就是水晶牢壁，燕子浑然不觉，仍旧一下一下，将脑袋撞到水晶壁上。

“可怜的东西。”锦衣公子伸出苍白的一只手，状若心疼地将手指轻轻抚摸在燕子拼命撞击的水晶上。

这样巨大的一个水晶笼，重量非凡，不管燕子怎样撞击，也难以造成分毫的撼动。

锦衣公子赏玩了半晌，微微笑道：“你停下来看看，可没有障隔呢，没人想拦住你。你明明就和我、和众人一样，清清楚楚的，关在无垠的天地之间。”

他隔着水晶，爱抚那燕儿的脑袋，语气怜惜。

“关在自己心里。”

……

苏缨是到了白马驿时，察觉到燕无恤对她态度的变化的。

原本，自从小寒山来，燕无恤对她态度大为异常，时常会将目光投在她身上，言语之间也温柔和顺，动作狎昵，甚至那日与他单独二人困在鼓中气息相触时，他还做出了亲吻的轻薄暧昧之举，仿佛满腔柔情呼之欲出。

她被他弄得一时意乱情迷，也含羞带怯地回应了他。

然而言却一诺，两人都未剖白过心迹，戏台上的鼓中一幕，就如幻梦一场。

自李揽洲之死半个月过去了，燕无恤就像变了一个人一样，只对她说，李揽洲之事还有内幕，不知道被人查到什么地步，让她暂时跟着他先莫要回家，免累及家人，然后一路上冷冷淡淡，除了必要的交谈，再无多余的半个字，便是她主动与他交谈，哄他开心，他也只有极为简单的回应。

初时，她只当燕无恤太过悲痛，无暇顾及她的感受，也并未说什么，老老实实、安安静静地跟着他行走。

她身上还有伤未痊愈，不能久久骑马，必须下来步行。从浮游山上下来路险要难行，有时候走得太久了，脚下就磨起了一个一个的水泡，水泡磨破了，又生新的，走起来火辣辣地疼，偏燕无恤还走得快，她只有熬到了休息的地方，才剥开鞋袜，小心翼翼地给自己吹一吹。

两日，三日，十多日。

半个月。

从悬村一路往东走，到南山，到华阳镇，到白马驿……

从暮春，走到初夏。

燕无恤一路只留给她一个远远的背影，仿佛她是令人避之不及的蛇虫一般，连靠近点走都不行，让她渐渐明白过来，他并非心情不好，只是在回避她。

白马驿外，苏缨足下已经疼得不能再往前一步。

“燕老二。”

苏缨终于忍不住，喊住了他，站住不肯再往前行。

燕无恤只当她要休息，回头遥遥一望，便牵马走到了树荫下。

然而苏缨脚下挪也没挪，就定定站在烈日下。历经几多风霜，她一路虽艰难坎坷，仍旧每日仔仔细细地清洗梳洗，是以身上并无多少风霜痕迹，一双眼睛干净剔透，亮亮的，像含着一泓清水。此刻那双眼睛毫无闪避，明亮清澈，紧紧盯着燕无恤，让他微微侧开头去。

这些日子，原本有满腹委屈、满心疑问，然而苏缨深知，旁人对自己什么态度，是半点也勉强不来的，话盘盘旋旋，从口中出来，也只有简单的七个字：“我们……分道而行吧。”

燕无恤微微蹙眉，道：“为何要分道？”

苏缨直白敞亮地说：“我不愿和你一同走了。”

苏缨说这话的时候，面上情绪一览无遗。

三分气恼，三分失落，三分难过，皆直白而坦诚，与她出口的话一般，那样开门见山，不留回旋余地。

她的脸庞在阳光的照耀下，颊上绒毛也分毫毕现，那样的少年心性，粲若光华，薄若流云，飘忽不定。

燕无恤静静地看着她。

他站在树荫下，面无表情，一言不发，一动也不动。

苏缨经烈日所照，眯起眼睛，眼里他灰黑色的影子摇摇晃晃，逐渐模糊。

身边一条大道，烟土飞扬，不时过往行人，个个行色匆匆，偶尔有人见二人停驻，投来一两眼，又快速离去。

良久，还是苏缨先开口：“你若需要我的帮忙，还可来我家找我，还是我先前告诉你找到我的方法。”

燕无恤仍旧没有说话。

苏缨又道：“那、我们就……青山不改，绿水长流。他日江湖再见。”

燕无恤点点头：“好。”

苏缨心里忽然难以抑制地失落起来，视线里的燕无恤模糊得更厉害了，甚而那只是一点幽微的鼻酸。在她转身走了没有多久，就又被脚下磨损的疼痛吸去了注意力。

她没有朝燕无恤的方向走，而是径直进了白马驿。路上花了三个铜板，乘了一辆拖着干草的牛车，又花了两个铜板，买了一碗湃着果子的凉茶，凛冽的酸梅味、粗涩的粗茶味，还有水里难以掩藏的土腥味，搅和在一起，冰冰凉凉地滑入喉咙，她便又觉得好些了。

白马驿不仅是个驿站，还是个小镇，是从岭南一带北上西京的必由之路，南来北往的商贾常常在此停歇，久而久之，便成了一大通衢重镇，风物云集，奇异新鲜。

苏缨看到镇口悬挂的彩旗、华灯，又看到绕镇而过的一川碧水上竟是密密匝匝的酒棑，舟行其上，酒家面着水设了木台，一座又一座木台上垒着高高的酒坛子、洒碗，客商泛舟饮酒，顺流而下，一路便在水边的木台上取酒。满舟花载，一川酒香，水声夹杂银钱落罐、店家吆喝、伶人弹唱之声。

见此繁盛热闹的场所，苏缨登时便将些微烦恼愁绪，尽抛了九霄之外。

酒川一隔，苏缨看到其中一家店挂出了二十年陈酿“白堕春醪”，传说这酒乃前朝洛阳刘白堕传下来的，酒香十里，香醇无比。素有谚云：不畏张弓拔刀，但畏白堕春醪。

苏缨从前曾在家中尝过一次，欢喜无比，可阿娘拘着不肯让她多喝，此时此刻，阿娘是管不着了……

苏缨摸了摸身上的荷包里头，立时就能分辨出来的几十个小钱。

她两手托腮，闻着似有似无的白堕香气，怔怔望着一川的热闹灯火出神。

不远处乃是一个戏台子，伶人趁着水声，在幽幽地唱着俚曲儿：

“凭他一张笑脸，两副心肠，似则个金玉其外，不如强梁。

“我与他一面相欢，自比鸳鸯，却落了情比命薄，笑说荒唐。

“趁如今红颜未老，对镜梳妆，怎耽得春去秋来，一枕清霜。”

苏缨更年少时，随着家中长辈听戏，见着台上才子佳人，呢哝软语，言辞传情。喜那辞藻华美，红妆姣好，裙裳精致，丝竹悦耳。此时此刻，却能听出那伶人一段情思揉在唱词之间，唱得人心感触，柔肠百转。

夜幕降临之后，水中灯影摇曳，旖旎浓影，酒香更甚。

苏缨坐了半晌，稍稍恢复精力，拍拍身上的灰站起身来，她想登去船上，

也顺流而下，尝一壶春酿，却捉襟见肘，没有银钱。

燕无恤找到苏缨的时候，就见到了这样一幕——

一身布衣身量矮小的苏缨，挤在一群不务正业专门斗蟋蟀的纨绔子弟当中，喊着比他们还要气势恢宏，雄赳赳气昂昂的辞号：

“我的燕将军来了！”

“风萧萧兮易水寒，小燕一去兮勇无双。”

“小燕，咬它！”

小燕在苏缨的调弄下，大杀四方。

苏缨刚刚拿下第三局，宝贝无比地把她的燕将军用新买来的青泥瓦罐收好了，打算休局一场，再觅对手。她一抬头，就看到了站在不远处的燕无恤。

燕无恤抱着手站在长桌的另一头，兴味甚浓地观战，此时也抬起头来，将她震惊的目光逮了个正着。

苏缨下意识便收了钱往后躲去，轻易便将自己藏在了几个高大观客的身后，偏生老板又将她找了出来，道：“怎么不让燕将军下场了？”

纵然隔得远，苏缨也能感觉到燕无恤的眼神正直直地黏在她身上，她想起“小燕”这自己一时凑趣起的名，方才还被她高声洪亮地唤了多次，给他听了去，倒显得自己对他念念不忘，不由得后悔不迭，面上热烫。

苏缨胡乱抓了一把钱给老板，又将小燕还给了他，道：“这玩意儿玩物丧志，不可纵了，我不通这个的。”

“您这也说不通，原本没少斗蛐蛐吧？”

苏缨不答，从人群之中钻了出去。

苏缨要直接出门，又觉如此行事太过小气，放慢了脚步，果见燕无恤一手负在身后，朝她走来。他与中午分别时模样并无两般，皆与她一样的粗衣加身、风尘仆仆，然而不知是否灯下看岔了，他此时眼神已与往日大不一样。

苏缨驻足对他笑了一笑道：“燕老二，好巧，你也来斗蛐蛐吗？”

她这样的欣喜和坦然，反倒让燕无恤面色不大好看。燕无恤沉默了一下，道：“不巧。”顿了顿，“我追一个人追到了这里。”

“一个人？”

“正是那日我们在悬村遇到的戏班子。”

苏缨心里一凛。李揽洲身亡那日，她与燕无恤在悬村下遇到了一个古怪的戏班子。燕无恤与他们对阵了几招后，他们从戏台下的暗道跑了个干干净净。

燕无恤身恃绝技，并不将他们看在眼里，因此也没有跟着追。然而上山发现了李揽洲的尸首之后，再回想当日的戏班子，便觉处处有古怪。

倘若能抓住一个，究竟是谁主使杀了李揽洲，便能逮到端倪。

燕无恤后来画了那日敲鼓大汉的画像，走烟信送去给刘叔寻求线索。

刘叔道他要寻人，烟信一来一回太费时间，就算有线索，赶到都没人了，便生生派了四五个人出来，驻在悬村附近一带的酒馆中，挂起刘叔梨花巷的旗子，如此便多了四五个烟信接收点。

燕无恤今日午时和苏缨分道扬镳以后，正巧又遇到一个烟信点，刚好得了消息——敲鼓大汉昨日出现在了白马驿做古董生意的富商谭兴家中的宴席上。

今夜白马驿在庆贺迎春节，谭兴每年此夜子时都会在莫川河上设践花宴，宴请达官贵人。燕无恤说，敲鼓大汉今晚出现在谭兴所办的莫川践花宴的可能性极大，因此折返回了白马驿。

苏缨听完，喃喃道："原来如此……"又问，"你要去践花宴寻他？"

"不错，我一定要揪出杀揽洲的凶手。"

"你要如何去践花宴呢？"

"我当伺机而动，乔装进去。来寻你是叫你今夜莫去践花宴凑热闹，早早地避开。"他视线扫过杂乱无章的蛐蛐铺，"也莫在这等地方流连。"

苏缨疑惑地问："你是怎么知道我在这儿的？"

"……"

苏缨笑眯眯道："我有一个法子。我方才斗蛐蛐时听见有人说，那践花宴的请帖弄到不难，有人卖的。

"你自己一个人太过打眼，那人又滑不留手，万一再溜了寻他就难了。现下我有了三两银子，我去借一件好衣裳，雇一辆马车，扮作一个西陵来的富户人家小姐，你就扮作我的护院，如何？"

燕无恤皱一皱眉，待要反驳，苏缨又道："你让我试一试，若混不进去，我便装作打秋风混酒吃的，也不会惹人注意。若进去了，你悄悄换件衣裳易一副容貌，离我远远的，真打起来，我就混在人堆里跑了，有什么事我也能去给刘叔报个信，比你自己一个人岂不是好得多？"

燕无恤还是不放心，要说什么，苏缨已先他一步，走在了前面。

践花宴设在白马驿莫川河中一座芳洲上，前来的宾客络绎不绝，马车排成了长长的一路，围观者遥遥站在岸边，借着水声听一曲仙乐，说些谭兴财大气

粗、贯通南北、手眼通天的逸闻。

亥时刚过，一辆玲珑的八宝马车停在了码头口。

践花宴上，嘉宾满座，来往如织。

苏缨踩着木梯，拾级而上，只见顶上几个偏厅，皆铺满柔软的红毯，满盈着红艳的烛灯，是给宾客的暂歇之处。

主人家古董商人谭兴是一个望之六十许的老人。

张罗招待女眷的乃是谭兴的夫人傅氏。傅氏笑吟吟地持着苏缨的手，将她往女眷的偏厅带。

苏缨以纨扇轻轻遮掩，对身后燕无恤道："这里不用你伺候，你下去随小厮们吃酒，散席再来接我。"

燕无恤应诺着去了。

他转身未过多久，一个晃眼，忽见人来人往的长廊尽头，一个长身玉立的背影消失在拐角处，那身影姿态，竟像极了已经死去的李揽洲。

他快步跟了上去。

苏缨在偏厅入座，此时已呈上了美酒瓜果、香茶茶点。凡女眷集聚之所，谈笑的不过是家中琐事、时兴妆容、衣服料子之类，无人注意苏缨，她偏歪在偏厅一角，取了一盅垂涎已久的白堕春醪，佐以一点黄糖，默默品尝。

有一个柳眉杏眼、面目姣好的碧衣女子过来与她搭话，道："妹子是哪里人士？"

苏缨道："西陵人，我家父亲有事不便，这才遣我来赴宴。"

碧衣女子道："巧得很，我也是西陵人。"

二人攀谈了一会儿，各自道了籍贯年岁。

碧衣女子轻轻道："妹妹知道吗，谭老爷家真是手眼通天，今晚践花宴上，还有京城来的伶人。"

白玉京。

苏缨想到的唯有这三个字。

苏缨问："你可知道是什么时兴的曲目吗？"

碧衣女子道："说是叫什么《十二楼》，如今京中宫里传出来的曲儿，想是得宫中哪个贵人所悦，传唱到了市中。说是京城东市的教坊，光是排这首曲子，就千挑万选了十几个腰肢柔软的豆蔻少女，请了从前宫中乐府的老人作教，排了整整半年呢。据说去年元夕天子与民同乐时，这支教坊曾在天极门前献舞，连宅家都欢喜无限，御笔亲题‘游云间’三个字。谭老爷能请得他们来，可不是银子能作数的。”

天上白玉京，十二楼五城。仙人抚我顶，结发受长生。

京中来的教坊伶人所演《十二楼》，有十二曲，各调歌舞，分别是太初、鸿蒙、圣君、羲皇、蓬瀛、腾骧、列觞、清歌、餐霞、漱瑶、云间、长生。

践花宴开在顶楼，席间能纳百人，并有一广阔水台，四面通风，云纹屏风，鲛绡帷幕，侧边光是横陈乐器之处，便有两间屋子这样广。

顶悬琉璃飞灯百盏，下树火烛几十树，照得满堂亮如白昼，更有鲜花匝地，靡香漫天。

宾客皆叹：“今年的践花宴，与往年相比，简直是一个云霄之上，一个泥土之下。”

还有好事者问谭兴：“清公是上哪里做了生意，难道捐官入朝了不成？这样的奢靡，若无官职爵位，恐惹人非议啊。”

谭兴一脸笑呵呵，面上既不显得色，也不露怯意，只说：“我请各位喝酒、听曲儿，开了二十坛陈酿的白堕春醪，难道还堵不住诸公的嘴不成？诸位可要替我捂严实了，若走漏出去，谭某祸事不说，耽误了诸公年年春朝在此喝酒取乐事大啊。”

一时，满堂皆乐。众人拊掌而笑。好事者催：“谭清公，酒已开张了，还不把你那从京城远远寻来的宝贝，献出来给大伙儿瞧瞧？”

谭兴哈哈大笑：“正来了，诸位请看。”

在他话音刚落的当头，一丝幽幽的丝竹之音响起来，满堂皆寂，往台上看去。

只见广台之上，已抬出清古萧疏的七弦琴，一炉沉香缭绕，佳人端正而坐，按弦而奏，琴弦间流淌出端正肃穆的太古之音。有一影立于屏风之后，身姿曼妙，随着琴声曼妙而歌。

单这一琴、一人，便是开场大道至简，只取真意的太初。

苏缨环顾席间，并不见捶鼓人之影。

碧衣女子与她比邻而坐，轻轻一点她手臂道：“你左右看什么，不看真一些，往后可就看不到这样的歌舞了。”

凡这样的歌舞曲调之集，开篇必是立意，为十二曲之主。侧耳聆听去，却是一支靖国时下最常见的曲牌清歌调编的，一首令人听得大是怪异的曲子。

唱的是——

“太初有真意，大道为我赋。

“西登轩辕台，怀倥偬，拂不去，月如素。

“东临苍茫海，青霄孤帆入，长风怎堪驭？蓬莱阕，漫漫戏帘幕。

“寄北天渺一粟，望南帝春心负，穷中极而归土。

“英雄襟袖，漫揾泪如簌。

“白首对山河，却只道，心如故。”

一字一句，由有些孤怆的女声唱来，如泣如诉，听得人如身炙热火，心怀冰雪。

这首《太初》唱的是一个穷尽南北，上天入地，走投无路，最后“却只道，心如故”的孤独萧索之人。不独苏缨，在座的宾客皆感大为怪异。

宫中曲调，虽不尽是雅正之音，但绝少这样的肃杀孤苦之句。用这样一首曲调来作“太初”给《十二楼》开场定调，简直是匪夷所思。

《太初》唱罢。台上撤走了纯正清雅的古琴，换上了钟、缶、笛、箫，并十五六个豆蔻年华的佳人，翩翩跳起舞来。

佳人身软如柳，舞袖如云，当中缓缓、小心翼翼地簇拥出一个装在滚轮木架上的，巨大而笨拙的大鼓。

看到那鼓，苏缨心头猛地一跳。

这竟与那日她和燕无恤进的水鼓一般大小、一般的形制样式，连上头描摹的牡丹花皆是一模一样。

苏缨立时便有一个感觉，这鼓中好像装了一人。

曲调还在唱，从太初鸿蒙，唱到圣君圣人，再唱到神仙居所，台上布局一直在随着曲调变换，时而是金碧辉煌的宫阙，时而是翱翔徜徉的灵兽，时而是仙气缥缈的海外瀛洲，而那大鼓始终立在原地，一动也不动。舞女皆离鼓很远，碰也不碰。

就在曲正酣、乐正迷时，忽有惊道：“船！船怎么都开走了？”

众人立时从窗口往下看，只见一艘一艘的船只正在离开芳洲。再看谭兴的座位，空空荡荡，哪里还有人在？转眼之间，连台上的歌舞都撤了个干干净净，众人大惊，屋内立时闹哄哄乱作一团。

正在这时，一个低哑、怪异的声音从大厅一侧的鲛绡屏风后传了出来，压住众人的喧闹之声。

“都不要吵，再吵，我就让人点火，你们都要死在这里。”

一时，屋中寂静，无人敢说话。

只听那人又道："燕无恤，我们做个交易如何？"

堂内很静，落针可闻。

对方人很多，将花厅团团围了起来，一圈火把照耀厅堂，焰苗烧得噼啪作响。

没有人敢说一句话，众人皆对屏风后那人所说放火烧楼一话大为忌惮——芳洲之上的重楼皆是木质，此夜又多灯花烛火烈酒，船又被人悄悄撤了去，倘若真让这帮人放上一把火，只怕所有人不是被活活烧死在楼上，就是被挤下去淹死，甚或摔死。

有些胆子稍小的女眷，已开始小声抽泣。

满堂之人惊疑不定，四顾搜寻究竟来人是在和谁说话。

不一会儿，众人皆听见一个低沉的声音从台上巨鼓中传了出来。

"我从这里出去，只是弹指之间。你要拿什么和我交易？"

听到这声音，苏缨心头一定，旋即又大是不安——燕无恤怎么会被人装到鼓里去？他又怎会一直坐在其中听完整支《十二楼》都不吭一声？

屏风后的人笑了起来，他的笑声比说话声还要刺耳，听在人耳朵里似用粗布刮着，愈增阴森之气。

他一字字道："你不会，鼓里包了一层封好的火油，倘若你破鼓而出，一丁点细小的火花都会让这里化作火海。这里的人还来不及逃到楼下，就都会被烧死。"

听到这话，堂中又爆发了一阵低泣声，靠台的一圈人立时后退，挤作一团。

燕无恤笑道："你以为，我会惧怕这点火？"

那人道："燕大侠本事滔天，盖过世人一大截，已穷天人之际，遨游太虚之外。你自然不惧区区一片火海，可是这里的一百多个人，要都死在这里了，也是可怜。"

燕无恤冷笑道："好极了，要杀人放火的是你而不是我。你不怜世人，却来教我怜世人，你当我救苦救难的菩萨？"

那人桀桀而笑："燕大侠且莫发怒，我怕你内力雄浑，不小心就震破了火油袋，这屋子里的娇娘们恐怕会被烧坏了千娇百媚的脸蛋儿。"

他又道："话不可这么说，谁叫你本事大呢？你不仗剑普度众生，谁来？"

燕无恤淡淡道："休要废话。你有这么多气力喋喋不休，不如先去求求真菩萨，我出来还能留你全尸。"

此时，苏缨听见有人颤颤巍巍地小声说了一句："这人为何如此冷血，还

叫大侠？哪有如此无情的大侠？”

苏缨环顾一圈，寻不出说话的人，满堂之人都对台上不肯出手相助的燕无恤抱有淡淡的怨怼之情。

一句话，似打开了沉默的匣子，一时厅中喧闹不止，嚷作一团。

屏风后的人似乎对这个局面十分满意，并没有出声阻拦。

此情此景，让苏缨不由得感到怪异，要杀人的明明是这作恶之人，为何这么多人或请求、或指责，皆将矛头对准了燕无恤？

她一念忽起，缓缓在人群中挪动，慢慢靠近屏风，在众人声音稍低之时，扑通一下就朝着屏风跪了下去，声音哀戚，哭求道——

“这位壮士，请你饶我们一命，你和他有仇，你自杀他去，干我们什么事？我们都是无辜老实的本分人，并不知道有奸人混进来。我家中还有老父亲在等我回去。冤有头债有主，请壮士饶命啊！”

说着，她眼含热泪，深深叩拜下去。

她声音不大不小，正抢在厅中稍稍寂静的时刻，眼含热泪、情真意切地说出来，颇具感染力。

与苏缨比邻而坐的碧衣女子见状，也跪倒匍匐过来，随着她一起恳求。

性命关头，厅中之人乱作一团，众人为了活命，极易被影响，不一会儿，请求燕无恤的声音都转作了恳求屏风后的人饶命的声音，叩拜之声，此起彼伏。

“都给我住嘴！”

屏风后的人大喝一声，方将这一波恳求喝止下来。他说道：“求他，还有一线生机。求我，都得死。”

鼓中燕无恤重新开口了，他哈哈大笑，声音听来极为愉悦：“你今日大费周章引我前来，又是搭台子，又是宴宾客，原来是想唱一出燕某人与你，哪个更加冷血无情的好戏？”

那人沉默了片刻，冷声道：“燕无恤，你知道我想要什么？”

燕无恤道：“还请直言。”

“方才的《十二楼》已尽抒我欲。”

“我没有听懂。”

“……”

屏风后似乎响起狠狠一声钝响，不知是不是那人用手捶打木质边缘发出的响声。

“燕无恤，你休要装疯卖傻！我今日便要用这百条人命，换你的湛卢剑意。”

燕无恤冷笑道：“绕了这么一大圈子，作计杀我好友，引我上钩，竟是要拜我为师？江湖规矩你不知道？先滚过来给老子磕上三个响头，把你从何处得知我名号老老实实报出来，谁人指使你原原本本说出来，我或许能瞧一瞧你的根骨，看看剑意入你的身，是会让你得道升天，还是叫你灰飞烟灭。”

那人道：“燕无恤，你不要不识好歹，此刻我并不是在求你。”

燕无恤失望道：“看来你是不会说了，也罢，我便出来再问吧。”

说完，台上大鼓一震，燕无恤立时要破鼓而出。

那人大骇道：“且慢！且慢！”

随着一声破裂的巨响，鼓身四裂，火油喷溅而出。

鼓中装的乃是满袋火油，几乎是瞬间，就被厅中的灯火点燃，霎时，烈火便席卷了半个厅堂。

众人皆吓得挤去了另外半边大堂，拼命往外挤。苏缨躲在人群中，只听见里里外外，尖厉的号叫声、惊恐的哭喊声充斥耳畔，脚下不由自主地随着人潮而动。

变故就在瞬息之间，燕无恤满身火油，首当其冲被烈火盘绕，他一跃而出，脱去被火焰吞噬的上身衣袍，身形如鬼魅，闪身到屏风之后，擒住了方逃到门口的一个黑衣人。

那人身形不高，面目黧黑，眼珠凸出，形容枯槁。他肩膀被拿了一下，立刻回过身来，从腰间拔出一把长剑，朝燕无恤刺来。他反应灵敏，剑法极快，燕无恤此时心急，无暇与他过招，持一根木棍使出全力对战，几招后迅速击飞长剑，扼住他的咽喉，叫他瞬间不得言语。

燕无恤挟持他在手，对此刻围在外头不知当如何应对的一列人说道：“还要他的命，就带路。”

苏缨见厅外围着的人四散开，让出一条路，忽然就明白过来——方才即便是布了火油这样的危险物品，黑衣人也敢隔着屏风站在屋内，必是已经提前准备好了起火的退路。他用屋里人的性命要挟燕无恤，想要骗得湛卢剑意，却没意识到露了这么大的一个破绽。

唯有像燕无恤方才那样雷霆般乍然出手，才能叫他们措手不及，彻底被动。

生路一开，屋中之人一涌而出，果见芳洲底下泊来了一艘大船——乃是见堂中起火，闻讯来救的。

燕无恤携着黑衣人，走在前头，迈出几步，便停在了二楼。火势蔓延，此刻三楼大半被火苗席卷，他停住不动，让出木梯。

众人急忙奔逃而下，黑衣人的那些随从想要阻拦，燕无恤便加大手中力劲，以黑衣人的号叫惨呼来制止他们的动作。船上人见黑衣人尚在燕无恤掌控之中，也不敢轻举妄动。

一伙人只得眼睁睁看着布好的天罗地网，被生生闯出来一个口。众人争先恐后，下了楼梯，挤上泊在楼下的船。

苏缨混在人群之中，也急急忙忙地走下阶梯，路过燕无恤身旁时，见他轻轻摇了摇头，心下会意，只作不识。

楼中宾客，眨眼间便撤了大半，三楼被烧得坍塌了一半，楼上响起此起彼伏的木椽落下之声，不多时，连二楼亦是浓烟滚滚。黑衣人脖颈被挟制，面目红涨发紫，燕无恤稍稍松了手中的力道，令他可以张口说话。

一得轻松，那黑衣人前仰后合地咳嗽了半晌。他一双眼睛雪亮如鹰隼，扫向身侧的燕无恤，干笑了一声，哑声道："是我大意了。我原本以为，青阳子看中的后人，必与他一样以苍生为重，却不料……"他露出嘲讽之色，"燕无恤，青阳子识人不清，你根本配不上湛卢剑意。"

对他的讥讽，燕无恤恍若未闻，只问道："杀李揽洲的是不是你？"

黑衣人冷笑道："我乃白玉京偃家家主偃回，可以偃家名声和一家老幼起誓，杀李揽洲的另有其人。"他又道，"如何？燕大侠，我家幼女偃师师的傀儡术厉害吗？"

燕无恤听了他说的话，沉默良久。

燕无恤开宴前发现了李揽洲的背影，跟随对方一路走到一间暗室，再入了更小的一扇门，不料那根本不是房间，竟是一个中空大鼓，因灯光太暗他竟毫无所觉，等摸到"李揽洲"只是一个偶人时，鼓门已落。

外头是一个女子的声音："燕大侠，鼓中装了火油，你可莫动。不然整座楼就烧起来了，一个都跑不掉。"

燕无恤方知中计。

他再想到泊舟会宴时，刘叔的人举止怪异，便明白过来——这芳洲上的践花宴根本就是一个专门为他所设的圈套。白玉京的人混入了刘叔的烟信点中，给他传了假消息，让他来赴这一场鸿门宴。

燕无恤望着渐渐弥漫起来的火势，在逐渐浓烈的烟雾之中，沉声问偃回：

“告诉我是谁杀的李揽洲，我可以饶你一命。”

偃回沉默了，忽喃喃自问道：“我的剑术在世上也不算差，为何在你手下，连十招都走不过呢？”

燕无恤不耐烦地皱起眉：“偃家主，我有时间与你废话，火可没有，你若想葬身火海，大可再拖延些时候。”

偃回脸上突然出现了一个怪异的笑容，他弯曲嘴角，目中却一丝一毫的笑意都没有，并不惧怕燕无恤扼住他喉咙的手，而是伸出一只手，满含近乎疯魔的慕恋之色，轻轻触碰到那只满含力量的手。

燕无恤见他双目发直、举止诡异，不由得满心嫌恶，将人丢开。

偃回黧黑的面上，双目精光发亮：“燕大侠，你若肯将湛卢剑意传给我，我便什么都不怕了，李揽洲的事，我都告诉你！”

白玉京的偃家，领着教坊，擅各种戏、歌、舞，艺武相合，架子花哨，有些本事，在白玉京虽然算不上顶层，也算得上是一个名门。然而若叫熟识的人看见偃家家主偃回此时的神情，定会大吃一惊。

他神情渴求至极，烈火光照下，他目中盛满了希冀之色，伴着斑白的头发，显得可怜。更遑论，他用卑微的语气，恳求着燕无恤将他当作传人。

燕无恤见他疯魔至此，嘴角微微一扬，便是一个满含嘲弄的笑容，毫不留情地拒绝了他：“绝不可能。”

偃回挣扎道：“你难道不想知道究竟是谁在害你？你就不担心你身边人再遭殃？”

燕无恤道：“叫偃家主替我操心了，我只影来去，没有什么身边人。”

“难道那小女娃娃便不算人？”

“……”

偃回笑道：“方才她就在厅堂内吧？燕大侠好狠的心，宁愿也赌上她的命，也不肯遂我的愿。”

“你究竟想说什么？”

“燕大侠昔日冲冠一怒为红颜的豪情何在呢？你不是还为了她，胆敢与朝廷反目，手刃六品廷尉沈丁，你当真以为将百人骑皆灭了口，此事就全无人知晓了吗？”

“……”

“派我来找你的人，让我告诉你一个消息。”

燕无恤喉头微动，声音发紧：“什么消息？”

“百人骑覆灭的事，朝廷已有定论了。说是新上任的幽州刺史白恒放了一队胡人铁骑进来，这才叫百人骑全军覆没。宅家已经下令，十日后将白恒押解回京处斩。燕大侠，这就是你做的好事。”

燕无恤浑身一震，面色蓦地苍白如纸，张了张嘴，却一个字也说不出来。

孙止水才是真正的通敌叛国之人，朝廷此刻却要斩白恒！

孙止水从前镇守幽州，因朝中党派之争所需，开了一角边关，引狼入室，任胡人铁骑入关，置数万百姓生死于不顾。一年前，他游历到幽州，见到国之边境，国将不国，那孙止水饱受弹劾，却因为党派之争得力，一直岿然不动。他这才一怒而起，生平第一次使用了湛卢剑意，将其以陌刀斩之。

那之后，朝中更换了清流白恒为幽州刺史。这人出身虽不是很高，然而饱读诗书，腹内开阔，一心为民，修整边关，励行屯兵，声名远播。

燕无恤重回梨花巷隐匿起来，从那之后直到苏缨为他落难，其间再未出手。

如今，远在西陵的一起百人骑覆灭之案，罪名却安在了白恒的身上。没能制裁孙止水的国法，竟要制裁一介劳累为民清流，这是什么道理？

“为何？”燕无恤怒极，一字一顿，问得目眦欲裂，“为何不冲我来？”

偃回笑道：“燕大侠本事滔天，谁敢冲你来？”他刻意强调了“大侠”二字，此时听在耳里，却如同最大的嘲讽。

任你身负绝技，任你本事滔天，任你以一敌万，任你枉称大侠。

诛不了你的身，便诛了你的心。

偃回此时也不由得佩服，背后那想出此计来的人的谋算本事。面对像燕无恤这样精明强悍的对手，竟然想得出如此一步一步、慢慢诛心的连环计。

果然，这个消息让一直刀枪不入的燕无恤陷入了悲愤交加的情绪之中，再不似方才刃敌无形之间那般谈笑自若、意态疏阔。

他愤怒之下内力激荡，令本就摇摇欲坠的木楼愈加风雨飘摇。

偃回看准这脆弱之时，劝说道：“燕大侠，你何苦来哉？你本是江湖快意潇洒的人，那湛卢剑意于你而言，不过是负累。你只要传给我，我必终生奉你为师，将偃家都交由你来掌管。到时候你自可来去自如，无人再能拘束你。”

火光照耀在燕无恤的脸上，他半张脸埋在阴翳里，半张脸耀在火光下，神情被烈焰衬得诡谲难辨。

燕无恤忽然呵呵低笑了一声，再抬起头时，目光如电，仿佛适才的惊怒情绪从未出现过。

他冷冷道：“做你的春秋大梦。”

偃回眼见燕无恤软硬不吃，恼羞成怒之下，再度拔剑，朝他刺去。

此刻，浓烟滚滚，火势蔓延到了二楼。二人的身影皆裹在浓烟之中，在夜色里忽隐忽现。

大船承载了许多人，眼见火势越来越大，才逃过一死的众人，有些心思活络的，已在联络岸上唤小船来救人，火海中局势未定，船上偃家无人做主，一时乱极。

偃师师见老父吃亏，手持一根阴沉木棍，纵身跃上助阵。她开了个头，其余人也无坐着看戏的道理，一时宴间献艺的十数个女孩子，那日演跣足戏的戏班子，还有劲装的随从，纷纷扑向火海。

见此情景，即便知道燕无恤深浅，苏缨仍旧不由自主地朝前走了一步，手指握住一边裙角，攥得掌心微湿。

然而她挤到人群之前，依旧无法看清火海间的战况。

大概过了一炷香的时间，船旁传来一道落水的声响。

她往下看，冷不丁水中猛然蹿起来一人，将她拦腰抱住，又冲上了云间。

苏缨大惊失色，定魂一看，才看清是燕无恤，一颗心这才安定下来。

此时，月上中天，身后芳洲还在燃烧，燕无恤携着她朝下游一路而去，头也不回。

月色极盛，天地之间都被白茫茫的霜华覆盖。

穿过了一江繁花酒旗、无数的屋檐、浩浩荡荡的碧波、街道上逐月而奔的稚子顽童、码头边烂醉如泥的醉客、挂起白帆来来往往的商旅……燕无恤提气使着轻身功夫，丝毫不知道疲倦一样一直往前走，耳边的呼吸声逐渐沉重。

他似乎也想找一个地方停留，然而他犹豫了多次，却始终找不到一个安全的地方。

最后，他将苏缨放在了碧波微澜间的一艘系在码头的简陋小舟上。

此时，苏缨方能仔细打量燕无恤的神色——他身上湿透了，水滴沿着发丝一点一点流下来，面上留着激战后还未消尽的戾气，除此之外再看不出一点其他的情绪。

苏缨关切地问：“你可伤着了？”

燕无恤没有回答她，她便也没有再问。

她察觉燕无恤古怪得很，任他坐在甲板上一言不发，自己给自己寻点乐子。

苏缨摸到拴住小舟的绳子，轻轻扯开，小舟便颠颠簸簸，游入莫川河中。

苏缨不会摇桨，也不会起帆，任着船身飘摇，在水波的簇拥下，像一片随波逐流的树叶一样，慢慢摇晃，载浮载沉。

苏缨伸手拨着船边的水，看见前方已渐渐没有人声，星河万里，倒映在水中。她不由得伸手轻轻拨弄船边的水，搅起一船清影。

“好极了。”苏缨笑着对燕无恤道，“我从前就想要如此漂泊江湖，我就坐在船上，船漂到哪里，就走到哪里。”

燕无恤神情逐渐松泛，转过头见她方才挽起袖子玩水，一副描画了潇湘云水的青色袍袖被濡湿了。她眼睛亮晶晶的，纯澈无瑕，似倒映了漫天星影在内。

燕无恤柔声问道：“你想到哪里？”

苏缨歪头想了想，说：“我想去海外，蓬莱、瀛洲、方丈仙山。求访山上的仙人，求四粒长生药，两粒给我阿爹阿娘。”

“还有两粒呢？”

“还有两粒……”苏缨面上微微一红，用细若蚊蚋的声音，嗫喏道，“给我，还有……还有……我未来的夫婿。”

如此天真烂漫之语，令燕无恤心境也温柔下来。他侧头看她，只见她面颊泛红，愈显得侧颈肤色莹白，如一束清皓的月光，适才在风里走来，她发丝稍稍蓬乱，一缕青丝调皮地蔓在脖间。

他忍不住问：“阿缨已经有了未来夫婿的人选？”

一声亲昵的阿缨，叫得苏缨难为情地垂下了头。

苏缨低垂眼帘，没有回答他的话。

燕无恤深深望着她，只觉此情此景，如梦似幻，眼前之人，如珍似宝，再难复得。他心头微烫，似因方才激战情绪还未平复，又似被漫天星影所惑，情不自禁道：“阿缨，你知道吗？我从不惧怕与人为敌，可我不知道真正的敌人是谁，身在何方。

“他在暗，我在明。我珍视的东西，都会被这只冥冥之手操控夺去。

“那日我并非一时兴起轻薄于你，后来，也并非存意避开你。

“我是害怕，被他发现我心中有你。”

燕无恤的一番剖白，听到初时，苏缨侧头入神，十分认真，就这么猝不及防地，最后一句闯入耳中，她心头空跳了几分，有些没有反应过来，待咂摸过味来，眼睛随之睁大，里头盛满了诧异、惊疑，还有羞赧。

他……他对我表明心意了。

燕老二说他的心里有我。

光是这个想法浅浅地浮现在脑海，便叫人一阵阵地发蒙。

自从燕无恤那日暮色之下，马负陌刀，单骑而来，将沈丁打败，到后来鼓中意乱情迷，再然后恰逢李揽洲之死，还有这些日子的冷淡，直至在白马驿莫川河的这一艘小小的船上，终于有了了结。

此时此夜，天水一色，身后远处芳洲火焰漫天，水流的声音似乎要无穷无尽地延续下去。

苏缨的一颗心忽上忽下，飘飘坠坠，像被倒映了漫天星辰的波浪拍打漂浮。

燕无恤说完了这句话，便将目光移向了前方。月光清而浅，勾勒出他剑雕一样俊逸锋利的侧脸，此刻他的眼睛深如幽谭，面上的表情比星辰还要淡，丝毫不像一个方才才对女子表明了心迹的人。

苏缨握着船舷的手忍不住收紧，掌中还留着戏水留下的湿意，掌中滑滑的，磕在硬硬的木边上，那木并不平整，倒刺磨着掌心，些微的刺痛方让人有一些身在世间的实感。

苏缨问他：“今晚你在白马驿见我时，总将一只手背在身后，是藏着什么？莫非给我抓了只蛐蛐？”

燕无恤怔了一下，神情微赧，点头，似乎有些难以启齿：“我带了一朵……荼蘼花。”

“荼蘼花？”

“有个老婆婆拦住我，问我要不要买。那花小小的，又白，很像你……我身上银子不够，只买得一朵，四处寻不见你，我担心你，怕再也见不到你。若要说我那时的心境，便是要集整个白马驿的荼蘼花给你，我也是想过的。”

这日白天，他拿着那朵小小的花，穿街过巷。他的手粗笨，惯于使用陌刀这样沉重的兵器，不会拿一朵这样小小、娇嫩的花。越是小心翼翼，那花就越是委顿，于是他脚步越来越快，越来越急。

等到终于找到苏缨时，她竟神采奕奕地挤在蛐蛐铺里，气势汹汹地拍着桌子，活脱脱就是一个毫无心事的少女。

那朵花，便怎样也送不出去了。

燕无恤目中含着柔情，伸手在苏缨发顶重重地揉抚了一番，道："你终究是心思浅，也好。"

苏缨摇摇头，想把他的手甩开。

此时燕无恤看她的神情，温柔又淡然，目光诚挚，语气平静，虽然说着恋慕于她的话，却叫她觉得莫名失落。

苏缨急道："你什么都不肯跟我说，说亲就亲了，说远着就远着，说想送花就送，不想送了捏在手里也不给我，这会儿，你说心里有我就又有了。哪有像你这样对女子表明心迹的，你……你活该一辈子都讨不着媳妇。"她说完，将脸撇到了一边去不看他，夜风凉凉地吹在面上，脸上被气得发烫。

燕无恤不说话了。

苏缨半晌都没有听到他分辩，心里的失落更重，连身体也侧到了半边去，摆出一副打定主意要和他斗气到底的姿态。

燕无恤出了一阵神，叹道："我知道，我这人在你看来是古怪的。"见苏缨几乎要将自己蜷缩成一团，连头发丝都想避着他的模样，忍不住笑了一笑，伸手轻轻抚摸着她毛茸茸的脑袋。

苏缨挣扎得更厉害了，直接偏去了船的另一边。

燕无恤道："我惹你生气，你就要远远躲开，实在也算不得好习惯。"

苏缨眼眶发红地怒瞪了他一眼："那能如何，我又打不过你。"

燕无恤笑着再度揉上她的头发："不要生气，若你实在意难平，待会儿船到东海，我带你看侠客聚会。"

苏缨气鼓鼓道："事到如今，我再也不信你半个字了，你还说心里有我，定也是骗我的。"

燕无恤手臂一收，将她整个人抓小猫一样带到了怀里。

苏缨猝不及防，整个人撞到他身上，耳边正是宽阔热烫的胸膛，他的心脏，一下一下，有力地跳动着。

他的手轻轻按着苏缨后脑，低声道："天地为证，我实冤枉。唯有这一句话，你要相信我。"

苏缨这次不挣扎了，原本夜风就吹得冷，他怀里温暖，手臂热烫，她安静乖巧地伏在他的胸膛之上，感受其下鲜活有力的声音。他的气息兜头兜脑，将她笼罩在其中，她眼眸微阖，温暖舒适之下，生出了几分困倦来，便在他肩膀上，寻了一个舒服的姿势，半眯着眼睛。

听着无穷无尽的水声，数着直欲落到船上的星星，看着莫川河之侧，数不尽的草木、山岭、村落。

川水弯弯曲曲，仿佛永远也看不到尽头一样。

正是迷蒙欲睡之时，耳边他说：“你知道湛卢剑意了吧？”

苏缨点点头，嘟哝道：“李揽洲都说了。”语气黏黏糊糊，睡意浓重。

“我十岁之前，只想好好读书，考取功名，以后为国效力。

“直到青阳子那个老匹夫不分青红皂白，传了我绝技，改了我一生的志向。

“我不想叫他师父，他自从传了我，一日也没教授过我功夫，全靠我自己摸索，方将剑意慢慢化为己用，就连陌刀都是野路子，上不得大雅之堂。

“我杀孙止水之前，一直隐姓埋名，从未出过头。杀孙止水之事，从游历、到起意、到刺杀，从头到尾只有我一个人知道。我做得很隐秘、很小心，并没有用青阳子那老匹夫名声大噪的绝云负青手。

“然而不知道为什么，朝廷中的人竟然很快就知道是青阳子传人所为。

“现在天下已皆知我之名，我已处绝境，无可去之地，无可为之事，不可有惦念之人。”

温柔的声音就拂在头顶上，苏缨过耳听着，却不知是怎么回事，分明极想清醒，睡意就是排山倒海而来，轻而易举将她击溃。

燕无恤一只手，轻轻按在她的睡穴之上，下巴顶着她柔软的青丝。

船板上，两人依偎，青衣青丝，铺了满船。

燕无恤的声音轻柔得像是隔着雾霭，响在梦中：“阿缨，事至如今，若要问我后不后悔，我自然后悔。可若再来一道，我恐怕也会杀孙止水。青阳子那老匹夫，一生毫无可取之处，然而他的勇气，却令我敬服。我活得小心翼翼，从不做没有胜算的事情，揽洲说我不及他，这话我也认。”

他低下头，将一个轻轻的吻印在了苏缨的发间。

知她虽困顿，必也还听得见。

“阿缨，湛卢剑意还在这个世间一天，就有它的道理。只要有人还忌惮它，它就有存在的价值。你且记我一句话，湛卢如眼，必清明湛湛，需常合少开。让人心中有它，比看见它更重要。

“你聪颖灵秀，心思纯正，我再放心不过。”

说着，他将一只手，缓缓贴在了苏缨的后腰上。

苏缨这夜做了一个很长的梦。

梦见船顺着莫川河一直走，九曲回肠，直上东海，一碧万顷，天云浩瀚。

吹在身上的风浩浩荡荡，像要把她整个人托举起来。

沧溟浩瀚无极，风来自四面八方，一道一道，绵绵不绝地刮在身上，一股暖流懒洋洋、温润润地流淌在四肢百骸。

她像古传奇里写的真人一样，手持一剑，御风而行，身随意动，只觉身轻如燕，天上地下，无有不可往之地。

穷太虚遨游九霄，游碧空风霓云裳，驭蟠龙翟飞凤腾，闻青鸟声啸云间。就在仿佛要临蓬莱仙境之时，她想起来同舟而行的燕无恤。

她想要寻找他，却只见瑞兽翱翔，天影云淡，东风漫卷，已无半个人影……

一封书信送到苏府。

苏家派人来接走了沉睡在船里的苏缨。

燕无恤藏在不远处的岸边，见苏家将人接走，直望得船只消失在天际，方拍拍身上所沾的尘土，站起身来。

他先顺流而上，回到白马驿领回寄在客栈的追风。

马上负着陌刀，马鞍挂着银铃，铃声悠悠，一人一马，独自而行。

这日落日时分，燕无恤来到了陈巴的野店。

陈巴的店还是简陋而破败，开在西陵郊外烟尘古道上，来往的车马卷起滚滚尘土，几乎要将他的店埋入尘土里。

夕阳西下，天际暮色血一样艳丽浓厚。

陈巴毫无生意，坐在野店门口，捧着一把瓜子，咔吱咔吱，嗑得起劲。他看见一人一马缓缓而来，眼睛一亮，待近了，看这人的体态断乎是燕老二，旁边那瘦马定是追风这孽畜，眼里的光又倏地灭了个干干净净。

他懒洋洋地靠在门外，坐得毫无迎客的姿态，对着燕无恤吐出了一片瓜子皮儿："这不是燕老二吗？我就说你差不多就是这几日又要来蹭吃蹭喝蹭住了，这回又是去哪里给人驮货了？可交得起钱？"

燕无恤一放手，追风便轻车熟路，自走到马槽去吃草。

陈巴踢开条凳，骂骂咧咧，去加了一瓢豆子。

燕无恤便在门外窗下一桌边，大马金刀地落座，豪气万分道："这次干了票大的，少不了你的酒钱。给我来两坛酒。"

陈巴嘴里连珠炮似的喋喋不休只说不信，却亲自去厨房里炒了两道菜，又上酒窖里搬出一坛子积灰落尘的陈酿女儿红来，连拍去上头的灰亦是心有不舍。

两个缺口破瓷碗，倒上清冽舒爽的陈酿。

陈巴也坐下来吃菜，两筷子油光锃亮的烧兔肉下去，又用烈酒，在肠胃间剖开一条酣畅淋漓的路。

他咂道："好酒，好酒。这酒可要记在你的账上。"

燕无恤早已债多了不愁，虱子多了不痒，即便现在袖中只有三两个小钱，依旧喝得心安理得。

陈巴才看清燕无恤的脸，早已不是往日里摇摇欲坠的痨病鬼形容，干净俊逸，因着唇上的苍白，反倒有一丝病弱之态。

他干咽了几口酒，道："你上哪儿易的这副容貌，你早些这个模样多好，就是我看见你，我心里都怜你爱你。"

燕无恤试探："那酒账？"

提起钱，陈巴铁面不容情："还记在你账上。"

燕无恤冷笑："我再也不信你半个字了，你说什么怜啊爱啊，都是骗我的。"

陈巴惊得下巴几乎要掉下来，结结实实地从上到下打量了燕无恤三遍，含着酒肉口齿不清："燕老二，你上哪儿跟小姑娘学的撒娇耍痴的话？你还是你吗，别是野王八修成了精了吧？"

燕无恤提起筷子，欲辩忘言，陷入沉思——也不知她现在安全到家了不曾，醒了不曾，身上无恙否。

陈巴抬起手，在他眼前挥了挥，等他抬起眼来，笃定道："燕老二，你不对劲。"

"何处不对劲？"

"哪儿都不对劲。"

燕无恤默默饮酒，不答他话。

陈巴问："你从南面来，一路北行，欲往哪里去？"

燕无恤一盅烈酒入口："继续往北去。"

"西陵？"

"再往北。"

"河洛府？"

"还要往北。"

陈巴抓耳搔腮："河洛府再往北是哪儿？我没听过了。你去做什么？"

燕无恤摸着酒杯，指腹轻轻摩挲边沿，陈酿女儿红醇厚酒味残余舌尖，令他说出的话含着一丝涩滞的醉意。

"去……上天入地，翻江倒海，震慑宵小，荡尽不平。"

陈巴捂着肚子，笑得前仰后合：“燕老二，你今晚可真是疯魔了，一会儿似闺中黄花女儿，一会儿又像戏班子上演杂剧的。”

燕无恤脸一沉，手中筷子微动，一粒被油光裹挟、香气四溢的兔丁飞过夜空，又准又狠地投到陈巴的嘴里，令他笑声忽止，捂着嘴咀嚼个不停。

这时，一匹鬃毛柔软、通体纯白、身挂金鞍的马停在了路旁，马上人“吁”了一声，转头看过来。

马上人锦衣华服，缓带轻裘，眉目清润，问道：“壮士可与我同饮一杯否？”

燕无恤蒙眬着一双醉眼，眯着眼睛瞧他，不发一言。

陈巴咋咋呼呼：“你是哪条道上的，别来你爷爷的黑店瞎嚷嚷，打烊了，今天我和我兄弟吃酒高兴，谁来也不接。”

锦衣公子抛出一个锦袋，袋中装满了钱，敲在桌上，啪一声溢满了金钱气息的声响。

陈巴闻声而动，腾地站起：“客官要吃什么，我去做。”

他又颇为狗腿地拍拍燕无恤的肩膀：“招呼好客官，陪酒。”

燕无恤长长叹了一口气。

锦衣公子长眉微扬：“不要金贵事物，切一斤牛肉，再打一斤好酒来。”

陈巴老老实实地收走钱袋去后厨忙活。

锦衣公子也不嫌桌椅污秽，端端方方地坐了下来，拿过一个粗瓷碗，慢悠悠地也给自己倒了一碗酒，对燕无恤道：“适才路过，听闻壮士说话大有胸襟，敢问壮士可曾习武？”

燕无恤闷着头吃兔丁，头也不抬：“我一介驮夫，乡野泥腿子，没有门路习武。”

锦衣公子道：“在下云未晏，白玉京人，壮士若愿，可经我家习武。”

白玉京，云家，云未晏。

燕无恤惊讶之色一闪即逝，面上微微有些笑意。此人闻名天下，乃是白玉京武家执牛耳者云家的大公子，据闻天资极高，才弱冠年纪，已在白玉京闯下威名。

就连燕无恤这样的草莽，都对他有所耳闻。

燕无恤真心地说：“久仰。”

云未晏遂问：“壮士大名？”

“燕无恤。”

云未晏神情微变，片刻之后，也是凝了一丝笑意在嘴角，抬起酒碗：“我才要说久仰。”

燕无恤微微一笑，抬碗与他一碰。

二人各怀心思，云未晏缄口不言，燕无恤也径自不问，闷头对坐喝酒。

初时，燕无恤只当云未晏和偃家父女一样，是受人之命，专程来寻他的，一直等待他出招。

却不料两三盏酒以后，云未晏喝得烂醉，昏话直冒，醉眼晕晕地问他：“燕大侠，你修习内功用的什么法门？”

燕无恤道：“不记得了，那会儿我还小，出门玩一趟泥巴，就顺带捡了内功回来。”

一阵良久的沉默后，云未晏叹道：“自从十年前天子被青阳子惹怒，阉割江湖，尽杀各派高手，焚毁典籍，收入白玉京的已只余下庸碌之徒。”

他语中不平之意，叫燕无恤感到略略惊讶。

燕无恤真心地说：“云公子已是白玉京中的佼佼者。”

云未晏一笑：“穷极我一生，能到个什么境界，我心中有数。我只是不明白，武之一道，为何要和权势交缠在一起。江湖就是江湖，庙堂就是庙堂，江湖本该是自由自在、随心所欲的，为何要生出白玉京这么个怪物？”

他抬起头，清醒时疏疏懒懒的眼睛，此时亮得赛过今夜的苍白月色：“燕大侠，你说呢？”

一样清冷的月光下，燕无恤面上醉意尽退，唇上一丝血色也没有，静静盯着云未晏，一言不发。

云未晏没有等到他的回答，低声叹息道：“燕大侠，你是最后一颗沧海遗珠。在你之后，恐怕再没有江湖了。”

燕无恤笑道：“世有大道，因循往复，阴阳互愆，此消彼长，世人熙熙攘攘，皆为过客，你我不过是大江大湖之中的一粒沙砾，随波逐流而已，为何要为这一片天生天养的水担忧呢？”

云未晏叹息：“我不过可惜，匹夫一怒仗剑而起，再无这样的时日了。”

燕无恤道：“云公子多虑了，江湖上人多的是，连陈巴都不担心没有人来住他这黑店，你又何必作杞人之忧？”

这时，陈巴端了一盘热气腾腾的牛肉出来，只听见最后一句话，便应和道：

"是啊，是啊，我这家店一直生意不错。这牛肉都是新鲜的，公子您尝尝？"又狠狠剜了燕无恤一眼，"公子别听他瞎说，我这里小本经营，绝不是黑店。"

云未晏击箸笑叹："今日能与大侠攀谈，实我之幸，三言两语，令我茅塞顿开。大侠终非尘网中人，看得比我们明白些。"

燕无恤说："此言差矣。知易行难，我才是尘网一缚三十年，才去一重，又增一重。"

陈巴惊问："谁，你叫谁大侠？"

云未晏道："我要好心提醒大侠，你可要看好身边人。"

燕无恤气定神闲，露出了今夜第一个真心的笑容："这个不劳挂心，我已经解决好了。此刻天下之大，任谁也再伤不着我的……身边人。"

陈巴急了："你俩切莫攀谈，到底叫谁大侠？"

二人都未再理他，任他站在中间丈二和尚摸不着头脑，互相碰了一碰酒碗，一饮而尽。

燕无恤起身道："酒意已尽，我动身了，你就这么看着？"

云未晏醉眼蒙眬，又扳着酒坛子，给自己满上了一整碗，说："还……再敬你？"

燕无恤哈哈大笑，离了酒桌，从追风背上将陌刀取了下来。

他摩挲追风的脖颈、脊背，对陈巴说："追风寄放在你这处，好好待它。"

陈巴掰着指头算："一日草料费二十文钱。"

燕无恤扔出一物，是一直伴着他的鸟嘴铜壶："上头镀了点银，你拿去炼了吧。"

燕无恤出门之时，云未晏的三个师兄妹找到了云未晏。

两个少女、一个少年，均胯下骏马，身穿劲装，打扮精致又精神。

其中一个少女看到云未晏伏桌痛醉，娇嗔道："大师兄，我还说你的马太慢了，原来是躲懒在这里吃酒，也不告诉我们，叫我们在前面好等，还以为你遇到危险了。"

另一个取笑她，说："大师兄什么本事，也能遇到危险，你可先担心你自己吧。"

少年道："恶战在即，大师兄怎么还喝酒，我们还抓不抓那魔头燕无恤了？"

燕无恤一脚踏出门去，听闻这句话，真真是虎躯一震。

云未晏醉醺醺，睨那少年一眼："你自己去，我困了，要歇息。"

少年大吃一惊："这怎么行，大师兄不去，谁打得过他呀？偃家都折戟沉沙了，听说偃师师最爱的傀儡粉身碎骨埋骨莫川河，她守在莫川河旁哭嘞。"

少女气呼呼道："那是她家老爷子死了，什么哭傀儡。"

"她家老爷子被打得粉身碎骨？这魔头太凶残。"

燕无恤脚下险些踩空——真是以讹传讹，偏离太甚。

"哎，大师兄，你这碗里的酒真好喝，是什么酒？"

"你羞不羞，大师兄喝过的碗，你就这么喝，要给人取笑的。"

……

燕无恤逐渐走远，他似有所感，遥遥往西陵方向看了一眼。

夜色深邃，茫然无际。

他便又看看陈巴的野店，暖黄灯光，屡屡酒香，隐隐喧嚣。

云未晏佳人在侧，浪迹江湖，想必平时吵吵闹闹，嬉笑一场，就做平生。

他忽然有些羡慕，羡慕得心口微微发烫。

第二卷

西登轩辕台，拂不去，月如素

第五章
白玉华京

◇◇

L A N G J I J I A N G H U

天下之大，凝聚在一座沙盘内。

其中，终南之下，颍川之畔，飞甍鳞次，连衢纵横。

这座沙盘的不远处，是在位的靖国第九代天子。

帝王已近古稀之年，一动不动地盯着他的杰作——这一方代表着白玉京的沙盘。

“好啊。如今太玄宫也开始修筑，越发像诗文中所言的‘天上白玉京’了。”

底下人应道：“回禀陛下，太玄宫建成，司造台按照陛下的意思，还建了一座太清台，落成之后，陛下可往观侠客们斗武。”

皇帝眼底的情绪，倏忽万变：“扶朕起来，朕要走近了看。”

内监扶着皇帝，他颤颤巍巍，慢慢靠近，眼里迸发出更加炽烈的光芒，令他脸上罩了一层宛如稚子一样欢欣满足的深情，长满了皱纹的手，一点一点，满含爱惜地抚摸着其中的亭台楼阁、花鸟瑞兽、象生小人，像是得到了此生最渴望的玩具的孩童。

门外有人来禀：“司造台上卿求见陛下。”

司造台主管白玉京太玄宫的建造，皇帝极为上心，在内监的搀扶下，重新落座：“传。”

司造台上卿脚步停在沙盘之后，弓背弯腰，行了一个大礼，道：“启奏陛下，太玄宫修筑恐怕要缓些时日，特来请陛下的恩旨。”

皇帝面上变色，愣怔片刻，一掌重重拍在身侧扶椅上。

“今年元夕之夜，朕必要见太玄宫建成。朕要在太玄宫设宴邀请四海宾朋，与民同乐，不可推迟一日。”

司造台上卿道：“陛下，非臣有意拖延愆期，实乃国库今年列支修缮宫宇之费已尽，臣纵有万千妙心、巧手工匠，也不能凭空结楼台。还请陛下恕罪，请陛下明鉴！”

“此事朕知道，前些日子不是在朝会上议过？朕已着丞相、御史大夫、大司农拿出对策，另拨两百万两银子供太玄宫建造之费。你此刻来急个什么？”

司造台上卿伏在地上：“陛下有所不知，臣听闻今年国库……大司农说，若要另拨银子，只能削减军费了。如今北方不平，上个月还有幽州刺史叛国之事，正是胡人蠢蠢欲动之际，绝不能减少军需，故臣冒死觐见，恳请陛下延期，待明年春赋上来，再起高楼。”

皇帝怒斥道：“这话岂容你来说，你住口！宣丞相、御史大夫、大司农来见朕，让他们马上进宫。”

约一盏茶的时间，丞相岳明夷急趋而至。

皇帝劈头盖脸而骂：“丞相，辅佐君王，统御百官，你……你一个司造台上卿都管不住，做出越权上奏之事，你如何当的丞相？”

天子措辞严厉，丞相只得跪倒在地。

“陛下，臣死罪。只是司造台上卿之言，也是臣想上陛下的奏疏……去岁岭南、河东有旱，江北多地遇涝，赋税酌情减免，府库无余，太玄宫之事，还请陛下三思。”

皇帝后退了一步，抬起手来，手臂颤抖，指着丞相：“尔等胆敢欺上瞒下？尽我大靖之国力，竟造不出一座太玄宫，岂不是惹天下笑话！”

丞相缓缓取下所佩的金印紫绶，放置身侧，皓首深深叩伏在地：“陛下明鉴，非举国之力造不出一座太玄宫，前年修了玉露宫，去年修了拔霜殿，均集天下奇珍异宝、高楼殿宇，还有白玉京，单一个白玉京，每年修筑耗费不差宫中诸殿，今年国库空虚，陛下容臣直禀，今年万万再修不得太玄宫了。”

皇帝怒极反笑，喉咙间发出嘶哑声响，双目因怒泛红：“府库空虚，还说府库空虚，朕就该拿你和大司农问罪，你们如何替朕当的家？”

丞相埋头，说：“陛下息怒，臣和大司农便是舍去项上头颅，也换不来真金白银，非臣等不能管家，实乃这家中诸事繁杂，处处都是耗费，老臣无力，愧对陛下。”

皇帝沉默半晌，道：“聚不出钱，那就今岁再增税一成。”

丞相浑身一颤，顷刻之间，额上汗水便湿了眼前的软毯。

“去岁年景不好，多地有灾，本当与民休息，若再添重税，恐怕民不聊生，万万不可！万万不可！”丞相连说了两个“万万不可”，令皇帝黑沉如铁的面色也有所动摇。

他踱步的步伐逐渐变得焦急，声音也不复天子威严，显出急躁：“那如何？便束手无策了？要朕失信于天下人？”

正在此时，一直在一旁默默不言的司造台上卿忽然出声道：“臣还有一计，不知可不可行。”

皇帝精神微微一振：“你说。”

司造台上卿道：“丞相说府库空虚，必不能削减军需，如今再索之于民也非上计。臣去年为陛下修缮好了十二楼，原本是在年底武试之时封给军功卓越、效忠于陛下的武家。依臣的愚见，不如拿出其中六楼，分封商贾。”

丞相忙道：“此事不可，白玉京也设职爵，十二楼统领武家，位比三品。如此岂不是公开卖官鬻爵，我大靖颜面何存？陛下颜面何存？”

司造台上卿微微一笑：“丞相多虑了。十二楼的统领，虽然是武职，然而白玉京也是江湖。江湖人在江湖上需要守江湖规矩，何为江湖规矩？那就是强者为尊。”

说到这个关节，皇帝身上松缓，逐渐和颜悦色起来，慢慢重新坐在了紫檀木椅上，对司造台上卿抬抬手：“爱卿起来说。”

司造台上卿一振衣袍，长身而立，侃侃而谈：“陛下试想，如今天下卷宗武籍、能人高才俱在白玉京中，严禁外传。十年下来，整顿见效，江湖之上，尚武而不悖，尊强而不骄，忠君之心，蔚然成风。”

皇帝微微颔首，面露欣慰之色。

司造台上卿道：“当今举国上下，莫说商贾，便是朝中武官，不入白玉京，也习不得武。白玉京可为天下武学之源，木秀于林，英才辈出。陛下若将六楼分给商贾，由他们统领，试想，下面是豪强壮勇，上面是个手无缚鸡之力的商贾，日子一久，谁人服气？下不服，上必殃。届时陛下或起个由头，或睁一只眼闭一只眼由得下面闹，不就打发了。”

皇帝拊掌而笑：“好，你这个法子好。”

……

这一天子决意，很快由丞相会同属官以及大司农、抚顺司司丞等诸官拟出了奏报，加过御印，过了朝会，便昭告了天下。

白玉京内新设十二楼统领统管武家，去年才刚刚把楼宇建好，分列太初、

鸿蒙、圣君、羲皇、蓬瀛、腾骧、列觞、清歌、餐霞、漱瑶、云间、长生等诸楼。如今分出了“骧、觞、清、霞、瑶、云、长”六楼给外人统领，竟是全然不顾京中武家的颜面。

朝廷昭告天下的言语冠冕堂皇，无非是宅家与民同乐，邀各地能人入驻白玉京，统领六楼。

实则凡是驻地有富豪之家的州府，被分到名额，无不一夜之间愁白了头。

西陵城的知州名叫杨永，因西陵有豪富之家苏氏，杨永被分到一楼，上有州刺史耳提面命，下有众参议七嘴八舌，他夹在当中，焦急得五内如焚。然而朝中下了严令“成事者，加官晋爵；不成者，全家掉脑袋”，令他此时就算撂挑子都不行，只得硬着头皮，踏上了去苏府拜访的路。

杨永素来和苏老爷苏之卿往来甚密，杨永还想过让自己的儿子求取苏老爷家的独女苏缨，永结两姓之好。只是苏家的商贾之身一直叫他如鲠在喉，才没有上门提亲。

不料转眼之间，形势陡变，一向自诩清贵的杨永，此时却满揣着要苏家白白出六十万两银子的不情之请，令他觉得甚是羞愧，面上无光，在苏府附近徘徊犹豫，终究还是念着全家人的性命，硬着头皮上门去拜访。

生意人讲究和气生财，苏之卿素来是个最随和的人，平素杨永与他打交道，或大或小有求于他，他总是很爽快。便是有些难办的事，他捻一捻胡须，也就答允了。

然而这一次，当杨永说出所求时，苏之卿却蹙眉沉默，许久许久没有答话。

杨永道：“朝中有严令，若不是事关我家人性命，我如何也不远觍着我这张老脸来求你。苏公，西陵唯有你家才能出得起这六十万两银子啊，我家老小能否活命，就看你的了。”

苏之卿捻着胡须，几乎要将胡根掐断了，眉头依旧狠狠皱着，没有松口一个字。

六十万两银子，于天下哪一家，都是剜骨割肉之痛。

若这钱当真能买到什么有实权的官，让叔伯兄弟的子侄去当一当，在朝中疏通点关系，让家中生意做大，也并不亏。

可是明摆着这什么统领就是武职——还是白玉京那等天下武艺绝顶之处的统领之职，家中谁能去统领？这不明摆着拿钱打水漂吗？

谁也不愿意将自己奔劳一生，辛辛苦苦地赚来的家当一夜之间打了一半的水漂。

苏之卿思忖良久，还是无论如何也松不了这个口，最终，只给了杨永一个模棱两可的答复：“家中杂事现在由夫人在操办，此事还要与夫人商议，过些时日给你答复。”

苏之卿逃回后院之时，满头都是大汗。

他四处打听夫人去了哪里。

张大柱回答他：“夫人正在房里给小姐喂药哩。”

苏之卿便往苏缨的房中去。

说来也怪，自从将苏缨从刘家村的小船里接回来以后，她就总是迷迷糊糊，浑身发烫，时好时坏，成日里卧床在家，也不出门，与从前将家中闹得鸡飞狗跳的火热性子大是相异。

苏之卿掀开帘子进去，馥郁幽幽的香气中，苏缨正歪在榻上与阿曼解着九连环玩。

夫人坐在她身边，手持一卷书在灯下看，手时不时地去探一探她的额头，看热下去没有。

这家宅安宁、温情脉脉的一幕，令苏之卿伫立静看，百感交集。

苏缨嫌母亲琐碎，摇着头把自己的额头歪到一边，嘟嘟哝哝地说：“阿娘，我早就好了。”

夫人道：“都好了，为何身上还是发烫？一个多月了，多少发散的药吃下去，也不见有效果。你究竟在外头混吃了什么、冲撞了什么吧？明日随阿娘去玉虚观里拜一拜，让三清法师给你一点拂尘水洒一洒，没准就好了。”

苏缨自然不想去什么道馆，眼风恰扫到听壁角的苏之卿，忙唤：“爹爹！”

夫人见是他来了，莞尔一笑，迎上前去。

二人耳语两句，便都出了门。

留下苏缨与阿曼两个。

阿曼是等苏缨到家之后去接来的——她也老实，只知道得罪了官中人，恐怕老爷夫人受连累，故什么都不敢跟家中说，日日留在与燕无恤相熟的客栈里做活等消息，接她回来那日，哭得地动山摇。

苏缨与她自小一起长大，感情深厚，也抱着她哭了一场。

那之后，连阿曼这样迟钝的丫头都感觉到，自家小姐好像不一样了。

苏缨初回的几日，整个人瘦了些。

不过多久又养了回来，脸蛋像小小一片莲瓣一样的，圆圆一双大眼睛，一眼望去与从前并没有什么区别。只是偶然面上竟会有怔怔之态，喊她她也不应，只是望着自己的手发呆，或者是一时蹙眉，一时深思，面上偶尔会流露出极是失落的神态，叫阿曼大是惊讶。

须知苏缨从前是一个最没有心事的，就连挨了夫人的训，也不过片刻之间的难受，极少有隔夜心事。

这一趟回来，好像什么都变了。

夫人也私底下拉着阿曼切切打听——这一路上是不是碰见什么人了。

阿曼不敢说与抚顺司的事，只敢提燕无恤、陈巴、刘叔等人。

陈巴相处太短，刘叔又老，唯有一个燕无恤值得怀疑。夫人又仔细打听对方的身高、样貌、脾性，知道是个瘦瘦高高的、痨病鬼般的形容，为人没本事，脾气也不好，又安下心来。

日子一久，在爹娘的尽心呵护、兄弟姐妹的陪伴、阿曼无微不至的伺候下，苏缨面上怪异的神色也渐少，逐渐恢复正常。

苏老爷和夫人都松了一口气。

此刻，见爹爹拉着阿娘出去，苏缨目光从手上的九连环移开，望向阿曼："我叫你打听的事，怎么样了？"

阿曼道："刘叔说哪里都没有燕二爷的消息，也没听见最近抚顺司再捕人。"

苏缨微微一颔首，又专心致志地解手中的九连环。

阿曼专心致志地看着，只见苏缨手指灵活，翻得金环摇曳如飞，猛到了一处进退两难之地，苏缨眼睫垂着，集力开解，手上力劲逐渐加大。

阿曼一个走神，只听得啪一声响动，那金环竟然猛地从中断成了两截。

唰唰——

平地生风，将金环拨弄得碰撞如铃。

阿曼被这阵尖利的风，刮得鼻子有点酸。

苏缨神情怔忪地看着自己的手。

良久良久，阿曼揉了揉鼻子，道："这哪个铜匠做的，定是掺了什么进去，脆得这样，明儿我要去打他的嘴。"

苏缨点头附和："是极是极，也替我打一掌。"

袖子底下，她狠狠搓了搓自己的手。

这些日子，苏缨虽然身体康复，心情渐好，却一改往日在家飞鹰走狗、直欲扶摇而上青冥的作风，正是因为发觉了自己身体好像有些……不一样。

先是喝药的时候，她因厌恶药水太苦，玩笑一样的推搡之中，药碗翻砸在地，摔得粉碎。

再比如她在院子里踢毽子玩，两三下不小心就将表妹妹的鸡毛毽子踢得毛羽尽落，活脱脱一只秃毛鸡，表妹妹仰天大哭，四处控诉挨了欺负。

后来她就安安静静地做起了女工，剪裁了一个四四方方的荷包，诸姐妹问她想要做给谁，她在花样上描了一只云层间小小的燕子。不料拿起绣花针，太久没做手生了，用力之时，手中一燥，风凭空而起，齐刷刷将布割成了两半。

荷包之后，苏缨心里有了一个大胆的猜想。

她看看自己的手，再看看自己的足尖。

想起临走那日，迷迷糊糊中，燕无恤曾经莫名其妙地对她说“湛卢如眼，必清明湛湛，需常合少开”。

昏迷的那三日，四肢百骸如有暖流流淌，身躯轻若柔羽，直欲乘青云而直上。

一个越来越明显的可能浮现在心里。

直到苏缨在与习武的护院师傅比试的时候，激发了湛卢剑意的“探微”，将对方的手弹开了一寸，方确认了这个猜想。

这一幕她曾经在鼓中见过，燕无恤通过湛卢剑意的“探微”，探知了敲鼓大汉白玉京人的身份。护院师傅也曾短暂在白玉京修习过，故而也有内力，被她探知。

苏缨四肢发僵，再不敢出手。

事到如今，真相大白——燕无恤先是将湛卢剑意传给了她，然后让阿爹阿娘掩去家徽，将她悄悄接走，再而后，他自己顶着白玉京的追杀，彻底消失在天地之间。

连刘叔都再也没有联系。

惊讶、愤怒、焦急、疑惑……还有一丝担忧，在知晓真相的瞬间，满涨了胸口。然而她从后院走到前院，走到门口，在门口对着隔壁吴阿娘家养的阿黄怔怔站了半晌，又走回后院，发现没有任何地方可让她安置或纾解这样的情绪。

若燕无恤在眼前，她必会一剑横前，刺得他满地躲才畅快。

偏偏此刻他失踪了，谁也找不到他。

就像是万钧的铁拳，打在了软绵绵的棉花上，受力之处仍旧软绵绵的半点也不伤，将焦躁反憋回了出拳人心里。

如此这般，苏缨怀揣着身体里小小的秘密，在家中欺上瞒下，提心吊胆地过着日子。

然而苏府的平静很快便被彻底打破了，三日之后，知州杨永携着一队兵马，将苏府里里外外，层层围了起来。

骚乱乍起，先是起于门外的犬吠声，阿黄受了惊，大声地嘶吼吠叫。紧随其后的，便是一阵飞鸟振翅之响。那是荷塘附近的雀儿，被刀兵和马蹄惊得飞了起来，扑扇着翅膀，从苏府一头直愣愣地冲向另一头。

苏缨此时正坐在西窗下，万分小心，绣她手中一只飞燕的荷包，鸟雀扑棱着翅膀飞过窗外，挡了些光，令她挪动些许，换了个位置。

阿曼脚步匆匆，跨门进来，险些被绊倒，道："小姐，小姐，出事了，家里来了好多官兵，将家中围起来了。"

苏缨大惊之下，手中之针猛地划过锦缎绣面，那只才有了一个脑袋的燕子霎时间被一分为二，分作了两半。

她起身时，下意识地联想是燕无恤的祸事惹到家中来了。

她视线扫到放在竹篮里的剪刀，拿起来揣在身上，再以长巾障面，嘱咐阿曼不得跟随，自行去了前院。

苏缨躲在家中屏风之后，看见西陵知州杨永正迈进门来，身后跟随着一个甲胄齐备的军官。

苏之卿和夫人正坐家中大堂之上，没有起身迎接。

杨永也一扫往日来做客时的客气，开门见山与苏之卿说："前几日请苏公考虑的事情，不知苏公考量得如何了？"

苏之卿没有动，夫人站起身来，一步挡在了苏之卿身前，对杨永说："这是哪里的王法？我家的钱也并非大风刮来，而是老爷和我夙兴夜寐，辛勤而得，凭什么一声不吭就要拿走？杨大人如此以私交裹挟，强迫我家郎君买楼，岂非打着为朝廷办事的幌子，而行抢夺民财之事？"

杨永沉默片刻，道："夫人，我也不愿，实在是宅家严令，我西陵城如若交不出这六十万两银子，就要我家一家老小的项上人头。今日所为，实非我所愿，再三恳求，请夫人成全。"

夫人冷笑道："官兵都将我家里里外外围起来了，这还是恳求？只怕我若敢说一个不字，杨大人立时就要不问自取了吧？"顿了顿，又道，"少了六十万两银子，那杨大人自卖田地去，我家老爷与你交好，顶多资助白银万两，多了却没了。”

杨永一动也不动，只道：“还请成全。”

夫人大怒，道：“你今日就是瞅准了我家老爷性子软、好拿捏，要行这等强盗之事？”

杨永道：“我乃奉旨行事，夫人谨慎说话。”

一时间，气氛剑拔弩张。

杨永终不愿撕破脸，软了语气，劝说道：“苏公，夫人，这钱不是白给朝廷，而是要捐官的。白玉京清歌楼统领，统领武家数十家，权霸一方，乃白玉京里众多武家削尖了脑袋也想争一争的位置。”

夫人笑道：“既如此好，你家怎么不去？那里就是一处虎狼窝，多少凶险，我家里不过是仆役，谁管得住这群虎豹？打好了主意见我们白银打了水漂，再灰头土脸被赶出来。”

杨永耐性被磨得一空，道：“夫人，今日话不管怎么说，六十万两银子苏家都必须出。作为补偿，我为我儿求娶令爱，下聘必厚，不必备嫁妆，今后也将提携你家人，你看如何？”

听到杨永的提议，便是常日脾气最好的苏之卿，亦是噌地从椅子上站起来，直欲问到杨永脸上。

“杨知州，我家虽然不是什么富贵人家，我女儿却比我这条老命还要重些。我一命值六十万两银子，你值不值？你儿子值不值？”

杨永本欲笼络苏家提的接亲，没料到一句话，让苏之卿这平日里的好好先生一反常态，连珠炮似的问过来。

杨永不由得瞥了一眼同来的官署部下，自己被大大拂了面子，越发憎恶苏之卿铜臭难闻，不可结交。他拂袖退一步，淡淡道：“这亲家不做也罢，你女儿原也只配配个商贾之门。”

苏之卿气得面色涨红。

“我女儿便是嫁个庄稼汉，也比跟你儿子这窝囊废，入你这狼心狗肺、忘恩负义的腌臜门第来得好。你家干净？你都做过什么事，我能不知道？还敢看不起我女儿，你什么阿物儿！”

苏之卿这等平日温和脾气好的人，发起怒来比寻常人更加厉害。

他原地来回焦躁踱步，豁出去了一样的神色，敞口便说：“去年秋天，官

家账上填不满，你让我给你封银子补缺，有没有此事？今年开春，派发耕牛时，你那些属官草包，泡坏了粮种，你又让我给你填窟窿，可有此事？”

杨永脸色骤变，怒斥：“你住口。”厉声呵斥左右，“你这是胡言乱语，欲拿捏本官，抗旨不遵！”

正在气氛剑拔弩张之时，夫人一步上前，迎着杨永恼羞成怒的眼神，挡在了苏之卿身前。

“不就是六十万两嘛，我家出。”

夫人声音冷淡，如一泓毫无波澜的静水。

“杨知州为财所来，何必横生枝节。拿了钱就走，岂不痛快。”

杨永随行的属官也劝他：“宅家圣意，州刺史盯得紧，只要他们肯出钱，就不要再节外生枝了。”

杨永道：“出钱便罢，可你听听他刚才说了什么？白玉京的统领岂能让这等胡言乱语的人来做？本官还要为这人作保三品武勋，我绝不保苏之卿。”

苏之卿指他骂道：“那你找别家去，别来找我家。”

杨永道：“找你家是宅家的旨意、州刺史之命！”

夫人冷笑道：“这么说，你又要我家出钱买这什么清歌楼的统领，又不肯为我家老爷作保。知州究竟意欲何为呢？”

“阿娘，让我代爹爹去吧。”

这时，随着一声唤，苏缨从屏风后转了出来。

她手里攥着一把剪子，此时剪子以一种微妙的形态扭曲着，两边剪子卷曲如环，倒像是从火炉里融了来。

苏缨一松手，剪子便砰的一声落到了地上。

堂中诸人，尽将目光汇来。

苏之卿道：“缨缨，你出来做什么，快回去。”

苏缨视杨永及其随从于无物，目光只凝在苏老爷和夫人的面上，朝着他们行了一礼。她空着的手轻轻拉上夫人的手腕，轻轻一摇，兀自央求道：“阿娘，当统领这样好的事，我想去。”

夫人此刻只觉得一个头大作了两个，斥道：“不要胡闹，这是大人的事。”

苏缨不依不饶：“我就要去。白玉京的统领多威风呀，爹爹又不能去，为什么不让我去？”

杨永将视线聚在了苏缨身上。她遮了颜面，看不清脸，然而身形瘦弱娇小，指如细笋，望之绵软无力，加之年纪尚小，性情骄纵，懵懂无知。岂不正符了朝中要找“文弱商贾”的密令。报上去，州刺史定会赞他差事办得漂亮。

苏家的钱是圣旨严令，必须要拿，但是苏之卿不能当官，他女儿就很合适。

这样的小姑娘，就像是一只绵软的羊羔，在尚武之都，是任谁都欺辱得的。当个清歌楼统领的虚职，只怕不出三两年，就被那群虎狼噬得骨头也不剩。

杨永最后的心软和迟疑，在想起方才苏之卿的一番嘲弄时，被击得烟消云散——苏之卿不是觉得自己儿子配不上他的宝贝女儿吗？这么个柔柔弱弱、不知天高地厚、娇蛮任性、胆大包天的女儿，自己儿子配不上她？

天大的笑话。

杨永干脆利落道：“苏缨是吧，苏之卿独女。好极，本官这就上奏，将你的名字写上去，待宅家任令下来，你即刻赴任。”

苏老爷与夫人自是坚决不许，苦苦恳求，提出以旁系子侄暂代，杨永只是一壁冷笑，匆忙而去。

西陵知州的上奏，很快到了西京。

由各部汇总，层层往上，最后上呈丞相案牍之上的，是一本薄薄的奏疏，官内常用的雪浪纸，涂了泥金，丞相府奏曹文书笔透纸背，录了六个人的名字。

地方的举荐、雄厚的财资，举国境内，镌录文书上也不过六个人。

每一笔，都像是饱蘸了金屑一样，写得雍容华贵、气势凌人——不出意外，这六个人很快就能成为白玉京六楼的统领。

天下尚武之人梦寐以求的所在，位比三品的尊贵武勋，背后是六十万两白花花的银子。

封榜上天子的玉玺下得干脆利落。

这一方印是开国时所设，以一方剔透温润的白玉雕琢而成。玉玺之上，玉龙腾绕，龙鳞片片，龙眼怒睁，栩栩如生；玉玺之下，用阳文所刻“皇帝行玺”，点上朱砂，一印而落。

传说开国之际，为天子造宝的匠师，用的是适时名满天下的书法大家燕怀南的“燕书”，写得气势恢宏，霸气横生。凡是加过天子玉玺之章，顿时便流光溢彩，威严顿生，使人不敢逼视。

白玉京，也是一方印鉴的模样。

若有人能从终南山峰顶自上而下俯瞰，定会震惊于它的形状。它像是一方深深的印鉴，宽阔而规整，横一万二千丈，纵一万丈，城墙宛如直直插下的白

玉，围作了印玺的边沿。

苏缨乘坐的马车北上，抵达白玉京大门时，正是日暮时分。

白玉京开山为城，凿地为河，背倚终南，遥望颍川。

因地处山坳，终年有散不去的雾霭山岚，一带轻纱，将万重楼去阙衬得巍峨缥缈，如空中楼阁。

在苏缨面前的，是高有十丈的城门，自下往上看，红铜铁钉，朱红大门，威严庄肃。

苏缨仰头一直看到顶，不消片刻，便觉眼花脖酸，又缩回了车中去。

清歌楼来接苏缨的人，是十日前抵达西陵的。

白玉京共有十二楼，每一楼统领十个武家，每一武家其下有三家从属。

清歌楼属于十二楼倒数第三位，位于白玉京西北侧，主楼设“凤鸣堂”，待统领入主。

清歌楼除了统御武家之外，也分担了宫中部分教坊之职，武家多擅乐、舞、剧者，武学多走旖旎多姿，观赏性强的门路——如偃家的杂剧、楼家的剑、聂家的舞蹈、元家的琵琶……

按理说，统领一职，在楼里权柄极大，执掌杀伐，上可通天。

每一家应当都竭尽全力地巴结新任统领，以图各家利益最大化。

然而诸武家还残余着几分习武之人的江湖血性。

苏缨是什么来头，稍稍打听一下，便众人皆知——都是花银子买的武勋。

清歌楼十家没有一家派出嫡系子弟，均心照不宣地远远择了一个旁支，好歹带着家中的姓，勉强凑足了接人的队列。

旁的商贾人家，就算找不出习武子弟，也竭尽所能地从族中择选一孔武有力的年轻后生当此职。偏偏西陵苏氏剑走偏锋，不但没找个彪悍大汉来，连个男丁都没有派出来，反倒是一个俏生生、娇滴滴的小姐，实在是把“破罐子破摔”五个字演绎到了极致。

清歌楼来人永远都忘不了第一次见到他们未来统领时，她的模样。

苏缨身着绯色锦衣，腰系珊瑚罗裙，腰佩水苍玉，头顶底帷帽，声音又柔软又温顺：“咱们绕道走吧，不走洛南古道，烟尘大，又没有树荫蔽日。”

哪里是想要执掌权柄杀伐果决的统领，活脱脱就是一个要夏日行游的闺中女儿！

然而就算是特意绕路避开了，仍旧不免路过横亘在西陵与河洛府之间的小寒山。

光是小寒山的天光，即便落日时分，也能轻而易举将人眼睛刺痛。

曾经惨烈的战场，如今已经清理得干干净净，没有留下任何人和动物的尸骸。就好像，从来没有一场恶战发生在这里。

这些日子，苏缨曾经在与母亲去西陵亲戚家做客时，悄悄溜出去过梨花巷。那时梨花已落尽，唯余下梨树肆意舒展，浓阴蔽日。

刘叔给她斟了一杯酒，说自己也在找燕老二。

“说来也怪，他在时我日日嫌他，他走了我这里却没有了下得苦的人，连驮酒都寻不到一个可靠的。”刘叔道，“按理说，他一个大活人，能走到哪里去？连我的烟信都寻不着他。太奇怪了，别是死了吧。”

说起人命生死，刘叔这等见惯了的人，语气再自然不过。

苏缨却听得心惊肉跳，气道：“您别咒他。”

刘叔呵呵一笑：“燕老二心里爱你，有你回护这么一句，他死了也是个舒坦鬼。”

苏缨面上唰地一红，别过脸去。

沉默半晌，她又问：“那您知道，燕老二从前住在哪里吗？”

刘叔给她指了路，并且叮嘱她：“从前听说白玉京的人得了你的画像，有人花钱寻你，你可要小心。”

苏缨应下，沿着梨花巷走到头，在最深的巷子里，是一间仿佛几十年没人住过了的荒屋。门前苍苔冷冷，一枝凌霄花攀在墙头，藤蔓翠色苍苍，盘绕着小小一块木牌，木牌上用凌厉笔锋，写着“燕然居”三个字。

燕无恤是个习武之人，在苏缨的印象中，舞刀弄棒之人多不喜读书写字。然而他的房间虽然简素，却垒着满满一架子书，经史子集，各有涉猎，桌上半开半掩着一篇《五蠹》，像是才释卷不久。苏缨摸到书的边沿，厚厚的灰尘簌簌而下。

她寻了一圈，整个房中只有一本书和武学相关，是一卷几乎要被翻烂的《刀法》，半个字也没有提到湛卢剑意。

屋中除了书桌和书架，便只剩下一张床榻，干净齐整，上头残留着燕无恤的味道。

那是人行走坐卧久了会留下的，非特别靠近过否则难以察觉的，让人生出那人便在眼前的错觉的味道。

苏缨往后退了两步，拿着那本《刀法》，拍干净收入袖中，走出门去。

想起什么，她又踱回来，狠狠地在门槛上踢了两脚，方扬长而去。

车马终于行至白玉京大门，有任命的文书，通行畅快，甚至还有两名玄甲兵对着车轿行礼道："见过统领。"

苏缨轻轻应了一声。

车辙滚滚，将她送入了白玉京。

"统领，清歌楼凤鸣堂在甲子位，约莫还有一个时辰才能到，您先稍事休憩。"禀话的人是个男子，声音礼貌恭敬。

苏缨"唔"了一声，又问："甲子？"

那人娓娓道来。

原来白玉京以天干地支为列排诸武家极各楼，横每隔一千丈便有两人高的石碑刻"子、丑、寅、卯、辰、巳、午、未、申、酉、戌、亥"石牌，纵每隔一千丈同样立"甲、乙、丙、丁、戊、己、庚、辛、壬、癸"石牌。

当中诸坊并列，街道纵横，非常齐整。马车均是直行，速度极快。其列道之大气恢宏，可见一斑。

苏缨估摸着快要到清歌楼时，微微打开一个缝，映入眼帘的就是一幅萧疏的江湖图景。

一韶龄女子，身带蕙兰，腰悬金鞭，鲜衣怒马，疾驰而过。

旁侧是一方高楼，其上有殊颜妙女，背倚圆月，身姿曼妙，笑声嘤咛，声如黄莺。

不知是不是眼花，苏缨一个晃眼，看到在楼台上，分明站着一个很熟悉的背影。

玄衣灰氅，衣中卷着自终南山吹下的浩浩之风。

他长身而立，挺拔轩昂，与那婀娜多姿的女子并列一处。

苏缨敲敲马车壁，车轮停了下来。

她跃下马车，再朝高楼上看去，却只见凭栏的女子回过头来，露出了半张脸。

女子一身与旁边男子同色的玄衣，青丝束作一把，几缕碎发垂在脸侧，勾勒出细细长长的轮廓，整个人透出令人窒息的艳丽。

她似有意似无意地，视线与苏缨自下而上的观望撞在一处。

清风徐来，吹去她颊侧的发，露出底下嘴角之畔，带着嘲弄的笑意。

苏缨头戴帷帽，粉黛浓重，额贴花钿，脸颊边还用胭脂和金粉勾勒出莲瓣，画得一张脸叫人认不分明。唯有一双眼睛，干干净净，又圆又亮又大又清澈，直直地和她对视。

“嗤——”

玄衣女子微微启口，一声冷笑。

她面露兴味，姿态慵懒，缓缓抬起手扶在了身侧男子的肩头。

苏缨的眼波猝不及防震动，似被女子所惑一般，不由自主地挪到了她身侧的男子身上。

他只留了一个侧影，微微低着头，像在思索，黑发之下，隆准嘴角皆被月光照得微微发白。

那……分明就是燕无恤。

这个神态苏缨再熟悉不过，在她和燕无恤静默相对的大半个月，一直到莫川河的小舟上，他时常都会出现这个陷入深思、拒人于千里之外的神情。

苏缨微微蹙眉，视线凝到玄衣女子搁在他肩头的手上。

燕无恤半点要躲开的意思都没有，就这么站着，任由女子又贴又抚，甚至将脸颊靠在他肩头轻蹭。

他没有迎合，却也没有抗拒，悠然抱臂，姿态坦然，无半点不适，显得熟稔至极。

这还不止，玄衣女子姿态缠绵，与他依偎片刻，凤眸微眯，还朝苏缨抛来一个挑衅的眼神，十分刺眼。

苏缨顿时感到怒气横冲直撞，怒意拍脑门，击得自己一阵一阵地发蒙。

她站在那里，兀自疑惑愤怒，再看楼上的二人，一身被明月所罩，姿态亲密，若外人看来，只当是一对神仙侠侣，断不疑有他。

恐怕这世上没有人会忍心打扰这样缠绵静美的一幕。

除了苏缨。

苏缨来不及细嚼满腔意难平究竟从何而来，又将去向哪里，手指微微颤抖，手腕上玉镯、金臂环似被烈风所卷，叮叮当当，金玉相撞。

没有人察觉，就连苏缨自己都没有意识到。

她袖中一张柔软的丝缎手帕，竟不知何时，被袖中凛冽的风所带，凝成了一道小小的剑形……

不久之后，白玉京中，明月依旧。

甲子方向，轰隆一声——一重高高楼台，轰然倒塌，震惊全城……

子初时分，数百玄甲军将清歌楼围了起来，封了好几条道口。

抚顺司六品廷尉郝渊身披玄甲，领着亲卫，策马过市坊，引起背后议论阵阵不休。

“今天什么日子，为何封道了？”

“听说是甲子坊出事了。”

“甲子坊？清歌楼？不是最近才上任新统领吗？”

“好像是新统领不满武家慢待，让人拆了一栋楼。”

“拆楼？”

“拆楼。”

满座皆惊！

虽然没有律法规定不能在白玉京拆楼，但这里可是陛下倾注心血修筑的“天上宫阙”，十年来，没人敢动这里的一花一草一兽一木，更遑论是做下拆楼这样胆大包天的事了。

众人心口，无不为她掬了一捧伤心泪。

就在此时，刚刚来到白玉京，就轰动了整个城池的清歌楼统领苏缨，正手足无措地站在废墟旁。

四周围的人越来越多，将她和她的马车、阿曼、驭夫等十数人围在了一起。

抚顺司廷尉郝渊面沉如铁，虽然他是为了缉捕破坏高楼的人来，但按着规矩和品级，他还需要向已经纳了任书、验明正身、正式任职三品武勋的苏缨行礼。

于是展现在众人面前的就是极度滑稽的一幕。

抚顺司长官策行、止马、下马，一气呵成，气势汹汹地走到“嫌犯”之前，抱拳弯腰：“见过统领。”而后，又用千分小心、万分头疼的语气说，“统领您……您怎么把楼拆了？”

苏缨面色尴尬，讪讪地指指那楼，一言不发。

事实上，她也不知道发生了什么，只记得看到燕无恤与一女子缠绵楼上，一时气急，气海翻腾，经脉流转，突突乱跳，回过神来的时候，面前这栋高楼就一声烈响，轰然倒塌，玄衣女子和燕无恤也飘然无踪。

当是湛卢剑意无疑。

然而，旁人的湛卢剑意很听话，她的有自己的想法。

幸而无人撞见，连护送她来清歌楼的从属都说：“没有人拆楼，我们睁眼看着，是楼年久失修，自己塌的。”

郝渊额上青筋直跳：“这栋抚仙楼才修好不到三载，就年久失修塌了？早不塌，晚不塌，偏偏新统领一到就塌？你们唬谁呢？”

他头又转向苏缨，凶巴巴地说：“统领您说是不是蹊跷？”

苏缨忙道：“不、不蹊跷，我们是赶上了。”

郝渊喉间一噎，涨得面红：“您不能自己偏袒自己。”

“……”

郝渊还没有摸清楚朝廷对于这六个新任统领的态度，很显然，他并不能代表这个态度，所以就算是苏缨让人拆了楼，他也不敢一声令下，让人直接把她拿下。

若如此，六楼统领赴任首日即有一位沦为阶下囚一事，一旦传了出去，就会成为朝中态度定调之惊天大事。

苏缨此时并不代表她自己，而是代表陛下新政之下得冠以武勋的靖国商贾巨富，郝渊作为朝廷命官、炙手可热的抚顺司廷尉，一举一动都会落人话柄。

郝渊投鼠忌器，苏缨死不认账，气氛逐渐凝滞。

眼见四周的人越围越多，郝渊脚步焦灼，在原地徘徊，不时出言与苏缨交涉，以图找到这个事情最好的解决方法。

就在这个时候，人群之中不知是谁低低说了一句：“云公子来了。”

郝渊当即浑身一僵，急推身侧副将，列阵相迎。

阿曼重回到苏缨身边，喘着气，小声地说：“我才让人去找老爷说在京中的靠山，小姐叔公的好友的妹夫的顶头上司‘云大人’……就、就是此人。咱们运气好，他今晚正好在白玉京听曲儿。”

苏缨抬眼看去，只见众人都主动分出一条道，让那云公子出来，就连眼睛看到天上的抚顺司玄甲军，亦是屏息而待，大气也不敢出。

提起“云”，多数白玉京人，会念及武家“云氏”。

尤其是其子孙中佼佼者云未晏，其人年纪轻轻已武冠白玉京，鲜逢敌手。

云未晏深得天子圣心，不但钦点其为十二楼之首“太初楼”的统领，还破格升其武勋为二品，兼任平西将军。虽是没有实际军权的虚职，其荣耀也令所有武家侧目，得不少名门闺秀倾心。

然而只有白玉京上层武家嫡系，抚顺司廷尉以上的职位，才知道白玉京其

实有“二云”。

白玉京，只有一个人能被称作“云公子”，却并不是大名鼎鼎的云未晏。

这位云公子，行踪极是隐秘，神龙见首不见尾，甚少出现在白玉京中，即便出现了，外表也毫不起眼，像是茫茫沧海中的涓滴细流。

他大多时候只着一身不起眼的落拓青衫，随从简素。

或饮酒垆畔；或观武斗于台中；或骑瘦瘦一驴，执着干枯老梅，穿市过巷；或会二三文士，在白玉京闻名的“太虚十二景”中饮酒作乐，吟诗作对。

他的大名鲜为人知，然闻之者，无不惧怕退避、内心战栗，如鬼魅攫息，如轰雷过耳。

无人知道他真正的身份，唯一可露端倪的是，据闻前些年负责建造白玉京的司造台上卿在太玄宫选址上，与这位云公子并列而行，最后司造台上卿竟如奴仆一般，弓背屈腰，以双手托着云公子的足，送他上马。

其身份贵重若斯，以至于话到嘴边，皆成避讳。

西陵苏氏为豪富之家，自免不得与朝官互通有无。

十年前，自天子起白玉京，北方临强虏，时局越发飘忽不定，苏缨的父亲凭借商人的敏感嗅觉，这些年更是一箱一箱的金子往朝中送，寻到最大的靠山，据说顶头上司是云公子。

疏通关系后，云公子允诺庇护苏缨，给了一块云纹玉佩为信。

带到的话是：万金买楼乃天子亲策，不能为君免。然独女入京，可护其周全。

此时，那块云纹玉佩缀在一个青衣青年腰间，随着他闲适缓慢的脚步，锦穗轻摇。是一个清癯身影，他较常人高而瘦，身后只跟着一个面容清秀的童子。

他衣袍轻简，青帻淡玉，一支竹箫斜插腰间，负手在后，闲庭信步，如游园见偶得一妙景，兴起探头来观。

抚顺司诸人对他行了一个大礼。

郝渊更是头与背绷成一线，几要埋到腰下，唯唯诺诺：“云公子，不知您来了……有失远迎，还望恕罪。”

云公子走过他身前，行至已成一片废墟的原抚仙楼遗址前站定，啧啧而叹，继而环视一圈，声音低沉：“谁干的？”

苏缨下意识便往后方躲了躲，然而她为一楼之统领，自然是站在最前面，便是有意低头避让，也叫那人一眼就锁住了她。

郝渊忙答：“便是这位新上任的清歌楼统领。”

云公子微微一笑："就她？"

郝渊结结巴巴："应……应当是她。楼塌之时，只有她和仆役家丁、清歌楼十数人在场。"

云公子问："锯、斧、木、锤何在？还是你想说，是他们徒手拆了楼？"

郝渊额上密密地起了一层汗，指着旁边的马车道："这……也许被她藏起来了。"

"也许？"云公子轻笑一声，"抚顺司的案子办得越发好了，一个也许也能定案。你这是不是携欲加之罪，攀咬新任统领？"

郝渊跪倒在地，说："卑职不察，卑职有罪。"他不由得庆幸自己没有一时莽撞，将清歌楼统领立刻拿下……看云公子的口风，若做了，上头不一定会觉得他做得不对，却一定会当他"新来的不懂事"，拿他革职查办，以消商贾之怒。

见他这模样，玄甲军也跪了齐刷刷一片。

云公子视线重新凝到苏缨面上。

苏缨正顶着一面堪称"富丽"的花妆，辨不清真容，更兼她穿着不胜繁复冗杂，将自己包裹得像一朵富丽堂皇的牡丹花，在崇尚留白素简之美的白玉京显得格外格格不入。

云公子眉头轻蹙，一眼即离："楼怎么塌下来的，你说一说。"

苏缨早就在心里想好了一番说辞，便装作回忆，道："我等恰巧路过，见高楼上有一女子，容色殊丽。那女子身边站着一个腰有数尺宽，横肉四溢，粗壮笨拙，活像个矮小冬瓜的男子。我觉得稀罕，就下车来看。也许是那男子太重了，他们在楼上卿卿我我，楼板直颤，后来楼就塌了。"

"……"

四下围观之人里，噫声一片。

云公子面色微变，又重新好好打量了她一道。

苏缨立时察觉众人看她的眼神都变了，却不知自己说错了什么，兀自茫然四顾。

云公子目中含笑，乌黑眼仁温温润润，似哄似诱地问："那二人相貌如何？究竟在楼上做什么？如今何在？"

"他……他们趁乱走了，我也没看清去了哪里。"苏缨伸手胡乱比了一个方向。至于二人在做什么，她是一个字也不愿说了。

"那治你个统管不力之罪，你可心悦诚服？"

苏缨听出他有意包庇，顺意道："是我不慎，我甘愿受罚。"

云公子一派兴致盎然的语气："那我怎么罚你好呢？"

"请云公子示下……"

"就罚你出钱修缮此楼，务必完好如初，你可服气？"

苏缨想也不想，答得干脆而果决："服气。"

郝渊不禁诧异地抬起头，罚一个豪富之家的大小姐出钱修楼，这算是哪门子罚？

云公子又看向郝渊，眼眸的光，由柔而厉。

"廷尉似有异议？"

"卑职不敢！"

说完了这句话，云公子将腰间之佩令书童又还给了苏缨，闲步而去。

小童年八九岁许，皮肤白嫩，浓眉大眼，把玉佩交给苏缨身边的阿曼，清清嗓子，一本正经地对苏缨道："我家公子给你的。这玉佩本一次就该收了，念在你懵懂无知，虽打扮俗气了些，又还有点年轻娇美，就再给你用一次，以后不要拿这种鸡毛蒜皮的小事麻烦公子了。"

苏缨没有料到他竟然就这样口无遮拦地说了出来，急急将目光投向云公子，那边已一袭青衫，泯然众人，唯余淡淡一句："阿九，舌头不想要了？"

算作警告。

叫阿九的童子却好像浑然不将他的警告放在心上，眨眨眼，还对苏缨扮了个鬼脸。

"下次遇到有人在楼上……咳咳，行那等……不可言说之事，记得别听壁角了，你还是个大姑娘呢，大庭广众说出来，你也不害臊。"说完，云公子便如游鱼跃入水中一般，快步离去，人影倏忽就不见了踪影。

"我……我没有……"

留下苏缨，又气又急又尴尬，原地一跺脚，掀开帷幕钻入了车中。

清歌楼就在眼前，不多时就到了凤鸣堂。凤鸣堂后，修筑有持为统领行至休憩而用的"九韶苑"，数座小楼，掩映于花木扶疏之中，已备有侍儿仆童数十人。

苏缨到九韶苑时已过子时。

这一日舟车劳顿，加上入白玉京之际又遇到了变故，她格外疲惫。

她沐浴之后，燃起苏香，铺陈锦缎，帷幔柔软的卧室之内……难以成眠。

苏缨自来择席，白日里遇到的巨变可谓雪上加霜。

抚仙楼上的一幕一幕就像是工笔细绘、分毫毕现、栩栩如生的画卷一样，猝不及防地就从她脑海中跳出来。

越是不去想，就越发清晰。玄衣女子挑衅嘲讽的目光，燕无恤安然不为所动的神态，好像是游走于血液中的虫蛇，不时就要探出头来，在她心里柔软的地方轻轻咬上一口。

有点酸，有点疼。

白日的愤怒过后，随之而来的，便是深深的失落——

原来燕无恤说心里有自己，他的心里也是可以有旁人的。

原来他向她坦诚心意的当晚就弃她而去，并不是有什么难言的苦衷。

他好好地在白玉京，和旁的女子凭栏望月，那样入神。

像是为了驱赶脑海中的一对身影，苏缨狠狠地闭上眼睛，将自己埋入了锦被深处，并暗自发誓，就算他再要来问自己要回湛卢剑意，也决计、决计不要再跟他说一个字了。

次日，便是十武家家主拜会新统领之日。

苏缨卯时起身，梳洗完备，于凤鸣堂会诸位家主。

凤鸣堂位于清歌楼主楼，一进门便是一间敞阔大堂，其上悬有“凤鸣清声”的大牌匾，挂了一幅《子期听琴图》，上有主位，下设十张座椅。

清歌楼下统领偃、楼、聂、元、花、齐、阮、梅、樊、霍十家。

各家家主，姗姗来迟。

苏缨坐在堂中等待，只见院落中闪过一个女子身影。

外头有人报：“偃家主偃师师到。”

来人一身黑衣，腰如尺素，肌若霜雪，艳光摄人，令人不敢逼视。

苏缨一见她，惊得脱口而出：

“是你？”

这位名叫“偃师师”的偃家家主，竟正是昨夜苏缨撞见，在抚仙楼上和燕无恤大有缠绵之意的女子。

苏缨此时再见她，还是在会见各家主这样的场合，心里蓦地生出尴尬与怪异来，一时怔怔，不知当先说什么。

“拜见统领。”

偃师师从容不迫，行了一礼，便挨个在各椅子上寻找偃家的族徽，在左手边靠后的位置坐下来，抬起茶盏，垂目喝茶。

茶有些烫，她呵气轻呼，半边脸颊氤氲在茶烟里。

半晌，不见有别的家主至。偃师师搁下茶杯，妙目流转，发现在上首正位的苏缨正在打量她——苏缨以为自己做得很小心，动作非常细微，不过是从茶盏的底端一点缝隙观察，有一点端倪，便飞速垂下眼帘去。

偃师师歪过身子，一手撑颊，候着苏缨。

很快，苏缨再次抬头，不防正与偃师师的如水眼波撞在一起。

登时，无声胜有声。

偃师师笑靥浮起，道："统领一直瞧我做什么呢？"

苏缨漫不经心地说："只有你来了，我不瞧你还能瞧谁啊？"

偃师师笑说："若不是统领是个女娇娘，我真要当统领对师师有什么别的意思了。"

苏缨无言以对，垂头喝茶，决意不搭理偃师师了。

然而越是想忽略，越觉得偃师师一双眼睛，定定地凝在自己面上，看得她浑身不自在。

忽而，偃师师启口轻声道："你难道不想知道，他去何处了吗？"

苏缨面色一变，正欲说话，门外又是一声通传。

"聂家主聂元慎到。"

随之而来的聂家主聂元慎大步迈入，他一脚迈入门槛，看见苏缨，"哎哟娘哎"一声叫了出来，狠拍大腿。

无怪乎他反应剧烈。这聂元慎高有八尺，身形魁梧，站在门口就挡了一大半的光，兼之满脸络腮胡子，圆眼厚唇，长得粗放。

与乖巧端坐堂上，锦袍襦裙、齐敛襟裾、捧茶慢饮的娇小苏缨当真是对比强烈。

偃师师从袖中取出一把扇子，悠悠扇风，说风凉话："聂家主巴结新统领也不是这么巴结的，张口就喊娘，你让我等嘴笨的有什么活路？"

聂元慎白了她一眼，在门口焦躁地来回踱步。

苏缨疑惑地抬起眼，只见他忽然转过身，下了好大决心一样，吐出一大口气，抱着外头廊下的柱子，将脑门重重磕在上头。

整个屋子好似都震了一震。

聂元慎重新大步迈进来，眼睛直直地盯着苏缨，三两步走近，站在原地又憋了半天，憋出“参见统领”四个字，没等苏缨说话就抬脚走开，坐下喝闷茶。

偃师师扑哧而笑，慢慢扇风。

聂元慎冷嘲热讽：“什么时日还扇风，烧得慌。”

偃师师呵呵一笑：“就是烧，才扇啊。”

……

二人的位置刚好相对，自是你一言，我一语，针锋相对，好不热闹，撇下上首的苏缨，自顾自打得火热。

苏缨自己坐了一会儿，感到有些无聊，目光移到门口，估摸着时辰早就过了，十分郁闷。

一盏茶快尽，又添了一盏茶。

直到侍儿要来添第三盏茶，苏缨制止了她，问聂元慎：“其他人呢？怎么就你们来了？”

聂元慎未及作答，偃师师先道：“要再等些时候。花家和梅家说是要去婆娑园里给统领挑礼物，阮家老爷子身子骨不好，走得慢。”

话音刚落，门口就响起了拐杖拄地的声音。

门外通传道：“阮家主阮玉星到。”

一个发须皆白、弯腰驼背的老者，在一群随从的簇拥下，颤颤巍巍而来。

老者朝着主位眯着眼睛分辨，良久良久，对着苏缨身边一人高的落地白瓷双耳梅花瓶说：“拜见统领。”

苏缨：“……”

苏缨犹犹豫豫地开口：“您好，我在这儿。”

一直到正午时分，苏缨喝完了第三盏茶，吃完了一盘点心，才终于等来了所有人。

此时此刻，苏缨对她所统领的所谓清歌楼十武家，所谓冠绝天下的教坊精武之门，满心充斥着怀疑和不确定。

她反反复复看着朝廷给的名册，确认没有错——

聂家擅舞，聂家主聂元慎是个五大三粗的大汉，令人想破了脑袋，也无法想象他翩翩起舞的模样。

阮家擅箫笛，阮家主阮玉星老朽不堪，走路尚且要人扶着。

偃家擅杂剧，偃家主名字原来是偃回，被用朱砂涂抹，换作了偃师师。

楼家擅管弦乐器，楼家主楼明月文弱书生模样，提着一把胡琴，执意不进门，在凤鸣堂前台阶上演奏得呜呜咽咽。

……

胡琴声中，苏缨幽幽长叹了一口气，忽而明白了为何清歌楼在白玉京排名这么靠后，被扔到西北甲子坊的犄角旮旯，只负责一些教坊训练乐伎的杂务了。

她立刻收起了晨起时要努力争气的雄心壮志，正襟危坐，道："诸位。"

无人理她。

胡琴声还在响，有女子咯咯而笑。

花家主花隐娘掰扯手中的一枝晚春梅，将花瓣吹入奏着胡琴的楼明月发间。

苏缨怒了，拍案而起："诸位！"

楼明月的胡琴，便是一滞。

一股若有若无的内力，环绕在这声音当中，旁人极难察觉，然而胡琴的琴弦最是柔韧易感，在他乍然收手之下，微微颤抖着。

楼明月怔怔片刻，嘴角勾起一抹微笑，隔开身侧花隐娘，收起胡琴，回到自己的椅子上坐得规规整整。

偃师师轻轻一拍上首打瞌睡的阮玉星，将他唤醒。呼噜声没了，凤鸣堂内总算安静下来。

苏缨的眼睛，已从雄心万丈的熠熠发光，变成了沧桑万分的凑合暗淡。

她仍旧端着统领的架子，双手交叠，严肃道："今日也见了大家了，各位家主请回去吧。诸家事务繁忙。"

她不可察觉地叹了口气，语气里，含着看破红尘的沧桑："你们无事不用来找我了。"

"这怎么行？"

楼明月当即反驳，然后，掀起眼帘，慢悠悠道："统领以为统领找来干什么吃的？我们楼下个月就和太初楼有武试，宅家也要来看的，还等着统领来安排呢。"

倘若以清歌楼诸武家的实力，对上太初楼的实力，几乎可称为鸡蛋碰石子，花拳绣腿撞上钢板，是半点胜算都没有。

偏偏清歌楼诸家主又很是傲气，说天子让他们对战最强的太初楼是对他们的看重，必须要争气。

据说赢了的楼里有十个六级武勋，可享朝中俸禄，也可入朝为官。

实打实为各家子侄能争取的利益在前，楼明月光是提到了这个事，下面就吵得不可开交，丝毫没有听苏缨“安排”的意愿。

苏缨蔫了，端起第四杯茶，坐观下面吵架。

清歌楼多文人雅士，拨弄丝竹管弦自命清高者，以楼、花两家为代表，嘴边都是“弹指之间可令他灰飞烟灭”这等盲目自信的大话。

有家族渊源深不可测的，以阮、聂、樊为代表，老成持重，谨小慎微，持着“对方随便派出一家来就可灭我诸家”这等灰心丧气的反对意见。

唯有偃师师一个人，独成一派，专门浇冷水—— 一会儿奚落激进的，一会儿嘲笑谨慎的，两边都得罪了个遍。

她却也浑不在意，仿佛只是因为坐着无聊，随意开口调笑，大多时候，反倒将目光落在苏缨身上。

苏缨先是做统领的场面功夫，每个人说话的时候，她就笑一笑点点头，应和两句“是啊，说得对，你怎么看，正是如此”之类的场面话，后来也笑得乏了，面上渐渐开始没有表情。

没有统领的应和，场面毫无变化，甚至讨论得越发热烈了。

苏缨呆若木鸡，万般无聊下，不经意又将目光移到了偃师师面上，看到她艳丽无双的脸庞，又似烫了一下般，收回了视线。

这时才察觉屋中烛火已明，廊下燃起一排热烈的火把，不知不觉间，天色已暗。

苏缨腹中空空，再也坐不住，抛下一句：“诸位先议，我去去就来。”飘然而去。

无人注意到他们的统领不在了，除了偃师师。

偃师师身如鬼魅，脚尖点地轻若踩棉，一会儿闪身柱后，一会儿又移到走廊外。

凤鸣堂外是很长的一段回廊，风灯飘摇，苏缨华美的裙角在一晃一晃的灯火下，光晕流转。

在一个转角处，她忽然止住脚步，侧过脸来，眉毛微扬，语气气恼：“你跟着我做什么？”

偃师师从阴影中走出来，笑吟吟道：“不为什么，就瞧瞧你。”

苏缨索性回转过身，与她正面相对。

四下无人，苏缨也不再遮掩情绪，冷冷道：“让别人火冒三丈，有什么好笑的？”

“统领昨天第一次见我，为什么那样生气呢？”

昨日这偃师师与燕无恤靠在一起，故意挑衅的动作做得这样明显，竟还有颜面问出口。

苏缨道：“偃家主，我直白对你说，我不喜欢你，更不喜欢与你来往的那些反复无常、背信弃义、朝三暮四、朝秦暮楚的人。”她语调有些发颤，然而中气十足，骂得一气呵成，“现在可以请你离我远一些了吗？”

偃师师面上兴味十足，笑靥盈盈：“哦？是哪些人啊？”

揣着明白装糊涂！故意羞人！简直是无耻！

苏缨感到激怒之下，黄金臂环叮叮作响，骤然倒退了好几步路，面色发白地转过身，正欲离去，偃师师道：“你在说，燕无恤？”

苏缨身形乍止，再看向她的目光冷若冰霜：“偃家主，你适可而止。”

偃师师笑道：“燕无恤击杀朝中一品大员，斩灭百人骑，又在朝廷的眼皮子底下，救了顶罪的幽州刺史白恒，你倾慕于这样的英雄好汉，并没有什么好丢人的。”

苏缨反口就驳：“我哪里倾慕他？”忽而一怔，“白恒是谁？”

“白恒就是为他杀死百人骑而顶罪的人，朝廷天罗地网，他竟敢独自来投，还真把人救走了，想是仗着青阳子传给他的一身绝技，无所忌惮吧？”

可苏缨心知肚明，燕无恤明明已经把湛卢剑意传给了自己。

“前些日子，白玉京许多武家都收到了密令生擒此人。都说他除了自己之外，分明还有一个并行的红颜知己，只是后来再也寻不到人了。统领知道，这人是谁吗？”

偃师师说这话的时候，目光凛凛，其间仿若含着刀锋，可轻而易举刺穿人心。

苏缨满脑袋疑惑，几乎快要不够用了。

燕无恤不是和偃师师在一起吗？

为什么她说得竟然像在追查燕无恤的下落？

苏缨抿紧双唇，一言不发。

偃师师面上逐渐浮现出一个深深的笑痕，灯火摇曳下，她面上除了清瘦凹陷，就是被灯光照得蜡黄的肌肤，轻盈告退：“叨扰了，时候不早，请统领早些安歇吧。”

“……”

偃师师一席有头没尾、云里雾里的话，让苏缨满腹疑惑，完全不知道她如今既然和燕老二在一处，为什么不直接问他去，要来拐弯抹角地问自己？难道她从抚仙楼下的表现，看穿了自己就是那个红颜知己？

呸，什么红颜知己！

苏缨将脸埋在枕中，把手中刀谱远远丢开。

哗啦一声，书页翻卷，上面的字迹翩然，熟稔得扎眼。

她心头微微一动，赤脚下床，俯身又将从燕老二房间里顺来的刀谱捡起来，越看上头的字，越觉得眼熟，好像在哪里见过。

刀谱上的字写得很漂亮，银钩铁画，纵横有力，风骨清奇，行文很有特点。

此刻手中的一页，画着一个人持刀而舞，旁侧写着“知北而起，南行，端望”。

其中一个“行”字，让她陷入了沉思。

苏缨翻着包裹，从中拿出朝中颁给她的文书，对照其中的“皇帝行玺”。

两个“行”字，赫然竟是一模一样的。

给皇帝刻印的人的书法，和燕无恤家中刀谱的书法一模一样！

苏缨在灯下思考良久，愣是没想通，这到底是个什么关联。

她劳神半夜，实在没有头绪，也就丢开了这件事。

原本苏缨选择来白玉京，一则，家中被人逼迫，为爹爹解忧；二则，有湛卢剑意在体内，她又不知该如何操控，在家中多有不便，所以远远避开。

因此虽为统领，对于清歌楼的事，十分不上心。

首日见过了诸武家，便对外说闭关练功，自己携着武勋铜印，在白玉京纵横列肆，飞鹰走狗，好不自在。

什么太初楼，什么武试，一概抛诸脑后。

因三品武勋的便利，苏缨可以自由出入太虚十二景和武经阁。

太虚十二景，是白玉京最受诸武家青睐的宴饮、游乐、会武之地。

分为江湖十二个意境，有“千里江山”“十丈红尘”“剑试繁花”“杏花小栈”“信陵饮泉”“藤江放舸”“飞雪青铎”“弦月天崖”“独钓寒江”“枕白云”“濯沧浪”“漱流霞”。

每一处，都极尽工巧，极尽雕琢，意图原原本本将整个江湖，浓缩于一个城池。

在其中的侠士，似乎在一个城中，游弋了十二景，与百多武家、数百属家之人爱恨情仇，便能体验整个红尘与江湖。

苏缨年少，自是喜爱热闹的年纪，无意入此间，喜不自胜。

她直后悔为何当初出门闯荡江湖没有直接来白玉京。曾经一段江湖旅程，从西陵郊外陈巴的小店，到白马驿满是荼蘼香的莫川河小舟上……两个月的时间，绕在家乡边，所见所闻，竟不如白玉京走马一日之所略！

这日，天还没亮，苏缨便被阿曼不依不饶地推搡起身。

“小姐说什么要来白玉京当统领，依我看，就是换了个老爷夫人管束不到的地方一味玩乐罢了。”

阿曼伺候她梳洗更衣。

苏缨坐在妆台前，还没睡醒，拿着一朵蔫耷耷的凤仙花，恹恹地低头弄着自己的指甲。

阿曼给她在脸上施粉黛，浓墨重彩，描眉画钿，又贴鹅黄，缀以翠羽，画得整个人都快变了个模样。

又翻箱倒柜，给她寻出来最华美的衣裙，通体朱红，衣上有匝地繁花的底，柔软的胭褶裙，在阿曼手中一展开，一片馥郁苏香扑面而来。

苏缨怔怔道：“做什么穿得这样华美？”

阿曼没好气地说：“就知道小姐不记得。昨天偃家主特意派人过来叮嘱，说今天就是与太初楼武试之日，天子亲至，你虽然不会在御前露脸，也要穿得庄重一些。”

苏缨这才想起来有这样一件事，招呼道：“你记得让人给我把我的龙雀刀带上。”

“你又不会用，带着它作甚？”

苏缨愤愤道：“你懂什么？我这两天不是都在练功吗？”

阿曼笑：“还学人家练功呢。小姐昨晚还差点用那刀把院子里的花苗都掘了，那是刀，又不是锄头。”

今日的武试名“天泽会武”。

一月之前，便张贴了皇榜，朝中奉常司还为此祭告天地，择选良辰吉日，钦定太初、清歌二楼各派出十位年轻子弟比试会武。

胜的一楼，奖励十个六品武勋——这是自白玉京建城以来最令人心动的奖赏，一经散布，震动群豪。

六品武勋，等同于抚顺司的廷尉，若放在以往，要各种朝廷组织的小武试中“百战胜”的年轻人才有希望获得。一年也不过十来个，分到每个楼，也就一个，还要十家争抢。

天泽会武一次拿出十个武勋，叫白玉京的一百二十武家都红了眼。

虽说以实力最强的太初楼对战很弱的清歌楼，有内定太初楼获胜之嫌，但是十个出人头地的机会摆在眼前，就算是当清歌楼去搏一搏，也有不少武家愿意舍命尝试。

太初楼的统领云未晏，更是成了风头无两、炙手可热的红人。

太初楼十武家，三十个属家，献上珍宝，笼络巴结，希望能得到统领的青睐，让自己儿孙有一战成名的机会。

苏缨暮时到的会武之地。

此次天泽会武在去年刚落成的九守殿。楼宇恢宏，玉阶有千数，炽红烧霞毯绵延数里，数千守备巡卫戒严，几步一岗，刀戟为门。殿前众武家的车马更是水泄不通，一个时辰也往前挪不了多少里。

苏缨有武勋，又是此次对阵的清歌楼统领，不必殿前解刀，走侧边“灵霄道”。

华衣曳地，拾级而上。

两个随从，在身后抬着二十斤重的龙雀刀。

刀要交给黄门一同保管，比试时方能请出来。数个宫娥将苏缨带入偏房，仔细摸索，又将她贴身安放的峨嵋刺取了去，就连发上的金簪，都要先解下来代为保管。

苏缨得以进入九守殿正门的时候，浑身上下已摸不出一点尖锐物什。

九守殿高入云霄，宫门敞阔，天人一样的宫娥出入其中，五丈宽、两丈高的红铜编钟撞出清风雅乐，金盘上盛满了琼浆玉液、瓜果珍馐。

殿内宽敞博大，宫娥挑着宫灯在前，为苏缨引路。

她只有武勋，没有实职，不可靠近主殿，宫娥引路去了侧殿。

落日时分，宴席将开，火红的暮光与烛火亮光交织，回廊漫长，又因背着光，格外昏暗。

宫娥似乎看见眼前有人，偏开身去，躬身行礼。

苏缨侧让开，只见一高大青年，鹤姿竹态，身着青玄相间的官服，腰悬三品青绶，面容白皙，清瘦俊朗。他与身后的下属低语，声音低沉，没有看见苏缨。

苏缨却清楚地看见他飘逸如仙的侧颜，当即，如遭雷击一般怔在当场。

苏缨回过头，见他的身影转入拐角，问宫娥：“这位大人是？”

宫娥深深低头，留给她一个昏昏暗暗的额头：“这位是抚顺司的司丞。”

苏缨慢慢点了点头，随着宫娥继续往前走。她感到一股凉意，聚在心间，又慢慢地发散，往四肢百骸。她的手指开始微微地颤抖，脚下如踩入深深的软棉，前方回廊，仿佛通往幽暗深邃的修罗境——

“这位是抚顺司的司丞。”

他分明是已经“死去”的李揽洲。

第六章
太初长歌

◇◇

F A N G I L I A N G H U

苏缨记得，在莫川河上和燕无恤一起的最后一夜，他曾经说过——刺杀孙止水一事，从起意，到刺杀，自始至终都只有他一个人知晓，然而不知道为什么，朝中之人会很快就知道了这是青阳子传人做下的。

抚顺司廷尉沈丁在找到自己的时候，凭借青阳子名满天下的绝云负青手，以及自己身上带的梦里抱月剑，便认定了自己是杀害孙止水的凶手。

浮游山下悬村中忽然出现了白玉京人。

燕无恤说，李揽洲是他唯一的好友，莫逆之交，情同手足。

燕无恤说，在他身边有一张网，将他在意的都一一除去，将他一步一步逼到了绝境。

……

寒意噬骨，苏缨从未想过真相会是这样。

她经历单纯，自小被娇惯长大，不知人心之险，不明世间之恶，一向觉得江湖中的所有一切应当就像是话本中所写的一样，是分善恶、友敌的。

同样，于感情上，应当是情真意切、忠贞不渝的。

然而自从来了白玉京，先是经历目睹燕无恤与旁的女子交好之惊怒，再是知晓李揽洲竟是自己最厌恶的“抚顺司司丞”之惊惧，一时后背发凉，满脑袋浑浑噩噩，脚步虚浮，不知何时到的偏殿。

清歌楼先到的几个统领见苏缨至，围了过来。

见她面色煞白、仪态委顿、惊魂未定，偃师师心细如发，拦住了聂元慎等人，一臂搂住她，将她带到座椅上休息，递上温茶。

聂元慎在后探头探脑，问：“九守殿内有鬼不成，为何这小统领跟见了鬼一个模样？”

阮家老家主拄着拐杖过来，从袖中掏了良久，掏出一块桃木符："白玉京修在终南山阴，风水不好，好在老朽有所准备，快……快把桃符给她戴上。瞧这吓得，小脸煞白煞白，可怜见的。"

楼明月倒是浑不关心，只笑嘻嘻地过来凑热闹："瞧把你们忙得，要不要我用胡琴拉一曲辟邪调？"

偃师师将他们逐个赶开了，轻抚苏缨之背，将她慢慢安抚下来。

花隐娘在一旁酸酸地道："还不知赢不赢得了呢，瞧她巴结的模样。"

偃师师只作未闻，低头观察着苏缨的脸色，见她逐渐好转，颊上青白退却，恢复了红润的颜色。

苏缨喝下两口热茶，待觉得好受了些时，一抬头就看见了偃师师满含关切的面容，当即又一惊："多……多谢你。"

偃师师微微一笑，也不多问，远远地坐下了。

花家主花隐娘是个促狭的，打扮得花枝招展，一身香气氤氲，凑过来对苏缨道："统领，她巴结你哩。不要理她，这人最古怪了。"

苏缨"唔嗯"含糊着，埋头喝茶，只作未闻。

武试在太阳落山之时拉开了序幕。先是祭祀昭告，献了三牲太牢，仪式与宴会过后，便是武试。

天子年迈，宴罢，特意召见了云未晏说了几句话后，便摆驾去了寿阳宫。

苏缨作为清歌楼统领，在武斗台畔，有一个绝佳的位置。

戏台子一样的武斗台，地面是坚固的汉白玉，围了一圈鸡翅木栏杆，四角有巨大的石柱，柱上鼎大的铜缸里注满了香油，燃起烈火，再加上数千支灯烛，照得武斗台上亮如白昼。

旁侧单设了兵器架，苏缨的龙雀刀也在其中。

吉时到时，九守殿外的大钟撞了十二响。

一行黄门捧着代表武勋荣耀的铜印和官袍鱼贯而入。

铜印在火光的照耀下，锃锃发亮。

苏缨身后响起窃窃私语，清歌楼众人皆在议论，为何天子会在宴中单独召见云未晏，必是已然内定，清歌楼不过做个陪衬罢了。

一个黄门站在台中央，先宣读圣旨，又昭示规则：

武试分为十局，各自对阵，胜者得鱼符，十局以后，鱼符多的一楼摘魁，若双方持平，则两楼的楼主决胜负。

规则宣布过后，苏缨背后又是一阵哗然——清歌楼这日十家嫡系都到了，老老少少，数百目光都凝在她稍显瘦小的身影上。

苏缨没有料到还有这样的规则，一时也是着慌，举目前望。

对面十来丈，与她一样阵仗的琉璃盘螭汉白玉座上，坐着太初楼统领云家大公子云未晏。

看不清那人的模样，只见墨发高绾，身姿疏懒，斜靠玉座上，雪白的锦衣华服似皑皑深雪一样堆在他的身上，如云中酒仙，说不尽的慵懒潇洒。

与正襟危坐的苏缨对比鲜明。

一边是无尽的自信，自傲，侠气，酒气。

一边是艳丽华服，金玉琅玕，灼如芍药，富丽堂皇。

满殿之人，上至皇亲贵胄，下至二楼诸人，成百上千的目光，都凝在二人身上。

感受到人群的注目，云未晏缓缓直起上身，提一口清气在喉，敞口道："溯逆旅而上，寻江湖盛景，今日群雄毕，快哉快哉。太初诸公听我令，不求蟾宫折桂，但求酣畅淋漓，痛快一场！"

太初楼的位置迸发出一阵气势雄浑的山呼，顿时士气高涨。

"苏统领！"

"统领也说点什么，为大家伙鼓鼓劲。"

楼明月等人在催促苏缨。

从背后看，苏缨身形如前，朱红色胭褶裙静静铺展，裙角的玉坠也纹丝未动。

悠悠的女声自她的玉座传出，虽然并不高厉，宛如黄莺，清啼悦耳，却竟也盖过了太初楼的起哄——

"清歌楼的诸位，今日得胜获鱼符者，得黄金五十两。"

一阵如水的静默之后，清歌楼迸发出丝毫不亚于太初楼方才的轰动。

须知，一个六品武勋，一年的俸禄也不过十两黄金。

而赢一个鱼符就有五十两黄金……真真是大手笔。

楼明月满脸不屑，小声嘀咕道："有钱能使鬼推磨，古人诚不我欺也。真是铜臭腐不可闻！"旋即头一个站起来，扬声道，"清歌楼的头战，楼家楼明月来打。"

说罢，持着胡琴，提气而起，飘飘然落在了武斗台上。

清歌楼首战就是一家之家主，这在众人的意料之中——太初楼都是何等样人，囊括白玉京的佼佼者，清歌楼若不想输得太难看，唯有尽锐出战。

楼明月年三十许，是楼家现任家主，传说传承了白玉京未建之前江湖高人玉门老人的“惊魂步”，一手胡琴拉得出神入化。传说他拉的一曲《大漠孤烟》，可令人战意消亡，内力消解，不可再战。然而楼家一向在白玉京非常弱势，子侄极难在平常的武会、武试中出头，故传说中的楼明月能有多少本事也是无人知晓。

云未晏先是听得苏缨之话，哈哈大笑，只觉这拆楼成名的跋扈少女，虽然一身铜臭不可闻，然而胜在率真坦荡，摆明了要以财富诱人，直白无遮掩，竟显得有些可爱。

他收敛笑意，摆出一副真诚之态，望着对面裹在一团如云似霞的锦缎中的少女，朗声道：“苏统领好气魄好财力。云未晏立誓，若今日我太初楼竟输给清歌楼……就算是担着天下人都戳我脊梁骨，指责我为财色折腰，我也要三媒六聘，鼓锣上门，八抬大轿，娶你为妻！”

一言方出，满殿轰动。

云未晏年少成名，剑术当世之绝，大得天子喜欢，年纪轻轻已是一楼统领，兼任平西将军，他日出将入相、封疆入阁，不过是弹指之事。加之他人生得风流俊朗，为人敞亮开阔，颇有魏晋正直之风，是白玉京无数武家闺秀的梦中人，也是不少朝中贵胄之家相中的东床婿。

而他一向爱惜羽毛，洁身自好，鲜传出与哪个侠女或是闺秀有旖旎之事。今日竟然当众提出要求娶旁人，虽是打败太初楼这样不可能实现的前提，也足以叫所有人跌掉了下巴。

众人纷纷猜测，今日无论结果如何，怕是苏缨日后出行，都要当心白玉京众侠女的铁蒺藜、峨眉刺、飞蝗石了……

苏缨本乃一时不愿落了面子，抛出狠话，争得士气，万万没想到云未晏却被她所激，说出这样一番话。

被他当众调笑，苏缨气急，站起身来走到栏杆前，手扶栏杆倾出身去，跺脚跺得定裙的珠子直响。

“你，你这登徒子！我才看不上你，你……你怎么好意思？你羞不羞？”

她脑门直蹿火，奈何骂人的词语匮乏，用时方恨少，骂了几句，杀伤力都极为一般，见云未晏越发笑得前仰后合，靠在了扶手上，哑然住口。

就在这时，台上响起了一阵呜呜咽咽的胡琴声。

被晾了大半天的楼明月就地而坐，吱呀乱拉出几个残破不成调子的音，蛮不耐烦地放声道：“你们要打情骂俏回去打好吗？现在是天泽会武行不行？太初楼都是孬种㞞蛋？我在这里坐了半天了，应战的人呢？”

苏缨的模样，看在云未晏目中，自是惹人发笑。他收不住脸上放肆的笑意，就连唤人出战，语调都是轻快而随意的：“太初楼崔氏属家墨予尧应战。”

苏缨乍然听到熟悉的名字，从急怒之中醒了醒神，恐怕自己听错，将目光又投向台上。

只见一个少年自太初楼那边的楼上提气纵跃而下，一身青衫翩然，腰佩白玉，手持长剑，赫然正是苏缨从前那挂名的徒弟，墨家小公子墨予尧。

她不由得怔了怔——在浮游山的那几天，燕无恤曾告诉她，去梨花巷找他通报自己被抚顺司抓走的是个小乞丐，她立时就想到了墨予尧。

后来听说墨家在西陵举家搬走，原来是来了白玉京。也是，墨信芳老爷子一向希望墨予尧可以加入武家，走武试之道，在朝中做官。

她暗中观察墨予尧，见墨予尧也侧过头来，深深地看了她一眼。

西陵苏缨之名，现在满白玉京皆知。

苏缨听过刘叔的劝告，自从来了白玉京，日日敷粉，浓妆艳抹，墨予尧应当认不出自己是他的“洪福师父”，那么他定是在看小时候的“缨缨妹妹”了。

楼明月大是不悦，怒道：“你们也太瞧不起人了，派个属家是什么意思？”白玉京的武家掌握天下绝学，每一个武家下面有三个属家，本事不仅要弱一截，也没什么地位，其中子弟唯有跻身武家才会有出人头地的机会。

清歌楼派出一武家之主，而太初楼仅以属家弟子出战，就算是赢了，传出去也是一桩笑料。

云未晏答得甚是随意，笑吟吟地道：“欲输给贵楼，欲求娶苏统领，欲送五十两黄金给楼家主，不喜欢吗？”

说话之时，台上已经开战。

墨予尧持一把长剑，剑影如鸿，轻快灵动。

楼明月端行台上，脚步挪移，一手端着胡琴，一手持竹片轧弦，幽幽呜呜，如泣如诉，奏一曲《大漠孤烟》。

墨予尧哪里肯给他弹奏的间隙，拼力劈刺，剑花舞得宛如雪花一样。

而楼明月脚下如飞，回旋行走，竟如生了多个幻影，每每东向而刺，一转

眼楼明月却在东南方向，回过头来，楼明月却已经在他的身后，琴声却丝毫没有停顿。

胡琴曲含着内力，离十来丈听，苏缨都能感到耳中发刺，不禁为墨予尧捏了一把冷汗。

果见百个回合以后，墨予尧被笼于楼明月翩若惊鸿的惊鸿步法之中，出招越来越慢，而他对面的楼明月脚步却越来越快，到最快时，成了一个虚影。墨予尧忽以剑杵地，借力奋跃起身，意图从上方逃出楼明月身影的笼罩。

楼明月呵呵一笑，道："好小子。"竟转手用轧弦的竹片猛地朝墨予尧下腹刺去。

墨予尧情急之下，跃到空中，难以躲避，被楼明月刺中空门，登时如巨鼓擂腹，胸中翻腾，张口吐出一口鲜血来。

楼明月猛刺之后，旋身落地，安安然跻足，轧拨了最后几个音，悠悠抬头，道："你能挺过我一曲《大漠孤烟》，亦是不易，后生可畏。"

墨予尧垂着头，慢慢拭去嘴角之血，提剑起身。

胜负已分，黄门便抬了鱼符来，奉给了楼明月。

楼明月赢得轻巧，不以为意，袖了那符，施施然而去。

墨予尧垂头丧气，默默下台，经过苏缨那处的楼台也不敢抬头看一眼。

如此这般，第一局罢，竟然是清歌楼以一个鱼符领先。

这结果由传信的人一路传出，惊动了整个白玉京——云未晏派属家出战，太初楼首战告负，云未晏为娶清歌楼的苏缨苏统领故意相让！

赌场上，押清歌楼胜的人数骤升，赔率一下子由最开始的一赔五十四，降到了一赔二十，还在不断地猛跌。

白玉京腹心，某处精阁，一个清雅的笑声传出来，笑语吟吟："燕兄，这一局当真是精彩，你觉得呢？"

窗后，一道高高的黑影倏然立起："你自己慢慢下吧。"

言罢，黑影转过了身，自明窗一端走出。

与他对弈之人抛出一符，他收了符牌，廊下取马，持着缰绳，猛地拨转马头，一声长嘶，马蹄踏上白玉京直通九守殿的辟尘道。

白玉京中，九守殿外，满城喧嚷，酒肆茶馆处，议论纷纷。

有那些好事者，仗着轻功，一会儿轻灵地蹬在屋檐之上，一会儿又悄无声息地坐在茶馆边，散布着各种刚刚从九守殿内打听来的消息：“清歌楼的楼家楼明月一曲《大漠孤烟》真叫个热血沸腾！”

“太初楼的统领云未晏色令智昏，第一局竟然派出一个乳臭未干的属家毛孩子上场，他的剑舞得倒好，可惜经验还是单薄了。”

“西陵苏氏当真是豪富之家，连太初楼统领都要为苏家女折腰，也不知是为了财，还是为了色。”

“哎，财色销了英雄骨，英雄难过美人关哪！”

喧闹声中，一匹怪异的黑色骏马，载着马上黑衣灰氅的怪客，一骑绝尘，在辟尘道上风驰电掣。

那马险些撞到几个乘着牛车，出门踏月的风雅人家。

马匹飞带出的劲风，掀翻了路边几个“传信侠客”的帽子，惹得一人转头大骂：“瞎跑什么？你以为还赶得上热闹吗？九守殿现在精兵戒严，只准人出，不准人进！”

约莫一盏茶的时间后，骏马跑得一身大汗淋漓，从城西赶到了城东。

马蹄停在九守殿延绵千阶的御道下，马打着响鼻，马蹄前刨，被前方重重刀戟堆出的冲天煞气染得有些不安——黑衣怪客斗笠戴得很低，倾斜前压，只能看到他微微发白的下巴，隐在帽檐下深深的阴影里。

一人、一马，马鞍上斜斜挂着雪白的陌刀，驻马玉阶尽头，千军之前。

数名官兵见此仗势，当他要来闹事，出来呵斥，将一把赶马刀横在马蹄之前，斥道：“天泽会武，闲杂人等不得入内，速去！”

黑衣怪客抬头打量了一眼，见千军守备，着甲胄，拉弓弩，森严而立，如临大敌，问：“天泽会武是盛事，为何戒备如此？”

官兵答：“圣上在此，你敢向前一步，叫你死无全尸！速速解刀下马，饶你一命！”

黑衣怪客兀自沉思，自言自语：“陛下不是已经移驾寿阳宫？”

官兵斥道：“你是何人？打探御驾行止意欲何为？”提高嗓门，再度厉呵，“速速解刀下马！再不下马，我当放箭，射杀你于马下！”

九守殿外，黑衣怪客至，剑拔弩张。

殿堂之内，满堂喝彩，声音欲掀了屋顶——这是第二局，清歌楼派出了擅伞舞的花家主花隐娘。

花隐娘自兵器架上取了一把艳丽的绯色绸伞，提气落在台上。她一副媚骨，

身姿柔软，声如软绵，随意一站，便是媚态横生，睨向云未晏：“云统领，这一局，你要如何排兵布将呢？”

云未晏沉吟着，从身侧几案上，取了一杯西域进贡的葡萄酒。

他身姿斜斜的，执杯在指间，慢悠悠晃荡，一派闲适，仿佛一个春景深处，卧茵观花的贵公子。

好似已经胜券在握，无限的自负傲气在睥睨之间。

“这一局，鹿鸣，你来吧。”

白鹿鸣，云未晏的小师妹、太初楼十武家之首，白家的嫡女。

白鹿鸣是白家主的幺女，又与现任的太初楼统领云未晏同拜一师学剑术，集万千宠爱于一身，只可惜整个白玉京皆知，她一颗芳心系在她的大师兄云未晏身上，云未晏对她却不怎么上心。

白鹿鸣痴心一片，眼见年岁愈大，总不见云未晏有什么回应，只当他一心做大事，不于男女之事留心。

然而这日云未晏当众提出要求娶清歌楼苏缨，且不顾楼中众人的颜面，一开局就派出一属家子弟，大大放水，这对白鹿鸣而言，不啻五雷轰顶。

此刻，白鹿鸣听见云未晏用他如平素一般，无限温和，却又半点不容人拒绝的语气唤她的名字，心头微颤，恍恍惚惚立起身来。

白鹿鸣的父亲白无疆先站了起来：“统领，我等已输一局，此局若再不能胜，必大大落我太初楼的士气！小女尚稚嫩，还请统领允老夫亲自出战！”

云未晏微微笑道：“白家主，我和小师妹同出一师，家主此话，可是暗指我也武艺稚嫩，不能当高位，不可驱使你了？”

白无疆脸色三变，又红又白，窒然噤声。

白鹿鸣登时五内如绞，双眸通红，提气落台，从兵器架上拿起了自己的婉娴双剑。

这一战，端的是精彩万分，酣畅淋漓。

白鹿鸣使一对婉娴剑，剑落如雨，矫若银蛇，剑影碎玉乱纷呈，剑光匝地满霜华。

花隐娘舞一把伞，也是出神入化，倩影翩跹。她身着一身银红色华服，一招手，舞袖翩翩，恍若一只巨大的银红彩蝶，在白鹿鸣的双剑之中穿行。

就在二者斗得难舍难分之时，白鹿鸣清叱一声，两剑合一，刺向花隐娘百蝶穿花的华丽舞袖。

刺啦一声，那半幅袍袖，裂开了一大道口子。剑尖一挑，那舞袖顿时碎裂散落，百蝶纷飞，惹得台下看众争抢。花隐娘霎时眉头一皱，面色雪白，比她自己受了伤还要凄楚几分。

受此影响，花隐娘步伐微乱，一会儿分神小心护着自己的袖子，一会儿又是分神护着自己的头发。

白鹿鸣看准这点，偏偏就刺她的衣裳和头发，令她应接不暇，最终落败。

见此情景，聂元慎一拍大腿，可惜道：“花娘们恁地想不通，赢了五十两黄金，多少新衣裳穿不完！”

楼明月唉声叹气，幽幽一拉胡琴，暗哑一声吱吱呀呀作为花隐娘的叹调：“可惜了，太初楼接连两局都派了年轻人来，明摆着要让我们。隐娘还不争气，白白浪费了第二个鱼符。”

楼明月又扬声对前方苏缨道：“苏统领，我给您谢罪，原先瞧您不起，没想到您这么大能耐，能引得云大统领倾心，看来我清歌楼今日是必胜不可了。”

苏缨严肃地盯着武试场，一言不发。

台上锣鸣，第二个鱼符交到了白鹿鸣的手里。

激战已罢，白鹿鸣胸脯起伏，俏面艳若桃花，将媲婳双剑收入袖，俏生生地站在武斗台中央，一双妙目向上，一动也不动地凝在云未晏洁白的衣袂上——只敢看他的衣裳，不敢看他那双幽深的、似能洞悉一切的黑眸。

白鹿鸣没有收黄门递上来的鱼符，不顾众人在侧，扬声对云未晏道：“统领，我有话问你。”

云未晏眼眸低垂，静静望着白鹿鸣：“你说。”

白鹿鸣道：“我这一战赢了清歌楼，你是欢喜，还是不欢喜？”

云未晏淡淡道：“你为太初楼争光，我自然欢喜，归来吧。”

白鹿鸣眼眶蓦地一红：“你不欢喜，你定嫌我碍着你娶新妇了。”

竟是一派小女儿姿态。

四下里，嘘声一片。

众人纷纷议论，今日这一出天泽会武，当真比戏文里演的还要精彩。不知是不是奉常司看的日子，和哪路桃花神撞上了，应接不暇的，竟都是男女逸事。

尤其是平素脑子清明，以铁面无情声名远播的云未晏，在比试上，就跟个色令智昏的庸碌之主一样。

太初楼一向高傲惯了，众人指指点点，皆指着他们的统领，个个面上都不怎么好看。

云未晏脸色一黑，冷冷叱道：“你回来。”

白鹿鸣只不理他，转头看向高坐台上的苏缨。

当巧，苏缨也正低着头观察她。

目光相撞的瞬间，苏缨似乎在白鹿鸣目中看到了烈烈的火花，吱吱直响。

“你敢不敢，下来和我一决高下？”

苏缨歪着头，静静打量她，不发一言。

“你不敢吗？”白鹿鸣问。

苏缨真诚道：“我怕伤着你。”

白鹿鸣似听到了什么滑稽万分的话，笑着横剑在前：“你不过就是商贾之家出身、花银子买来的楼主，整个白玉京谁人不知，谁人不晓？”

这话，虽然众人心知肚明，然而叫这白鹿鸣口无遮拦地说出来，又是在天泽会武这等场合，不啻当头一个火辣辣的耳光，扇在清歌楼的面上。

苏缨还未说什么，她背后的偃师师轻笑出声，对白鹿鸣道：“我们统领可是要最后对战你们云统领的，你算个什么东西，就敢出来叫阵？你如此叫嚣，必是家中没有教好，就让我替你爹娘来收拾收拾你。”

偃师师一跃而下，落在武斗台上。

从兵器架上，取下一根阴沉木棍。

第三局，太初楼依旧是白鹿鸣出战，清歌楼是偃师师出战。

开局不久，方才黑衣怪客的身影就出现在了殿堂之中。

数个随从，替他铺排引路。

他黑衣如铁，箬笠低垂，一个如潇湘夜雨中洗出来的肃杀身影，与身畔恭敬相护的玄甲军极不相称，加之来得晚，阵仗却大，一出现，就吸引了不少人的目光。

斗笠低垂，盖着他的脸，唯有腰间一块云纹玉佩十分显眼。

许多人也顾不得看台上偃师师和白鹿鸣的对阵，分出目光追着他的身影，直至他高位落座。

人群之中，又窃窃私语：

“云公子也来了？”

“正想着今日如此盛会，云公子怎会缺席，他人就来了。”

“他今日的打扮倒是稀罕。”

……

黑衣怪客落座之后，扫一眼台上缠斗的二人，择一身侧皇亲贵胄问：“此局如何？”

那人也看得云里雾里，不明所以，随口答道：“二女争夫。”

“哪二女？”

“白家白鹿鸣，清歌楼苏统领。”

“……”

黑衣怪客进入九守殿时，苏缨几乎是第一时间就注意到了他。

不仅仅是那块与她所藏有些相似的云纹玉佩，还有他的装束，以及一举一动的熟悉之感。

苏缨几乎瞬间就可以断定，此人是燕无恤。

那日抚仙楼上，他只留下一个淡淡的剪影，具体是什么表情，苏缨此刻一点也记不起来。

此时，他在守卫的簇拥之下，稳坐武斗台边最尊贵的位置，台边铜缸中的烈火热烈燃烧，将他的一举一动放大了数倍，存在感强大得令苏缨不可忽视。

他侧头与人说了两句话，不知说了什么，突然转过身来，虽然依旧坐得八风不动，然而下颌抬起的弧度、上身的紧绷、僵硬接过奉茶的动作，显得整个人如罩黑云，心绪不佳。

苏缨盯着他看了一会儿，发现他的视线紧盯着台上的偃师师与白鹿鸣，目中微微一黯。

武斗台上，偃师师着贴身黑衣，玄袍勾勒出挺拔的胸脯、曼妙的腰肢、笔挺的腿，衬得衣下的肌肤白如玉璧。

她黑发高高束起，垂在后颈，露出高挺的额头，玉山一样的鼻梁，相较花隐娘多了一分英姿飒爽，又比白鹿鸣多了不可言说的成熟妩媚，引得在场宾客，十之八九都将视线牢牢凝在她的身上。

二女相争，虽然与这日的场合极不相称，却仍是赏心悦目的。

偃师师手持阴沉木棍，棍法干净利落，霍霍带风，几十招后，一招“麻姑献寿”，将白鹿鸣双剑先后绞落在地。

她赢得轻松，收棍后，气也未喘，盈盈而立。

白鹿鸣没有料到自己会输得这样狼狈，丢下剑不要，跑下了台去。

台下鸣锣，第三个鱼符落到了清歌楼手中。

此时局面已经是清歌楼两个鱼符，太初楼一个鱼符，仍旧是清歌楼占了先。

议论质疑太初楼之声此起彼伏。

云未晏的声音如一潭毫无波澜的水，从容不迫，接着调兵遣将：“第四局，柳氏柳边月上。”

仍然是一个在太初楼排不上号的后生！

云未晏莫不是疯了？

哄闹声起，久久不歇。若不是云未晏平素威望高，引人敬重，只怕太初楼就要当场炸了锅。好几个家主轮流在云未晏耳边劝说，他却丝毫不为所动，一副铁了心要蛮干到底的架势。

白家主白无疆心直口快，大声道：“统领何必拿弟兄们的前程赌？就算是我们赢了，您也可以去求娶苏姑娘的嘛。”

云未晏垂下眼眸，一言不发，兀自喝酒。

柳边月已听令去取了兵器，白无疆又不得改变他的主意，只能干瞪眼，直跺脚。

如此这般，在云未晏刻意的放水下，清歌楼武家也毫不与他客气，接二连三派出最强的家主应战。

太初楼士气越来越低迷，第一次如此扬眉吐气的清歌楼越斗越勇，号呼不断，与太初楼诸人的沉默氛围对比鲜明。

第四局，太初楼负。

第五局，太初楼负。

第六局，太初楼负。

眼看第七局，太初楼若仍然告负，就没有再战的必要了。所有人都将视线移向了云未晏，太初楼诸人期盼他是一时糊涂，期盼他脑子清明一瞬，此刻亡羊补牢，为时未晚。

清歌楼诸人则期盼他昏头到底，奉送武勋。

无数复杂的视线、数不清的质疑声中，云未晏身姿歪斜，仪态如醉意入骨，手中握着一块白玉玦，拿玉边敲打金杯，发出叮叮的低音，正欲启口……

另一个声音响了起来，传自“云公子”所坐的高台之上，像是不耐，蕴含怒意：“你们太初楼，是怎么回事？”

按照说话人身份来说，这句问话本应是毫无情绪的，而说话那人不知心绪如何，这话里却含着令人不可忽视的浓重责备之意。

这下连云未晏都诧异了——太初楼赢不了，与此事毫不相关的云公子生什么气？难道他也参与了白玉京的赌局，会输个底裤也没有不成？

无论如何，身份高得不可言说的云公子发话了，云未晏还是要解释一二。

他站起身，面朝黑衣怪客的方向，道：“公子，太初楼不可一直倚仗几位老家主，年轻后辈也到了崭露头角之时。武勋是小事，栽培后辈是大事。”

黑衣怪客反问：“你是为了栽培后辈，还是为了一己私欲？堂堂太初楼统领，竟是这等色令智昏之辈？”

云未晏哑口无言。

黑衣怪客又问：“你要娶……她，不惜自败名望，舍了武勋不要，也要讨她的欢心？你这样看重她？”

苏缨听到这句话，猛地转过头，目光雪亮，死死地盯着黑衣怪客。

云未晏何等冰雪聪明之人，闻言不由得转头看苏缨，果见她表情怪异，竟似与云公子熟识，忽想起她拆了抚仙楼之事就是云公子所平，心里一声咯噔。

黑衣怪客仿佛没有意识到自己表露出了多么反常的情绪。

下一刻，他更加反常了。

瞬息之间，身影闪到武斗台上。

他帽檐低垂，只露出一个下巴，然而面色极黑，嘴角绷紧，一身锐气，扑面而来。

“云未晏，这一局我替你太初楼打。”

四下哗然。

虽然天泽会武明令了出战的必须要楼中人。

然而，他是云公子。

黑衣怪客腰悬云公子贴身“见印如人”的印信，又与云公子身高、体形相仿，虽一直以斗笠遮面，也无人敢叫他取下来一观，便默认了他便是云公子，云公子便是他。

云公子此人，地位极其特殊，不管是在江湖，还是朝堂，都堪称尊贵无双。

下可窥浮游，上可达天听。

云公子要亲自替太初楼出战，无人敢置喙。

然而……云公子这样的神仙人物，为何也搅进了这一局？

这究竟是天泽比武，还是天泽比武招亲？

满殿的人，此刻都沉浸于如处梦中的怪异感中。

无一不神情复杂、如被雷劈地看着这武试像是脱缰野马一般，飞驰而去不复回的神奇走向。

经好事者传到白玉京中的信可窥众人心理变化之端倪——

第三局：“白鹿鸣、苏统领二女争夫，清歌楼偃家主强出头。”

虽说大是绮靡，令人不忍细听，然而还算正常。

接下来：“太初楼统领为娶娇妇拱手让河山，清歌楼美人计连胜三局定鼎胜局。”

好一个要美人不要江山，烽火戏诸侯只求佳人一笑的局面。

侠士们拍着铁木，打着梆子说来——抑扬顿挫，情感丰沛，说得云未晏和苏缨活脱脱一对周幽王褒姒在世，直把太初楼胜的赔率连连拉高，无数人转押清歌楼，赌局开始崩盘。

第七局，更加惊人的消息传了出来——

“某位不可言说的王孙公子冲冠一怒，荡平烽火，幽王折戟，褒姒移心！”

……

赌坊中，众人开始喝酒。庄家不再宣扬最新的消息，凡来了个客人，便随意招呼：“太初楼、清歌楼随便押吧，都一样。现在不少人还押了长生楼能取胜，要不客官也试试？”

……

沸腾一样的白玉京灯火辉煌，暴风的中心位置九守殿像是一个庞大的野兽，沉睡在终南山脚下。

数千卫士静默无声，刀枪雪亮，伸向苍穹。

殿内，第七局已开。

太初楼是黑衣怪客“云公子”出战，清歌楼是聂家主聂元慎出战。

聂元慎的武器是一柄扇子，又名“桃花舞扇”，虽被他体量庞大的身躯衬得娇小玲珑，然而扇面之间，粼粼有玄铁之光，锋芒凸出，似短兵又似暗器。

白玉京有“黄蜂尾后针，桃花扇底风”之谚，说的就是聂元慎的扇子。这一把扇子虽并不显眼，但是轻巧灵动，暗藏机关，叫不少人吃过苦头。

黑衣怪客没有用武器，徒手应敌。光看兵器，黑衣怪客便极大地落了下风。

饶是如此，聂元慎也不敢轻敌，他打从一跃上台，便察觉到了极大的威压，实属他在白玉京所见之最——对面的年轻人，身姿颀长，挺拔清朗，非虎背熊腰之辈，然而周身所萦，于一吐一吸、一举一动之间的高手风范，令他被激得丹田如沸，热血如织。

聂元慎在清歌楼的武艺，是诸家主之首。他肌肉遒劲、天生神力、自小习舞、下盘稳当，在普遍内力不足的白玉京吃了老天的赏饭，是遇见白无疆也可过招的高手。

然而他为人憨厚老实，有一股轴劲，除了舞蹈之外，在其余的场合皆不愿与人争抢，所以除了一把舞扇，一直没什么名气。

此刻，聂元慎屏息凝神，守住全身的空门，袖了舞扇，以一掌试探。

从苏缨坐的位置，看不清黑衣怪客的面容，只能看到他侧身而立，单掌在前，一个举重若轻的守式，不见他脚下挪腾，似巍巍高山，风雨不动，掌心柔若化棉，轻巧一推，便四两拨千斤地化去了聂元慎携在掌上的巨力。

若不是此时此刻还身处武试的场上，聂元慎真要长啸一声，畅抒出一句“好”来。他已十年没有遇到这样强劲的对手，此刻浑身热气上涌，袖筒中花扇一出，拿出看家本事，举全力而攻。

聂元慎的扇子舞据说传自江湖未泯之前的雁荡山“桃花门”，乃门中前辈自三月山中岚霞、落英缤纷中悟来，一股天然之势，恰似清风吹襟，袖里携芳。

聂元慎先是一招“落红成阵”，合扇在前，聚扇骨巅上的玄铁刺，凝在一处，飞快地疾攻黑衣怪客面门与两肩的大穴。

黑衣怪客依旧是守，他一掌负于身后，一掌在前，掌风虽如兴起而至，疏疏淡淡，然而每一道，都能恰好挡去花扇，密如紧丝，密不透风。

只一掌，就守住聂元慎的急攻之招。

此时，在近处观战之人目中，聂家主是攻势凶猛，而黑衣怪客是应接连连，一味回护，像是聂元慎占了上风。

只有少数高手和聂元慎本人看得出来，黑衣怪客实在是“藏技”，聂元慎已尽出全力，而他举重若轻，深藏不露，功力不知高出聂元慎多大一截，难窥究竟，令人胆寒。

聂元慎总不见他出手，竟是用的想尽耗自己体力之法，不由得心下着恼，怒吼：“你看不起我！”

聂元慎打开扇面，十二根扇骨之巅的玄铁凝作飞虹，化作气劲十二道，以扇为形，同时笼罩黑衣怪客周身，是桃花扇法的杀招“千里垂虹”。他心道：我毕生绝学，十二道气劲，你总不能再敷衍相对。

罡风瞬间笼罩了黑衣怪客的身躯，他斗笠轻抬，玄袍飘飞，低低说了令聂

元慎魂飞魄散的十二个字："千里吸海垂虹，奈何咫尺之距。"

然后他携袖一挡，护住面门，竟不退反进，迎着十二道气劲，欺身向前，擒住桃花扇，在蕴力最深的扇尖处掌心一压……

聂元慎骤然变色，不防有人敢赤手空拳来触碰他的内劲中心。旋即，他感到一股绵绵不绝的强大内劲自扇面传回来，震得他手腕发麻。

而这内劲——分明是他自己的！

聂元慎满心惊骇，辨不分明这"云公子"究竟是什么来路，何以诡谲至此——从始至终，对方分明未出一招，却对自己的路数一清二楚，用"咫尺之距"化自己的"千里垂虹"，像是从道法《太玄经》中来，化长为短，化大为小，精妙奥义，得于一瞬之间，竟是当场创了一个克自己绝招的杀招。

聂元慎汗毛倒竖，寒意透骨。

身体相接的瞬间，一向以下盘稳当闻名的聂元慎，被扇面传回的自己的力劲反弹而起，摔落在地。本应受力的黑衣怪客却脚步稳当，只往前走了一两步，黑衣垂落，八风不动。

台下爆发出欢欣鼓舞的掌声。

这一局武试中，聂元慎感到的无时无刻不在的压迫与最后挣扎的落败，看在外人眼中却是黑衣怪客被步步紧逼，最后危急时刻铤而走险，兵行险招空手白刃化了凶险万分的"千里垂虹"，自是战局翻转，精彩万分。

太初楼诸人总算看到了取胜的希望，士气大振，呼声震天，为"云公子"击节赞叹。

在高处，看透了一切的云未晏惊诧万分——云公子，怎会有这样的身手？

他知道天下有一个高手叫燕无恤，是青阳子的传人，传承至阳至刚的湛卢剑意，霸道无双。

这个云公子与燕无恤是全然不同的路数，看似无招，能克有招，一个至刚至强，一个至虚至空，一个是"有"，一个是"无"。

天下之有，终归于无。

太虚之无，纳一切有。

只不知这云公子究竟师从何人，功力究竟几许？

倘若这云公子与燕无恤对阵，真不知谁胜，谁败？

因为云公子的加入，天泽会武情势急转。太初楼扳回了一局，而后，又连连胜了第八、九、十局。

清歌楼三个家主均被先后击败，其中一位，累得气喘吁吁，是被抬下去的。黑衣怪客却丝毫没有经过“车轮战”的疲乏之色，定定站在台中，似一尊铁人。

黄门清点下来，执礼官报：“太初楼、清歌楼各五个鱼符，平局，有请双方统领决胜负。”

云未晏忙道：“这一局也有劳云公子替我打了吧。”

“……”

谁也没想到，天泽会武的最后一局，竟然是清歌楼那位软绵绵、娇滴滴的苏缨苏统领，对战今日里大杀四方、神勇无双的“云公子”。

不管从哪个方面看来，太初楼都没有再输的理由。甚至，太初楼已有人出去传信，将本楼取胜，说成了板上钉钉之事。

清歌楼诸人也自觉获胜的希望到此而止，此时一片长吁短叹。连楼里最强的聂家主面对黑衣怪客都折戟沉沙，谁也不指望一个商贾出身、娇弱女子的统领，这个时候来力挽狂澜，扭转局面。

楼明月轻轻拉着胡琴，为苏缨奏一支哀调：“统领，你去去速回吧……”

苏缨仰脖喝下一盅酒，为自己壮了壮胆，在一大片唱衰之声中，立起身来，于屏风后整敛衣裙，再绕上玉阶，缓步走到楼下，又从武斗台畔的阶梯，登上台。

众人：“……”

花隐娘以袖遮面，道：“我还是第一次看见有人是走楼梯上的武斗台。”

楼明月下意识便驳：“走楼梯怎么了，那楼梯修来不是给人走的吗？”

聂元慎插嘴：“你们别说，我觉得统领能赢，我感觉……云公子有点怕她。”

楼明月呵呵而笑，道：“聂胖子，你马屁拍得再响也拿不到五十两黄金了。再说，你这谎话说得太明显了……”他说还没说完，目光移到台上，见苏缨上台以后，那位一直不动如山的云公子，往后退了半步……退了半步……

楼明月差点把眼珠子瞪出了眼眶。

台上，苏缨着一身胭脂色的华美繁复衣裙，头上锋利的簪子被取走一些，只留了几个珠花翠翘，发髻微坠，愈显得面庞娇小，如一朵蓬蓬然盛开的矜贵牡丹花——

像一枝不慎闯入江湖腥风血雨的娇嫩花朵，即便她此时武勋加身，体含剑意，依旧显得格格不入。

然而她本人却丝毫不自觉，行止故作沉稳，摆足了“高手架势”，随意摊

开一只手，两名侍从就自兵器架上将装饰华美、雕琢浮夸、足有她人一般高的巨大龙雀刀递给她。

众人皆认为她会拿不动这刀，却不料她不仅稳稳当当拿在了手中，还抡了半圈，刀风霍霍，刀锋离地寸许。

她望着黑衣怪客，脆生生道："我让你三招，请出招吧。"

竟是狂妄至极！

原本兴致缺缺的看众，见此情景，纷纷感兴趣地将注意力集中过来，议论纷纷。

聂元慎狠拍大腿："统领好聪明！我怎么想不出这样的办法逼他出招！"

黑衣怪客闻言，却一动不动。他微微抬起头，沿着低垂的帽檐一线，看向面前的苏缨。

她神态一如往昔，模样比与他流落江湖时要富丽精神得多，肌肤莹润雪白似霜雪堆就，鹅黄翠羽，眸扫飞红，耳畔赤金流苏，将莲瓣一样小小的脸颊衬得精致华丽。

她的眼睛透明敞亮，藏不住任何的心思——是以此刻那眸中夹杂着嗔怒的挑衅一览无遗。

他几乎是在看她的第一眼，便感觉到一股暖流顺喉而下，蕴在胸间，涨得肺腑满盈发烫。

心好像在冰凉彻骨的江河湖海中浸泡了多日，其上覆了数不清的冰雪刀锋，结满权力交织、人情翻覆的厚厚冰霜，耐得住寒夜孤行万里，却耐不住这小小娇儿宜喜宜嗔的一眼。

鲜丽的裙角就在眼前，她的声音就在耳边，馥郁苏香伴随她挥刀的动作扑入鼻息……与他隔着咫尺之距，这样鲜活生动。

不再是午夜梦回的一抹天边霞色，也不再是酒醉之时缠缚心尖的微微疼痛。

黑衣怪客喉结滚动，轻声再询，嗓音柔和，带着一丝若有若无的沙哑："你当真……一动不动，让我三招？"

苏缨未觉不妥，直视着他，答得毫不犹豫："君子一诺，绝不反悔，你且放马过来。"

黑衣怪客颔首，朝她走来。

苏缨践行诺言，也一动不动。

他袍袖带风，一步一步，慢慢靠近，然后伸出双手，将前方握着二十斤大刀的少女环入怀抱之中。

啪——

她手中的刀一个没有握住，重重落在了台上。

燕无恤靠近的一瞬间，身上的温度将苏缨兜头兜脑罩在其中，衣襟上有熟悉的味道，轻而易举地从呼吸冲入，直撞心间。

苏缨一时没有反应过来，眼眸骤然睁大，呼吸一滞，手足发僵，连几时刀落地了，都丝毫未觉。

这一幕超出了众人的预想——台下之人，眼睛睁得铜铃一样大。

诚然今天晚上超出预想的事已太多，只怕之后再发生怎样离经叛道的事，经过一夜千锤百炼的众人也都会习以为常，不足为奇了。

苏缨听到自己衣上的簌簌之声，是他的手臂穿过袖底，拢在腰间。在她头顶有温热的气息，是将她抱了个满怀的燕无恤，轻轻叹了口气。

气息拂到耳边的微痒，把她的神思从一片空白的鸿蒙之中拉了回来，登时从头到脚，红了个遍。

苏缨面上又热又烫，也不知是羞的还是气的，她猛地一下将燕无恤推开。

她拾起大刀，双手握住刀柄，将其横在两人之间，龙雀刀刀锋凛凛，一如她眸光雪亮："你这……登徒子！"

那边高台之上，云未晏听到这句话，拊掌而笑，对身畔人道："这个姑娘惯会虚张声势，骂来骂去，就会一句登徒子。"

旁座之人，此刻都惊诧于云未晏的冷静淡定，毕竟"这姑娘"差点就是他要求娶的佳人。

佳人片刻之前，在旁人怀中，众人看他，皆隐隐见绿云盖顶，目带怜色，他本人竟然还有闲暇谈笑风生，奚落苏缨。

白无疆咳嗽一声，提醒他道："统领，您究竟是不是想求娶苏姑娘？"

云未晏忽然醒悟过来，手中的玉玦轻轻敲了敲自己的脑门，一边沉思着，一边自言自语道："是了，他这当众一抱，就算清歌楼胜了，我又如何能觍颜去求娶呢？"

他微微一笑，轻轻咬牙："男人为了得到美人，真是不择手段，心机深沉。"

太初楼众人："……"

统领您也是啊！

那厢，苏缨本就对燕无恤心存芥蒂，此刻又被他突兀一抱激怒，携刀在手，

对他发起了进攻。龙雀长刀，刀身沉重，威风凛凛，光华流转。

苏缨是按照燕无恤留下的那本刀谱练的，虽时日不长，但她练得不精，会的几个招式，都是其中简单变化的进攻招数。

只见娇小玲珑的一个少女，手持比她还要大的长刀，挥舞得虎虎生风，将片刻前还举重若轻、沉稳如山的黑衣怪客逼得使出了轻身功夫，左闪右避，毫无高手风范。

这太过强烈反差的一幕震慑场下，众人肃然起敬。

云未晏"咦"了一声，面上原先的一点淡淡的戏谑表情逐渐消失，专注地看着苏缨的一举一动。

因为武器又长又重，所以苏缨的动作比寻常人出招要慢一些，她对气力的把控还比较生涩，控制不住时，刀锋劈斫在地，所带起的猛烈震动，让整个武斗台都在震颤。

看似只是因为武器沉重，苏缨天生力气大，事实上，二十斤重的刀，就算自台上方三丈落下，也绝不至于是这个效果。

燕无恤在苏缨的刀风之中辗转挪腾，多次一落地，就被她的刀锋逼到近前，其刚猛无双，令人难以撄其锋芒。

燕无恤初时只是相让，一味躲避，毫不反击。几十招后，苏缨攻势并不见缓，而是越战越勇，将他刀谱之中前五页的"归仰""衔月""雁门""无常""檀息"几招翻来覆去，越舞越熟。

苏缨用的是燕无恤的刀法，他熟稔于心，对于如何拆解，也了如指掌。

燕无恤见她驾驭剑意不熟，恐伤着她，投鼠忌器，无从下手，忽又念及此战若败，清歌楼获胜，云未晏必定要践行诺言，求她为妇。一时进退维谷，如临烈火烧灼之上，不一会儿，额上竟密密起了一层汗。

燕无恤自幼奇遇，于武学一道天分卓然，莫川河上壮士断腕舍弃湛卢剑意之后，因着家中渊源，勘破心障，更有机缘。

他生来是天之骄子，与人单兵对垒，甚至临敌千军，也从未落到如此进退维谷的狼狈境地。

正暗自苦笑，忽见苏缨动作微滞，是一遍"刀谱五页"舞完，衔接重新来一遍的停顿沉思。

趁此天赐良机，燕无恤充分发挥了轻身功夫的优势，快速欺进，一掌逼近她面前空门，想引她回护，乱了章法，趁势缴械。

然而万万没想到，苏缨竟然真只翻了刀谱前几页，中间的“守式”，一个也没有学。

因此，她这个对武学称得上一窍不通的门外汉，不知道空门暴露立即回护的道理，而是僵立当场。

燕无恤的手掌没有蕴含什么力道，如一阵清风，柔若棉絮，就这般毫无遮拦，长驱直入，完完整整地覆在了她小腹之上。

柔软织锦，温热苏香，盈盈一握，留于掌中。

燕无恤大是狼狈，忙收回手，望她眉宇之间，只见俏面薄红，柳眉微蹙，妙目滢滢，含嗔带怒，眉宇被一团煞气笼罩，瞪了过来。

不知怎的，他忽然就战意全无。

云公子在白玉京的居所，是太虚十二景“剑试繁花”之畔的一座精舍。

云公子的精舍名叫“衔月阁”，取“山衔小月来”的意境，不大不小，并不奢华，胜在精致。一院之中，竹影落窗，幽径有苔，白鹤敛羽，汇集“三雅”。

此时此刻，小窗之内，青年放肆的笑声惊得白鹤瑟瑟振羽。

他足足笑了小半个时辰，方道：“燕无恤啊燕无恤，你枉称英豪，一身绝技，竟然连个黄毛小丫头都打不过。”

说着，又开始笑。

里头是茶室，窗明几净，白瓶小几，一个小童正在烧炉烹茶，一个青年人坐在潇湘竹簟上，身形清癯，青衣简肃，正笑得前仰后合，正是真正的云公子。

在他的对面，燕无恤已取下斗笠，露出真容，独坐品茶，待他笑罢。

过了半晌，云公子还在笑。

燕无恤不由得微微皱眉，露出不悦的神色：“你还要笑到何时？不如你定个时辰，待你笑够，我再回来。”

云公子见燕无恤不喜，稍稍收敛，敛容坐正，只是眼尾上扬，嘴角弯曲，怎样也抹不去。他望着燕无恤，眨了眨眼，满脸无辜之色：“我替你担下了这样大的名声，你还不让我笑一笑。你可知道，昨晚你这一闹，我可是要去宫里回话的。”

见燕无恤无甚表情，他又道：“你打着我的名号，当众又亲又抱，万一宅家给我赐婚，非要那苏统领嫁给我，可如何是好？”

燕无恤静静看了他半晌，微微一笑：“这有何难，取你性命，代你之身，替你娶她。”

云公子面色微僵，敛去了玩笑的神色，摇头叹息：“与你这人玩笑，真是半点趣味也没有。”

燕无恤笑道：“我回来还你的印符，这些日子，诸多叨扰。”

云公子听他的话中有辞别之意，问：“你就这么急，伤还没养好，就想赶着去见她？”

燕无恤不语，算是默认。

云公子不满道：“别忘了，你现在手上还有人命官司，是我给你压下去的。”

燕无恤望他良久，道：“云公子义薄云天，仗义相助，让我逃脱追捕，获片刻喘息之隙，他日所有所求，燕某结草衔环，赴汤蹈火，在所不辞。”

“可我今日，就有求于你。”

“何事？”

“一件惊天动地的大事。”

云公子收去了最后一点戏谑之色，幽幽坐在窗下，一点竹影，透过小窗，打在他半边面颊之上，令他的神情平添了一分诡谲，仿佛这平静之下，隐着惊涛骇浪。

那名叫阿九的童子乖觉，默默立起身来，躬身带门出去。木门吱呀一声合了上，关住了窗外的繁花似锦。

云公子低声说道：“你可知，昨夜为何太初楼统领云未晏故作荒唐，偏要拉着太初楼落败？云未晏何等样人，当真是色令智昏，不顾大节之辈？”

燕无恤沉吟道：“昨夜之事，的确蹊跷，我赶到时，武斗场外围了数千精兵，天子却不在殿内。”

云公子道：“你道我为何午间才来？昨夜之事，云波诡谲，讳莫若深，就连我打探消息，竟也如探沧海。”他手中抛出一物，是一方火令，沉木磨成，作军中传递消息之用。

木质被人手把玩得多了，透出沉润如玉的质感。燕无恤接在手中，摊掌一看，面色微变。

云公子在旁打量他的神色，笑道：“燕卿真有大将风范，为侠屈才也，我今日拿到此令，可是险些握它不住。”

火令上赫然写着八个字，简简单单，语意平铺直叙，却有杀伐之气扑面而来，便是观了再多生死的人，依旧为之心惊胆寒——

太初胜，则斩云未晏。

火令静静摊开在手，外面天光正盛，一字字清晰可见。

单看这火令，平平无奇，通体泛黑，再寻常不过。

谁人也猜不破，以它为口，究竟撕开了多大秘密的黑色一角。

燕无恤不愿多看一眼，将它抛掷出去。

云公子伸手接住，收入袖中。

“这究竟怎么回事？”

云公子道：“听闻昨夜武试之前，云未晏曾经被单独传唤到御前。似乎得到密旨，只许他败，不许他胜。”

“可我后来入局，出手相助太初楼，他并未阻止。”

“因为你是以我的名号去的，如果是我来插手，他对上也有交代，外头守兵也不敢轻举妄动。”

云公子顿了一下，轻声叹道：“云未晏贸然提出要娶苏统领，故作昏聩，实则是要将太初楼溃败的缘由揽到自己一个人头上，以免太初楼上下不安，引发大祸。

“此人临危不惧，机谋决断，更难得心怀大局，为安定人心，不惜自辱，实令人敬佩。”

燕无恤在此之前，曾在西陵郊外与云未晏有过一面之缘，曾有关于“庙堂江湖”的三言两语，浅淡之交。酒桌上，云未晏谈吐不凡，表露出的胸襟志向，非池中之物。

对于斯人摇身一变，就成为在天泽会武上调戏第一次见面的苏缨的登徒子，燕无恤虽感怪异，然而昨夜意气之中，并未来得及细想。

今日在这雪窟一样素净的屋子里，喝了半日所谓“清心顺火”的茶，听着云公子笑了半日，早已冷静下来，脑海中便浮现出他提出要出战时，云未晏略松了一口气的表情。

燕无恤道：“他确实像是受人所迫。”

“这天下能胁迫太初楼统领，云家大公子云未晏的人可不多。”云公子微笑道，“我料想，幕后之人想要刻意挑起二楼之争，从中得利。你知道的，白玉京虽是朝堂的属物，却也是江湖，对上是一套办法，对下又讲江湖规矩。天泽会武根本是个陷阱，必有贼人蒙蔽天子，设下此局，若非云未晏机变，壮士断腕，舍弃自己的名声，将其化作闹剧，今日二楼已经火并起来了。”

燕无恤静静听着，待他话音平息，方问："你究竟想要我做什么？"

云公子说得激烈时，站起身来，来回行走。

燕无恤问询时，他正走到窗户一头，陷入沉思。

青袍如云，罩着他清瘦的薄肩。

他走过竹影，又坐了下来，坐得端正。窗外，天光正盛，将他面上的表情，不带一丝阴霾地尽数照耀在眼前。

那是一张诚挚、坚毅、明亮的脸，眉间锁的淡淡忧思，愈增他神情之中的真诚与郑重。

云公子盯着燕无恤，慢慢道："素闻，国之将亡，妖孽横生，纲常崩坏，礼法不存。燕卿的湛卢剑，见此污浊秽乱之世，还不出世，照耀天地、震慑宵小吗？"

一字一顿，带着涤荡乾坤、睥睨苍生的豪气。

按理说，当是突兀的。

燕无恤却好像不奇怪他突出此言。

他神情波澜不惊，眼眸清澈而疏离，丝毫未为云公子的凌云胸襟所动，像一个隔着云雾、隔着山河、遥遥相望的看客。

二人对坐，竟是一边豪气万丈，一边缥缈迷蒙，态度泾渭分明，让这席谈话的氛围极为怪异。

沉默良久，燕无恤出声问："你要我出手，替你料理了背后作乱之人，是也不是？"

"也是，也不是。"

"如何算是，如何又算不是？"

"是，有些宵小需要燕卿料理。然而湛卢乃仁剑，不当只对着小人，唯有德者能执之。"云公子眼眸黑如墨丸，其间光华流转，如清湛美玉，"我想要你助我。"

燕无恤笑了笑，低下头饮茶，这茶入口苦涩。

明目、润肺、去火、清热。

茶水滑过喉管，其下便是肺腑。

他淡淡道："为你今日之言，我可以替你料理一件事。"

门外，一阵风袭来衔月居，挂着青色占风铎的檐下，响起清脆悦耳的声音。

阿九坐在廊下，托腮望着院中的鹤鸟玩，听见院门口有咚咚的击扉之声。

云公子行踪一向隐秘，四周有高手环护，此处少有人知，此门更是常年无人叩，阿九有些惊奇，趴到门上往外看，只见远处停着一座女儿家用的车驾，珠帘垂着，看不清人。敲门的是一个圆月脸庞、长得机灵的侍女，比阿九高上一头。

阿九啧啧出声，装腔作势地说："你是哪家的小鬟儿，衔月居的门也是你敲得的吗？"

侍女道："是我家小姐有求于云公子。"

阿九有意为难："随随便便一个小姐，就想见云公子？你怎么知道这是云公子的居宅？"

那侍女却不卑不亢："是西陵苏氏远亲潘大人指点我等来的，有印符为信，还请代为通传。"

阿九咂摸着西陵苏氏，仿佛有些耳熟，一想起来，眼睛便是一亮："是那个拆楼的苏统领吗？"

站在门外的正是苏缨的丫鬟阿曼，听见"拆楼"二字，她神情尴尬，双手捧着一块云纹玉佩，往前递了递，道："正是，我家小姐有要事求见云公子，有劳尊驾通传。"

阿九翻了白眼："别又是什么鸡毛蒜皮的小事吧，我家公子很忙的。"

阿曼只得执着地重复了一遍："确实是要事在身，请云公子见了我家小姐听一听，再做定夺。"

阿九打开门，接过云纹玉佩，又倏地将门关上了。

他一溜小跑，回到云公子与燕无恤议事的茶室边，侧耳听去，里头寂寂无声，像是重要的话已经说完了。

他便敲门禀道："公子，是那日在街上见过的那个苏家苏缨姑娘，她又捧着玉佩来找您了，想要见您。"

燕无恤听到这话，脸色为之一变。

云公子心知肚明，一缕目光挂他面上，含了笑意："还不快把人给我请进来，恭敬点。"

云公子想了想，又道："莫要让她进来，先在门外，我问几句话。"转而嘱咐燕无恤，"燕卿先莫要出声，我先问问她所为何事，自会给你们腾地方。"

一会儿的时间，门口阿九道："公子，苏姑娘已经带到了。"

门外，响起苏缨的声音，清而脆，很是礼貌——

“云公子，再次叨扰，实在惭愧。”

云公子笑道：“我是没有料到你这么快就捧着玉佩来找我，不会是又拆了哪家的楼吧？”

苏缨道：“我来求见云公子，是想见一个人。”

云公子闻言，表情陡然变得讳莫若深起来，颇带深意地扫过了对坐的燕无恤，不禁笑出声来：“哦？你可要想清楚，我不会再给你一块玉佩了，你这玉佩得之不易，以后或有保命之效，就为了见一个人，你就随意花掉？”

他的笑声古怪，听得苏缨微微蹙眉，然而她面色坦然，毫不犹豫，恳切请求道：“我今日来就是想请求云公子，让我见一见昨晚替你参加天泾会武的人。”

她轻轻攥了攥自己的手心。

“我有一句很要紧的话，要对他说。”

云公子转头去看燕无恤，见他一动也不动地望着门口，神思怔怔，目光竟柔和万分。

云公子不由得生出捉弄之心来，语气带了几分诱哄：“你要对他说什么啊？你当着我说，我便不扣你的玉佩，如何？”

苏缨犹豫道：“这……不可……这话我只能对他说。”

云公子还欲说什么，见燕无恤转回头来，已露不悦之色，只怕他再说半句，这日久的经营、半日的游说，便会都付之流水。

云公子摇头苦笑道：“好，你把玉佩给阿九，在剑试繁花的凤凰台候着。”

苏缨答应着去了。

燕无恤不解道：“你折腾她做什么，让她进来不就行了？”

云公子摇头叹气，满脸恨铁不成钢：“燕卿啊燕卿，人家小姑娘愿意舍了多少钱买来的玉佩不要，就为了见你一面，对你说一句话。你怎能随意应付？”

他压低声音：“凤凰台是最风雅之处，景色极美，因挨着我的屋子，不让他人进来，绝不会有人打扰你们。”

燕无恤也觉妥当，正欲去。

云公子两眼写着“成人之美”四个大字，殷切叮嘱：“地上绿草如茵，凤凰花的落花柔软如棉，极少飞虫，不会伤着人的肌肤。还有一泓清泉，泉水不凉，堪作洗濯之用。”

“……”

云公子还欲说什么，被他凉凉一眼，堵了回去。

阿九引苏缨到了凤凰台。

凤凰台有数十树凤凰花，开得火烧火燎，灿若云霞。

这是南海引来的树种，据说曾有商旅在海上见“红浪如涌”，原来是岛上开满花朵，引入中土，因其灿烂辉煌，被称作“凤凰花”。白玉京的试剑繁花有专人侍弄，令这花绽如蓬云，花期可有一月，每年花开之时，都是白玉京的盛景。

然而因为是云公子居所，侠士们都只能远远赏玩，不得靠近。

苏缨深知机会难得，抬头赏玩，繁花遮天蔽日，倾下极淡日光。外头火烧火燎的阳光，在这里只是丝丝清凉的柔软光束，她仰头，看得如痴如醉。

苏缨正出神观望，忽然听到背后有簌簌之声，转头一看，一道身影自繁花深处来。

看到来者，苏缨笑意忽敛，在内心情绪陡变之下，不防袖间花枝猛地颤动，裂作细细数条，裹风携芳，猛地朝燕无恤扑去。

燕无恤虽也心存疑惑，却万万没想到竟是“暗器”相迎，花枝从他脸旁带风而过，铮铮钉在了树干上。

他怔住了。

苏缨显然也没料到剑意会失控，见他躲过了松了口气，又见他疑惑看来，歉然一笑道：“我无意的……它……”话说半截，感到怪异，遂止。

苏缨自来脾气刚烈，爱憎分明。若是从前，有人与她到这样的境地，是万万不可能主动来寻他的。

然而她虽然恼他，但经过昨夜一夜辗转反侧，终究还是硬起头皮，一早就循着云公子这条线索，不惜花了玉佩，也要找过来。

苏缨绷着一张脸，严肃认真道：“有一件事，我思来想去，不管我们关系如何，于情于理于义，我都应该来告诉你。”

凤凰台上，花落无声。

偌大的林间，似乎只有苏缨一人的声音，一字一字，恍如敲击在心间。

“那日在九守殿，我看到了一个长得很像李揽洲的人，身高形貌一模一样，宫娥说他是现任的抚顺司司丞。”

苏缨说得极慢。

毕竟李揽洲还活着，并且身处高位，那么燕无恤就是最直接的受害者。如果那人真的是李揽洲，被一个信任了许多年的至交好友背叛，滋味一定非常不

好受。

果然，她话音还未落，清晰地看见燕无恤先是蒙了，醒过神来后，面色煞白。

他的眼底掠过汹涌波涛，眼角抽动，兀自微微摇摇头，喃喃："不会是他。"

苏缨一面回忆，一面道："我虽不确定是不是他本人，但与他很相像，我俩擦肩而过，最近只有三尺之距，他佩戴着铜印，穿着官服，领着好几个人。"

燕无恤肯定道："不可能。"

不可能是李揽洲。

虽然燕无恤说得笃定，然而只觉心里好像悬着一样什么东西，一直往下掉，直欲掉入看不见底的深渊。

李揽洲清高孤傲，虽曾入京为官，但很快就得罪上司，辞官归隐，十年不问凡尘，怎会是他？

那个在自己身侧撒下重重巨网，布下万剑"诛心"的贼首，怎会是与自己情同手足的李揽洲？

燕无恤忽然一凛，脑海中回放刺杀孙止水之前，曾与李揽洲的最后一次雪夜对酌。

红泥小炉，炭火噼啪，酒过三巡，李揽洲一手撑开窗户，飞雪盈杯。窗外，万山银装素裹，一阵萧索北风倒灌入户，他说："听闻西北有燕山，雪花片片大如席，还有龙城虎踞，风吹巨石满地走。我立坐寒窗，躬耕陇亩，放眼只有这浮游山尺寸之地，也不知何时能有机缘，得见大漠雪花、龙城飞将的壮阔景象。燕兄，你今年如果要去北方驮货，替我往幽州一探可好？"

燕无恤那时酒劲正当头，当即便应了下来，后来那年，果真接到一单去往北方的生意，不知怎么想起他这句话，就特意绕道去了幽州。

直往一观，哪里有什么气贯山河、黑云金城、龙城飞将？只看得见奸臣祸国、满地饥馑，放任贼寇横行、践踏百姓，泷水上下，哀声戚戚、民不聊生。

这才有了他一怒之下，挺剑刺杀孙止水之事。

孙止水这一事，起意、决意、刺杀都是他独自完成，以他那时的身手，应当不至于落下这样大的疏漏。

故而，"孙止水被青阳子的传人所杀"这个抚顺司得出来的结论，他一直以为是青阳子在哪里埋下的祸根，甚至怀疑青阳子是否与孙止水结仇，才会让人顺藤摸瓜找上门来。

直至此刻他才意识到，自己一直有意无意地忽略了最要紧的一件事。

这天下，还是有第二个人能猜到他曾去行刺的——

聪颖如那人，七窍心肝，玲珑肺腑。

正好是幽州，孙止水一死，再与他返乡的时日对一对，那人就全然知晓了。

燕无恤身处盛夏烈日之中，凤凰花灿若云霞，而他却感到凉意自骨髓之间，如丝丝爬虫，慢慢浸透肌理。

他忽有一个想法，稍一触碰，便叫人心魂发颤，如坠冰窟——倘若，真的是那人呢?

从莫川河辞别苏缨之后，这一路，他北上救被他无辜牵连的幽州刺史白恒。

一脚踏入这一张专门为他织就的天罗地网，只欲以身为饵，擒拿幕后操纵的贼首。

燕无恤怀疑过许多人，却唯独，没有怀疑过死去的李揽洲。倘若真是他操控这一切，他去当了那个什么劳什子抚顺司司丞……

燕无恤脑中乱作一团。

他摸到腰间一块硬物，是随身携带的念想。

李揽洲那所谓“玉陨人亡”的亡母遗物，并没有随他尸首一起下葬，而是被燕无恤戴在身上，作为血海深仇的提醒。

燕无恤摸着这玉，让自己冷静下来。

若李揽洲当真还活在这世上，当去找他问个清楚明白。

被这个念头所攫，燕无恤眸光发冷，抬起头来。

苏缨本意是提醒燕无恤多加小心，见他独立原地，面白如纸，双肩颓丧，半点无昨晚在台上却敌的从容之态。她心生不忍，欲出声安慰，却不知当说什么。她朝前走了两步，窸窸窣窣衣声才响，就见对望之人已平静下来，像是一块巨石投入了深不见底的深潭，经过波涛汹涌、裂浪千重后，最终还是恢复了往日的波澜不惊，他像一面平静的潭水。

缠绵着凤凰花的微风掠过干净如水的俊逸脸庞，如当日浮游山那独行侠客是一般模样。

忆起当日，苏缨惆怅轻叹，道:“我要说的就是这事了，望你今后多加小心，就此告辞。”

燕无恤伫立原地，思绪纷杂，听得她脚步慢慢，裙裾拂过碧草，佩环丁零，渐渐远去。

脚步声越来越小，燕无恤忍不住，出声唤：“阿缨。”

苏缨转过身来，目带疑问。

燕无恤问："你没有什么要问我的？"

苏缨想了想，笑答："是还有两个问题，不过现在不是时候。过几天，我再好好问你吧。"

二人相隔不过两三丈。

这一望，千丈红云，袅袅一影。

燕无恤喉咙发紧，柔声道："好。你问什么，我都说。"

这一夜，月明星稀。

长乐宫作为天子平日朝会之所，修得大气威严，飞阁连甍，下起高台，宫阙如在云雾之上。

当年青阳子之事，让天子对江湖豪强壮勇心生忌惮，烧典籍，灭高手，专门设立"抚顺司"，处理以武乱禁、藐视律法之事。

抚顺司因得天子宠爱，在长乐宫也有一角办公之所，在偏僻处，西方第十二道飞廊所逶，上书天子御笔亲书"抚顺成化"四个大字。

子时已过，灯火晏晏。

与长乐宫毗邻的天元宫早已宫禁落锁，便是长乐宫特批二门通行的区域，也只有抚顺司还亮着灯。

终于，抚顺司司丞从殿内走了出来，他腰悬宝剑，大步朝前，衣袍带风，一面走，一面与身边人低语。

那人得令而去。

下完玉阶，穿过正阳门，走出西极门。离开长乐宫，再转入他于京中的住宅时，背后已经只剩下两名随从。

抚顺司司丞纵马直行，方才瞧见自家屋檐一角，就听到一个冰冷的声音从背后传来："李揽洲，别来无恙？"

抚顺司司丞闻言，肉眼可见地浑身一僵，转过头来。

不知是府邸门口的哪个家丁低呼了一声"有刺客"，四五个人赶了过来。

火把一照，只见长街尽头不知何时，悄然立了一道黑影。

燕无恤已站立多时，他一身黑袍，虽赤手空拳，一双眼眸如幽幽深潭，无半点波澜，然其锋芒深藏，暗隐杀机，令人视之胆寒心颤。

两名随从身手不凡、训练有素，受冲面而来浓烈的杀机所激，唰的一声同时拔出佩刀，以刀作门，拦在了抚顺司司丞身前。

那抚顺司司丞转过身来，脸颊被燃烧的火焰分作明暗两半，他极薄的双唇抿作一线，整张脸微微发白，不知是惊的，还是惧的。

确实是李揽洲。

他的姿势、仪态、动作，无一不如笔写刀刻，与记忆中一一相符。

巨大的失望与惊怒，如潮水一样泼天涌来，燕无恤生平头一遭，有给人扼住脖颈，难以呼吸之感。

他勉力压抑内心郁炽如沸的怒火，压得手腕亦微微颤抖，火光明灭，视线微模糊，静静定在守卫簇拥、家丁围护之间的——李揽洲身上。

李揽洲一改在浮游山上的粗袍赭衣，玄青交加的锦绣官服轻覆于身，青绶铜印明晃晃地悬在腰间。

燕无恤头一次见他这样的形貌，忽笑道："还是我当叫你，李大人？"

这一声笑，扯动干涩的喉头，又涩又哑。

李揽洲一入耳，神情陡变。

"燕兄？"

他似是惊讶，亦欣喜，先是一点微弱的亮光燃于温如墨玉的漆黑双目中，接着眉梢眼角已有遮掩不住的喜意，身体前驱，一脚已迈过来，仿佛他在这长街尽头，看见的不是一个追魂夺命的鬼，而是一个能为他渡厄修化的仙。

"当真是你？"

李揽洲的声音听来，竟含着激动的微颤。

见他到了这等地步，还在惺惺作态，燕无恤反而平静下来。

月上中天，长街之上，灯影幢幢，火把烈烈。四下无人，远远有打更的声响，砰砰的两下，伴随悠长声音，愈显得这夜静如深水。

"我远道而来，只有两个问题，想请教李大人。"

燕无恤的声音温和低沉，听不出丝毫的情绪，似月下携风、倚门叩问的家常闲谈一般，平静而缓慢："其一，我赴幽州，是否在你计算之中？其二，李揽洲既已殒身浮游山上，我面前站的这位，究竟是人是鬼？"

李揽洲知燕无恤如此，已是愤怒至极。他却不惧怕，走向前来，一个一个地将随从的刀按柄收入刀鞘中，再抬眼望燕无恤时，眉心微蹙。

他自嘲一笑，深吸了一口气，仰头看天，起手指誓道："我李揽洲仰不愧于天，俯不怍于人。我若有半分违背我良心、对你不住的地方，叫我此生万刃

加身而死，魂堕修罗，永世难安。”

话说到最后，已带着些狠意，唇齿咬着毒誓一字一字自他口中落出，铿锵有力，落地有声。

然而即便他发下如此严重的毒誓，燕无恤亦只是微微蹙眉，静默不语。

李揽洲深深望燕无恤一眼，道：“燕兄，你已落入贼人之手，自己却浑然不觉。”

燕无恤素知李揽洲巧舌如簧，能言善辩，三寸之舌，能将黑白颠倒，乾坤移位。却不知到这种地步，他尚能舌灿莲花——好像是算准了自己今日必来寻他，早已备好了一番说辞。

燕无恤冷冷一笑：“你既然要说，那便说完。”

“是，我假死逃遁，又通了关系，出来做了官。你难道不曾细想，我早不走，晚不走，偏要在你带那个易名换姓的苏氏女回来才走？我怎会知道你杀了沈丁会来浮游山寻我，莫非我竟开了天眼，神机妙算不曾？我若设计了你，透露了你的消息，我就早一走了之，横竖我隐逸山林，便是哪日失踪了，也无人发觉，我又何必在你面前假死，露出破绽，多此一举？”

他字字句句皆在道理之中，本已清晰的事实，又逐渐起了阵阵迷雾。

李揽洲直视着燕无恤。

李揽洲有一双湛湛发亮的眼睛，黑白分明，视线如迷阵，包裹着七窍玲珑的心。

此刻那双熟悉至极的眸，正欲穿透燕无恤眼底的重重漆黑屏障，寻找他真实的心意。

李揽洲又道：“我做的所有错事，不过是引诱你杀孙止水，当作为我投诚贵人的功绩，这我认了。”

李揽洲说出这话时，他背后的两个随从，以及家丁一干人等，登时面如土色。

他却浑不在意给人听了去，仍是执着甚或执拗地看着燕无恤。

“可你当真不知我为何这样做吗？”

炙热火红的光映他面上，竟是宛如昔日少年的赤诚之色——

“从前咱们在浮游山上，我常说你，空负了一身的翻江倒海之能。你明明有匡社稷、震朝纲的本事，为何要蛰伏不发，似那等俗人泥腿，混迹山野，了此一生？”

他顿了顿，又道：“难道你杀孙止水，换了白恒去，救了许多人，你没有通体舒泰？”他笑了一笑，兀自答道，“我舒坦！我即便是没你那么大的本事，只要有我在一天，让抚顺司办了一桩好案，缉了一个大凶大恶之徒，为一个良善之人伸了冤，那日我便能睡个好觉、做个好梦。”

李揽洲一气说罢，字句诚挚，语调高昂，气血激动，面上微微泛出红潮。

燕无恤冷眼旁观，静静听罢，五内翻腾，五味杂陈。

他轻声道：“李揽洲，你有好志向，宁可留骨巾笥而藏之庙堂，我有我的志向，宁可曳尾涂中，我何曾拦你，你又何必拦着我。”他微微一笑，笑意却没有漫到目中，“你想让我做青阳子那样的英雄？匹夫一怒，血溅三尺，胁迫君王？然后呢？”

李揽洲冷冷道：“他一味孤勇，孤军奋战，是没有用对方法。”

燕无恤惑然问：“既如此说，我当效命于他人？”

李揽洲答：“良禽择木而栖，剑随良主而往，自古皆然。”

“那我当效命于谁？这世上，可有此人？”

李揽洲避而不答。

燕无恤问不出来，笑道：“倘若一个人翻江倒海、无所不能，他便任意而为，插手世道，他又如何保证，自己不会有老眼昏花、偏听偏信的一天？倘若一个人仗着自己计谋万变、筹谋千里，便步步算计，焉知没有聪明反被聪明误、算错的一步？”他问，“你自己算算，你谋算的一事，牵扯了多少人在内？我先且不提，阿缨何辜？白马驿商贾何辜？白恒又何辜？”

李揽洲闻言，冷冷一笑，当即便驳：“是我做的事，我认。我没做过的，无论如何我也不可认。我只做过诱你杀孙止水一事，究竟是谁在害你，此刻已经替你查明，证我清白。”

他双目灼灼，一向温和平展的萧疏眉宇之间，此时含着一点狠劲，扬了声音，吩咐随从：“元青，去我书房，将墙右边书阁中藏的案簿呈上来。”

不多时，一本有些陈旧的抚顺司案簿就被端在托盘之中，抬了出来。灰黑色封皮的右下角，写着小小的“沈丁”二字。这是配给抚顺司每一人的案簿，专作记录案底之用。

看到封皮上那不甚熟悉，最后亡于自己刀下的名字，燕无恤像是被忽然跳跃闪烁的火把焰苗迷了眼，微微眯起眼睛。

李揽洲将案簿翻开，将其中一页指与燕无恤看。火光下，见那页清晰写着“奉上令，至西陵，会苏氏女，共诱贼”。

浅浅一行字跳入眼帘，燕无恤眼皮微微跳了一下。

燕无恤翻过案簿，见字迹相似，粗掠一眼，便合上它。

“你如今是抚顺司司丞，谁的案簿你动不了手脚？”

“我知道你不肯相信我。”

李揽洲早已料中一般，微微冷笑，再一抬手，又有一人，奉上丝绢遮挡的一物。

李揽洲掀开遮罩，其下安安静静地躺着一把剑。

是苏缨的剑，皮革剑鞘陈旧，剑柄上悬着一串小小的碧玉流苏。

这把剑燕无恤十分眼熟，在陈巴的野店遇到苏缨的时候，她一个毫无功夫、弱不禁风的少女，拿着这把剑，耀武扬威，装作女侠的模样。

燕无恤目光柔和些许，将它取来握在掌中，屈指顶开剑鞘，剑光流转，微带青芒，道：“是阿缨的佩剑，我在沈丁尸首上寻回，带回浮游山。那日房屋起火，它随之失踪，原来是被你带走，你想拿这把剑说什么？”

李揽洲道：“此剑非凡品，它乃青阳子当日刺杀天子时携带的佩剑，名叫‘梦里抱月剑’。”

燕无恤道：“我从未见青阳子佩带过。”

李揽洲叹：“你没见过是自然，这把剑在青阳子胁迫天子应诺之后，便被他丢弃在了长乐宫天寿殿上，当时满朝文武，众目睽睽，皆为见证。燕兄只要寻一个当年的人出来一问，便知分晓。”

他又道：“一把落在长乐宫中的剑，是如何到一个商户女手中的？你难道一点都没有想过？缘何会这样巧？你蛰伏市坊一直无事，她一出现，白玉京抚顺司的人皆尽赴西陵？你携她走到哪里，朝廷的人都像跗骨之疽一样跟随你？燕无恤，你好好想一想，这些是怎么回事。”

第七章 壮士断腕

L A N G J I J I A N G H U

月夜，清歌楼里，一片歌舞相欢、丝竹相悦的景象。

这是由楼家做主办的筵席，也邀请了其余各家家主，长长的条案上覆满了丝绸，堆着各色的珍馐果盘。聂家调教的一列舞姬，正轻歌曼舞。最中央那一个舞袖扬长，唰地扫过来，带起一阵穿堂之风，其中不知裹挟着什么香料，辛辣刺鼻，令正坐上方主位的苏缨连连打了好几个喷嚏。

阿曼见状，忙给她添了一件衣裳覆肩头，烦忧道："别是去凤凰台上着凉了吧，我就说那里风大，你又不让我跟着。"

苏缨兀自摆手，直说不打紧。

花隐娘耳尖，凑过来嘻嘻笑道："统领，你去见云公子啦？什么时候也带我们去见识见识凤凰台的风采？"

楼明月胡琴不释手，没有轧弦，只用手指漫不经心地拨弄着，道："你当是个什么猫儿狗儿都能去的？那可是云公子的宅邸，云公子什么人，以后可能就是这个。"一手指指天。

苏缨听见他们议论云公子的身份，感兴趣地凑了过去，问："云公子究竟是什么人？"

楼明月悄声道："我天泽会武那日，见云公子大发神威、身手不凡，悄悄去打听，灌醉了抚顺司的郝渊郝廷尉，据说，那位云公子，他姓陈。"

此言一出，众人皆知晓了，心照不宣不再问。苏缨却听得一头雾水，问："他叫陈什么？"

楼明月一脸神秘，摇摇头道："我等江湖之辈，莫谈国事，莫谈国事。来喝酒。"

偃师师举着一觞，悄悄走到苏缨身边，对着她低声道："他叫陈云昭，是陛下的第五个皇子。陛下长生不老，寿与天齐，忌讳立嗣之事，就数他少有奇

志，生得又仙风道骨，最得陛下欢心。他喜欢游历江湖，便化名白玉京中，谁也不敢当他是贵人，谁也不敢不当他是贵人。”

苏缨点了点头，一时惊诧爹娘是怎么靠钱搭上这样的关系，一时又不可避免地有些惋惜今日被她毫不犹豫花出去的玉佩。

此时方知，“此玉能救命”，当真并非云公子信口拈来、胡说八道，而是他确确实实能做这个担保。

偃师师见苏缨虽是听着，态度却明显回避自己，轻叹道：“统领，天泽会武上白鹿鸣为难你，也是我替你出的头，怎么统领如今还是对我不冷不热，究竟是为何呢？”

苏缨望着自己自她靠过来便下意识从正中间，摆偏向偃师师另一面的酒杯，也怔了一怔。

她如今还是不怎么喜欢和偃师师亲近，偃师师一近身，便会听到对方泉水一样动听的嗓音，闻到对方身上馨香的味道，继而就是不可避免地，想起那日抚仙楼上的一幕。

她不愿意亲近偃师师，也含着对自己的厌恶在。

她厌憎这样小气的自己，也厌恶随之产生的嫉妒之心。

她在莫川河与燕无恤分离时，尚觉自己并未牢牢将他记在心中，却每一次在与偃师师置气当中，一点点明晰了自己的心意。

仿佛是从那日小寒山下，单枪匹马，他自暮色中来，携一把陌刀。

又仿佛是浮游山底，大鼓之中，砰砰震耳，他将自己抱得那样紧。

从那时起，就将他记在了心里。

苏缨没有回答偃师师的话，低头望向自己的酒杯，酒液在指尖荡起微微的涟漪。这是从波斯、大食传进来的葡萄美酒，入口绵软，温柔不烈，清歌楼这两日都浸泡在酒液熏出来的昏昏天地之中。她今晚顺应众人的起哄，连饮了两盏，此时已有些醺然欲醉。

酒液是晶莹剔透的琥珀玫瑰色，恰似某一日的残阳似血，暮色四合。

阿曼见她喝得有点多，面色酡红，神志昏昏沉沉，与她裹上披风，辞别晚宴，先行告退。

外头的风一吹，苏缨打了个寒战，躲在风帽之中。

二人穿过回廊，走回凤鸣堂的路上，方到了空无一人的庭院之中，阿曼忽然听见一角檐廊下有马蹄与银铃之声，片刻后，一黑衣人如入无人之境，在守备森严的凤鸣堂直行而来。

他赶夜路，行色匆匆，带着一身的霜华尘土，袍袖之中裹着夜晚冰凉的风，逼近面前，令苏缨摇了摇头，凛然蹙眉，歪过头去。

阿曼大惊失色，正欲呼救，听得他低声说了一句什么，面色霎时变幻了几道，犹豫迟疑的目光在他身上来来回回，刮了几道。

苏缨一身酒意，被夜风一激，打了个冷战，越发头昏脑涨，找不着北。恍惚中只见燕无恤竟然在她跟前，她嘟哝道："燕……老二？"

阿曼这才信了这黑衣人所言，目光满含不可思议地扫过他的脸，依旧不怎么放心地将苏缨单独留在花园之中，一步三回首，候在了庭院门口。

"我有话问你。"燕无恤打量苏缨的神色，扶她站在灯火之下，只见她面上一重飞红，眼眸半眯着，其见无限水波潋滟，雾气迷蒙。

在他微微愣怔，停顿之时，苏缨已出声抢白："不是我要问你几句话吗？你答应我的。"

"你先听我说。"燕无恤只觉此刻维持郑重之色实属艰难，"你那日如何见着的李揽洲？"

苏缨低头沉思了一下，道："九守殿的走廊里，天泽会武，我去赴会。"

"他见着了你吗？"

苏缨摇了摇头："我饰了妆了。"

燕无恤叹了口气："恐怕是他有意让你碰见，有意让你告诉我，再设好了证据，都推到你身上。"

苏缨虽未醉得不省人事，维持了些许清明，却似没有听明白，默默不语。

"你的剑究竟怎么回事？你为何会有青阳子的佩剑？"

苏缨道："梦里……抱月剑？"她轻微摇了摇头，"那不是我的剑，是阿娘给的，这次回去问了阿娘，她说是从家中的礼品中翻出来唬我的，单子早就丢了，也不知道是谁送的。"她认真地看着燕无恤，"你若很想知道，我再让阿娘去查一查。"

望着她这副半醉不醉的娇憨模样，燕无恤不由得失笑，只觉这一日的心寒彻骨，总算得了片刻的喘息安慰。

他抚摸着苏缨柔软的发顶，轻声道："李揽洲不甚了解你，否则绝不可能出此下策。他说这一路都是你在背后设计害我，说你是朝中之人。"

苏缨自顾自地咂摸了一下。她这一路和燕无恤一起，跌宕起伏，惊险万状，

重重圈套，深不见底。她醉里糊涂，一时只自觉李揽洲这话将自己说得无比厉害，大方承认了："是我。"

燕无恤不防被她这话一堵，皱了眉。

他的手自她颊边而下，轻拧耳垂之上："当真？你原是蓄意靠近我？"

苏缨不惧疼痛，点了点头。

"为了什么？"

"为了得到你的信任，换取湛卢剑意。"

"所以你得偿所愿，就不大爱搭理我了？"

她点了点头。

燕无恤直被气得笑了："这么说，你和沈丁是一伙了？"

听到沈丁的名字，仿佛一桶冰水，顺着脑袋往下泼，将她激得一个激灵，猛地摇头："不是我。"

燕无恤无奈地笑了笑，叮嘱道："这几日，你切记离李揽洲远一些。"

说完了，也不知她听进去了多少。

想到如今她有剑意护体，又有武勋加身，寻常人伤她不得，他才稍稍放了心。

苏缨晕晕乎乎，自己站不稳，往前迈一步，脚步歪歪斜斜，就听燕无恤语调不悦，沉声再问："谁让你喝的酒？"

"你……你还要问？"

我还有许多问题没有问，你就一直问。

你自己不治行检，还妄管旁人喝酒？

苏缨醉中肆意，一念忽起，凝了剑意在手。湛卢剑意她用得多了，便无师自通会了些许窍门，加之此刻酒意所激，气血顺畅，剑意锋利，不近不远，悬在他脖颈之侧。

守在门口的阿曼，听得院中有动静，像是二人在激烈争吵，探头去看，登时目瞪口呆。

只见草叶乱飞，花木摧折，池塘的水都在激荡——哪里是普通争吵，分明是难得一见的高手过招。

此刻不比台上，苏缨自不必担心有人发觉剑意，执一树枝，大开大合，无所忌惮。

她出招甚快，心随意动，湛卢剑意在她身体里绽放出全然不同以往的光华。

此剑意有灵一般，跟着燕无恤时，沉郁厚重，常伴刀锋。在苏缨那里，却纷繁华丽，虚张声势，如她人一般。

诚然苏缨此刻于内力上已是燕无恤难逢的敌手，然而她对敌经验欠缺，一味进攻，下盘不稳，身体虚浮，破绽百出。

燕无恤有意指点，反守为攻，将她的破绽挨个尽数击了个遍——

脖颈留白，身侧显露，他斜斜一掌，她便匆忙回护。

下盘不稳，被他掌风一带，她便险些摔倒。

更不防他气海流转，盈虚之间，空若无物，然变化万千，引她内力，反击自身。

她脚步一挫，往后倾去。

他忙伸出一臂，搂住她的腰身，登时青丝迤逦，铺了他满怀。

夜虫低鸣，四下安静。

她还有许多话想问。

他也有一些话没讲。

然而，她挣扎欲起时，他只道："还打？"便一掌握她的腰，低头覆上了犹存酒意的柔软双唇。

苏缨蒙了。

她尚沉浸于以木为剑，剑意畅快游走于四肢百骸的快意之中，忽然对手就不接招了，不仅如此，他还亲了过来。

十分柔软的触觉，有些凉，与她满面的滚烫对比鲜明。

她浑身发僵，握的树枝不知何时落到了地上，啪的一声响。

冰凉夜风吹在滚热面上，苏缨酒登时醒了大半，发现自己整个被燕无恤抱在怀中，与他双唇相接，她鸦羽般浓密的眼睫猛地震颤，挣扎得更厉害了。

她蕴力一掌向他前胸推去，他却似毫无若觉，以掌接来，轻巧无比就将她内劲化去，令她如沸的内力像是泥牛入海，双掌交推之间，他甚至一点她腕间麻穴，令她骨软筋酥。

苏缨之手毫无力劲，轻飘飘地拍在了他的胸膛上，宣告着这片刻交锋的狼狈败局。

燕无恤将她软绵绵的手臂抬起来，引到自己脖颈后，怀抱相贴更紧，他有力的怦怦心跳之声就响在耳边。

苏缨整个人烧灼如沸，脑海里模糊一团，混浊混乱之中，几乎就要沉溺进去，却仍有一丝凛凛的不甘，令她凝聚最后一丝清明，她上身一动也不能动，便抬腿抵抗。

"……"

燕无恤正是情热之时，被她三五下不成气候又闹腾不休的抵抗弄得着恼。

他眼风掠过院中一棵合抱粗的巨大花树。

片刻后，苏缨背后直抵在了粗糙的树皮之上。

“呜……”

如悲鸣，又含着轻微甜腻的颤抖。

她背靠大树，腿抵树干上，丝毫也动弹不得，浑身上下，只有脸，在他先是试探，继而渐渐强势的亲吻下左右辗转，被迫相迎。

全面溃败，溃不成军。

她不知何时伸手挽住了他修长的后颈，柔软的苏缎大袖上绣着层层叠叠的繁复海棠，袖子滑下半截，露出白皙如玉的手臂，其上玉镯金臂环，磕在他宽阔而滚烫的肩头，染着丹寇的纤纤十指，抓住了他背后的衣衫。

良久……

他终于退开。

脱离滚烫的怀抱，凉凉夜风重新直吹面上，苏缨这时酒已醒了，她双足发软，一动也不敢不动，就靠在树干上，抬起一手，将满面通红的脸埋在了自己的袖子中。

燕无恤平复着喘息，低头看着她，从她白皙的额头，看到玉一般的面颊一角，目光温柔如水。

他将她袖子拉开，露出一张愤愤闷闷的小脸，见唇上红肿，水光微微，心驰神荡，禁不住又俯身凑上去，抵磨碾压，浅吻片刻。

苏缨再度被放开时，眼里有了些微水光，抬头望着他，竟有一丝委屈之色：“你心里还有我吗？”

燕无恤郑重道：“我心里一直有你，一直惦记你。”

苏缨反问：“那你和偃师师是怎么回事？”

他蒙了一下：“偃师师？”脑海里快速搜寻，终于在记忆一角，寻出了这个几乎被遗忘的名字。

“你是说，白玉京偃回之女？”

苏缨点了点头。

他伸手替她捋了捋颊边乱发，道：“莫川河上，我杀了她父亲偃回，从那以后也不曾见过这人，你为何有此一问？”

苏缨怔住，燕无恤此时表情郑重、神情自然，并不像是信口诌谎骗她，可那日抚仙楼上又是谁？

“我来白玉京的时候，曾经见过她和你站在抚仙楼上，她对着你……”苏缨欲言又止。

燕无恤忽然记起，他养伤时，有一日曾听见云公子抱怨过，说清歌楼统领苏缨真是娇蛮跋扈，入城第一天就敢拆楼，不知今后还要惹出多少祸事。

童子阿九碎嘴：“那小姑娘真不得了，大庭广众之下说有个又黑又矮又胖的汉子同人在抚仙楼上行那事，还把楼震塌了。”

“……”

苏缨见眼前的燕无恤，脸青了又黑，一时间变幻莫测，精彩万分。

她一脸疑惑，等着解答。

燕无恤沉默许久，再度开口，微笑着：“怎么我听说的是，和她在一起……的是个又黑又矮又胖的汉子？”

苏缨愣了愣，被夜风吹得稍稍降温的脸又火速红了起来，羞得连耳中都嗡嗡直响——是了，燕无恤与云公子在一处，那日自己说的话肯定被传到他耳朵里了。

苏缨恼羞成怒，板着脸道：“你和别人卿卿我我，还要我把你说得又俊又俏不成？”

燕无恤哈哈大笑，一揉苏缨发顶：“那不是我。偃师师擅傀儡术，能以木腊作人，栩栩如生，以假乱真。我杀了她父亲偃回，她必是为寻仇铸了我的假身，放在抚仙楼寻找我的线索，你着了她的道。”

“是……傀儡？”苏缨脑海中回想当日那一幕，想起“燕无恤”确实是从头到尾，一动不动，果真可疑。

燕无恤又道：“还记得芳洲践花宴吗？我便是被她做的李揽洲傀儡引到了鼓中。”

苏缨记起当日，登时心头疑虑大消，面色快速松快下来，竟然有些幸灾乐祸，笑得眉眼弯弯：“原来你也着过她的道。”

燕无恤并没有顺着她的话茬，而是目含微笑，低低问她——

“你这是为我喝了醋吗？”

苏缨闻言，面色颇不自在。她讷讷低下头，额头直欲抵在他胸膛上，低若蚊蚋地、轻轻地“嗯”了一声。

这一声，令人直痒到了心里。

燕无恤情动难抑，又将她搂在了怀里，这一遭，严丝合缝，紧紧地抱了满怀。

他唤道："阿缨……"

幸而还有你。

苏缨便也缓缓地伸出手来，僵硬地放在他侧腰上，顿了一顿，慢慢穿过去，她好像察觉了他的复杂心情一般，福至心灵地，轻轻拍了拍他的背。

风吹云散，后半夜，终于露出天上一轮圆月，倾洒一地，月如霜雪。

二人暧昧日久，各怀己念，忽而天各一方，多生跌宕，一夕情定，终消块垒。方才又是醉酒，又是争斗，情至浓时难免激烈，平静下来，各自都有些面红耳赤。

燕无恤叮嘱苏缨暂且莫惊动偃师师，他过些时日来料理，又催她早些回房休息。

苏缨后半夜才在阿曼的陪伴下回到了凤鸣堂，沐浴歇下。

……

亦是此夜，云公子的衔月居。

月光下的凤凰花如一丛一丛幽香的冷火，环绕着清冷的居所。

童子阿九架着扶梯在凤凰台上游弋，他提着一个篮子，小心翼翼地收集着凤凰花，放入手边挎的竹篮子里。

他个子矮小，做这样的活需要踮高了足，摘得颤颤巍巍，手臂发抖。他一边做，一边嘟嘟哝哝地自言自语：

"公子真是个怪人，怪得稀奇。宫里多少人伺候，怎不带几个出来，偏只要我。我一个人又要烧炉，还要烹茶，还要扫地……这些也就罢了，连摘花这种娘们唧唧的活儿都要我来做。"

他忽然看见树梢上有一朵花开得又大又好，花瓣膨大，葳蕤可爱，便怎样也想摘入手，动作大了些，不防脚下木梯歪了一下，惊呼一声，眼见就要摔下来。

忽而一阵风起，一人影掠至，稳稳当当将他的扶梯接住。

阿九歪歪斜斜抱住了花篮，惊道好险，低头看去，见竟然是公子前不久救下来养伤的黑衣客。

阿九素来对这人心存畏惧，他记得自己陪公子去救人时，公子站在高处选了一个极佳的位置，玩笑地说要请他看一场最精彩的皮影戏。

"有尉迟恭大战秦琼那样精彩吗？"他兴致勃勃地问。

"岂止呢。"公子告诉他，"尉迟恭大战秦琼，胜负五五分，自然精彩。马上要到的这位英雄，却是与命为敌，十败无胜，可他为着自己的心，仍旧来了。"

公子笑着，眼里带着欣赏，还有一些他看不懂的情绪。

他听公子这样说，自然是期待万分，睁大眼睛，看到漠漠云天之间，逐渐出现了押解朝廷大员的囚车，后来，又出现了茕茕一影。

公子说，其实那位朝廷大员不会死，这只是有人为那孤行客设下的圈套。

“有人要生擒他，像剪去雄鹰的双翼，磨掉虎狼的爪牙，让他从遨游九天的谪仙人，变为堕入地狱的囚徒，为他所用。”

公子说：“这是以天地布下的天罗地网，网下名叫十丈红尘的世俗樊笼，没有任何一个人可以逃脱。”

那一场擒捕雄鹰之战，极为血腥惨烈。

自认还是个孩子的阿九，在那一战后产生了浓重的阴影，以至于他十分不理解公子为何要救下此人。

后来他每一次看到燕无恤，都会喉头发紧、寒毛倒竖，如耗儿遇猫，羊儿遇虎，恨不得远远避开，不敢近其三尺之身。

然而今晚，阿九低头一看，整个人就恍惚了。

这仿佛还是那个孤独肃杀的黑衣客，又好像不是他了，他眉宇平和，神情舒缓，甚至眉梢眼角还有些温存之意，令他整个人显得特别好亲近。

阿九咽了咽口水，鼓起勇气，指着高处他没够到的一朵花，道：“大……大侠，能帮我摘它吗，我够不到。”

燕无恤果真从善如流，施展轻身功夫，一跃而上，撷了那花。

那是这树上开得最好的一枝花，红彤彤的，露华幽微，他握在手中，看着丰润艳红的花瓣，摸到柔软的触感，默默入神。

阿九噔噔噔地爬下楼梯来，喜上眉梢兴高采烈，对他大为改观。

见他月下刀斫一样的坚毅侧脸，眉轩挺拔，英姿俊朗，这样男子汉的一张脸，对着一朵花，有些想入非非的模样，实在惨不忍看。

阿九童稚的心里，凶煞大英雄的形象裂了一角。

他安慰自己，英雄有人情味是好事，才要道谢，便见对方将花枝携着，半点没有给他的意思，就这般去了……

徒留阿九在原地愤愤跳脚，在心里凶煞大英雄的形象崩塌碎裂，化为灰烬，给风卷了去。

清歌楼，凤鸣堂。

苏缨晨起之时，伴随着一阵几乎要将脑袋撕开的疼痛。

还未来得及回忆昨夜旖旎，众家主已来见她：“统领，太初楼出事了。”

继而，三言两语，简要地将事情说了一遍——前些日子的天泽会武，太初楼在云未晏的昏聩统领下意外落败，引起了太初楼诸武家不满，然而这些武家不敢得罪云未晏本人，便都将怒火都发泄在了十个上场的弟子身上。

其中，唯一一个属家之人，新来白玉京的墨家小公子墨予尧成了众矢之的。

戚、白、柳、吴、叶五家请命要求云未晏驱逐墨予尧，将墨家从太初楼的属家之中除名。

云未晏不允。

于是五家家主今日一早，围了太初楼的上清堂，胁迫云未晏，处置墨予尧。

局面僵持不下，据说五家冲撞上清堂之时，由于局面激烈失控，已经死了好几个人，属家的墨予尧被悬在上清堂前，受了伤，命在旦夕。

苏缨一听，面色骤变，倏然立起身来。

聂云慎继续道："自白玉京建城以来，从未出过这样的大事。据说云未晏飞令上书求助禁卫军，但朝廷以'江湖争端'为由，打算坐视不管。现在十二楼都乱作了一团，鸿蒙、圣君、羲皇、蓬瀛、腾骧五楼都有统领管束，一齐作壁上观，没有动静。列觞、餐霞、漱瑶、云间、长生五楼统领都是商贾，不能拿决断，他们武家有些亲近太初楼作乱诸人的，已派人去助阵了，还有些亲近云统领的，也陆续跟了人马去，将上清堂围了个团团转。现在眼见局面越闹越大，我家中诸人都躁动不安，因此来面见统领，与大家寻个解决之策，我清歌楼究竟当如何自处？要搅入其中还是置身事外？"

虽说苏缨也是商贾统领，然而她前不久以一己之力击败"云公子"，带领清歌大胜太初，一战成名，名声大噪，在楼中威望早不可同日而语。

加之她手中还握着十个六级武勋的决定权，悬而未决，故十家主都不敢在这个关头忽略她独自行动，恐让她不快，倒是不约而同都来到了凤鸣堂，寻求苏缨的意见。

众人推断，以她平时不怎么对楼中诸事上心的行事作风，无非一种决断——约束楼众，作壁上观。

因为苏缨此时身份敏感，在外人眼中，她是导致天泽会武云未晏丧失理智的根源，自然最惹太初楼之恨。

且她若出面站在云未晏那一边，便坐实了与云未晏的私情，于她自己的名声大大不利。

不管是站在哪一方，都不如将自己摘个干净来得聪明。

众人将目光都聚在她面上，等着她抉择。

时间很短，她几乎没有犹豫，脱口便道："我要去助阵云未晏，救墨予尧。诸位家主如果愿相助云未晏的，就同我一道。如果有想相助作乱武家的，就把自己关起来不要出门，否则一个武勋都拿不到。"说罢，脚下如飞，在前走出了凤鸣堂。

一片震惊。

诸家主面面相觑，纷纷不敢相信，苏缨竟然毫不犹豫就站了云未晏一边。

并且，她并未像家主们希望的那样随他们自便，而是将武勋的威胁明目张胆地拿到了台上，约束跃跃欲试想要相助对方的武家。

十分直白，十分不留情面，十分不讲理道理，却十分有用。

诸家主第一次发现统领竟有带着她独有气质的蛮横强势，十分难以接受。

楼家主楼明月最是个唯恐天下不乱的，难得这样热闹的局面，自然想去掺和一下，他又早就看天之骄子云未晏不满，难得有落井下石的机会，即便不能伤到云未晏，能恶心恶心云未晏也是妙事一桩。

然而苏缨令下，他便纵有万千不甘愿，也只能幽幽为自己奏一曲胡琴，缓缓立起身来，跟了上去。

"楼家主为统领助阵去？"

"那不然呢，咱们大清歌楼的统领出门，总不能就让她一个人吧？叫我大清歌楼脸面往哪里搁？"

楼明月如斯说着，心里却道：我就算是不能出手打击云未晏，也要给他奏一曲哀歌，给他好看。

阮玉星目光老辣，一拄拐杖，轻飘飘跟在了后面，道："你这小子，数你花花心思最多，必是想讨好统领，来换武勋。我岂能让你得逞。"

众人皆被阮老爷子一语惊醒，纷纷起身跟了上去。

太初楼的上清堂前，已云集了数百人。

云未晏极擅剑术，他的剑法名"大宗师"，据闻此乃春秋战国时就传下的一套绝法剑术，本已失传，被数十年前一个江湖名号"百病客"的江湖奇人掘墓而得，遂坐地悟道，参通剑术之至。

后来朝廷设立抚顺司，靖世平乱，不许世间有百病客这样的高人存在，以层层天罗地网，上百名普通高手，千军万马围剿之。

百病客不敌而亡，死之前将剑谱托付给了好友——巫山剑派的掌门云满江。

然而，云满江终究没有百病客这样的资质，得了剑谱仍旧练不成，又因怀

有重宝，遭到围剿。

云满江不比百病客独自一身了无牵挂，他身系一派安危，还有妻儿老小，重兵压境时，不得已献出剑谱，俯首称臣，将巫山剑派编为“云家”，入驻了白玉京。

“大宗师”剑谱全本至此收入白玉京武经阁顶层，非天子之诏不可看。

云满江于“大宗师”只学了一些皮毛，但这已可让他剑术称霸白玉京，不少武家寻上门来拜师学艺，其中学得最好的就是他的侄儿云未晏。

云未晏天分极高，根骨奇佳，至十五岁，已至“大宗师”六重境界，“六无”中的第三重“无人”之境，前些日子，又得到天子的宠爱，特许他多学了三页剑谱，竟隐隐有堪破迷障，抵第四重“无我”之境。

他的叔叔兼师父云满江曾言：“惜我阿晏，这样的天分根骨，百年难得一见，若百病客尚存于世，你拜他为师，修习数十载，只怕遇上当初有‘天下第一高手’之称的青阳子，也可以和他斗个伯仲之间。可惜，可惜，可惜。”

连叹了三个可惜。

五年前，云满江郁郁而终，云未晏接替云满江的位置，做了云家的家主，风头无两，气盖白玉京，一时风华，世人侧目。

这位含着金汤匙出生、天资卓然的贵公子，几乎自出生以来便没有遇到过什么挫折，今日，可谓如云入泥，狼狈已极。

此刻，上清堂前，一座祥云拥月的华柱上，绑了一个浑身是血的少年。

他的周围，围着数名武家高手。

云未晏坐在上清堂上，在他周围，乌压压围着几十人。

乱党以戚家主戚骁为首，戚骁立在上清堂外，华柱之前，扬声朝里道：“大统领，你虽年轻，然而这么多年我们可曾对你不服过？什么时候不是你指哪里，兄弟们打哪里，不服号令的都是王八羔子，谁敢炸翅我第一个出来收拾他！”他指着绑在华柱上的墨予尧，“若不是这个小子惑乱人心，岂有天泽会武之耻？大统领今日只要驱逐了他，我等二话不说，即刻跪下请罪。”

云未晏面色苍白，危坐“上清承明”牌匾之下，手边搁着一把未出鞘的剑。

他举目前视，目中幽幽：“戚骁，你威胁我。”

戚骁激烈之中，眼眶发红：“大统领，非如此不能平楼众之心啊！”

白家主白无疆也是乱党一员，他一直有意无意地躲在戚骁之后，见云未晏面上怒色渐起，忍不住道：“大统领，戚家主也是为您的名望着想。若此事没有个结果，我太初楼如何有颜面再立于白玉京。”

云未晏微微一笑：“原来你们的颜面，这样重要。”

戚骁埋头抱拳：“这是为了统领的名望。我等何惧，统领盖世无双，断不能有这样的污点。”

“盖世无双……”

云未晏喃喃着，立起身来。

他较众人高，卓卓而立，玉山一般。他袖底手中，携了一把剑，缓缓向前，众人自动分散，便是作乱的几家，都侧身让道。

他一步一步，走到上清台前，将目光投向被烈日灼烤的墨予尧。

墨予尧在反抗缉捕时，身上受了伤，一身蓝衫被血迹所湿，透出紫色来。他已在烈日下站了好一会儿，嘴唇干裂发白，面上汗水如瀑，眼皮被汗所蜇，不住颤抖着，其间黑眸如玉，灼灼视着云未晏。

云未晏眉头皱起来：“戚骁，你先把人放下来。”

没有人回应。

“戚骁？”云未晏讶然。

戚骁只道：“还望统领早做决断，只要你一声令下驱逐墨家，这小子自然无恙。”

下一刻，一把带着剑鞘的剑轻轻横于戚骁的肩上，云未晏迅雷不及掩耳地欺身而前，将剑横于他颈侧，面无表情，薄唇轻启，一字字道：“我说，让你先把人放下来。”

云未晏的玉衡剑，以星辰冠名，削铁如泥，身映寒光，鲜出鞘，一出便是鬼神惊动的祸劫。

这把饮血无数的剑，寂寂然搭上脖颈，便是戚骁这等身经百战的铁血硬汉，亦不免汗毛倒竖，脖直喉紧。他咽了咽口水，平复了杀气骤袭时本能的惧怕，打直了微微发软的膝盖，将眼睛对向近在咫尺的云未晏。

他执拗地重复道：“还望，统领，早做决断。”

竟是不惧惹怒云未晏，遭杀身之祸，也要驱逐墨予尧，为太初楼保存颜面。

众人屏着一口气，将目光紧紧锁在云未晏身上。

云未晏双目定定，如含寒冰，死死钉在戚骁面上。

二人对峙良久，终是戚骁拿准了云未晏以大局为重，必不敢轻举妄动的把柄，梗着脖子战到底。

云未晏终究只得惨然一笑，慢慢退后一步，垂下了手。

他将目光重新投向墨予尧身上。

这个少年，举家北迁，身负家族希望，好不容易才得以入的太初楼。若是被驱逐，莫说出人头地，莫说武勋，这辈子只怕再与仕途官道无缘。

他岂能忍心？

然而若今日不能给太初楼诸武家一个交代，即便是强压下去，楼众人心不服，迟早必再起祸端。

云未晏一时心痛如绞，竟不知当如何决断。

墨予尧喉头滚动，张了张嘴，虽艰难，仍字字有力地道："我惜败首局，是我技不如人。若要怪罪，仅此一条。然而我俯仰无愧，没有惑乱人心……没有。"他狠狠喘了一口气，视线挪到乱党中的白、柳二家家主，"若是治我败罪，那便连柳边月、白鹿鸣也一齐治罪，否则，我宁死也不服。"

"你这贼小子！"白无疆护女心切，听墨予尧提到白鹿鸣，当即手腕一动，一道飞光从袖间而出，直往墨予尧击去。

这一下猝不及防，又快又准，加之白无疆离墨予尧最近，其余人皆来不及阻拦。

眼看墨予尧就要受下一击，冷不防一声冷笑，一把胡琴横空飞出，在墨予尧身前三尺处拦下了飞光。

嘭的一声，胡琴落地，四分五裂，碎片四散。

随之落地的还有一颗银色铁丸，是白无疆的袖中暗器。

"是哪个犊子？"白无疆抬眼一望，见广场边沿的矮墙上，竟不知何时站了二人。

一个红裙银衣，轻纱掩面，手提笨重的六尺大刀。

还有一个又瘦又高的面白书生模样人，正是清歌楼楼家主楼明月。

楼明月心疼地看着自己四分五裂的胡琴，对白无疆小声叨叨："亏你也是一家之主，这么点气量也没有，光知道欺负乳臭未干的小孩。"

看见是清歌楼来人，院中之人皆是一愣——太初楼原本就对清歌楼有芥蒂，见楼明月堂而皇之搅和进来，激起了楼众一阵不小的反弹。

白无疆怒道："我太初楼的事，容不得外人来置喙。"

苏缨目光上上下下，打量了墨予尧几遍，看他浑身是血，还被绑在太阳底下暴晒，气得面上泛白："你们欺负我徒儿，今日之事，我一定要管。"

她手一抬，楼明月施展轻身功夫，将人送至绑缚了墨予尧的华柱之前。

苏缨双足落地，大刀一横，挡在墨予尧之前。

墨予尧听见这话，浑身一震："洪……洪福师父？"旋即再看她的装束和武器，更是一惊，"缨缨妹妹？"

清歌楼统领分明是缨缨妹妹，为何竟与他洪福师父成了一个人？

苏缨此时无闲暇与他解释，直视前方，将一众太初楼人的表情收入眼底，云未晏的惊诧、白无疆和戚骁等人的愤怒，还有一些似懂非懂的暧昧眼神游移在她与云未晏之间。

有楼明月在旁，这红衣娇俏少女的身份便昭然若揭。

当下，数不清的暧昧眼神和交头接耳在人群之中流动，无人注意苏缨所谓"徒儿"和墨予尧唤"缨缨妹妹"的言语，纷纷会意的是：苏缨竟然为云未晏，率领清歌楼众人，掺和进了太初楼之变。

楼明月见墨予尧已极是虚弱，恐他危险，一面伸手便去解他的绳子，一面说道："你们这些杀才，这小子败给我很丢人吗？简直不拿我楼家的颜面当回事，今日这人我也救定了。"

楼明月一动手，白无疆和戚骁等人怎还坐得住，立刻纷纷拔出武器，围了过来……

距上清堂一盏茶的快马之程，衔月居里，茶香袅袅。

云公子宽袍大袖，手执白子，摩挲棋子，陷入沉思。

在他对面，燕无恤极是困倦，手间掂着一枚黑子，也不管他出棋没有，兀自闭目养神。

"天泽会武那晚，究竟是怎么回事呢？我总感觉这事还没完。倘若有人刻意挑起白玉京的争端，事情可麻烦了。你答应替我去查这件事，可不能言而无信，不然我就不帮你去给那小丫头家里提亲。"

"燕卿？"

云公子下了子，许久没有见燕无恤落子，出言催促，三两声后，那人似睡着了，始终没有反映。

正在这时，一黑衣探下马廊外，翻滚进来，跑得气喘吁吁，足下打战。

"五……公子，有变，太初楼内乱，清歌楼统领带人去助阵云未晏，禁卫军准备坐视不管，抚顺司正在路上！"

云公子听罢，满脸讶色，抬眼一看。

只见方才还昏昏欲睡的燕无恤，不知何时睁开双目，其间暗色隐隐，复杂难辨。

太初楼前，剑拔弩张。

由于苏缨率领清歌楼加入，清歌楼十家家主一齐并至，初时略显弱势的云未晏平添助力，双方处在了一个微妙的平衡之中。

当楼明月解开墨予尧的绳索，花隐娘袖中的飞花飘散在庭院之中，聂元慎一个大步推搡围观众人冲进来，偃师师的阴沉木哆的一声击开戚骁的枪。

几乎可从众人眼中看到激烈碰撞的愤恨和火花，却迟迟没有火并起来，所顾忌的，不过是这块地方罢了——

江湖是快意恩仇的，武器随心，血性到了，就当出剑。而白玉京，却有一大半朝堂的色彩，身份高低、家族类别、利弊权衡，根植在众人心目中十载的东西，非一朝一夕能改。

因此即便是苏缨率领清歌楼劫下了墨予尧，楼明月将他携至剑阁廊下背阴处，十家主自成其阵围于当前，除了各家主之间藏形隐迹的“神仙斗法”之外，并未引起大范围的火并。

楼明月取下腰间牛皮囊袋，将一口百花酿灌到墨予尧口中。

烈酒入喉，墨予尧受呛咳嗽，面色由苍白转为潮红，以袖擦去脸上酒渍，黑眸望向前方苏缨的背影。

入目红裙如火，银衣如雪，发髻齐整，背脊挺直。

她将他护在身后。

在更前方，乱党围至，戚、叶、白、柳等数家家主都不是好相与之辈，被人从眼皮子底下劫了人，怒火被撩拨得狠了，按在刀兵相见的一线之间，免不得污言秽语，各种难听的字眼，直指苏缨本人。清歌楼也不甘示弱，楼明月唇齿了得，聂元慎中气十足，一时双方竟摆开阵势，唇枪舌剑起来。

墨予尧知道，他们想让苏缨出手，然后便可名正言顺一拥而上。

只要苏缨中了他们的激将法，之后若朝廷秋后算账，在太初楼先动手的清歌楼便会成为挑起争端的罪魁祸首，必受严惩。

他们骂得实在太难听。

墨予尧张了张嘴，想唤苏缨的名字，喉中却似烈火滚烧，话滚到唇边，成了微弱的抽气，自己也听不清。

在墨予尧的记忆中，苏缨还是那个会一怒之下拿着棍子将他从树上捅下来的暴躁小女孩，那样瘦弱、娇小、矜贵、狡黠，受不得一点委屈，蹭破了一点皮都要撇嘴大哭。

此刻，面对铺天盖地、无中生有的辱骂，除了肉眼可见肩膀在微微颤抖，脖颈在恼怒之下红了一片之外，她竟一动不动，持久地缄默着，牢牢将自己看护在身后。

墨予尧忽觉眼前模糊了。

只听戚骁嗤骂道："小妖女，腌臜商户门第出身之人，凭着一点姿色，便来白玉京兴风作浪，若不是你家中那点腐臭不可闻的黄白物，你要入白玉京，怕还要先来拜我的炕头。"

苏缨气得浑身发抖，欲反唇相讥，搜肠刮肚却也寻不出几句下作话，急得脑门充血。

云未晏听得这话越来越过分，大喝出声："住口！"

就在戚骁话音刚落的当头，一块石子携风破空而来，力劲眨眼间掠至近前，猛地击向戚骁。

嗖——

那石子虽小，然而力劲非凡，角度奇准，竟是直逼着戚骁的喉咙而来。

戚骁何等样人？

一柄戚家枪使得出神入化，可划入白玉京高手前十位，百战得名，经验丰富，反应灵敏。他察觉异物飞来已是三尺之距，便判作飞蝗石这样的暗器，做出举枪挡开的判断。

叮一声，准头不便，恰好挡去。

戚骁才松一口气，却感到有一股极怪极阴狠的力劲，猛烈传入枪身，他胳膊猛地一震，尚未来得及做出任何反应，身体已朝后飞出三四步的距离，重重一声摔了个底朝天。

"哪个腌臜玩意儿阴我？"

当众之下，被如此折了面子，戚骁一翻身站起来，用怒吼掩盖心底的强烈震动——这一下若不是他反应灵敏，竟是直指咽喉而来，倘若给这诡谲的小石子击中，哪里还有头颅在。

白玉京何时有了这样的高手？

众人凝神看去，只见上清堂上，方才还空无一人的屋檐，不知何时轻飘飘

立了一影。

玄衣如铁，黑面沉沉，正是燕无恤，毫无障面，也无易容，就这般直白地立于众人之前。

他目光毫无波澜地掠过戚骁，仿佛这个他刚刚出手伤的人不过是地上的一粒沙砾，只将目光遥遥定于苏缨面上。

云未晏认出他，大惊失色。

墨予尧亦惊了，张张嘴，一个字也吐不出。

偃师师俏面泛白，猛地倒吸一口气，目光如电，死死定他面上。

然而这太初楼的几百号人之中，知道燕无恤、认出这是他的，不过寥寥数人。在其余人眼中，这不过是一个身形并不那么粗野魁梧，甚至有些落拓萧条的黑衣青年人，他神态沉稳安宁，面容俊逸干净，若再加青衫一袭，甚至像一个弃刀提笔、袖携墨香的读书人。

无人知晓，他是前段时日传得满城风雨，忽然又被人压下来，销声匿迹的青阳子传人。

只能感觉得到，这黑衣人身上散发着一股气息，蓑上山雨、衣上飞雪、发间松风，像在古卷中、典籍上、石壁里、书简中见过。

却从未在白玉京见过。

譬如他此时携风而来，心随意动，没有任何顾忌一般，一出手就是杀招，直取白玉京太初楼十大家主之首的戚骁的头颅。

戚骁被他激怒，手握长枪，一蹿而起。

黑衣人身形飘忽，忽自房檐之上，掠至华柱之前，脚步堪止，戚骁已在楼头、柱前各刺了几枪，瓦片纷纷而落，华柱微微震动。

戚骁怒骂："你这直娘贼的小王八，是哪家门路，报上名来。"

黑衣人嗤笑："你这张嘴污言秽语，委实下作，不要也罢。"徒手一伸，自左侧边一击而上，接住了刺来的枪。

白皙修长的手指，如起兴折花一般，蓦地按于玄木枪身，那枪似骤临阻挡，凝在半空，再无法进一步。

旋即，狠狠一折，枪头就这般被生生折了去。

这变故不过弹指之间，黑衣人手挡、折枪，只在瞬息。

戚骁整个人僵住，面上霎时退去血色，整个人苍白如死。

只有他自己知道，方才一招"风萧烟里"，他集了毕生修为，全力而上，枪尖裹挟雷霆，其间有三十六式变化，至刚至阳，缜密如织。然而就这样的一击，黑衣人竟兵行险着，空手夺刃，显然是一眼就看出来破解他枪法这一式的空门。

俗话说，一寸长，一寸强。枪头乃是长枪最凶险之处，忽而所有的防守，都集中在下盘和手上，绝不会有人冒着被绞断手腕的危险夺刃。

偏偏就是这一点细小的，甚至算不上纰漏的轻忽，却被这黑衣人死死抓住，一招制敌。

他读过戚家枪法！

如果没有读过，绝对不可能知道有这个纰漏。

这是戚骁的唯一一个念头，下一刻，那枪头便从黑衣人手中飞出，翻转过来，直朝他击来。

戚骁躲闪不及，只来得及偏过头，那枪头便擦脸而过，带下嘴边一块皮肉，又齐刷刷断了几根发，往后擦过白无疆的肩头，哆的一声钉在了上清堂前的柱子上。

戚骁一时面上血流如注。

燕无恤一击之后，寂然站立，面上寒意森森，缓缓四顾，道："乌合之众，奴颜婢膝，一跪十载，以勋爵为尊、媚上为耀，庸庸碌碌，竟至于斯。"

戚家人怎堪家主受此奇耻大辱，一时间蜂拥而上，数道枪光，直朝燕无恤刺来。

戚家主动出手，苏缨一声令下，清歌楼再无顾忌，正欲上前助阵。

只见一片清光而过，流畅如水，皎皎如月，竟是玉衡剑的剑光！

众人惊诧。

云未晏移形换影，齐刷刷逼开了戚家的枪，以身为墙，拦在了两拨人中间。

在他手中，那把长眠于鞘底的玉衡剑雪亮如霜，寒光慑人。

"戚家主出言不逊，冒犯尊驾，本当以死谢罪，但恳求阁下，看在我薄面上，平息怒气，我自有交代。"

"大宗师"现世，玉衡剑出鞘。

三尺青锋如电，震慑了极少见到云未晏出招的太初楼众人。

戚骁因不服"以死谢罪"这话，犹自骂骂咧咧，然而渐渐地，周围只剩了他一个人的声音，他捂着脸上的血液看去，见云未晏面沉如水，正一动不动地静静睨着自己。

云未晏已为统领五载，恩威深重，这一眼冰冰冷冷，并无情绪，却看得戚骁喉咙一紧，骤然住了声。

上清堂前，重归于一片寂静。

戚骁终于安静了，云未晏却并未将玉衡剑收回鞘中，提着剑道："让十二楼的诸位武家看了笑话，今日之乱，全由我一人而起。天泽会武之耻，其咎当归我，不干他人之事。"他目光冷冷，扫过以白、戚为首的乱党诸人，"束下不严，闹出内乱，令整个白玉京看了笑话，也是我云未晏一人之过，谁也替我担不得。"

白无疆道："可那墨家小子……"

话还没说完，一道凌厉剑气破空而至，陡然袭到白无疆面门，令他衣衫破裂，退后好几步，险些便要站不住。

"我还是这统领一日，我说话，岂有你置喙的余地？

"墨予尧不过是区区一属家之子，来白玉京习剑不过百日，黄口小儿，有什么资格替我云未晏受过？"

墨予尧苍白面上蒙了一重青灰，望着庭院中间孑然而立的白衣之影，嘴唇微动。

云未晏气定神闲地微笑道："今日辛苦戚、白、柳、叶、吴五家家主，闹了这样大的声势，惊动整个白玉京。

"上清堂前既然有幸集得各位英豪，今日便请诸位替云未晏做个见证。"他伸手拍一拍自己执剑的右臂，"这是我握剑的手，自幼习剑，二十余载，终参破大宗师'无我'之境，在白玉京习剑者中，当是最珍贵的一臂，我今日就以此臂，偿我天泽之失，且问各位英豪，够也不够？"

说话当头，左手执剑，闪电般的手起剑落，霎时间手臂分离，滚落在地。

袖间半幅，被血染透。

"大统领！"

"大师兄！"

人群之中，一片惊呼。

这一变故来得猝不及防，从云未晏语气转戾，剑起臂断不过顷刻之间，便是近身之人也来不及拦上一拦。

无人料到云未晏竟然做出断臂这样的激烈之举，四座皆惊，墨予尧已然撑坐起身，就连一向对云未晏大是不屑的楼明月都睁大了双眼，几要将眼珠子瞪出来。

人群中扑过一影，是一个窈窕娉婷的青衣少女，正是那日也在天泽会武上出过手的白鹿鸣。她浑身发抖，下意识想去堵他身上的血，手方伸过去，就沾了满手的血，惊惧之下，泪珠滚满了脸。

云未晏面上极痛苦之色只是一瞬，他快站不住，踉跄后退几步，楼中人大呼唤医。

燕无恤忙上前扶他站稳，疾点他几个要穴，封住血脉，低叹道："你这是何苦。"

云未晏面色惨白，豆大的汗珠簌簌自额上而下，勉力扬起嘴角，侧过半脸，颊上因疼痛微微跳动，轻若无声地对他说："大侠心无挂碍，是无挂碍之苦。我心有挂碍，是有挂碍之苦。"

燕无恤曾和云未晏有一桌饮酒之谊，彼时便欣赏对方谈吐胸襟，不由得惋惜。他深知云未晏并非色令智昏，而是迫于上位者密令，有一段不能向外倾吐的苦衷。

即便事实如此，云未晏为了维护太初楼岌岌可危的平衡，他还是选择了毅然断腕。

一个自幼修习剑术，"大宗师"突破"无我"之境的剑士，在朝堂之令和江湖义气的两难间，选择了舍弃自己最宝贵的东西。

燕无恤目光微黯，下意识地向苏缨的方向望了一眼，见她面色煞白，怔怔望向这边，再念及云未晏所言"有挂碍之苦"，猝不及防，心头一窒。

正此时，院外响起了马匹的嘶鸣和甲胄摩擦之响。

先是数十个神挂玄甲的弓箭手跃上了墙头，拉满弓对准院中人。

嘭的一声，大门洞开。

两列兵马撞门进来，左右排开，拱出一人。那人身着玄青公服，腰系玉带，眼仁里黝黑重重，正是李揽洲。

李揽洲进门，第一眼望见地上的鲜血和断臂，面色黑沉，眉心攒在一处。

"云统领？"

见到云未晏身侧的燕无恤，他眼中又掀起一阵波澜，但很快被压了下去。

燕无恤默默扫他一眼，脚下迈开，有意无意站到墙边苏缨身前。

李揽洲看向庭中密密匝匝的众人，粗粗一扫，许多武家掺和其中。

抚顺司在白玉京积威深厚，历任抚顺司司丞素有"无冕城主"之称，李揽洲虽是才走马上任的新司丞，许多人还来不及去拜会他，然而见到这众星拱月的架势，再看他身上精绣腾云瑞兽的三品官服、青绶铜印，便都心知肚明，不

少人偃息屏气，不敢说话。

此时楼中大夫已至，扶云未晏入堂中，给他止了血，又稍做包扎。

庭间人虽多，却安静得落针可闻，唯有白鹿鸣掩着自己的口，依旧从掌心里溢出来呜呜咽咽的哭泣之声。

云未晏没有制止她。他身体微微歪向一边，面孔苍白得泛着青，却提了一口气在喉，将话说得缓慢却平静：

“原本是太初楼自家的事。方才，云某已按照楼规处置了，乱者伏诛。”

他深喘了一口气，悠悠抬目，看向乱党：“我这处置，可公允？当着司丞的面，尔等尽可直言。”

戚骁等人忙道：“统领公允，我等不敢不服。”

云未晏微微一笑，对李揽洲道：“有劳司丞跑一趟了。”

李揽洲面上却殊无缓色，环视一圈，冷声道：“我听说有人以下犯上，反叛为乱，胁迫统领，可有此事？”

云未晏静静道：“并无此事。”

李揽洲冷笑道：“自白玉京建城以来，从未出现过这样的叛党，今日仗武胁迫统领，他日岂不是逼到长乐宫去？此并非江湖草莽之争，而是法典之律，违者当立斩，以儆效尤。”

这话一出，庭中之人，十个里有五个冷汗涔涔而下。

戚骁忙道：“李司丞，我等来时，禁卫军都说此乃江湖之争，不干其他事，你为何忽然又扣下这样的重罪？”

李揽洲笑了笑：“戚家主此意，可是已得了禁卫军的准许。谕令何在？”

戚骁一介江湖草莽，岂知什么谕令，道：“他们说准了，那便是准了，你又说不准，我到底该听谁的？”

李揽洲道：“口令也不是不可，那戚家主且说，是驻守白玉京的禁卫军哪一营、哪一位的话？”

戚骁愣了愣，道：“便是城门口的，守城的那一队，他们都说了，这事朝廷不管。我们才放心来的。”

“也就是说，戚家主是拿不出谕令，也拿不出一个人的口令了？那我怎知你当真去问过，还是信口开河？”

“你！”

戚骁察觉自己已入了套，汗水湿了背，面色涨红。

然而他来不及再说一句话，李揽洲已沉下脸来，断喝一声：“拿下。”

“我看谁敢？”

云未晏摇摇晃晃，撑着身体，从椅子上站了起来。

他简单包扎的伤口还在渗着血，右手广袍宽大，其下空空荡荡，鲜血顺着袖沿，浸湿了袖边。

他换了左手握剑，那一把名动天下、矜贵无双的玉衡，血迹斑斑，红点微微。

他的脸在上清堂中镂金雕银、华美无双的幽暗灯火里，苍白得像一张轻轻触碰就会破碎的纸。

慑人的是他的眼睛，黝黑深邃，随着他一步步踉跄往前，隐有灯光闪耀的流火耀在其中。

他白袍斑驳，一步步，从暗淡的上清堂中，重新走到了盛大灼日之下，一字字说道：“云未晏尚存，太初楼尚在，我看谁，敢在我太初楼撒野。”

“大……大统领！”

戚骁扑通一声，便跪在了地上。五大三粗的汉子，很快就双目通红，泪水唰地直下，沟壑纵横。

他无论如何也没有想到，自己对云未晏胁迫至此，逼得其断了一臂，生死关头，竟也是对方站出来要护自己的性命。

前去捉拿戚骁的几个官兵，一时间不敢动作。

即便云未晏已断了一臂，负伤在身，然而他剑术无双，威名在外，加之颇得天子宠爱，谁也不敢太过拂他的面子。

李揽洲望着云未晏，面色凝重，缓缓道：“云统领，有人犯上作乱，集结人马，胁迫于你，我行我职责，靖事平乱，咱们两不相干，你何必横加阻拦。”

他顿了顿，又道：“这些人今日胁迫于你，令你断了一臂，尝到甜头，他日又云集如此，我抚顺司如何办事？任由他们自恃武力，犯上作乱不成？天行大道，法令不效，遗祸无穷，云统领切莫逞一时江湖义气，因小失大。”

云未晏微微咧开嘴，笑了。

他抬起左手，雪亮的玉衡剑光，像手中一道自由自在的流水。

他目光幽然，静默半晌，启口慢慢道：

“出了太初楼，你自然是规矩，今日你来了，客随主便，我就是规矩。有我活一日，谁也不可从我太初楼拿人。你有话说，不妨刀刃相见。”

云未晏双目发红，战意已起。

李揽洲却没有直迎锋芒。

他只是微微笑了一笑，下一刻，还往后退让了一步，嘴唇张合，用只有他和云未晏的距离听得到的语调，低声道：

“云统领，礼法循则社稷定，律令行则天下安，这个道理你比我清楚。

“以武胁人、以下犯上这等事，在白玉京绝不可有第一个先例。倘若此风一开，后果不堪设想。

“我再给你一盏茶的时间，你再想一想，是要我派兵进来拿人，还是你担上统领之责，将人亲绑了送出来。”

说罢，他一挥手踏出门外。

官兵立撤，围在楼外，院内寂寂。

李揽洲很聪明，避过了直接冲突，而是以退为进，说下诛心之言。

表面上全他一个统领的颜面，实则令他三思，并展开了无声的胁迫。

云未晏方才气势如虹的剑，一时间竟微微垂落，缓缓四顾。

戚骁扑倒在云未晏腿边，泣道：“大统领，今日之事，是我们糊涂了。我等受了挑拨，办了糊涂事。”

白无疆也怆然下跪，伏地请罪。

其余三氏，无不叩服。

云未晏在哀泣声中，眉头蹙起，脸上激怒之色退去，逐渐透出夹杂着疲惫的惘然来。

他脑中不断思索，寻找着李揽洲话里的破绽。

这个新上任的司丞风闻不佳，传言其性格刚直，不擅曲迎，一上任，就得罪了不少人。一旦其认定该管之事，必会插手到底，除非圣谕亲至，否则绝难转圜。

他知道李揽洲的话也有一定的道理，在一个以“上下尊卑”为基，云集了武家，又铁桶一般压抑的城池中，若没有“礼法”和“律令”的约束，必招倾覆之祸。

若真与抚顺司激斗一场，不亚于公然反叛朝廷，必招覆巢之祸。

然而今日之事，他已断臂求宁，舍弃半生的修为剑术，已走到这等地步，岂能甘心到最后竹篮打水一场空。

他残余的一只手臂，紧紧握剑，将目光转向一侧，望着孤直而立的燕无恤，燃起最后一点微微的希望，张开干裂的唇：“燕大侠，可否借一步说话？”

燕无恤颔首答应，发现衣后有牵绊，回首一看，见苏缨面上微发白，目中满是担忧之色。

他伸出手去，在袖底握了一握她冰凉的手，目光极是温柔："放心。"

便与云未晏，二人走到了上清堂内，不多时，其余人皆散了出来，大门关上，只余下二人。

砰的一声，大门合拢。

屋中变得很暗，多年经营，上清堂气派非凡，绵软的红锦地壁、满堂的书画木雕花草、烈烈燃烧的琉璃铜盏，衬得云未晏血迹斑驳的白袍有些萧索。

他站定脚步，回头过来，问："燕大侠本非此间中人，何以今日骤至？"

燕无恤道："有人利用我曾经的好友、我的意中人，做了一个局，要引我进来，我便来陪他一遭。"

"好友、意中人？"

云未晏想起他对戚骁骤然而下的杀手，他何等心思，立时便明白过来，道："苏缨姑娘？"

燕无恤静静望着他，没有说话，即是默认了。

云未晏苦笑道："我要同燕大侠道个歉。我并非有意出言轻薄她，而是情势逼人，不得不如此。"

云未晏道："自从上回天泽会武，有人在刻意挑拨白玉京的内乱。我不敢怀疑天子，只能猜测，天子被小人所蒙蔽，才下了要我输给清歌楼的密旨。因此密旨，太初楼再三招来无妄祸殃，已成骑虎之势。眼下唯有一策，可解我难，不知燕大侠可否助我？"

燕无恤曾经在莫川河畔承过他恩情，有意偿他，问："你要如何？"

"之所以不可让抚顺司拿走诸家主，不过是因他们犯了一条'聚众以下犯上'之罪，这是杀头重罪。

"倘若我不是太初楼的统领，没有实权，这罪名就难以成立。

"刚好前些日子，朝廷公然卖官鬻爵，让出六个统领之位。为了制衡商贾统领，行暗中驱逐之事，下了一道'破立令'，凡有他人能击败统领者，统领可遵江湖门派规矩让位于他。意在引导武家，驱逐无武力傍身的商贾统领。

"我想钻个空子。

"只需对李司丞说，我早已让位于你。我那五个家主的糊涂事便顶多算是寻衅滋事，比'以下犯上'轻得多，只需罚银两即可。"

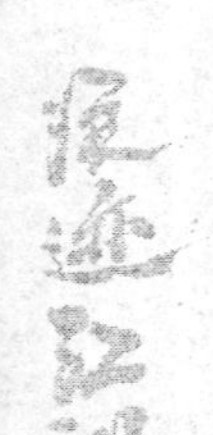

他说得慢，因失血过多，嘴唇无力地张合，微微昂首，吊着一口气，语气恳切：“不知燕大侠，可否助我渡过这一劫，暂代太初楼统领之位？”

燕无恤听其说完，有些纳罕，虽这实在算不得什么艰难苦重之活，但仍有些细小的麻烦琐碎在内，令他略略踟蹰：“你只见了我一面，竟这般信任我？”

“只有燕大侠能弹压得住太初楼诸武家，我别无选择。”云未晏道，“若你肯助我一次，云未晏他日，赴汤蹈火，结草衔环，在所不辞。”

燕无恤沉默片刻，点头应允道：“当日你在西陵，曾在我危难之时放了我一马，如今我便还你一个人情，以一月为期。我也不需要你赴汤蹈火，只要你告诉我，当初派你去西陵拿我的人，究竟是谁？”

云未晏浑身一震，抬头看他，见他不动如山，眸色幽微深沉，黑如洞潭。上清堂内光线有些暗，衬得他那张一向看来干净敞亮的脸，有些阴沉。

云未晏迟疑了良久。

这其实是一个秘密，就算有人将刀横在他脖子上，他也不该说出一个字的。

更何况，他以往骄傲荣光，全是朝廷所赐，勋爵加身，职责所在。

然而手臂上拉筋碎骨的伤痛，又以几乎将人撕碎的痛楚，提醒他，这些日子，被权势一点点击碎的尊严。

似乎有一个高悬头顶的声音在嘲弄他：枉你剑术精绝，妄称天之骄子，只要是上位者轻轻碾一碾指尖，你便有苦不堪言，有痛不堪倾，只能打落牙齿和血吞，从九霄之上，瞬间跌落泥尘之中。

就像是被人豢养的趴儿狗，惹不惹主人家喜欢，全在一念之间。

他自嘲地笑了一笑，感觉舌中也有血腥之味，咬着这一点血劲，启口道：“传令之人，是从前的抚顺司司丞高诩，两个月前获罪落狱，畏罪自杀，已身亡。我与他有些交情，知道一些旁人不知道的秘辛，这人顶上的靠山，是孙卓阳。燕大侠杀的孙止水，是他的私生子。”

当朝天子，以寻求长生为念，不立太子。

虽没有太子，却有太子太傅。

孙卓阳是天子宠臣，位列三公，权势比肩丞相。

死在燕无恤手底下的幽州刺史孙止水，竟然是太傅孙卓阳不足为外人所道的私生子。

明白了这层关系之后，许多关窍通畅无余——

朝廷有两拨人在争权夺势，一派以孙卓阳为首，其下有以前的抚顺司司丞高诩、从前的幽州刺史孙止水。

还有一派，是李揽洲归顺的那派，他曾说，因借刀杀了孙止水，获得贵人的举荐重用，替代的恰恰就是孙卓阳门生高诩的位置。这一派究竟以谁为首，尚不得而知。

从燕无恤在幽州，一怒之下，出刀刺杀孙止水起，就被卷入了这一场党羽之争。

他忽然有些想笑，绕这么大的圈子，兜兜转转，竟还是党派之争。

燕无恤往外走时，脑海中回忆着一年多前，他去杀孙止水那日。

幽州的龙城，大漠边际，万里无烟。那时节下了一点细雪，马匹跑在沙上，喷出如雾的白气。朔风烈得可将人的衣衫撕成碎片。追风马蹄停在一堆尸骨前，那是一堆尸山，有男有女，有老有少，均是死于胡虏劫掠之人。

龙城之上，只有几股零散烟火，是烧尸骨留下的。没有震耳欲聋的哭声，唯有哀哀戚戚、连绵不绝的风，刮在面上。

燕无恤自从弃文修武以来，手中久不念经纬济世的经文，常有一册道经不释手，俯仰天地大道，了悟万物之兴衰荣辱，自有定分，既然自己怀有不世绝技，当跳脱常人的喜怒哀乐，不该走青阳子那条把自己逼疯的歧路。

然而当幽州甚于修罗地狱的景象活生生地摆在眼前，他才发觉，什么“圣人不仁，以百姓为刍狗”，原来是与“君子远庖厨”一样，是为了让自己好受的虚妄之语。

是，天有大道。

可这道太虚妄，因循往复，时间太长。

与这相比，活生生的人就在眼前。

曾在路边牧羊唱着歌谣给他指路、脸上脏兮兮、眼睛很明亮的五岁稚子，被刀枪捅破肚腹；失去了所有家人的老妪，一脚深一脚浅，歪歪斜斜拖着家人尸首，中道号啕大哭，扑地而亡；还有才当了父亲的男子，与一串头颅挂在一处，高悬尸山之上……

这些本不该发生，全因党羽之争，因一人私利。

那人背靠大山，朝廷睁一只眼，闭一只眼，视一出人间惨剧于无物。

而自己刚好可以悄无声息地夺去那人的头颅。

若能再来一道，即便知道自己会深陷党争泥淖，或许，也依旧会脑子一热，便不顾一切地入其中。

燕无恤霎时，有些理解了青阳子当初一意孤勇的心境。

上清堂的门重新打开。

云未晏摇摇欲坠的身躯，重新出现在两扇门中间。

诸人见他，目光聚来，戚、白等一党尤甚，唯恐在他面上看到一丁点放弃的意图。

幸而，重新出现在他们面前的云未晏，眉间仍旧如一缕寒霜凝结的傲然，苍白面上目光如电，穿过众人，直视大门之外。

此时，一盏茶的时间刚巧过去。

太初楼的门重新被抚顺司的官兵打开，调遣官兵的铁衣窸窣，卫士控弦之声不绝于耳。

抚顺司司丞李揽洲步入庭院，如约问他："云统领可想好了？"

云未晏道："想好了，今日寻衅滋事的几位家主，任凭李司丞带走查办。"

话音刚落，院中便响起了一阵喧闹，惊讶、不解、困惑……楼明月小声嘀咕道："果真还是这样，恁地没劲，我还道这云统领是个刺头，今日有好一场热闹看，没想到外头装得那样，里头还是个软蛋。"

他犹嫌不足，补充："常言道，胳膊肘拧不过大腿，该跪还得跪。"

李揽洲似乎没想到云未晏会答应得这么果断，略怔了一怔，旋即，出于本能地嗅到了其话中的不寻常："寻衅滋事？"他把脸一沉，"云统领想用区区'寻衅滋事'的小罪搪塞过去？今日即便是宅家驾临，我亦要秉公执法。该少的罪名，一项也少不了。"

说着，他目中一暗，抬手作令："拿下！"

"且慢。"

庭前，又响起了另一个声音。

听到这声音的瞬间，李揽洲肉眼可见地，肩膀剧烈颤动了一下。他难以置信地抬起头来，见云未晏轻轻让开了身体，斑驳白衣后，是上清堂的暗影，黑沉沉的影翳之间，走出了另一个玄袍之人。

他身上的衣袍，黑得几与黝玄深邃、庄严万象的上清堂化为一体。

步伐沉稳，气定神闲，反衬得李揽洲自身目光闪烁、心乱如麻。

他从一开始在此处见到对方之时便隐隐怀着的担忧，成了现实——

燕无恤，终于还是插手了。

于是在众人眼中，从带兵赶来起，就死死端着架子，一派万事俱在胸中谋划，万事不绕余心的架势的抚顺司司丞，望着那身份神秘的黑衣人，神情怪异万分，竟隐隐透出些不安来。

就连筹谋此事的云未晏对他的反应都始料未及，目光在燕、李二人之间来回打量。

李揽洲顿了顿，敛去眉目之间的惊讶之色，目光在片刻的游移之后，定在了燕无恤的面上："你也要阻我执法？"

燕无恤也望着他，笑了一笑，道："非我愿阻李司丞。只是你要拿太初楼的人，总要过我这个统领一关，于情于理于法皆然。"

此言一出，庭中诸人又是不小的喧闹之声。其中最为惊诧者，又以太初楼诸武家为甚，连跪在地上的戚骁，也噌地站起身来，满脸惊讶，看向云未晏。

太初楼易主，何等大事！

庭院当中，几百道目光，其间暗流涌动，自不必言。

李揽洲立刻便道："何时的事？"

云未晏先答："就在今晨，我败于燕大侠之手，心甘情愿奉出统领之位。"

"统领是武勋，需过丞相府，昭告天下，岂是你能转的？"

"李司丞难道忘了，前两月朝廷才颁的'破立令'不成？"

破立令。

李揽洲立时愣在当地，脑海里波澜惊起，紧迫回溯，忽想起正是他赴京赴任之时，司造台上卿徐盛义因修建太玄宫银两不足，觐见天子，会同丞相岳明夷，拟订了与卖官鬻爵无异的"怀恩令"，堂而皇之将尊贵的武勋售卖给天下豪富商贾。

那徐盛义之后竟还恬不知耻，又蛊惑上听，出了"破立令"——最大限度利用白玉京"亦庙堂亦江湖"的灰色地带，驱虎吞狼，引导武家驱逐商贾，免庸人当位。

其中有一条便是：力敌统领者，可取而代之，勋、爵皆替。

包含云未晏在内的太初等六楼武冠京华、惊才绝艳的统领无不是踏着无数的武会武试，一场一场，刀血铸就，百炼而成。六个楼主一以当百，名副其实，也不会有人傻到要去挑战他们。

故而，明眼人皆看得出来这是针对毫无武力可言的六个商贾统领所设的法则，旨在诱导其余六楼群雄竞逐，扫除"怀恩令"这一荒唐政令的阴霾。

今日，竟被云未晏利用它，钻了一个天大的空子。

李揽洲牙间紧咬，直压得牙槽生疼，方耐住了从喉间翻腾而上的一声冷笑。他自认自上任以来，秉公执法，奉大靖律令为尊，今日闻讯而至，也意在靖乱惩邪，却没有料到在这等关头，竟也是朝中律令，扇了他狠狠一巴掌。

更令他五内如焚的是，燕无恤做了云未晏的帮手。

若是他人，随便一个抚顺司的高手，就能试出来云未晏说的是谎言。然而云未晏不知用了什么做交换，竟请动了燕无恤。

此人有剑意护体，纳青阳子之前几十位高手修为，武力已臻化境，若论单打独斗，纵观天下，谁能破他？

这局，竟给云未晏做成了死局。

抚顺司难免要汹汹而来，悻悻而反，铩羽而归。

李揽洲心中冷笑连连，面色白得发青，盯着燕无恤。对面，燕无恤也抱着手，静静望着他。

终于，他心灰大半，无奈撤军，咬牙说出撤令，转身欲还。

行至门口，他心有所感，回头望了一眼。

燕无恤已低垂双目，云未晏与他耳语，太初楼诸武家正在见礼。

无数的人头攒动、嘈杂气息之中，李揽洲心如雪窗，轰然洞开，其间北风赫赫，倏忽一息，猛灌飞雪。

刹那间，他竟恍惚忆起与他一个一个冬天，寒窗围炉的情景。

酒很稀薄。

酒亦很浓烈。

他曾问：“天生你一场，造化何等风骨，却不想尽糟蹋在酒坛子中。”

那人无神得很，恹恹地，不知是倦，还是醉，语气也拖拉得不像话——

“天生我当你酒友，免你冬日无趣，不正是大用中的大用？”

今日，燕无恤终于如自己所想的那样，再不是徒拥本领、混迹草莽、无所事事、袖手旁观的闲云野鹤，他站到了权力垒就的高台之上，披上太初楼光辉的华袍，成为世人仰止的侠客。

只不巧，竟刚刚好，站在了自己的对立面。

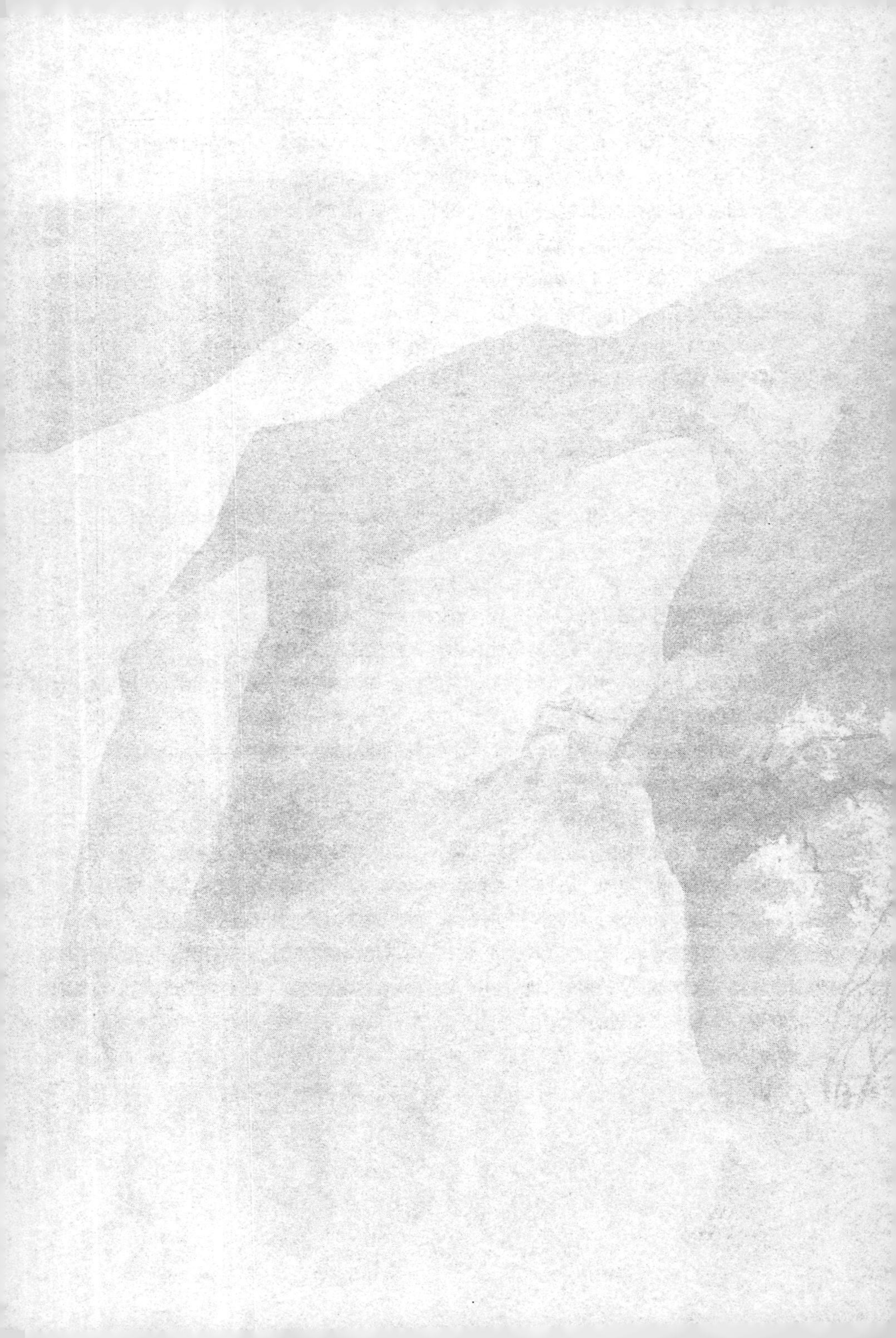

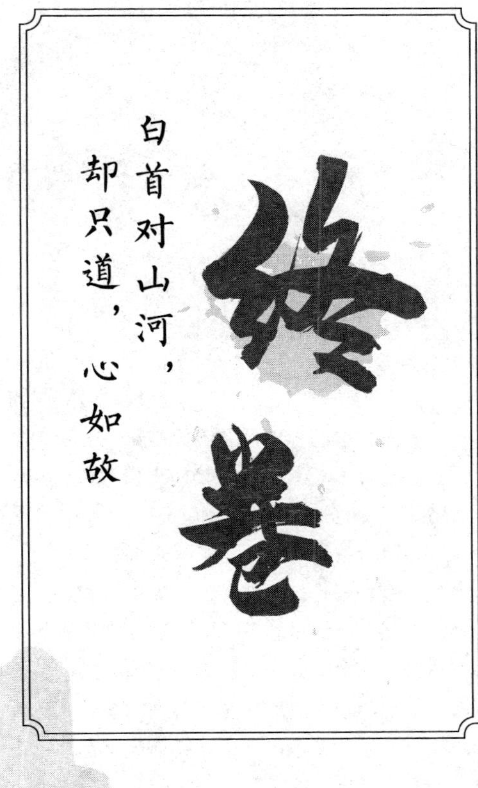

终卷

白首对山河，
却只道，心如故

第八章

水晶燕子

L A N G J I J I A N G H U

太初楼易主之后，似乎某种奇怪的平衡被打破。

按照常理，皇帝应该传召新任的太初楼统领燕无恤去面圣。

云公子开始焦灼地等待来自西京长安城的消息，这一等……等来的竟是皇帝病了。

这个消息于他，不啻晴天霹雳。

羲和东升，云霞穿透，光华流淌于白玉京的琉璃瓦上。

卯时，剑试繁花的衔月居，晨光微羲，深深浅浅的雾霭之中，童子阿九弯着身子，手里握一把扫帚，扫去越来越多的落花。

他抬起头嘘地喘了一口气，望着不远处已经逐渐有凋零之态的凤凰花，喃喃自语：“奇也怪哉，昨晚燕大侠竟然一夜未归，难道是去华莺夜楼眠花宿柳了吗？”

他小声嘀咕着，身后吱呀一声，小小的肩头一震，转过头去，看见云公子身着雪白长衫，站在门后。

晨雾隐隐，锦缎白袍包裹着他清癯高瘦的肩膀，雾气让他端肃的眉毛、眼睛，都蕴含了温润如玉的光华，他一步迈出来，又掀开袍子，随意坐在了门槛上。

若不是知道他的身份，只当他是哪个疏狂不羁的读书人。

然而谁能想到，这个隐居在繁花深雾里的年轻人，竟是王孙贵胄，天之骄子，陛下最宠爱的五皇子陈云昭呢？

阿九早已惯了陈云昭的怪癖，也做惯了一个寻常的小书童，他手下动作不停，唰唰地扫着花。

“阿九，你可还记得，这些花是几时开始落的呢？”

陈云昭声音慵懒，带着一点晨起未醒透的鼻音。

阿九小小的脸仰望上去，童声亮而高：“公子，这花落得快，小的日日都在扫，唔……我记得，从它开起，就开始落啦。”

陈云昭捡起一片落在足畔的花，花瓣厚重，轻轻一拧，便流出了鲜红的汁水。

花汁将他白皙、修长、玉琢一样的手指，染上了猩红的颜色。

“花开之时，也是始落之时。”

陈云昭道：“阿九，你话说得越来越好了。”

阿九不过随意说了一句，骤然被夸，面红了一红：“也……也不……”

陈云昭笑道：“去，打开柴扉，迎客吧。”

阿九怔了怔，转头看向紧闭的门，并无人敲。

他怀着疑惑，慢慢走过去，从门缝里，看见乌压压好几人。

打开门，看见为首的竟然是皓首布衣的当朝丞相，他惊在原地，不过他也是十分见过世面的童子，只是微微一惊，便敛着衣袖，躬身行礼：“岳大人。”

陈云昭在衔月居一向亲力亲为，犹如一个真正的书生隐士，他与丞相对视一眼，转身自取过披风覆在肩头，便与对方漫步于庭院的幽幽小径之间。

不一会儿，披风一角就被晨露浸染，洇成深色，陈云昭一言不发，花甲之年的丞相也良久地沉默着。

陈云昭语气闲闲地道：“岳丞相，远近无人耳，俯仰唯天地，既然来了，何必迟疑。”

岳明夷道：“殿下不闻京中琐事已久，一意放鹤南山，远避红尘，老夫唯恐一些杂事，玷辱了殿下的清净。”

陈云昭笑骂：“你们这些老东西，最喜说是一套，做是一套，既怕，为何又要来。”

岳明夷讪讪道：“既然如此，老夫便直言了。陛下昨日……龙体欠安，老臣心内不安，说句僭越杀头的话，殿下不可不回京，稳定人心啊。”

陈云昭面现惊讶之色：“怎会？前日宴会，父皇精神大好，还观赏了西蛮上贡的天马，并无丝毫龙体欠安的迹象啊。”

岳明夷捻须，沉默片刻，道：“昨日陛下未上朝，老夫求见，却被挡在乾安殿外，说是龙体欠安，今日朝会也罢了，只留下几个内监随侍奉左右，实在反常。”

是反常。当今皇帝甚惜命，但有小恙，莫说御医所，便是钦天监也要入长乐宫连日待命。

这次竟然如此清风雅静，绝非皇帝的做派。

陈云昭眉峰紧蹙，脚步长一步、短一步，走到花径尽头时，分明是自己熟悉至极的园景，竟犹豫是往左还是往右。

陈云昭踟蹰道：“父皇没有召我，我岂敢回京。父皇是天子，龙体有上天庇佑，定然无恙。我当清修于此，为父皇祈求长生不老。”

陈云昭的反应并不在岳明夷的意料之外，众所周知，当今皇帝最避讳言身后事，笃信长生，因此不立太子，远逐诸王，就算平日最得圣心的陈云昭，也是常年不踏足西京，幽居白玉京，非宴饮奉召绝不入宫。

在这等敏感的时局下，陈云昭如果未奉召私自回京，若皇帝病好，对于他来说恐怕是殒身之祸。

岳明夷放低声音：“这些时日，侍奉陛下的内监，都是孙太傅的人。”

他忽然在陈云昭身前颤巍巍跪了下来。

陈云昭大惊，伸手去扶：“老丞相，你这是做什么，我如何当得？”

岳明夷再抬起头时，泪水已唰地流了下来，冲过沟壑纵横的面：“五殿下，老臣一生不能匡谏君主，于社稷无功，觍居相位二十载。今实不愿见奸佞妄为，任他把持，恐有篡国之灾啊！这叫……这叫我如何有脸面，到地下去见先帝，去见我岳家的列祖列宗。”

老人的声音，沙哑而气弱。

这是一个在强势、任意妄为的帝王下，小心翼翼、苦苦求全二十年的老臣。

陈云昭一手扶着岳明夷，清晨的衔月居，没有一点风，他微微昂起头，被晨露所湿的披风，微微颤动。

接下来的几日，燕无恤常常到清歌楼寻苏缨。

清歌楼的十大楼主，譬如聂、阮等人都是难得一见的武痴，见他就跟见了凤凰似的，缠在武场那里讨教。

燕无恤也并不藏私，诚心相授。

聂元慎得了两三招的指教，喜不自胜。初时自矜身份的楼明月见状，也按捺不住下场讨教个一两招。

分明是苏缨回清歌楼办事，众人却都只簇拥着燕无恤，将她抛在一边。

清歌楼诸武家一切如常，除了少了一个偃师师。

这日日将暮时，西陵家中的小厮，贴身伺候爹爹的张大柱飞马而来，还带着一封她爹爹写的亲笔信。

阿曼磕磕巴巴念完，原来竟是苏老爷将要来西京，让苏缨立刻启程去一趟西京与他会合。

这一消息，让苏缨先是惊喜，继而又发起愁来。

唯恐她爹是要带她回家，不许她在白玉京。

阿曼哪旦知道苏缨在愁什么，她只看着正指教着聂元慎的燕无恤，分明是个骨子里狠厉的角儿，偏偏因小姐在，端了一派温文尔雅的架子，显得十分耐心和好为人师，浑然不知大麻烦将至。

阿曼不无幸灾乐祸地想到，老爷要是知道自己心爱的独生女儿，被这么个匪类摘去撷走，不知要气成什么样呢？

这是苏缨第一次到西京长安城。

西陵虽离西京不甚远，她养在深闺，只拿到过爹爹形形色色从西京带回来的小玩意儿——来自西域的香料、玉雕的摩合罗化生童子、砌香果子、琳琅满目的昆仑玉……光是这些小玩意儿，已在她的心中堆出了一个宽广博大、容纳六合四海往来客的恢宏帝都。

因是赴父亲之约，苏缨轻车简从，只携了阿曼和家中的车夫，坐在自己从西陵带来的八宝璎珞马车中。

燕无恤单骑一马，陪她同来。

验符过了天极门，正式步入西京外城，人声鼎沸，车如流水。

阿曼掀开车帘，偷偷觑了一眼骑马的燕无恤，见他虽依旧着了一身万年不改的黑衣，却显然认真浆洗过，面上干干净净，头发规规整整。他本生了一副干净俊逸的好相貌，今日望之，更少了江湖浪荡风霜之气，多了几分清雅蕴藉，倒真是如皎皎明月，安分书生了——自然，前提是他鞍前没有扫兴地挂着一把灰扑扑、黑沉沉的陌刀。

阿曼放下帘幕，吃吃而笑。

苏缨纳闷地问：“你笑什么？”

“我笑，燕二爷要见老爷了，不知他紧张不紧张。”阿曼眨眨眼睛，“我还没见过他紧张的模样呢。”

苏缨闻言，微微甜蜜羞赧之外，也大是好奇。

马车驶入天极门后，车夫跟着苏老爷在信中说的地址，一路往西去，穿过无数吵嚷的市坊，来到了权贵聚居的长宁坊。车夫“咦”了一声，自言自语道：“这次老爷进京，怎么没有住自己家，反倒来长宁坊。”

苏缨也疑惑了："爹爹不是在平康坊置有宅子吗？我们去的不是平康坊？"

"老爷写的长宁坊，京中官老爷们住的地方，听人说，还有几个天潢贵胄也住这儿哩。"

苏缨应了一声："就照着爹爹写的走吧。"

苏家在京中也结交了一些权贵，譬如苏缨刚来白玉京的时候，爹爹就通过叔公的好友，拿到了云公子的玉佩。爹爹这次来西京，会专程上门去拜谢也是情理之中。

马车缓缓地停在了一壁青墙之外。

这一户宅子，藏在长宁坊深处，绵延足有一条街长，闹中取静，其间有郁郁深深的苍翠之色，牌匾上没有写是谁家府邸，只用了颇有隐逸道风的"清微馆"三字。

验帖的时候，家丁将燕无恤拦在了外面，道："苏之卿的帖，我家主人只允了她来，其余人在外等候。"

燕无恤略思忖，对苏缨道："我在外头等，若有什么，你发个信，我就进来。"他在她袖间轻轻放了什么。

苏缨将那物攥在手里。

阿曼搀扶着苏缨走进清微馆，迎面先是碧意森森的一道屏障，转过后又是幽径。

长宁坊的大道上，烈日暴晒，进了清微馆后，草木香拂面，无风生凉，鸟鸣啼啾，隐隐还有仙鹤栖息呢喃。

苏缨在幽径上左拐右拐地走了一会儿，已觉得背心寒沁沁生凉。

她自幼常常出入，深谙富贵人家的庭院布局，虽未眼见，却能感觉到越走越偏。她心里微微生疑，在袖中握紧了燕无恤给的竹筒。

进了一个更深处的小院，她又提起裙裾，拾级而上，耳边越来越安静，连鸟叫的声音亦听不见了。

就在心中的不安积累到顶点的时候，一个声音响了起来："你就是苏之卿的女儿，苏缨吧？"

并非父亲的声音，而是一个陌生的中年嗓音。

听他的语气，像是长辈。

苏缨垂下眼帘，屈身行礼，道："是。"

坐在堂中的，是一个约莫四十许的中年人，白面皮，高孤拐，一把青髯，温文尔雅。他先是吩咐人看茶，而后道：“我是苏简之的好友，也是你的长辈，受你父亲所托，邀你来，再给你一块玉佩。”苏简之，是苏缨叔公的名字。

苏缨恍然大悟，父亲所说的在西京最大的靠山，应当就是此人了。

那人笑道：“听说你在白玉京拆了抚仙楼，还是我家公子给你解的围？”

听他所言，苏缨登时心下大松，原来是爹爹听说她用过了玉佩，再给她求了一块。

苏缨便又行礼道：“是云公子出手替我解围，承蒙大人照料，多谢。”又问，“大人，我爹爹也在吗？”

中年人道：“他不放心你，本要来的，今早才叫人捎了口信来，说是有事耽搁了，年底再去白玉京寻你。你且把玉佩收着。”

有个小厮呈了玉佩过来，阿曼收了，苏缨又道了一回谢。

苏缨没见着爹爹，有些失落，想着家里远在西陵，却事无巨靡，事事为她盘算，心里又暖又酸，一时被她爹爹千里之外托人送的一块玉佩勾起了浓浓的思愁。

二人交谈片刻，中年人甚是繁忙的样子，一会儿便有一个人来传书给他看。

苏缨很快便出言告退，中年人与她寒暄片刻，特意叮嘱，清微馆不是他的住所，是今日公务繁忙，只能在此接见她，令她千万莫在别人那里提起这处。

若是常人，听到这话必会猜疑：既是公务，为何会藏在私邸？为何不能同别人说道？

然而苏缨到底涉世不深，心思单纯，对家中长辈的朋友十分礼貌尊敬，毫无异色地答应着走出门。

仆从在前面领路，出去的路和来的路不一样，少了许多幽静，更敞阔些。

再穿过一处穿堂的时候，阿曼忽然内急，想要去更衣，苏缨只得在廊下等她。

不多时，苏缨被一阵砰砰声吸引，微微迟疑，下意识地朝那边转过头去。

那声音离她很近，她能分辨出来，就在右手边十来步的位置。

每隔四五个弹指的时间，便会撞一下。

苏缨被那声音所吸引，脸静静地对着砰砰声传来的地方，又是疑惑，又是好奇。

清微馆的摆设光是听声音、闻香味，就知道极为雅致精巧，令人心底生静，肌肤生凉。

处处都能感觉到主人家别出心裁的匠心，是苏缨极喜欢的氛围。

因此，这声音也来得极为突兀——这不是竹漏嘀嗒之响，也非钟磬悦耳之鸣，并不均匀，一会儿快，一会儿又要慢一些。

她自然不会去问仆从这是什么，只是在心里默默地过着自己经常见的那些玩物摆设，想要弄清楚这究竟是什么。

是不是西京时新的玩物摆设。

苏缨情不自禁地往那边走了一步。

在这里，砰砰的声音更加明显了。

她又歪着脑袋，仔仔细细听了一会儿，还是不能听出这到底是什么。倒是能听到有极微弱的鸟叫声夹杂其中，十分虚弱。

莫非是鸟笼里的雀儿在撞笼子？

可若是撞在笼子上，怎么会有这样闷闷的声音。

阿曼怎么还没好？

她趁着仆从没注意，好奇地从院落窗户里，朝内院瞅了一眼，朱红的柱子，青色的石砖。

苏缨情不自禁地微微眯眼，这轻微的一眯，视线凝定，面前的景象，几乎让她叫出声来——

是个精巧院落，前方屋堂门敞开着，其间立了一个巨大的水晶笼。

笼里，翩翩飞着一只瘦弱的雨燕。

刚才听到的砰砰声，正是那燕子不断撞着笼，发出的响声。

不远的身前，站着一个熟悉又陌生的身影，萧萧肃肃，如竹如松。

他面上没有一直以来的温文尔雅，反倒有些复杂的惊惶之色，长眉拧着，微微气喘，手里提了一把剑。

他是云公子。

更漏淅淅沥沥地流着，伴随着水晶笼中的燕子扑腾，或缓、或促，毫不规律地沉闷撞击……

苏缨的一颗心，吊在了嗓子口。

若非亲眼所见，她绝不相信云公子面上有这种表情——

他是仓促赶来的，衣袍翻飞微乱，额上汗涔涔的，看着竟十分狼狈。

一瞬间，苏缨感到自己头皮发炸，一道寒意顺着脊柱蔓延而上，恶狠狠地揪着心脏往下扯了一下。

她立时便知，自己是看到了不该看到的东西。

苏缨不知道有无一战之力，只袖中有一个燕无恤给的竹筒，只要拿出来拉一下，守在门外的燕无恤必携陌刀而至。

苏缨心中滚过两个念头，其一，从门外到这里，就算身法再快，也需要十来个弹指的时间；其二，若不知道云公子究竟掩藏了什么秘密，若让燕无恤也看见，岂不是也陷他于险境之中。

这一些念头有的是隐隐的直觉，有的是猜想，如光如电，俱在瞬息之间。也就是在她肉眼几不可见的微微眯眼片刻须臾，陈云昭执剑一步靠近——

片刻时间，苏缨隐隐地汗湿重衣。

陈云昭举步上前，靠近苏缨，温言道："小丫头，你怎么在此处，燕卿呢？"

他的姿态，谦谦如玉。

他的语气，温柔清雅。

仿佛真是在院中闲庭信步，偶然路过，遇到熟人，过来招呼一声。

陈云昭眼尖，一眼看见了她挂在腰间的云纹玉佩，心念如电，登时明了。

"是我府上的先生请你来的吧？"

苏缨本不愿说，恐连累了请她过来的叔公好友，但事已至此，决计隐瞒不过，只得轻轻颔首："上次的玉佩……我不是请您帮忙用过了嘛。我爹爹担心我，怕我再亏祸，所以……"

陈云昭微微一哂："你是挺能闯祸。"

苏缨心里咯噔了一下。

陈云昭又问："燕卿可是候在门外的？"

苏缨点头称是。

陈云昭笑着抱怨："这厮是个过不得美人关的。天天伴着你，大好男儿，竟是个裙下臣。"

苏缨微微低下头，缄默不语。

从陈云昭的视角看，提及情郎，她自然面有羞赧之色。

"我这园子修得深，我因不常来，也时常迷路。你那小丫头，多半是兜在哪里了。"陈云昭道，"这样吧，我送你出去，许久未见了，也和燕卿打个照面。"

他悄无声息地放下剑。

一直到穿过数条长廊，走到门口，苏缨依旧感觉浑身汗津津的，被外头的烈日照着，一丝暖意也没有。

陈云昭一声热情的“燕卿”，正等候在廊下的燕无恤朝这边看来，伸手携了她拉到近前：“阿曼呢？”

苏缨道：“她迷路了。”

陈云昭道：“我已经令人去寻了，我们在此稍候片刻。”

燕无恤这才将注意力放到了陈云昭的身上。从苏缨进白玉京，拿出第一块云纹玉佩起，他就知道苏家和云公子有某种关联，听着似乎是，云公子私下的一个幕僚，是苏家亲戚的友人。苏家爱惜幼女，用钱财疏通，给她找个靠山。

所以会在这里遇见陈云昭，燕无恤并没有感到很吃惊，但转念一想，又觉得有些蹊跷。

陈云昭一向蛰伏守拙，长住白玉京，没有天子诏令，绝不入西京。

现在天子抱恙，虽也有可能召他回来，但他不去长乐宫，却盘桓于东市隐匿的馆所中，实在是形迹可疑。

陈云昭看出他疑虑所在，微微笑道：“燕卿，黑云压城，山雨欲来，我满腹愁肠，不知同谁诉，正欲去太初楼寻你，你可否同我，借一步说话？”

苏缨大感不安，紧紧攥住燕无恤的胳膊，摇头道：“你别去，阿曼不在，我一个人害怕。”竟是将他抱了个满怀，扭股糖似的不肯撒手。

这时青天白日，街巷虽然没有别人，却也坐了个老车夫，更何况还有陈云昭在场。

即便燕无恤自认粗疏，此时也不由得面上泛红，一时竟不知手当往哪里摆才好。

苏缨背对着陈云昭，双手搂着燕无恤的脖子，将脸埋在他的胸膛上。

陈云昭见她撒娇耍痴的模样，哈哈大笑道：“燕卿啊燕卿，你这小冤家，委实可怜可爱得紧，好有些手段，怪道你牵肠挂肚，朝思暮想。”语气一肃，脸色又微微沉下来，“不过你着实要跟我走，否则，不仅是她，整个太初楼，以至于整个白玉京，恐有覆灭之灾。”

就在陈云昭说话之时，燕无恤察觉到苏缨的手摸在他脖颈后，探出一根手指，缓缓写出了三个字——

小心他。

这三个字，苏缨写得又重又深，她的手指犹自惊魂甫定地微微颤抖，指尖黏腻有汗。

然而，燕无恤没有表现出什么异样，温柔地将手覆于她发顶，安抚地轻轻拍了两下。

他仿佛全然没有察觉她手指画出的警告，只声音如常地哄她：“待阿曼来，她先陪你回去，可好？”

苏缨大着胆子在众目睽睽之下，对他又是抱又是痴缠，已是舍了颜面不要，哪能一直腻着不放，听他的语气，是定要随云公子走，虽心内焦急，却没有办法，发恨地轻轻一跺脚，退让开去。

她撒娇耍痴的模样，陈云昭望在眼里，半点不觉有异，负手含笑，静静旁观。

不多时，阿曼给人领了出来，忙不迭地对苏缨道不是，说是原本记着路的，回来的路上却被人挡了，换了条路，便越绕越远，也正着急，所幸给人领了出来。

阿曼扶着苏缨走上马车，在车中替她重整簪环，拂去衣上尘灰。

只听得燕无恤在外对车夫说了什么，车夫应声称是，控起缰绳，挥鞭赶马，车轮响动起来。

车走了一会儿，苏缨说：“阿曼，你掀开帘子看一看，他们走了吗？”

阿曼依言查看，道：“还没走，仆童驾了一辆车来，云公子上车了。”

“燕老二呢？”

“没有上车，骑的携来的马。”

再过了半晌，阿曼道：“不知他们何处去了，眨眼就不见了，奇怪。”

苏缨望着车中某处，怔怔出神。

其实，她并没有看到什么，除了一个巨大的水晶笼，以及一只养在里面的燕子。

陈云昭，究竟是想隐瞒什么呢？

她忽然想到什么：“阿曼，你记不记得，那天晚上燕老二说，李揽洲骗他，我才是设计害燕老二的人？”

“好像是听说了，怪好笑的，我还笑了呢。”

那会儿苏缨迷迷糊糊地便断定，定是李揽洲黑了心眼，为了自己摘干净，什么都嫁祸给她。

从没有想过，看来很聪明的李揽洲，为什么会撒这么蹩脚的谎话呢？

而今日，她受叔公好友的邀请，来拿玉佩，看到云公子的异常反应后，不由得对自己家和云公子的关系，以及云公子和燕无恤真正的关系，产生了巨大的疑问。

自己家只和云公子有联系。

梦里抱月剑似乎可能是从云公子这里赏赐出去，到了叔公那里，又被叔公转赠，极为偶然间，到阿娘手里的。

梦里抱月剑、玉佩、水晶笼、燕子……

倘若李揽洲并非毫无根据胡编滥造，而是早想暗示燕无恤，害他的那个人，是和苏家过从甚密的人呢？

朝中，只有云公子啊。

苏缨蹙眉深思，神态怪异。

阿曼愣在一旁，欲劝不得。

二人都没有察觉到，这个被燕无恤刻意嘱咐过的车夫，选择走的路，已不是来的那一条。

鸿鹄楼是西京长安城延庆坊的一处花楼，楼里有胡姬，还有西域来的葡萄美酒。

门庭若市，人群熙攘，金发碧眼的胡姬身裹薄衫，肌透雪底，拥一把琵琶，弹奏一曲仙乐。众人嬉闹哄笑，或进或出，抛掷香药、锦囊等物打赏她，门口热闹非凡。

一道雪白衣袍的身影，从后面专给达官贵人设的隐道竹阶，拾级而上。

在他身后不远处，跟着另一道黑色的身影。

白衣人显是这等场所的常客，他缓带轻裘，姿态雍容，驻足听了一会儿琵琶，赏了一片金叶子，又亲自去酒窖选酒。

与他相比，黑衣人神情就要肃穆得多。

那白衣人自然就是陈云昭，他含着浅笑，着实享受了片刻佳人簇拥的快意，对燕无恤道："也让你尝尝，我方才看见你们俩腻腻歪歪，是什么心境。"

燕无恤淡淡道："要不我先到外头等你，你完事儿再叫我？"

陈云昭哈哈大笑，礼貌而疏离地驱开了佳人的青睐，推开雅室之门，状若漫不经心地徐徐道："就你那小娇娘是个宝贝。"

"……"

燕无恤足下一顿，掀起眼帘，状若漫不经心地，睨了他一眼。

陈云昭的仆从把门带上，守在了外头。

雅室陈设静美，屋中一座紫檀桌，其上一个巨大的冰鉴，冷气森森。

此间隔音上佳，门一关，就陷入了无限的静默之中。

只剩下，门口伫立的，神态莫测、定定不动的黑衣人。

以及被笼罩在黑衣人目光中，窗边施施然落座，白衣委地的华服公子。

激怒燕无恤这样的当世绝顶高手是极危险的一件事，毕竟，谁也不知道他究竟会不会因为愤怒而失去理智，导致不可控的局面出现。

陈云昭对此了然于胸，然而他并不忧虑，反倒像是故意而为。

他挽起袖子，取出一个酒杯，自冰鉴中取酒，笑道："燕卿，我既敢说，便不怕你疑我。今日找你来，就是要对你剖开心腹，掏出肺腑。你内力了得，可探得周围有半个影卫？此间独你我二人，你问，我答。倘若我答得不满意，你尽可一掌劈死我，天下无人救得了我。"

他扬起嘴角，眨眨眼："横竖，我那个父皇是什么人，你是知道的，我也算不得什么认真的天潢贵胄。你真杀了我，也决计没有人会认真追究你。"

燕无恤眉目之间的坚冰，逐渐在淡淡的冰鉴烟气里消弭于无形。他一手推开窗户，人潮如涌的延庆坊立时现了窗棂里，嘈杂的人响，车如流水，马如游龙。

他立在窗前，静静看了好一会儿，方道："你自说吧，有多少是你做的。"

陈云昭略低头想了想："从你踏入白玉京开始，所有事，都是我做的。"

一件一件，徐徐道来。

天泽会武前，苍老的帝王曾经召他唯一留在身边的儿子，问出了心底的疑惑："你久居白玉京，住得明白了？可曾感到筋骨强健、口舌生津？"

陈云昭据实以答："山川景物，宫台楼阙，莫不尽美，可润心、养德、静气。儿子这两日，可静坐一日，水米未进，也不觉得饥饿疲倦了。"

皇帝甚欣喜："果真是有福之地，等太玄宫修好了，朕也要多去住几天。"

陈云昭温顺伏地："儿子恭候父皇圣驾，儿子天资不高，只能用笨法子。若是父皇辅以金丹，必窥得天机，福泽万民。"

皇帝又说："云家的小子，不错。前些日子，朕着人给他特谕，多看了几页书，越发精进了。这次天泽会武，肯定又是这个小东西夺魁。"

陈云昭道："太初楼统领的'大宗师'，据说又堪破了一重境界，到达'无我'之境。儿子看着，已可上天入地，来去自如，有一代宗师的架势了。都是父皇教导得好。"

"上天入地，来去自如？"

皇帝咀嚼着这八个字。

陈云昭似未察觉，犹自回禀：“三日前，云统领在白玉京广开门户，收属家的弟子，玉衡剑光如白虹贯日，能盖日月之光，天下人皆引为奇景。白玉京有斯人物，是父皇德感上天，天赐嘉才。”

皇帝喃喃重复了一遍：“能盖日月之光？”

“前些日子，父皇还在宴上说，若他这次天泽会武胜了，还要再给他看三页武籍。儿子又可大开眼界了。”

皇帝不说话了，沉默了良久，似乎有些疲惫，苍老的眼褶恹恹盖着，谁也窥探不得龙颜的真正情绪。

宫砖发凉，陈云昭纵是天潢贵胄，凤子龙孙，侍奉他的父皇，却像是仆人侍奉主人一样，亦步亦趋，小心翼翼，循规蹈矩，从不僭越。

皇帝没有开口，他便安静地跪伏在地，额头紧贴地砖，大气也不敢出。

约莫沉默了足足有一刻钟的时间，皇帝方挥手，对他说：“退下吧，回白玉京去。”

陈云昭便膝行后退，行叩首礼，而后，抬起头来，眼圈发红，语带哽咽道：“儿子久居白玉京，难得进京一次，父皇可许我多看两眼，慰我孺慕之情？”

皇帝微笑道：“你这孩子……难得你有孝心。往后，朕开宴，都唤你来做伴就是。”

这些细枝末节，陈云昭自然没有尽述，只是他以一个看似毫无实权的皇子之身，三言两语之内，挑动了帝王随着年纪增长越发深重的疑心，直接导致他下令云未晏不许在天泽会武取胜，利用太初楼的骄傲，策划了白玉京这一场持续日久的内乱，却是不争的事实。

燕无恤冷笑道：“云公子好谋算，明明是你做的，却要我去查。”

陈云昭面不红心不跳，继续道：“我明着做的、说的，也就只有这几句话了。接下来的事都是顺势而为。”

皇帝没有久居白玉京，所以他不知道，太初楼是不能败的，一旦败了，必生内乱。

而陈云昭知道。

他知道云未晏这个骄傲对太初楼意味着什么，也知道那十个荣耀的武勋对白玉京来说意味着什么。

他只是在微末之际，向着野草下的火光吹了一口气，而后，火势渐起，直至后来，延绵连山，摧枯拉朽，都并非人为，而是情势导致的。

所以太初楼生乱，云未晏断臂，唯有辞去统领之位才能保住太初楼，因为要“调查”幕后主使的燕无恤一定会到，而云未晏又仰慕燕无恤，认为他是游离在多方势力之外的、真正的大侠。

所以燕无恤接替云未晏成为太初楼的统领，是意料之中的事。

因为天下没有第二个人，更合适了。

话已至此，所有的事情都明了了。燕无恤没有生气，反倒在笑，是无声的笑，他拳头攥在窗沿上，没有看陈云昭。

唯恐见着陈云昭执子布局一般气定神闲的脸，若此时在陈云昭面上发现一丝一毫布局得当的笑，他一定会……一定会……

“李揽洲，也是你的人？”

陈云昭微微挑眉：“你觉得呢？”

是了，第一个诱导他杀的就是孙卓阳的私生子孙止水，打从一开始，就把他的仇恨引向孙卓阳。

一直在为恶，欲杀他、害他、抓走苏缨的都是素未谋面的孙卓阳。

而一直在救他、帮他、成全他的却是真正把他牵扯进来的陈云昭。

这日午后，长安变天了。

黑云近城，压在万重楼阙之上，隐有烈风，扑来萧疏杀伐之气。

鸿鹄楼的雅间，双窗大敞，疾风吹得木窗一下一下叩在壁上，发出沉闷的哐哐声。

燕无恤已转过身来，直视着陈云昭。

他面上无甚表情，脸被窗户一侧晦暗明灭的天光衬得过分苍白，眉目之间亦是暗沉沉的，唯有一双眼眸发亮，如凝了万千冰雪刀锋于内，黑白之间，十分慑人。

这些将人衣摆吹得扑簌簌的风，倒不全从窗外来，还有他手底的劲风。

强烈的怒意令他双眶发红，手上青筋暴起，仿佛下一刻，就会压制不住一掌劈向陈云昭。

就是面前这个人，利用他身边所有的人，利用他所有在乎的事，将他玩弄于股掌之间。

人情、正邪、善恶，甚至是仗剑一怒的热血，自己在尘网恩义中的挣扎，在大局小义之间的颠沛，如炭烤于身，如烈火煨煮肺腑，竟都是人为一步一步织就的樊笼。

自己的七情六欲、自己秉承的心中正道，皆被其利用，让自己彻彻底底沦为了一把为其劈开前路的剑。

燕无恤热血上灌，喉中发痒，急怒未令他目眦欲裂，相反，他此刻神态尚算得上舒展，除了眉间微微跳动的经脉，和嘴角蕴含煞气的、诡异至极的幽幽微笑。他哑声问："我纵传得青阳子的一身绝技，也从未想要仗武生事，以武乱禁，你为何？"

这话问出，他喉间却是生生一涩。他虽从未有以武乱禁之念，可，终究是出了手。

陈云昭轻轻道："湛卢临世，有德之剑，为有德者方能持之。"

没料到追问之下，得到了这样一个答案，燕无恤这一遭，笑出了声。他翻过手掌，望着自己的手，怔忪片刻，旋即，干脆利落地反手击出。

"表里不一的翻覆小人，凭你也配妄称有德之主？"

凌厉掌风，劈头盖脸而来。

就在燕无恤出手的瞬间，面前人却做出了一个令人意想不到的动作！

方才白衣款款、高谈阔论、操控人心、翻云覆雨的白衣公子，竟推开桌案，单膝跪了下来！

伴随着他跪地，砰的一声，原先逼近的掌风略偏了偏，击中了桌面的黄铜冰鉴，霎时，黄铜以一种极为扭曲的姿势瘪了下去，猛地滚落在地，酒液倾洒一地，浓烈的酒香盈满斗室之中。

满地都是酒液，陈云昭的衣袍亦被酒水所湿。

他不由自主地关注那个被巨力压瘪的冰鉴——燕无恤一念之差，这当就是自己的头颅。

他料到燕无恤会勃然大怒，却未料到对方真的会劈出这一掌。

陈云昭感到胸口有些窒闷，繁复的锦袍将他背后熨出了汗，浑身上下，无一处舒坦，甚或于感到肺腑被煎熬的毛躁。

这些情绪自然不是因为尊严落地的跪地求饶所引，大丈夫能屈能伸，古有韩信能受胯下之辱，何况他区区一跪？

那这股不舒服的情绪自何而来？为何会让人方寸大乱？

陈云昭抬起头，感到眼前渐黑，乃是自己被对方的身影所罩，即便自己也习得拳脚弓马的功夫，即便可以调动兵马，他仍在这一刻，感受到了面对未知的畏惧感。

原先他用来激怒他父皇的"天上地下，来去自如""光盖日月"这样的话真的降临自己头上，方知，滋味是真的不好受。

他竟忽然有些理解，为何自己的父皇在青阳子刺杀一案后，性情大改，日渐多疑暴戾了。

陈云昭跪在满地酒液里，神情诚挚，双目定定地看着燕无恤："诸多算计，实非我所愿，倘我生于盛世，只愿与君把酒言欢，大梦一场。奈何我生于晦暗难明之世，身处偏僻狭隘的幽径，手无实权，毫无出路，不得不仰君之力。"

他深吸了一口气："即便你今日要一掌劈死我，我也无话可说，唯有一句，我对你不住。"

道完了这一句，他似忽然放下了一块大石一般，吐出胸口一股浊气："除了对不住你，我仰无愧于天，俯无怍于地，如今总算说出来，我心里也好受了。"

听见他这一句俯仰无愧，燕无恤微微冷笑："云公子竟是为他人谋，并非为自己说谋？"

"说完全不为自己，那是我在骗你。然而，要说全为了自己，也委屈了我自己。"

屋中狼藉一片，未来得及掌灯，那窗外的黑云便越发沉了，一时间天光晦暗，难辨人面。

燕无恤背着窗户，其面上的情绪陈云昭一丁点也看不明白。然而他自己却是面朝窗，故而眼、眉、口、鼻，每一点细小的变化，皆倒映在燕无恤的目中。

陈云昭说话之间，徐徐站了起来——燕无恤这样的人，若在他面前一味折辱自己，或许可得他片刻怜悯，却更容易叫他看不起你。

因此陈云昭只是满怀诚挚地一跪，完全放下尊严，表示自己的歉疚之意，待歉疚愧悔的话说完，便缓缓站了起来，慢整衣袍。

他整好了襟袍，方再度开口："倘若父皇神志清明，倘若不是孙卓阳得他的信任，把持朝纲，怂恿父皇驱散诸子，我怎肯出此下策？"

他慢慢靠近燕无恤，走到窗前。

后者一动也不动，恍如定在黑暗中的一尊雕塑，不知所思所感。

此时，陈云昭也并不想窥探太深，凉风吹来，稍稍淡化了他面上喉间滚火似的焦灼，他合眼临风，长长地叹了一口气："父皇……哎，早已昏聩了，这几年更是痴迷于金丹……信任内监，宠幸奸佞，架空丞相……以至于满朝济济，尽是太傅门生，上行下效，吏治崩坏。父皇又好黄老之学，寻不老之方，为此劳民伤财，大兴土木，光是白玉京，每年就要耗费几百万两银子，都是搜刮百姓而来……连与我有几分关系的苏府亦不能幸免，你也是知道的。

“人不可能长久于天地之间。他日我父皇百年一去，我各兄弟都被远驱，只有我得他宠爱，离得近一些……倘若我都不作为，这天下会乱成哪般模样？”

燕无恤听到这里，哂道：“这就是你对付孙卓阳的理由？”

陈云昭静默片刻，坦然道：“自然，我也为我自己，我想争夺皇位。当朝无太子，我的兄弟们，早早出局了，只有我有资格。”

他几乎将自己所有的真心都摊了出来，赤裸裸地剖开，私心、公心、野心、欲望，一样样地摆出来，坦荡荡地横陈在令微尘都纤毫毕现的天光之下……

“唯有皇位平稳地过渡，才是最好的结果。否则……”

陈云昭看着被黑云笼罩的延庆坊，没有说那句最严重的话。

他知道，就算不说，燕无恤也心知肚明。

否则燕无恤也不会出手杀掉孙止水。

许多人仍然沉浸在恢宏博大的西京和恍若天上的白玉京所营造的繁华盛世里，却不知道，外有强敌在侧迫近幽、并，内有奸邪之臣动摇社稷。

举国之危，如累卵巍巍。

只差，那么轻轻一推……

西京长安城是极繁华的，就算是大雨欲来之际，延庆坊依然人潮如涌。鸿鹄楼楼高五丈，从楼下听不到楼上任何声音，在楼上，也只能入耳熙熙攘攘的沸涌声响。

满街的人，像是油汤滚沸。

丝竹琵琶的响声，丝毫未减。

延边的店铺扎起竹撑躲雨，布牌在风里呼呼响动。

避雨的瓦灯盏一个一个渐次地亮起来，将巍峨楼阙昏晦的庞大轮廓逐渐浮凸在黯淡天色中。

陈云昭漫然吟道：“买花载酒长安城，又争似家山见桃李。不枉东风吹客泪，相思难表，梦魂无据，唯有归来是。”

似乎只是片刻，又好像过了很久很久。

不知是自己说的话起了用，还是这一窗的“山雨欲来长安乱”触动了燕无恤，陈云昭听到身侧的燕无恤，轻轻叹了一口气。

就是这几近无声的叹息，让陈云昭蹙郁的眉头，终于有了片刻的轻缓舒展。

他徐徐道："你恐怕也想问，我早不摊牌，晚不摊牌，为何偏偏此时来说？实不相瞒，我是遇上了大麻烦，恐怕就要止步于此了。"

陈云昭扶持李揽洲，已是大大动了孙卓阳的利益。

这番意在挑动白玉京的内乱，插手武职武勋的任命，更是动到了根本——高官所谓的权力，都是下属赋予的，拿走了武勋武职的任命，哪怕只是小小一个太初楼，也足以让孙卓阳暴跳如雷。

孙卓阳实在太老辣，轻轻松松，便把局势扳了回来，而且一出手，就是杀招。

从前几日起，宫中的内线就再探不到任何消息，只有丞相来白玉京，告诉他皇帝抱病之事。

皇帝抱病垂危，身侧没有一个他的人。

这个局势，对他而言，已经危险到了极点。

无外乎两种可能。

其一，皇帝是真的病危了，他需要立即动手，带人闯入长乐宫。

其二，更大的可能是，皇帝并不是真的病危，而是听了孙卓阳的撺掇，设下了一个局，一个考验他的局。

须知，陈云昭的立身之本就是无欲无求。

这若是孙卓阳怂恿皇帝，以重病垂危考验他，倘若他真的闯宫，皇帝安然无恙，他必彻底失宠，甚至失去性命。

"若我不去……"

陈云昭轻声道："若我不去，而父皇真的病危了，孙太傅……可以为所欲为。甚至，篡改圣谕，改立新君。

"他的作为，孙止水的作为，你也看见了。到时候社稷倾颓之祸，便在眼前。万民之殃，也在眼前。

"我倒希望，是我父皇真的……垂危了，如此，我倒还能一搏。"

陈云昭说这句话时，空中划过了一道闪电，白森森的电光，照在他的侧脸上。

马车走到河洛府的边界时，苏缨方察觉到路线不对。

这日马车从西京出来，天色暗得就有些昏然欲雨，风也越来越大，阿曼从包裹中取了披风与苏缨裹上。

阿曼问车夫："到什么地界了？可要紧着些，像有一场大雨。咱们若赶不到，寻个驿站歇着吧。"

西京与白玉京之间，因圣驾常往来，达官贵人也过往甚频，不仅绕着终南山修筑了当朝最平坦宽阔的驰道，路上也多亭台楼阁、驿站馆所，是不怕落雨的。

车夫含混说了一句：“前头望着大片瓦咧，近了，落雨前能赶到的。”

昏暗的荒原，官道蜿蜒如盘蛇。

关中地广，疾驰的马车只是小小一个黑点，纵在疾驰，却仍仿佛没有动。

“两位小姐坐稳了，要赶到前面避雨，须得快些！”

疾雨欲来风转戾，寒风钻过车帘扑进车中，裹在赤色披风底下的苏缨连连打了好几个喷嚏，忽然察觉到这车颠簸得实在太厉害了。

就算再怎么快，也当不至于颠簸成这样……竟像是……像是换了一条路！

她眼眸微微睁大，猛地一下敲在车壁上：“停车！”

车夫却似毫无耳闻，兀自向前疾行。

苏缨连敲几下，他也没有反应，就连阿曼都察觉出不对劲了，吓得脸蛋煞白：“这车夫……车夫有问题。”

可分明是苏府的车夫，怎么会有问题呢？

苏缨心念动时，已自颠簸车中立起身来，两步迫近车帘，掀开帘子，持起挂在车中的玲珑峨眉刺，迅速抵在了车夫脖颈间。

车夫立刻吓得面如土色，赶忙勒马。

马车颠簸良久，终于停下来。

苏缨冷冷地望着他：“你在往哪里走？”

车夫眼见瞒不过，只得据实道：“是，燕公子说，有人要对小姐不利，让我谁也不告知，出了西京就往南走……小的、小的方才在大街上，见小姐待他那样，料想他也不会欺瞒捉弄，这才冒死、冒死……”

苏缨怔了怔，缓缓收回峨眉刺，立在原地一动不动。

阿曼犹豫道：“是了，我想起来，咱们走的时候，燕二爷是给车夫说了一句什么话，究竟是什么事，怎么没来由地吩咐这么一句话。”

苏缨沉默良久，抬起头来，望向身后。

来路处，已不见西京城。

她轻轻道：“原来我演得不好，他知道了。”

阿曼疑道：“谁知道了？”

苏缨似未听闻她所言，又轻声道：“燕老二这样聪明，竟然只看一眼，他就知道，他知道了。”

阿曼被她饶舌一样的话，弄得如丈二和尚摸不着头脑，索性不再问了。

苏缨问车夫：“再往前是哪里？”

车夫道：“就快到河洛府了。”

苏缨又往黑沉沉的天际线看了一眼，这么久了，也没有人追上来，应当是没人尾随的。她退回车中：“我们去河洛府吧。”又对他道，“方才我疑怕得厉害，这才用刀指着你，对不住，劳驾了。”

车夫应了一声，又执鞭驭马。

车轮滚动起来。

阿曼惊讶于苏缨的转变——没头没尾地被人带到河洛府来，在白玉京那么多仆从、楼众，招呼都没有打一声。她迟疑地劝说：“小姐，凭是谁要害你，清歌楼里都是高手在保卫你，怎么都比这荒郊野外安全。咱们还是先回白玉京，等燕大侠回来了，再作打算吧？”

苏缨摇摇头：“不，我们先避去河洛府要紧。”

阿曼的话也许是对的，在任何人眼中，回到白玉京，有太初、清歌两楼的拱卫，看似都要安全得多。

如果没有今天发生的一切，苏缨也会这么想——可云公子颠覆了这个想法。

白玉京是云公子的势力所在，他住在白玉京许多年，暗中不知收买多少人，回到白玉京才是如羊入虎口，任他施为。

现在，或许豺狼熊罴遍布、流寇贼匪出没的荒郊野外，比那个金碧辉煌的白玉京安全多了。

苏缨用两只手指，轻轻地挑开帘幕一角，映入眼帘的是团团的铅灰密云，她慢慢吐出一口气，自言自语道：“我该去哪儿呢？”

自离家以来，虽几历惊心动魄的生死关头，有过爱恨纠结之苦、身躯折损之苦、颠沛流离之苦……可她从未像现在这样感到忧虑惧怖、孤独无依过。

今日惊变的一幕回放眼前，其间满含人心之幽暗晦涩，令人无端端遍体生凉。想到这样的人正在操控一切，便让人感到一切像压在头顶这片黑压压的天幕一样。

苏缨心知，肯定是不能回家的，会连累爹娘，而且，还要等燕老二。

她想起偃师师曾说，云公子的真实身份，是天子的第五子。

偃师师说这话的时候，用手指着天，表示天家贵重，不堪多言。

“天下之大，莫非王土，率土之滨，莫非王臣。”

苏缨仰起脸，望着暗沉沉的天想：这个世上，难道竟没有这片乌云盖不住的地方？

就是这样悖逆的念头划过脑海之时，天上忽闪过一道闪电，硬生生将夜空分成了两半，将四野的疾风劲草照得分毫毕现。

片刻，苏缨看到不远处，不知从何处，升起了一道烟。烟被大风吹得发斜，斜斜地向上空升去。

看到这烟，苏缨的眼睛像有明火投入，骤然亮起来。

燕无恤隐姓埋名在西陵的时候，在梨花巷，和刘叔过从甚密，深入市井，与下九流结交——凡这些人，或挑担千里行者，或走街串巷者，或朝暮出入城郭者，更有足迹遍布山林荒野的猎夫……这些人身如浮萍、居无定所、行走江湖，便自发地传起了一种叫“烟信”的东西，以互通有无，趋利避害。

不管是在多么贫瘠荒凉的野外，只要坐下来，拾起柴火，聚作一堆，凡烟火升起之处，必有能传烟信之人。

刘叔是西陵城“烟信”的聚散点，托他的福，燕无恤也颇通烟信的门道。

此时此境，没有比这个更适宜与他传信的了。

只要不是白玉京那种全是武家的怪胎……

就算西京，也是有黎民百姓生火造饭的。

到路边驿站暂歇的当头，在阿曼目瞪口呆的目光下，苏缨嘱咐她和车夫重新雇车到前方河洛府蔽身，便脱下了显眼的赤色华贵披风，将一头乌发解散，将簪环竹佩皆并作一包贴身放好，只用一条红色发带将乌发重新束到头顶，敛峨眉刺锋芒于袖。

苏缨解了马车的马，在夜色中打马而去，一人一马杳然天际，自此不知所终。

西京距西陵并不远，走官道的话，快马疾驰，也就两三日的路程。

苏缨自在河洛府辞别阿曼之后，为免云公子通过照身帖追查她的下落，特意选了荒郊野外走，一路上遇到几拨流寇、野兽，她内力逐渐恢复，应付此等不在话下。

马的足力又有限，如此过了十余日，才到西陵县。

苏缨遥望苏府，虽是对家中眷念已极，却是无论如何也不敢在这个当头回家，恐拖累了父母。

她拨转马头，信步而走，遥遥地见荒野有一棵大树，树下破烂的酒旗招展，临近一看，竟是陈巴的小野店。

想是过路人少，营生荒凉，店虽敞着门，却没有人招呼。

直到苏缨勒马停了下来，马嘶声中，眼皮耷拉的陈巴才打着哈欠走出来。

“打尖儿？住店？”

苏缨面罩障纱，连日赶路，风尘仆仆，坐骑不过寻常良马，百里奔波，便累得无精打采。

陈巴一见，指指马槽边的牌子，上面是张牙舞爪的字，写的“本店不寄养马匹”。

陈巴道：“先说好，打尖儿住店都好，只别让我给你养马。”

苏缨疑惑：“我记得上回我来，还没有这牌子呀。”

听是个回头客，陈巴小眼睛一睁，细细打量起她来。

苏缨掀开面罩，他登时恍然大悟：“原来是你！”

总算是个二回客，陈巴态度立刻热络起来，给她牵马，嘴里骂骂咧咧：“还不是燕老二那个臭驮夫，你见过的。他把那匹马扔我这儿，才给我二钱银子，人就不知哪儿去了。马又能吃，早吃了不止一两银子了，我到处找他都找不到，明日就把它拖去市上卖了。”

苏缨又惊又喜：“追风？”

“呸，追他娘的风，追我的钱，催我的命。”

苏缨走到后院去看，果见燕无恤的追风游荡在槽边。陈巴嘴里说得凶恶，却也没虐待它，追风皮毛水亮，双目炯炯有神。

苏缨便道：“你横竖都要卖了，那你卖给我成不成？”

她说话间，摊开手掌，白莹莹的五指中间，躺着一粒圆径寸许的金珠。

陈巴大惊失色：“你别是劫了哪个富贵人家吧？”

苏缨不答，神情诚恳，瞅着他。

陈巴看着那金珠子，双目泛光，恶狠狠的，恨不得拿眼睛将它“吞”下去。

然而，他犹豫后，竟道：“不、不行。这是燕老二家里留给他的念想，多……多少钱我也不能卖给你。”

苏缨没料到陈巴看起来俗气市侩，竟能忍住金子的诱惑，也不肯将白养在这里吃草的追风卖给她。

须知，这一粒金珠子，足够他一整年不开张了。

苏缨先是惊讶，又感到疑惑：“燕老二……家里？留给他的念想？”

陈巴此刻还在看着金珠子，目光钩子一样的，脸色也不是很好，像说完了自己也后悔，然而他并没改口：“是啊，燕老爷子生前送给他的小马驹……跟着他一起长大的，他家统共就这一点念想，我卖了容易，他哪里再找来？”

陈巴忽然皱了皱眉：“你怎么老问他？”恍然大悟，“是了，上回的上回，你们两个人一起去的西陵，莫非你真的跟了他了？”

苏缨微微垂首，不答。

陈巴搓着手说：“我就说，上回燕老二来找我喝酒，跟个怀春大姑娘似的，一脸心事，满口胡话。倘若你……你真嫁了他，这马我便答应卖给你！”

终究是未出阁的少女，被他“跟啊”“嫁啊”说一通，苏缨面上微红，白了他一眼：“我……我若嫁了他，这就是我家的马，你还要卖给我？”

陈巴讪讪然：“这不……也吃了我家不少草料嘛……”

苏缨道：“这粒金珠给你也可以，但是你要告诉我，燕老二家里人现在怎样了？”

陈巴满口答应，道：“都死绝了。”

陈巴生意也不做了，请苏缨店里坐，擦桌擦椅，殷勤伺候。他将酱的肉切一盘上来，又倒了些店里的酒，做这些事时，满嘴里絮絮叨叨地说：“实话跟你说，燕老二若不是家里坏了事，那也是个官家子弟，现在在西陵，那豪富之家苏家的独生女儿都娶得。”

苏缨自幼就在西陵，是个土生土长的西陵小姑娘，却从不曾听过“燕”姓的名门。

陈巴解释道：“看你的年纪，那也是你几岁时候的事了。燕老爷子——也就是燕老二的爷爷，从前是在朝中做官的，后来辞官回家了。他们家是书香门第，听说上数多少代祖宗，还是那个书上说的燕什么南？横竖又清又贵，大家都很尊敬就是了。

“燕老二爹妈死得早，他爷爷养的他。坏事要从十几年前说起，那个时候不知兴什么典，官家到处搜典籍，西陵这里也不例外。”

陈巴边想，边说：“地方官嘛，这不一下子就想到了燕家，他家世代诗书，家里杂学旁收的，典藏不少，都说要交出来。燕老爷子不肯，不肯也就罢了，千不该万不该，他不该推说典籍都随祖宗葬了。那时候的西陵父母官，说来现在也是个名人，墨家的墨老爷子你知道吧？他带人掘了燕家的祖坟，燕老二的爷爷不堪受这种辱，就自己找一根绳子了断了。”

苏缨一惊，如惊雷炸响耳畔：“墨……墨信芳？”阿尧的爷爷？

是了，墨家虽然与自家自小交好，可是阿娘从来都说，他们家以前是做官

的，和自家不一样。

后来某一年，大家交情就淡了，焉知不是出了这个事情的缘故。

欺负孤老，掘人家祖坟，间接逼死人，平心而论，若是自己知道友人做出这样缺德伤阴鸷的事，不管为了什么，也断断不会和他再来往了！

这边苏缨既惊且怒，陈巴语气却平平没什么波澜："可不嘛，就是那墨信芳墨老爷子，现在许多人都知道的，官老爷，从前当官时官威大得很。"

苏缨问："燕老二知道是他干的吗？"

"知道啊，怎么会不知道。"陈巴笑道，"燕老爷子死了，坐实了瞒报的罪名，家产尽数充公，因为说是祖坟藏典，就连祭祀的田地都收了。那些人狠心短命的，不管燕家是不是还有个年少的孙子，管他什么死活，就赶了出来。燕老二也是惨，一个矜矜贵贵的公子哥儿，转眼混得和我这孤儿一个样，偷捕雀儿才能吃上一顿肉，我俩就是那时候认识的。"

苏缨闻此，双眉微蹙，目有怜意，下意识道："他……他怎么长大的，饿过不曾，冷过不曾？"

顿了顿，她又觉得自己这话问得太多余。

陈巴拊掌而笑："怎么没有饿过肚子，一年到头，也不知能吃饱几次。你且慢心疼他，这厮到底是个狠角色，混得比我好多了。那几年，他天天晚上不睡觉，不知对着些布片竹片子鼓捣什么，我总是吃也吃不饱，他力气倒不小，三天两头能扛些兔儿什么的来卖。后来有一天，他对我说要去给爷爷报仇。"

听到此处，苏缨恍然大悟，想来燕家是藏了典籍的——燕家如果是书法世家，誊录抄写，必有典库，其中有一二册武学典籍也是可能的。这些东西没有落入官家之手，而是被燕老爷子藏在他孙儿身上了。

想来青阳子传授燕无恤的时候，他本就是有武功在身的。

只是青阳子正逃离追杀，时间紧迫，没有察觉。

这也是为什么，燕无恤传了湛卢剑意给自己，却依然武功盖世的缘故了。

恍然大悟间，听陈巴又道："我寻思这厮疯了不成，毛都没长齐整就敢去找官家报仇。谁知他去山中几天，扛下来一只山猪，给屠户换了把解骨刀，朝墨家就去了。

"我是足足提心吊胆了好几天，就怕官府来人拿我，说我知情不报，也是共犯。等了三天以后，他怎么去的，就怎么回来了，对我说'他也有个孙儿'，把解骨刀一扔，就此不再提报仇的事。"

陈巴长叹道："我是后来才听说的，墨家老爷子也是受了上头的严命，拿不到典籍，全家都要遭殃。我猜，燕老二怕也知道了，所以才难以下手吧。说白了，谁家爷爷不是爷爷，谁家孙子不是孙子？他要保护自己孙子，害了你爷爷，你能怎么着？你说这事能怪谁去？咱们平头老百姓，到最后不都只能怨自己倒霉吗？”

苏缨闻罢，心潮如涌，久久不能平复。

在她记忆里，燕无恤和阿尧是有过几次接触的，最初为了救她，是阿尧去梨花巷找燕无恤通风报信。

后来在太初楼，阿尧遭难，自己去救，燕无恤也一直在旁，表现得并无半点异色。

如今回想，却觉得魂思震荡，上下难安。

陈巴见她虽障着面，然眉目之间，又惊又怒，又哀又怜，一时，竟也被惊住了。

他有些感动，又有点不自在，渐渐收去有些玩笑的神色，神情复杂道：“你莫告诉他我都跟你说了，他定不愿意旁人探听这些的。我也命苦，生来就是孤儿，但我一点也不喜欢旁人可怜我。”

陈巴自己都不喜欢，更别提燕老二那个，遇着什么事都自己吞，看似宽豁，实则自矜自傲至极的人。倘若自己一席话，惹得他的红颜知己可怜他，却是大大不妙了。

苏缨道：“你放心吧，我只敬佩他，哪会可怜他呢？”

燕无恤不需任何人可怜，他身出名门，一身傲骨，怀揣典籍，又传承了湛卢剑意，武功盖世无匹，世上罕有敌者。

想必，也就是这个缘故——

上天才要令他一路都与自己为敌，与自己为战，不死不休。

在陈巴这里耽了半日，天色渐渐晦暗起来。

苏缨留下金珠子，辞别陈巴。

陈巴原已信了她已和燕无恤成了一对，因此愿将追风托与她。

苏缨抚马犹豫，问他：“这匹马几时寄过来的？”

上次见追风，是在白马驿，后来她昏迷过去回了家，燕无恤再出现在白玉京的时候，便不见了追风。

陈巴挠着脑袋想了想，说了个日子。

日子一对，的确是与她才分别两三天，他要北上去救受他牵连的幽州刺史之机。

苏缨便道 “追风还要劳你照料了，我立刻也要北上，唯恐……”

陈巴笑：“好说。”因有金珠，他态度截然相反，看着追风跟看一个活宝贝似的，“姑娘也北上？做什么去？”

苏缨想了想道：“想做什么，就做什么去。”

陈巴险些为之绝倒，叽叽咕咕道：“倒真是一对，那个北上前，也撂了句话来着，说什么，去荡尽不平。”

苏缨扑哧一笑，解下面罩，喝了一盏茶，旋即重整装容，牵出她来时骑的马，干脆利落翻身而上，拨转马头微微回首，舒展眉眼，雪亮目光，其清亮朗然，看得陈巴竟是一怔。

只是一眼，她便掉转马头，绝尘而去。

陈巴抚马想，这小姑娘，模样还同从前一般无二，娇憨神态甚至也没什么变化，却说不上来哪里，叫他觉得可靠些了。

陈巴弹弹追风的鼻子，后者一个响鼻。

“你爹是靠不住了，这姑娘……必转来接你的吧？”

苏缨从西陵，走官道，重又踏上了回西京的路。

为免于被云公子通过她的照身帖追查，她去梨花巷找到刘叔，给她伪作了一符。

越近长安城，山雨欲来的氛围就越发浓烈。

时值七月，正酷烈时，长安城地处关中，背倚终南，天气依旧晴朗，万里辽阔，无一丝云彩。

官道上自北而南的人，逐渐多起来。

自南而北的，稀疏寥落。

这是第一波消息灵通的已经走了，有些聪明眼尖、六感敏锐的，渐渐觉察出些什么，也开始活络心思，逃难去了。

只见路上行人，大多神形坠坠，脸黑眼青。

虽人多，却鲜有人谈笑，百步之内，唯闻车轮滚滚、驴蹄嗒嗒、脚步切切之声。

繁华博大的长安城，巍峨高耸，如在云端的城墙，就这般出现在眼帘中。

苏缨驻马坡头，遥望长安城。

刘叔给的接头点上，这一日傍晚在长安城外某一处偏僻客栈，住在指定的天字一号房中，若有信的话，会有人送来。

日将暮，苏缨便打算在这里休整一晚，明日再进城。

她连日舟车劳苦，脚下已磨起了茧，双腿之间，挨着马鞍之处更是皮破又磨，磨了又破，早就红肿一片，虽给店家要了水洗澡，愣是赤足站在浴桶旁，久久不敢踏足热水中去。

她用足尖试了试温度，小心翼翼地往内探，注意集中于对抗可能出现的剧痛，以至于没有听见轻轻叩门之响。

苏缨站在桶侧，一双常裹于锦缎、金装玉裹的足尖，底色白嫩得像大块羊脂玉雕琢而成，此时红是一片，青是一片，还破了皮，不多时，她额间已密密起了汗，脚下没踩住一滑，热水直接浸没腿根，大片破皮的皮肤直接入水——

尚未准备好接受疼痛的大脑一麻，痛呼出声，尾音颤抖，听来极是痛苦。

就在她呼出声的同时，门上又厚又重的门闩被人一掌击开，一门骤开，冷风一下子蹿了进来。

她脸色霎地雪白，再度惊呼出声，立刻藏在了水里，只露出一颗头。

只见门闩猛地碎裂开，门推半扇。

她看见来人，怔住了。

那人也怔住了。

本满握着的一把青丝，尚未及绾，这下垂落在肩，半截入了水。

身上擦破皮的伤被热腾腾的水一泡，其滋味难以言喻。

苏缨登时双目泛红，眼前蒙上薄薄雾气，然而她尚顾不得身上的疼痛，一手握着木桶边，一动不动地看着推门的人——

来人身形清矫，风霜落拓，氤氲雾水之间，隐约见他熟悉眉眼，正是久别的燕无恤。

多日不见，他似瘦了些，风姿却不减，卓然若皎月青松。

他一手推在门边上，往里看来。

水汽袅袅，一把青丝如瀑披落，肩头玉琢似的一片莹然。

他面色一改，立刻又阖上了门。

砰的一声，似比震破门闩的力道更大些。

那薄薄的门，十分可怜地颤抖几下，好歹未被他没有把住的力道拆下了。

苏缨被吓得脸色唰地雪白，又返上一层直接晕染至耳根脖颈的红潮。

此情此景，已大大超出了她能想到和处理的情景，她想要从水里出来穿衣服，奈何下水踩滑的时候太急，扭到了足，兼双腿伤处被热水浸泡疼痛，勉力

一站，腿下一软又跌进去，一阵水花声响。

她急得快哭了。

屋子是天字一号房，陈设精美，灯火亮堂，门上透光，隐隐看见他的身影还在门外，稍远了些，又近了点，又转过了身。

门再度被轻轻叩响，传来温和而低沉的声音："阿缨，怎么了？"

苏缨据实道："腿伤着了，疼，站不起来。"她恼羞而怒，抱怨道，"你怎么忽然就来了，也不敲门，吓着我了。"

燕无恤无言以对，讷讷地在门外站了一会儿。

见屋中依旧没有动静，唯恐她真的伤着哪里，他关切道："是不是扭伤了？你运潮汐明月诀，过血海、阴陵泉两个穴位试一试。"

里头的人沉默了一会儿。

"血海、阴陵泉在哪里？"

"……"

眼见场面要僵持下去，忽闻楼中有脚步声响，燕无恤道："我进来了。"

苏缨吓得面上红潮尽退，小脸煞白，惊呼："不要！"

然而那人似未听闻，推门的声音已响了起来，她惊吓之下，往水里钻，又拉过自己的衣裳，顾不上会沾水，兜头兜脑地盖在头顶上。

门开了，又合拢。

气流从门间灌进来，吹得案台上的烛火不住上下跳跃，火光微微颤动，阴影摇曳。

一桶热水，顶上盖着柔软的绯衣，随水潋滟浮动。

雾气、水汽、热气、香气扑面而来。

进门那人，一动不动。

衣料罩了顶，热气成倍地氤氲起来，苏缨在桶中衣底，被蒸得浑身发红，也不知是怕是羞，心口跳得疾快。

她悄悄在衣裳顶上掀开一个口子，往外窥看。

浴桶之畔，隔着一道薄薄的纱屏，此刻屏风底下也洇了水，顺着水的痕迹一点点看去，看到一道衣摆。

她发着怒，声音闷闷地说："你、你出去。"

屏风那边，他轻叹一口气，柔声道："我已蒙了眼睛，你略披件衣裳，让我进来将你扶起来可好？你这般久了，要着凉。"

苏缨稍稍抬起视线，见他站在原地，双目束了一条黑布，袖子缺了一角，显是方才仓促之间撕下系来。

他一动不动地站在原地，双眼被蒙着，鼻梁挺拔，微抿着唇，灯影投在面上，一点表情也无。

不知怎的，见他竟是这样坦然的表情，越发衬得自己这边窘迫难堪。

苏缨心跳愈疾，也知道不能这么着，身边唯剩下的一件衣裳也弄湿了，犹豫片刻，轻若蚊蚋地嗯了一声。

他循声走了过来，脚步如常，只微有些迟缓，手抚屏风，又摸到浴桶。

苏缨背过身去，裹着打湿的衣裳，一手扶着桶边，颤颤巍巍地立起来。此刻自己近乎赤身，与他咫尺之距，听他呼吸就在近前，已是羞窘得脸上都冒了烟。

正欲说话，下一刻，一件衣裳搭在肩头，一条滚热臂膀伸了过来，从身后一搂，转眼间天旋地转，已将她裹得严严实实横抱在怀。

他的臂膀之间，稳稳当当的，还有令人安心的熟悉好闻的气息。

很快就将她的焦躁与窘迫安抚下去，唯余……恼怒。

"你怎么不说一声就进来？"

从水里捞起来的苏缨，像被水所湿、浑身奓毛的猫儿。

"我敲门了……"燕无恤答。

"我没有听见！你震门闩的气力都没有，不知道敲大一点声，你没有用飧食吗？"

燕无恤将衣袍一角牵着，兜头兜脑按在她脑袋的位置上一通揉搓，抱着她，大步走向床榻边。

"没有。我来得急，赶着见你。"

苏缨为之语塞。

"我不是真问你有没有用飧食……"听他说赶来得急，说得真挚，暗含柔情，她好容易鼓起来的气势又弱了些，任由他胡乱擦着头发。

头发略干了些，她又被塞进了床帐间，厚厚帘幕落下。

苏缨总算是安了心，将湿透的衣裳脱下，裹在了被褥中，道："你把我干净的衣服拿过来。"

燕无恤摘下蒙眼的布巾。

四顾一眼，眼皮微跳，见一旁箱柜间搁着的锦绣堆里噌地蹿出一抹动人的娇红，竟是小衣、中衣搁在一旁。

他面上微红，迟疑一下，用外衣将一堆揉着裹在中间，给她递了进去。

是夜，风清月明。

长安城静谧得像一只睡在阪塬上的猛兽，身躯庞大，不怒自威，却也因安宁的夏日夜晚，露出吐息之间的懒散态度来。

千重万阙，都在远方。

窗囿外远远能看见高耸入云的巨大城墙的一角，其下是亭亭如盖的连枝树木，宽十丈的护城河畔，草虫鸣叫，疏松散散的微风，从一个树梢，蹿上另一个树梢。

这样细碎的声音，越发显得万籁俱寂。

窗扇半开，吹进来的风只有一丝丝，微昏灯下，苏缨坐在妆台前梳头发。

夏日晚燥，她穿着月白的衣，腰系紫碧纱纹绣缨双裙，干净清爽，愈衬得纤腰楚楚，整个人如一枝亭亭的莲苞。

在她身后静静等候的燕无恤，微微有些恍惚。

不知什么时候，跟着他到梨花巷的娇蛮少女，悄悄地有些长大了。

只一念起，便有些心驰神荡。

眼见她高高绾起一把青丝，露出洁白得像是莲瓣一样的后颈，似被发间温柔的清香蛊惑，他一手撑在妆台畔，俯下身去——

微烫的唇，贴在耳下一寸的皮肤上。

只轻轻一触，苏缨手中的梳子砰地落到案台上。

这个接触满含说不清道不明的意味，她侧过头，坠入他清明不复、情绪氤氲难辨的眼眸，一时心慌意乱，手指乱绞着，不知说什么、做什么好。

幸亏，他很快便退身了。

颈侧先是烫得厉害，此刻又有些凉，她心里万千情绪，难以分辨是轻松多一些，还是失落多一些。

苏缨低着头，拿梳子的一端，轻轻在妆台上画着："我……我一路来，听说现在有些凶险，你怎么还在长安城，陈云昭为难你了吗？"

燕无恤沉默了片刻，道："我来就是要对你说这事。"他语气逐渐严肃起来，"阿缨，不可再往前了，速速回转，回西陵去，西陵不妨事，长安留不得。"

苏缨依然低头，握着梳子，梳齿正对着掌心，轻轻陷进去："那你呢？"

燕无恤道："我不想瞒着你，我有件事要了结，有些危险。倘若你落到谁的手里，拿来作把柄，反倒让我进退维谷，颇多掣肘。"

见苏缨依旧默默的，不知在想什么。

燕无恤轻抚她的发顶，轻声道："此事一了，我就回西陵，去找你……好不好？"

苏缨翻手将梳子按在手底，抬起头来望着他："好是好，不过你要告诉我，长安到底发生什么事了？你不说，我不放心。"

燕无恤移开视线，顺着窗囿，目光幽幽地看向远方城墙，道："说来复杂，说来也简单得很，当日幽州发生了什么，今日长安也会发生什么。"

燕无恤在约莫酉正的掌灯时分来的，待了一个时辰。

其间，大多时候静静注视着苏缨，或笑，或答，无有不尽。

苏缨只觉得，他仿佛是有些不一样了，却说不清哪里不一样。

虽叫人看不通透，却断断不是陈云昭那样的云波诡谲、练达深沉，而是另一重难窥难测究竟的幽深感。

看着自己的眼神深深的，柔情得要滴出水来，多看一会儿便叫人面红耳赤，左右顾盼，将气氛岔开去。

像要把这辈子的都看完一样。

心里陡然掠过这个大是不祥的念头，她皱了皱眉，强压下去，然而它非但没有消弭，而是越来越强烈地笼罩在心间，直至燕无恤从怀里取出一本书册时，达到了顶峰。

燕无恤将那书交给她。

是一本没有封皮与题跋的书，里头是他自己的字迹。

"我一身的功夫杂学旁收，什么都有，所幸未乱了章法，这些年摸索出一点统领的门道，都载入其中了。你虽有内力，也不可轻以此法修炼，须得扎实练几年基本功夫再看它。"

燕无恤嘱咐道："其他的不要紧，只第一章，你拿两三年来看。先悟通了最基本的道理，若网之有纲，路之有纬，余下的顺势而为，顶多十年，必有大成。"

苏缨强忍着心里剧烈的不安，翻开第一页，只见是他自己的字迹，苍劲挺拔，写着总揽的一句话——

天下之有，终归于无。太虚之无，纳一切有。

苏缨脑中嗡的一声，如被重锤击中。

她虽于武学涉入不深，而这些日子也接触了他悟到了半截的潮汐明月诀，还有青阳子冠绝天下的功夫，知道一些习武时往往会遇到的，自己和力量对抗

的矛盾，自己自我和他我的矛盾，故看到这句话，咂摸两回，竟有醍醐灌顶、恍然大悟之效。

越是深思，越觉精妙。

看字迹尚新，显是燕无恤这些日子才写成。

苏缨翻看后面的内容，不由得凛然：只要是略通武道的人，一看这书当都知晓，这不是普通的秘籍，其雄浑厚重，竟是开宗立派的水准。

想到面前这人年纪轻轻，还未及而立之年，可敬之余，又觉可畏。

苏缨抬起眼睛看他，满满一泓的崇敬之情："依我看，就算百病客老前辈、青阳子老前辈都值盛年，你们同台打一场，还是你赢呢。"

燕无恤笑道："若当真如此，想必是你来做的裁决，偏心了我。"

苏缨小心翼翼地将书藏了起来，仿佛随口问："你为什么忽然要将这么重要的东西，托付于我啊？"

燕无恤顿了一下，答："还不是你连血海和阴陵泉都找不到，再不用功，可就一辈子都打不过我了。"

苏缨不服气地轻哼了一声。

又过了一会儿，燕无恤轻声道："好生保重，我先去了。"

她依旧低着头，没有说话。

"阿缨？"

苏缨还是低着头，只留给他微垂的洁白额头，还有轻敛的眉峰。

她手往前伸了伸，轻轻抓住他的手，双手一接触，细细的指尖便微微颤抖起来。

燕无恤手上一凉，低头看去，只见自己手背上不知何时多了一滴水。

苏缨仍旧没有抬头。

她轻轻地开口，声音很低，说得极慢，一字一字："你放心去吧，自己保重啊。"

他五脏六腑似都糅杂、碎在了一起，多日心中闷愤，时时的天人交战，似忽然寻到了一个出口，心情绪翻涌如波涛汹涌，奔腾嘶吼，直欲倾泻而出。

想不顾一切将这个为他担忧，又恐他挂怀，明明不舍，却又半字不说的姑娘抱在怀里，带着她远走高飞，什么也不管、什么也不顾了。

从此，江湖路远，山高海阔，并辔仗剑，不负此生。

这冲动太猛烈，像重重潮水，一波未平一波又起地撞击着胸膛。

手腕轻轻地颤抖，指尖发着烫。

然而最终，所有的情绪都只化作了喉咙间低低的一声：“好……”

门打开，又阖上的声音，有些急。

黑衣人独自走出，下了台阶，走到院中之时，忽然听到身后传来一声清脆的：“燕老二。”

他回过头，月明千里，野栈披霜。

满月一样的窗前，苏缨探出半身来。

她眼圈红红的，神态却半点不见委顿，骄矜得一如初见之时，气势凌人地冲他吼道：“你若失信于我，就是个始乱终弃的大王八，我一辈子也不会原谅你的！”

他忽然长声大笑，豪气应道：“好！”

应罢，翻身上马，踏月而去。

第九章
吞天拿月

L A N G J I J I A N G H U

第二日晨起，鸡鸣方打过三道，苏缨便结了账。

她依旧是昨夜的淡蓝衣，浅紫裙，头发高绾，面罩轻纱，自马棚中牵了马，折返方向，往西陵而去。

官道上，南面而去，明显跟自己同向的人便多了起来。

北向之人少之又少，若有见着，大多不是平民百姓，或官差、或零散的县军，不一而足。

到了这个地步，再迟钝的人，也能明显感觉到长安城的异样了。

苏缨感觉自己像是被身后车滚的声音催着在前行，行人甚少交谈，静默、混杂、紧张的气氛无声流动着。

她在心里盘算自己以后的打算，当是先要去河洛府接阿曼的。

然后呢?

却不知长安城都乱了，天下会不会都乱，覆巢之下，焉有完卵?

那日看到的响马会不会变得到处都是。

是了，要回家。

或者，是混在哪个镖队里，暗中保护阿爹阿娘。

也或者，收几个徒子徒孙，其中或有成才者，在她半吊子的功夫下都能有本事，就极好了。

然后呢?

烈日昏昏，照得头昏脑涨。

苏缨牵着马，慢慢地到一丛树荫下，像是下意识地逃避着什么想法。

贴身放着的一卷书卷，隔着薄薄的衣料，烫在肤上。

那里，心脏扑通、扑通、扑通，缓慢沉着地跳动着。

苏缨站在路边，望着过路的人，身体像木桩子一样，一动也不动。

轻疾马蹄声响，有一队旗帜飞扬的几十骑的骑兵奔来，扬起尘沙一丈来高。当前一男子，锦衣鹤服，面容白净清秀，双目雪亮如鹰隼。

他余光瞥见树荫下立的一人，面色陡变，猛地掣缰，马匹嘶吼抬蹄。

苏缨不躲不避，任他看着，只灰尘迫近时，咳嗽几声，稍稍避了避身。

“苏缨？”锦衣男子惊呼。

苏缨神色如常地笑着与他打招呼：“李司丞，久违了，别来无恙否？”

那人正是抚顺司司丞李揽洲。

苏缨现在已经慢慢猜出，他就是陈云昭的人。

不过她并不慌张，李揽洲随从不过十几人，车马疲顿，是无论如何都不可能拿住她的。

李揽洲不料她骤然撞见自己，竟然如此平静，不由得惊疑不定，反倒举棋未定，左右顾盼一眼：“燕无恤也在此？”

苏缨道：“巧了，我正要问你呢，他在哪里？”

李揽洲驻马在原地，微皱着眉，打量着她。

苏缨冷笑，牵马要走。

李揽洲出声叫住她：“你不去白玉京找他？”

苏缨诧异：“奇怪，我为何要去白玉京找他？”

“你不回清歌楼复职？”

“我略逛逛，过些时日再回。”

李揽洲试出这一答，嘴唇抿作一线，露出玩味的神情来：“哦？你这个前任清歌楼统领竟不知？燕无恤前几天夜挑白玉十二楼，一战成名，现集十二楼统领之位于一身，已天下皆知了。”

整整十年了，亦江湖亦庙堂的白玉京，迎来了它的第一个江湖统领。

蓬瀛楼的统领名叫赵越，为武家赵家之主，执领一楼的统领也有五六年，虽不比太初楼的云家威名赫赫，也是根基深厚，每年总能分得几个武勋，被泽楼中子弟。

赵越的武器是一条金丝长鞭。

在蓬瀛楼广寒堂上，供奉着一丈来长的“龙筋玄骨鞭”。

此鞭乃是白玉京建城以前，东海郡瀛洲山首领澹台元之物，物出东海，传说以龙筋绞成，九蒸九晒，坚韧非凡，一鞭下去，轻则摧筋断骨，重则裂石开

山，瞬息之间，至坚金石亦可化为齑粉。

赵越自入主蓬瀛楼以来，几乎从未动用过这条龙筋玄骨鞭，平日里它多作为广寒堂上一件装饰，兵威赫赫，威慑楼众。

直至，三天前。

七月二日卯正时分，赵越尚在睡梦之中，忽听到楼外远近一阵喧嚣，有人呼喊之声，还有响箭、烟火弹爆响的声音。卧房之外，脚步声由远而近，传信之人，气喘吁吁："赵统领，不好了！太初楼统领燕无恤今夜连挑十一楼，现在朝咱们这旦过来了！"

赵越惊坐起，怒问："太初楼要反了不成？"

自白玉十二楼修成以来，最开始是六楼，到朝中另外分封了六楼，一向秩序井然，各亨千秋，相安无事。即便是偶有摩擦也是武试之上，似这等不下战书，不打擂台，直接携人攻来之事，真是骇人听闻！

因此赵越第一反应就是太初楼反了，他问："报了禁卫军巡防的廷尉？抚顺司李大人那边知会了？"

那下属似乎不知道他在说什么，犹自呆呆愣愣的。

赵越匆忙之间起身，披衣裳，束革带，边走边问："来了多少人？"

"就……燕统领一个人。"

赵越蓦地止住脚步，神情好似刚刚从睡梦中清醒过来："他不是来攻伐蓬瀛楼的？"

"不……他……他是冲着您来的。"

赵越面上浮现极度震惊之色。

他自然不会天真到以为燕无恤是来切磋比试的，他深知晓，燕无恤这样来路不明，不属于各武家的高手，之所以能担任太初楼的统领，实则是钻了朝廷制衡商贾所颁"破立令"的空子。

破立令！

赵越心头狠狠一揪——自从燕无恤侥幸得统领之位以来，原本以为朝廷会很快废止破立令，然而因为近来长安朝局动荡，陛下抱病，这条十分荒诞的法令竟然无人管，一直叫它留在了白玉京。

"破立令"有规定：凡比武获胜者，可取统领之位而代之，只要有十人以上见证，便可要求上任立即交出统领铜印，移交一切权责。而后由抚顺司负责昭告天下。

就连陛下最重视的云未晏，也是在这样的规矩下不得不将太初楼统领之位拱手相让，朝廷也默认了这位新的太初楼统领。

白玉京自建成以来，统领明着由自己人推选，实则是朝中指派，已是不成文的规矩。

赵越作为最早六楼的统领之一，浸淫其中，十分清楚其中的门道——在白玉京，和从前的江湖是不一样的，并非谁拳头最硬谁就是老大。

在白玉京，决定拳头硬不硬的是地位。而地位又由各种各样的武家，盘根纠结的关系网，和朝廷高官的来往，这些因素共同决定的，可谓牵一发而动全身。

别看他位居蓬瀛楼之首，实则自己手下的武家他也不敢太过命令得罪，处处小心，时时谨慎，平衡各派势力，方能屹立不倒。

这燕无恤是个什么来头，什么无知武夫、莽撞愣头青！

凭一身不知从哪里学的本事，就妄图取十二楼统领而自立！

赵越有哑然失笑的冲动。

他慢慢步入广寒堂，脑中极是清醒，慢慢盘捋着其中的关节——燕无恤之勇武有所耳闻，今日当以全力应战，若胜，蓬瀛楼必将威势大涨，一战而成十二楼之首；若败，即便是俯首称臣，不过三两日的光景，朝廷必将拿下此人。

进退皆可守之局，有什么好担忧的呢？

十年了，赵越第一次从广寒堂取下龙筋玄骨鞭。

这条鞭子的象征意义远大于一件武器，它尘封已久，虽日常以鱼油润之，黝黑色鞭身水亮光滑，赵越触摸到它雕作兽头的鞭柄时，胸腔轰然涌起若沸若燃的一阵热潮。

他很久没有真正地战斗一场了。

赵越今年四十五岁，春秋鼎盛之年，他是这条鞭子的主人，瀛洲山首领澹台元的大弟子，也曾飞鹰走马、放歌河海。

十多年前，朝廷清缴乱党，瀛洲山崩，澹台元自尽，留他领着其他人来到了白玉京，白玉楼里，锦绣堆中，一住就是十载。

如今重新执起龙筋玄骨鞭，他仿佛可以听见自己浑身的血都在快速奔涌，筋骨发出舒展脆响。

赵越长笑一声，拒绝了护卫的跟随，独自携着鞭，施展轻功，足尖轻点，跃出广寒堂，停在了广寒堂面前的比武高台上。

一身黑衣的燕无恤已等在那里。

赵越站定，看清燕无恤的第一眼，笑意便凝在了嘴角。

他知道燕无恤的来头，一个未及而立之年的年轻人，获罪之家遗孤，师承青阳子，身负湛卢剑意，于武学一道上颇有些造诣。

他原本料想，一个血气方刚又刚好武功盖世的年轻人，必是一头热血、火热、骄傲、不屈的。不是这样的人，也做不出这等不计后果，公然反抗朝廷，妄图以一己之躯蚍蜉撼大树的事来。

然而当他真的与燕无恤面对面的时候，却感到了心底隐隐有些发凉，只因这个人，丝毫没有让他感到热血少年人的热情，一眼看去，宛如古井无波，深彻孤寒，看不到尽头。

他不知道他究竟想要做什么。

他独自立在高台上，布衣萧索，一柄陌刀陪他，除此之外别无他物。

此时正是卯时，日将出，晨光些微，黛黑天际，青白一线。燕无恤的陌刀斜斜的，握在手里，刀光雪白，可照人面。

赵越将长鞭的铁柄，深深磕入掌心。

他纵声长笑："燕统领，一大早，为何而来啊？"

燕无恤道："为击败你，取蓬瀛楼统领之位而来。"

赵越笑声一凝，喉头发涩："燕大侠，我向来爱护青年人，看你迷途太远，好心奉劝一句，你还是及早迷途知返、悬崖勒马为妙。"

燕无恤亦笑了："何处是迷途？何处是悬崖？还请前辈指教。"

赵越道："兴不义之师、取僭越之物，短利一时，必有灾殃。此处即是迷途，此地即是迷津，你若还是个聪明人，便当立即折返。"

燕无恤移过陌刀，那刀刃薄得像一片冰，映照着他自己的眼睛。

他与自己对视着，微微眯了眼："破立令在，法令如山，既容我取，便是天授与我，何来不义僭越之说。"

"法令？你不过前些日子钻了个空子，得了点便宜，就贪得无厌，想要自立为王不成？燕无恤，你当这里是什么地方？"

燕无恤环顾一圈，笑道："千重楼阙，鸣钟置鼎，然而如何，不过天地之间而已。"

赵越喉头猛地吞咽，竟找不到话来反驳他。

不知为何，就有一股无端而起的邪妄之火，被他纵横自如的态度、轻飘飘的几句话点着了，那团火簇拥着五脏六腑，烧得心肝脾肺肾都在烫。

赵越面上逐渐红涨，额上青筋直跳，攥着玄骨鞭的手捏得关节发白，一个收力不住，长鞭猛地掷出，倏然前探，便似一道闪电一样，猛地斫落那狂妄的年轻人面上。

他唾道："黄口小儿，无知竖子，未经人事，才有此无知无畏之语！"

在白玉京，一直无人知晓赵越的功夫究竟有多深，只知道他师承澹台元，一条长鞭舞得出神入化。可惜发挥极不稳定，曾以半招之差险胜太初楼白无疆，也被初出茅庐的云未晏打得丢盔弃甲。

这两战曾被人嘲弄：白无疆和云未晏当中，隔了十个赵越。

也是这一战，彻底把云未晏推上了白玉京第一的宝座，彻底让赵越沦为茶酒之间的一则笑谈。

然而唯有蓬瀛楼嫡系弟子方知，他们的统领本事远不止他表现出来的这些，此人极擅藏拙，强弱自如，柔韧得一如手里的玄骨鞭。

此时此刻，赵越在急怒之下，猛地出手，快如闪电，迅若流星，猛罩燕无恤的面门，其老辣迅猛，雷霆万钧，即便是当日的云未晏，也难以闪躲。

这是他师父澹台元于东海悟出的"章华九式"中的必杀技"吞天拿月"，狠厉鞭风，一招出去，九个变化，恰如银环，环环相扣，以一鞭织就天罗地网，捕月捉星，吞天噬地。

赵越几乎是发泄一样，一出手，便使出了毕生武学的巅峰。

他不知心头的怒气从何而来，只知道自己内心以为早已层层包裹、无坚不摧的所在，被这年轻人三言两句便击出了裂痕。应当说，这年轻人的存在，便是令他怒火滔天的原因，将他多年的忍辱负重、权衡平衡映衬得宛如一场笑话。

凭什么？

凭什么你可以以武乱禁，逍遥法外，来去自如，宛若真人？

不过是未经人世的无奈苦楚，未经烈火的翻覆烧灼，不过是匹夫之勇，莽夫之志，少年之气。赵越的眼中有火在焚，这是十多年前大军讨伐瀛洲山的战火，是师父、师兄举火自焚之火，是烧毁瀛洲山武阁的火。

这火越来越旺，将他席卷回多年前的噩梦，几乎要将他整个吞噬其中。

然而他知道，他首先要吞噬燕无恤。

直到三日后，苏缨再度造访白玉京时，燕无恤与赵越的一战，依旧为人津津乐道，不厌其烦地传说于街头巷尾。

苏缨是披着晨光入的城，一人一马，紫衫罗裙，伶仃一人。

白玉京常常见这样的独行侠女出入——这样的女子，大多是武家人，且身负绝技，独来独往，无人敢挡。

因此苏缨略显瘦小单薄的身影并不突兀，她牵着马，像沧海汪洋中的一滴水，毫无痕迹地融在人群中，随着人潮一并，排着列入白玉京。

花重金弄来的照身帖十分有用，她很快便通过了查验。

见她是外来人，有守卫说："城西有驿站，马匹不得靠近太玄宫。"

苏缨应诺，牵着马前行几步，眼睛就被金光刺着了。她抬头一看，是高入云霄的黄金天女散花像——李揽洲曾告诉过她，这是十年前那次大清缴时，收天下神兵所铸的十二丈金人。

苏缨仰面，静静看了良久，方慢慢转过去，走到横在九衢大街上的告示牌前，看到了燕无恤的名字。

这是各个楼张贴告示的地方，十二楼各有标识，譬如苏缨从前掌管的清歌楼是一把七弦琴，太初楼是云纹，蓬瀛楼是灵芝……现在这些恢宏华美的绢书上，无不齐刷刷地写着一样的内容——易主。

苏缨盯着上头燕无恤的名字，感觉到她对这个名字忽然而起几分陌生感。

她与燕无恤，结识于微末浮游之境、并辔于鸡鹜之群，那时候他改面易容，病痨鬼一样的形容，说自己叫"燕老二"。

兀突突，无端端，无来处，也无去处的称号。

后来叫得顺口了，苏缨便也常常这么称呼他。然而她一直知道，这个称号其实是不适合他的，藏在这个名字下的那个人，就像蒙尘的玉璧、污面的仙人。

他有个好听的名字，是他爷爷取的，谓之"无恤"——"若夫以恶小而为之无恤，则必败；以善小而忽之不为，则必覆。"

这个名字写出来很好看，燕之缥缈，无恤之气劲，和威风凛凛的玄色布告浑然天成。

仿佛他的名字天生就该在这里。

倘若不是此时政局混乱，长安倾危，天下大乱将至，她必会油然而生自豪之感，甚至会忍不住朝旁人夸耀……

然而这个名字出现在风雨飘摇的长安之畔，登顶亦江湖亦庙堂的奇地之巅，只让她感到担忧。

苏缨看了很久，才轻喘了一口气。

苏缨若无其事地沿着九衢大街朝前走，拐过几个拐角，走到城西——这里聚集了客栈、酒馆、茶馆等地，少了十二楼附近的恢宏整肃，多了几分人间烟火。

她走入一家茶馆，要了一碟点心，滚热茶汤刚刚送上来，就听到有人在说“蓬瀛楼之战”。

“谁能想到，赵越统领竟然是十二楼里最厉害的呢，平日里藏得可真深！那日燕统领对阵十一楼，如履平地，一路过来杀得是顺风顺水，唯有跟他的一战，真正是棋逢对手，惊天地泣鬼神。我有幸在场，看过这一局，以后什么武试都不要叫我，再入不了我的眼了。”

“当真如此神乎其神？你倒把我勾起来了，究竟什么情状，别光卖关子，你倒说说。”

“赵统领用的是龙筋玄骨鞭，鞭子伸直了能有一丈九！我从没有见过人能将将近两丈的软鞭舞得那样的！竟像是头猛虎活过来，鞭风一起，像是猛兽在咆哮山林，几百尺开外的石栏杆都被鞭风震碎了。那叫一个风惨云低，飞沙走石，围观的人里有不少有内力根基的武家弟子，靠得近的都呕出了血。你说凶不凶猛？”

“你吹牛了吧，现在白玉京哪还有这种功夫。他要有这样的功夫，还能被云未晏压着打这么多年？”

被质疑的那人脸噌地红了，激动得额上暴青筋：“我若有一句虚言，叫我挨上他那一鞭子，经脉俱断，筋骨皆碎，叫人拿去喂狗。”

“何苦，我戏言一句，招你发这等重誓。”另一人道，“那倒奇了，赵统领既然能忍这么多年，怎么一夕之间又忍不住了呢？你说他厉害成这样，燕统领又是怎么胜的？”

这一句话，直问到了说话人的心坎上，他的语调立刻就高了几分：“这才真真是精彩之处呢！

“倘若虎与犬斗、与狐斗、与狼斗，那不过撕咬，有什么看头。唯有这猛虎遇到龙，那才真叫天崩地裂，日月无光。”

这人文辞飞扬，说到激动处，手舞足蹈，引得旁侧好几桌的人都竖着耳朵听，平日喧闹的茶馆此时寂寂无声，唯听见一人抑扬顿挫的陈词。

“你想想，燕统领一夜未睡，连败十名白玉京顶尖高手，不知将一身气力耗了多久，最后天明时才到蓬瀛楼，就是这样，你们猜怎么着？

“燕统领的武器是一柄陌刀，玄黢黢、黑沉沉的，七尺来长，望着有

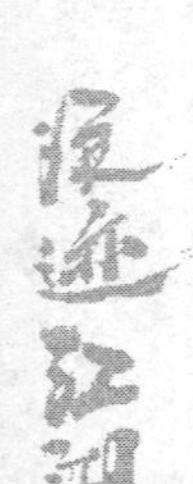

一二十斤重。也不知用的什么门路的功夫，厉害得了不得。赵统领龙筋玄骨鞭又盘又绞又挑，出手就是‘吞天拿月’，攻势像倾盆暴雨鞭地，密如织网，一动一静，一疾一缓，按理，应当是软鞭占了上风，只可惜，燕统领陌刀实在太厉害，他用刀招式不多，虎虎生风，干净利落，力如泰山压顶，势若雷霆万钧，在赵统领的鞭风里，竟像浴闪电而生的翱龙一样。

“如果不是用了下三滥的暗器，赵统领是万万伤不了他的。”

苏缨原本转着茶杯，漫不经心地听着，这一句入耳，竟过了片刻，才反应过来。捏着杯沿的手一紧，险些将茶盏捏碎。

燕无恤受伤了？可前天见他的时候，明明一点也看不出来，她还对着他又抓又打。

苏缨心又揪起，倾耳听去——

“怎么会有暗器呢？那燕统领这么厉害，还躲不开暗器？”

“谁想得到呢，蓬瀛楼的下作手段，那个比武高台不知什么时候装了暗器，十多发弩箭藏在台前兽口里，冷不丁一下射出来，天王老子都躲不开。也是燕统领身手了得，负伤在身，还是把他打败了。”

“赵越这……输也输得不光彩，何苦来哉！”

“失心疯了，他败了，也差不多疯了。不过他那日的质问，燕统领的回答，是当当真真，称得上一句‘大侠’的。”

“你莫卖关子，他究竟说了什么话？”

“他说：‘武不传世，不能使弱者自强，不能使老幼安身，是为罪。’”

四下里，抽气声一片。

那日，鏖战之际，在赵越的鞭风最疾时，高台之上忽然射出连弩十根，燕无恤一夜鏖战，身体倦怠，未能尽数避开，拿刀的右肩被一箭穿过。

他被赵越这卑鄙手段所激怒，陌刀狠攻，几个杀招下去，将赵越逼至高台一角。

赵越仓促应对，眼眶发红，嘴唇颤抖：“你究竟为何而来？”

“我说过，击败你。”

燕无恤面冷如铁，目中原本对江湖前辈抱有的尊敬已荡然无存。

回答赵越的是一刀，来如惊涛，森森刀风将人整个罩在其中，赵越避无可避，只得猛拉直长鞭，举臂上扬，缓他攻势。

雪一样的刀光压至，鞭身竟绽开几线，似要寸寸断裂。

燕无恤身上的血腥气袭取面上，一改温文尔雅的武斗之风，杀气腾腾，直取命门。

赵越凛然，借这一缓，猛地挪腾身子，闪避看来，而刀锋席卷着腥风又至。

赵越被逼到极点，终于喊出了在心里酝酿已久的话："黄毛小子，你当我想留在这里？难道我就不想逍遥自在，想做什么就做什么？"

燕无恤动作一顿。

赵越站定，发红的眼睛盯着他，低声道："你知道师门被屠，师父自尽，举目无亲是什么滋味吗？"

燕无恤持着陌刀的手微微垂下，没有说话。

赵越复道："你以为空有一身本事，就能逞能了？你以为站在你面前的是谁？"

燕无恤松了松握着刀柄的手，刀身下沉曳地。

片刻后，他竟是扬起嘴角，展露了笑容。

"现在站在我面前的是澹台元大弟子、龙筋玄骨鞭的传人、蓬瀛楼统领赵越。片刻之后，便是手段下作、满身罪过的无名鼠辈，姓甚名谁，又何足一提。"

"竖子敢耳！"赵越大怒，持起长鞭，发疯一样攻来，质问他，"我有何罪？我有何罪？"

燕无恤回了赵越三招。

他右肩渗血，只得用左臂，抡起陌刀，一挡、一挑、一劈。

伴随三句话——

"武不传世，不能使弱者自强，不能使老幼安身，是为罪。

"非常之时，需非常之人，如此非常之时，你身居此位，上不思报家国，下不思安徒属，是为罪。

"习武以自强，扪心自问，尔今何强？"

最后一句话说出的瞬间，最后一招也劈至，赵越躲闪不得，硬生生承下肩头巨震。

燕无恤手下留情，未伤及他的心脉。而他却胸口起伏，呼吸急促，猛地喷出一口血来。

苏缨点足掠过万千屋脊，心乱如麻。

便纵有湛卢剑意绵绵不绝，苏缨在半日尽掠白玉京十二楼后，还是微微喘息，额湿面热。

她面前还有最后一个未曾造访的地方——武经阁。

那里尽纳所有朝廷能集到的武学典籍。

十二楼都没有见到燕无恤的身影，他必然是在这里了。

苏缨敛息屏气，依然胆战心惊、小心翼翼，免被燕无恤探知到。

只见武经阁外，除了本就看守的官兵之外，还布满了太初楼的卫士，一重一重，蔚为壮观。

苏缨以明月潮汐诀调气息，将自己的气海调至龟息之境，数下疾跃，轻落在了顶楼窗畔，屋中喁喁有人语。

“燕大侠，你怎么知道的？”

闻言，便知燕无恤当真在此处，苏缨将窗拨开一缝隙，往里看去。

武经阁的顶层传说中装满了天下典籍的巅峰，为白玉京所有人梦寐以求的所在。

此时，朝廷局势复杂，天子托病，孙太傅与陈云昭势力纠葛，犬牙交错，白玉京疏于人管，方能让燕无恤长驱直入，强入此地。而因为他调遣开了四周蛰伏的良兵悍将，强弓劲弩，苏缨方能以轻身功夫接近这座殿堂，一睹武经阁顶楼的风采。

然而，倘若白玉京的人看见这间寤寐求见的屋子，定会大惊失色——这哪里是什么武经阁？

就是苏缨这个半吊子吃空饷的清歌楼统领，都不由自主地倒吸了一口凉气。

武经阁的顶楼雪洞一样空空荡荡，满目积灰落尘，无只言片语的典籍，也未有摆设过书籍的痕迹。

剥开白玉京繁复华丽的外壳，触及它用来引诱控制天下人的武经阁核心，竟然是一间甚至朝廷都疏于照管的蛛丝空室。

屋里什么也没有。

“三十三天，离恨最高，四百四病，相思最苦。”燕无恤的身影背着她，轻轻叹息了一声，“传说中武经阁镇楼之宝，百病客老前辈传下来的‘大宗师’剑谱，原来不过是欺世的妄语。”

站在他身侧的，是云未晏。

其人一身白衣，袖管半截空着，腰间犹佩宝剑。

“朝廷从没有拿到过什么《大宗师》，陛下也从没有特赐我权力，让我读上几页。朝廷若当真有，抚顺司的人先一人一本了。”有些时日未见，云未晏身形清减，面颊消瘦，他自嘲一笑，“我不过是自小聪颖一些，剑术学得好，给人拿来作筏子，让世人相信有这么一物罢了。”

燕无恤道：“天子求长生，筑白玉京于终南，埋太玄宫于地，我有幸上下一访，叹为观止。匹夫自欺欺人，只需一卧榻、一床大被。天子自欺欺人，却要天地为盖，苍生做伴，陪他做一场春秋大梦。”

“天上白玉京，十二楼五城，仙人抚我顶，结发受长生。”云未晏喃喃吟罢，笑意带上几分惨然，“什么白玉京太初楼云大统领，原来我这十年，不过是披装裹，戴枷锁，给帝王看守皇陵的陶俑罢了。世事如此，当真是了无趣味。”

云未晏到底是从小千宠万爱长大的，没吃过什么苦头，自从陈云昭设局以来，接连断臂、失位，再亲自造访了武经楼的顶层，看到这空空荡荡的殿堂，不知是不是打击过大，面上早已失去了原先的意气风发，满面倦怠颓然。

燕无恤没有回答云未晏的话，只是立在原地，一动也不动。

苏缨盯着那道黑沉沉的身影，不知道他发现了自己没有，一颗心提到了嗓子眼。

良久，云未晏重新开口：“燕大侠，朝廷传召，你真的要去？”

燕无恤笑道：“我从来没有什么选择。”

他声音忽然沉了些，喃喃道：“倘若舍我一个，能换千万人，我不得不去。”

苏缨听到这句话，心下一凉，面色骤变，气息忽乱，未免被察觉，点足掠去了。

她身影去得太快，以至于没听见另外一句话，伴随着武经阁上的风铎轻轻低响——

“倘若舍我一个，会令一人伤心，我不得不归。”

苏缨一连好几个纵跃，走出了好远，方落在了一片白墙下。

茫然回首，只听见武经阁楼上的风铎丁零丁零作响，是一阵东风刮了来，她感到遍体生寒，原是单衣罗裙不知何时被汗水所湿，黏腻贴在身后。

她在原地站了许久，欲行又止，一时茫然独立，不知当往何处去。

直站到脚下发僵，见武经阁处人影攒动，似乎要往这边来了，方迈步走开，隐入了街角小巷之中。

天上不知何时吹来一朵云，云遮了太阳以后，正午有些阴翳，日渐西移，金黄色的日光逐渐透过层叠繁复的云层，照出一抹残阳血色。

苏缨独自一人，漫无目的地走在白玉京的朱雀大道上，在心里喃喃自问“我现在当去哪里”，却没有一个答案。

在她身侧，有侠客骑马而过，有人纵论高歌，有人眉眼传情，有人拔剑比武，熙熙攘攘。

远处，有“剑试繁花”的落花，有“杏花小栈”的酒旗，有“信陵饮泉”的芬芳……

抬头低首，便是江湖。

她曾在闺中，渴之梦之、期之盼之的江湖。

她如今身负绝技，怀揣世人求知若渴的惊世秘籍，可撷下危崖之上最高处的一朵花，可以剑刃接住撒往江山的第一片雪，天下之大，江海平阔，凭风来去，无人拦得住她。

自由得像一阵风一样。

却又好像在泥潭之中，哪里也去不了，也哪里都不想去。

风逐渐大了，吹来不知何处的几片秋叶，飘落在肩头。

苏缨正欲抬手拂去，忽然听到一声响亮的：“苏统领！”

她微微一惊，抬头看去。

是清歌楼的楼明月，手持胡琴，坐在一棵巨大的银杏树旁，在朝她招手。

“好久不见你了，我得了杏花小栈三十年陈酿的‘烟花斋’，刚刚启坛，香得很，同饮一杯否？”

苏缨摸摸怀里所剩无几的钱袋：“你请我吗？”

楼明月哈哈大笑：“那是自然。现在整个白玉京，谁都巴不得能和你郎君喝一杯呢，我得了你，也是好的。”

摘星楼挨着清风观。

清风观是白玉京唯一的一座道观，坐落在朱雀大道最繁华的一带，杏花小栈的密荫覆过来，庭院之中有一棵五人合抱的粗大银杏树，此刻银杏初黄，树上错错落落挂着祈福用的殷红色绸袋。

楼明月请苏缨到清风观外的摘星楼喝酒。

摘星楼有高台十来丈，上设摘星台，不设阶梯，唯以轻身功夫可上。

白玉京素有谚云——“一年功，抢榆枋，三年功，腾蓬蒿，十年功，摘星辰”。

说的就是摘星楼的险峻，非练得十年功的高手不可上。

清歌楼楼家家主楼明月最好卖弄，旁边清风观的银杏稍黄，他便日日盘踞摘星台上，一壶杏花小栈的老酒，一把暗哑不成调的胡琴，一坐就是一整天。

他酒品不好，功夫又好，等闲人争不过他，争得过他的人也不屑与他争。

因此这高台竟像他专属之物一般，时日久了，别人都不来了。

苏缨正满腹心事，无从排解之际，得楼明月邀约，轻轻点足，纵跃而起，落到摘星台上。

楼明月喝彩道："数月之前，天泽会武，统领尚不得从上跃下，今已可上溯十几丈，真进步神速。"

摘星台上风稍大，竟可一览白玉京之全貌，此刻屋檐重叠，尽覆暮色，天际霞光迤逦铺陈，武经阁上风铎回响。浩浩长风吹着身上衣裙，令人生出可御风而去，乘云登瑶台之上的错觉。

苏缨答道："数月之前我是藏拙。"

楼明月笑："我不懂，既然有，为何不昭显。人家不知道你有没有，那跟没有有什么区别？"

他倾倒两盏酒，邀苏缨共饮。

杏花小栈的陈酿闻名白玉京，其中又以初秋银杏初红时节的"烟花斋"为上，酒沫青白，回味甘甜，带着淡淡的桂花味儿。

楼明月望着苏缨，见她兀自喝酒，垂首之际，眉梢眼角，似有寥落之意。

他不多问，只拿起胡琴，幽幽奏着。

有胡琴声相称，兼秋叶慢洒，登时，席间气氛又凄清了几分。

苏缨不由得问："这是什么曲子？"

"《捣衣声》，送征夫的。长安一片月，家家户户捣冬衣，由来征战处，不知几人还。"楼明月慢慢拉着胡琴，展眼一望，"要摧毁太平多么容易，只用北地来的一声清羌。想想，眼前这繁华的白玉京能长久多少时日，不消几天，刀尖将刺破锦缎，战火将吞噬楼台，马蹄将踏碎落花……"

苏缨眼眸微微睁大，略有些惊讶地望着他。

楼明月眨眨眼睛，哈哈大笑道："书里都是这么写的，所以还是我们好，宁做盛世楼明月，不做乱世燕无恤。"

听他这样自贬，将"宁为盛世犬，不为乱世人"，用自己和燕无恤的名字改成这样，苏缨忍不住扑哧一笑。

楼明月道："总算没有苦着脸了，我要趁你醉跟你打听呢，燕大侠的功夫到底在哪里学的？"拉着胡琴一声呜咽如泣，"之前……清歌楼不是你不在嘛，我代替你出的战，他对付我就像对付个小鸡仔一样的，纯粹就像是饭后消食，

十多招就把我打趴下了。什么功夫这么邪门的？”

提到燕无恤的名字，苏缨面上的笑容似凝着了一样，僵在了颊畔。

他的话又响在耳畔：

“倘若舍我一人，能换千万人，我不得不去。”

你是英雄。

那我呢？

苏缨忽然感到心间撕裂一样微疼，其后就是空落落的，这疼好像要将什么从心间活生生剥开一样，叫人不敢往深里想，不敢探究，更不敢咀嚼。

她仓皇地收住，逃避开更深的念头，这才勉力忍住了眼睛的酸涩，借“烟花斋”一大口，烈酒入口，满喉像烈火烧灼，满眼绚丽烟火霞光。

她笑吟吟地对楼明月道：“燕无恤的功夫是跟我学的。”

楼明月何等聪明样人，焉能未见她的片刻失态，一些宽慰言语刚到嘴边，没来得及说出口，就看见她又笑了。

这个少女，初给人的感觉就是富贵人家娇养的不经风雨的牡丹花，相处得久了，又觉得她坚强得像缝隙里的杂草一样，冰雪匝地也挺得过去。

玩味的神情升起在楼明月的眼睛里，又消失在他嘴角一抹笑容中。

楼明月哈哈大笑，忽然一跃直下摘星楼。

苏缨有些醉了，脑中晕晕的，只见他在人群中抢夺了一锣，哐哐哐敲打起来。

一时，四面八方的侠客都往这边看过来。

楼明月高声道：“找到了！燕大侠、燕统领的师承找到了！就在摘星楼上。她可比燕大侠还要厉害，有谁想去讨教一招啊？”

苏缨面上泛着酒意熏染的绯红，微微侧着头，平素明亮的眼眸有些氤氲，其间泛着丝丝缕缕疑惑的光。

白玉京，识得楼明月的人很多。

清脆锣声下，人群开始聚拢过来，渐渐有些议论声。

“没有人敢与她一战吗？”

“这么多大老爷们，不敢对战一女子？”

“你们是连娃娃腿的功夫都没练，上不去摘星楼吗？”

楼明月看热闹不嫌事大，不断出言激将。

在他的鼓动下，终于，一身穿白衣、腰挂长剑的年轻人自人群中走出来。

“承楼家主的请，在下太初楼白家白之远，愿意一试。”

他提剑在手，提清气跃上摘星楼。

翩翩少年郎，白衣如雪，身姿如鹤，加之他身手利落，已得一阵鼓动喝彩声。

“白之远，接着！”

忽有一个侠女，亦腾跃起身，掠过摘星楼，抛掷了一朵开得正盛的红色芙蓉花上来，那花刚刚好落在白之远的衣襟上。

登时，喝彩声愈大，人群鼓噪，还有少女羞涩的娇笑声。

白之远接了这朵花，面色臊得微红，他把花别在衣襟上，拇指熟稔顶开剑鞘，摆出一个形态好看的起式，对苏缨道：“姑娘，请吧。”

苏缨借着酒劲，拿起楼明月放在桌上的一把长剑，一手拿剑，一手握鞘，手势生疏地拉开了剑。

然而还没等攀在附近高楼上一睹战况的围观者露出一个“不忍直视”的表情来，苏缨已剑一横，一道凌厉剑风倏然飞出来。

白之远挺身相击，双剑相交。

片刻后，他脸上浮现出极为震惊的表情。

那剑极快，像一阵风一样，那剑的气劲，老辣得像习剑几十年的剑客。

很快，铮的一声金属响，白之远的剑，连着他衣襟上的芙蓉花，都被挑飞起来。

长剑坠下高台，苏缨跃起身，接住了那朵芙蓉，稳稳落在了摘星台边。

白之远脸色煞白。

四下寂静了一瞬。

接着，掌声雷动。

存心让苏缨出丑的楼明月也震惊了，开始认真地思考“燕无恤的功夫是从苏缨处学来”这件事情的真实性。

苏缨俏立在摘星台一角，手持一剑、一芙蓉，望着白之远：“还要打吗？”

白之远摆手：“女侠身手，我远不能及。”一礼，心悦诚服地下了楼去。

有了白之远开头，其他人接二连三也跃上来想一试高下。

苏缨也来之不拒，手持那把轻飘飘的绣剑，上下翻飞，恁地恣意。

酣畅处，对手问她：“燕大侠当真是你徒儿？”

苏缨微微一笑，湛卢剑意畅流剑上，挑飞对手的剑，夸口道：“你说燕无恤？

你也见过我的乖徒儿吗？那是自然！我收他为徒的时候他还——这么小。”

她话音刚落，一声蕴着薄怒的“阿缨”响在耳边。

苏缨手一抖，险些拿不住手中的剑，悄悄从高楼上探出一个头去，只见卫士簇拥着一挺拔俊朗的青年人，自己方才挑落下去的剑，堪堪就落在他的马前。

那人面黑如铁，双眸隐怒，脸色极不好……不是燕无恤又是谁。

苏缨酩酊酒意都被吓清醒了几分，猛地又收回脑袋来。

她往附近看，方圆百丈，唯有摘星楼最高。

往上看，茫茫苍穹，天色将晚。

一口气提起来，竟不知当往何处跑，才下了决心，往清风观的银杏树梢掠去。

但她身影才动，马上的燕无恤已一蹬马背，身如离弦之箭，在众人目瞪口呆的表情中，直取树间，掠下了意图逃跑的持剑少女。

苏缨蹬落了簌簌如雨的银杏叶，手中的剑也不知什么时候飞了出去，仍是不免狼狈地被他抱在怀里。

燕无恤接了满怀温香软玉，面色却隐隐发青。

一阵隐隐酒香萦面，怀中之人面色绯红，眼神氤氲，似已醉了却不自知。

他目光一转，望向人群中间，还提着锣的楼明月。

楼明月被这一眼扫到，如皮肉被锋利的刀刮着，后背发凉，心惊肉跳，连忙摆手：“不……不关我的事。”

苏缨感到燕无恤生气了，他搂着自己腰的手，紧得像铁箍一样，甚至有些疼。

她不再动弹了，也不再试图逃走，歪头想了想，直起身，将手中从白之远那处得来的战利品——那朵代表爱慕的芙蓉花专心致志、小心翼翼地别在了他了发间。

接着，她便一动不动，在他怀中仰着头，满面通红，不知是醉是羞，眼睛含波，怔怔望着他。

燕无恤一肚子火，蹿至喉头，随着一个吞咽的动作，莫名滚动了一下。

他眼神晦涩难辨，一手抱她，一手掌心握粗粝的缰绳，紧了又紧，也没有取下插在发中的芙蓉花。

……

这一日，盘桓在朱雀大道附近的少侠们，有幸看到了一幅奇妙的景象——前几日传说中那从天而降、夜挑十二楼、一战成名、众人称道的燕大侠，骑玄马，立中道，发间一朵芙蓉花。

奇景。

"你们不必跟着我了，回太初楼去吧。"

在众人惊讶至极的目光之中，燕无恤催动马匹，玄马长嘶，携怀中紫衫女子，缓行于道。

没有了从武经阁带过来的杀气腾腾执锐武士，他的马走入人群之中，几十步时，还有人避让，过了百步，行人复来往如常。

苏缨靠在他臂弯里，不时歪头去看他发间的花，咯咯而笑。

燕无恤虽生得硬朗，多了鬓边一抹娇嫩颜色，竟也不突兀。

除了，他面色依旧不怎么好这一点。

"你怎么会来？你不是回西陵了吗？"

他终于启口问，语气却生硬得很。

苏缨将脸一板："你管我，天下之大，你行得，我就行不得？"

他不说话。

又走出一段距离，从朱雀大道，转入人稍少些的求仙径。

不远处有人于武斗台设博弈之局，挂起高高红灯，悬鸡卵大小一靶于数丈高的旗杆上，人在百步之外射箭，中靶乃得彩头。

吆喝说道是："正值木芙蓉花期，今日彩头请出铸剑大师汪潭二十年前为妻子所铸之芙蓉剑，此乃精铁所铸，镡口嵌明珠，剑柄琢芙蓉，剑鞘覆珊瑚，流苏坠白玉，映日有红粉之辉，堪称名剑之中最美者、美剑之中最名者。汪大师对其妻一往情深，此剑阴文镌刻'白首偕老'四字，寓意非凡。过路侠士看一看，此实下聘良媒，定情佳信，良机一瞬，失不再来。"

苏缨转头去看，只见那彩头被放在兰锜上，一把芙蓉剑，华美刀鞘轻拔，露出雪光凛冽一段剑身，倒映花瓣，光华潋滟，美得不可方物。

"路过都看一看，一钱银子射一回。此剑绝无侠女舍得相拒。"

老板还在吆喝。

眼见马就要走过去，苏缨一拉缰绳，强自将马停下来，指着那剑对身后人道："我想要这把剑。"

燕无恤欲言又止。

老板见机，殷勤而上，把雕弓送到了马背旁。

燕无恤只得翻身下马，走到划线之地，执雕弓在手，挽弓箭于弦，仰首观靶。

百步之外，几丈高的旗杆，其上一鸡卵大小的靶——几乎人力难为，难怪店家慷慨。

苏缨一手闲闲挽缰，紫裙轻曳，侧坐马上，托腮观他。

檀郎长身玉立，凛冽双目轻眯，半拉弓弦，修长指节贴在清隽面侧，专心致志地为她射一把芙蓉剑。

倘若他只是这城中寻常一少侠，心怀大义，但身手一般，只够与她共辔携行，浪迹江湖，该有多好……

但他容貌出众，挺拔高昂，随便站在人群中就很显眼。

射台周围围了一圈人，不知是谁说了一句“燕统领”，人便更多了起来，不多时，围得水泄不通。

半晌，嗖的一声，箭矢离弦而飞。

众人看得聚精会神，有人都做了拍手的准备，却只见那箭朝前直飞，插到悬靶的柱子上，准头偏得不像话，力道倒是狠辣，旗杆带着高台都颤了一颤。

空气凝滞了一瞬。

旁人没怎的，苏缨先扑哧一声笑了出来，旋即收到了一个他转身投来的锋利眼刀。

苏缨更是笑得前仰后合，一手抱着马脖，免自己从马上滑落下来。

——所谓术业有专攻，一向善于大开大合，一手陌刀纵横江湖的燕无恤，想是没正经学过弓箭，做不来这等仰面取卵、百步穿杨的精细活。

老板殷勤又递来一箭，僵笑嘱咐：“大侠……您悠着点儿，收着点内力，莫把我这小小楼台震塌了。”

然而燕无恤即便收了内力，一心专注于箭，也难免带出一些力道来。

接着又射了数十箭，将一开始兴致盎然围观的人都熬走了大半。

箭矢连连飞舞，劲风卷起红灯。

小小楼台不断震动。

直至月上柳梢时，老板亲自解了芙蓉剑，双手奉上，劝离了燕无恤。

“大侠请取走吧，您再射，我这店面不要了不说，两边酒楼的老板都要来找我麻烦了。”

“……”

燕无恤取剑走到马旁，夜幕已落，红灯照映苏缨面庞，马上，佳人粉面晕红，目如星辰。

苏缨在马上俯下身，一手接过芙蓉剑，依依挨着他脸庞，在微带薄汗的颊侧落下清浅一吻。

唇上柔软，一触即离。

颈间有些温暖湿润。

他呼吸一滞，抬首，见苏缨目中含泪，面上带笑，轻轻道：“剑上写得真好，白首偕老。”

月华如练，如雪如霜，风送云来，遮罩月于云间。

庭院里，脖子上挂着一把芙蓉剑的马匹走得很慢，缰绳松散，几乎要懈垂落地，秋风卷来，吹在苏缨薄薄的衣衫上，她缩了缩肩头，将自己拢回披在肩头的大氅里，挂在燕无恤肩头的手又紧了些，身体微微颤抖，不知因风的冷，或是别的什么。

苏缨倒坐马背，抱着男人的脖子，与他交颈亲吻，黼黻裙裾铺在马背上，着了金线蝴蝶绣鞋的双足轻延，欲夹紧马背，却又脱力滑下，复被人捞起，横置腰间。

衣衫薄得似乎能感受到腰上的热度。

这个姿势，令人极为羞赧。

“嗯……”

苏缨胡乱抓着他的脖颈、后背、肩头，眼睫颤得厉害，揪着衣衫的指节苍白。

喘息交织在一处，越来越炽烈，五内若沸，一股从未有过的激烈情绪自腹而上，激荡心间，激得心口疾跳，面上滚热。

她有些害怕这样的体验，却也一丝一毫也不愿意退开，反倒是用力地迎上去，紧紧搂着他修长颈项、坚实肩膀，承接暴风骤雨一样的亲吻。

感受近在咫尺的炙热呼吸，擂动胸膛，粗粝掌心贴着薄衣的滚热微颤。

似乎唯有如此亲昵地偎着他，才能感觉他真正的存在。

“阿缨……”

意乱情迷，他哑声低唤，眉间微蹙，一握掌中纤纤细腰，不知是想紧搂，还是欲推开。

苏缨辗转在他掌中，低吟一声。

片刻后，人去马空。

大氅落在门口，一只绣鞋落在屏风外。

太初楼的后堂，安静无声，红烛摇曳，幔帐低垂。

殿内无风，垂落的鲛绡兀自轻轻晃动。

苏缨从未如此清晰地感觉到他的轻功了得，似乎只是一瞬，天地颠倒，自己已仰躺榻间。

微微睁开眼，面前只有他的身影，将自己笼罩在内。

铺天盖地的缠绵，倾颈而下。

她脖颈紧紧绷着，脸埋鸳枕一侧，冰凉丝绸贴着绯红脸颊，微微发红泛肿的双唇轻张，贝齿浅咬。

一滴汗水，不知何时落到自己肩头。

她的手指抓入他发间，抓下了那朵初初委顿的芙蓉花。

她肩背向后一抵，猛地攥紧那朵花。

殷红艳丽的花汁斑驳染在指间，揉碎了，捏作一团，染落褥间。

不知过了多久，苏缨死命地拍打身前的肩膀，哭闹不休。

“都怪你，都怪你，我恨你……”

她低哑地哀唤着，像伏在这花锦上的鸾莺一样。

天方明，微微晨曦，浅淡得几不可察。

帐中昏昏暗暗，除了罗衾之间些微的窸窣声。

帐帘轻掀，一片月华一样的淡辉投进来，照帐中人。她香梦沉酣，发髻散乱枕上，青丝横陈肩头，半面脸颊陷在柔软的织锦里。

他轻轻翻开她的脸，面色泛白，唇上红肿，不知被密密地爱怜了多少次，方有此艳丽殷色。

她此刻睡得正沉，呼吸均匀，睫毛轻覆，脸庞安宁。

屋内安静得落针可闻。

燕无恤先起的身，赤裸上身净面，他左肩上还留着前几日激战受的伤，阴翳天色中，肌透坚玉之色，很快被衣袍所覆。

他犹豫了片刻，目光投向昨日云未晏着人送来的几件物品。

若换作平日，他必嫌累赘。

然而此时，在苏缨安宁均匀的呼吸声中，他慢慢套上了皮手甲、软胄护心镜、藏暗器的蹀躞带、靴中刺。

复行榻前，穿戴期间，他几乎没发出什么动静，故床上人未受惊扰，尚在沉睡。

他坐在床沿边，轻触苏缨的脸。

腕上戴甲，指上生茧的手，捧着她细嫩如莲的脸。

良久，方俯下身，在她嘴角落下一个轻若无物的吻，起身离去。

吱呀——

门启之声，又轻轻合上。

室内又恢复了无边无际的安静。

唯一不同的是，床上本该酣梦的人，睁开眼睛望着帐顶，眼波清澈，无半分睡意。

苏缨自太初楼出来之时，朝阳初起。

她足尖轻点，掠上墙檐，回望一眼，重楼静谧，人似少了许多。

她头也不回地离开了。

这个时辰，道路上行人寥寥。

靠近城墙之际，忽闻见一阵胡琴声。

只见白玉京高入云霄的城墙上，有一袭白衣。

那是个书生模样的人，宽大衣袍随风鼓舞。

胡琴音调激昂，高亢处，欲上云霄。

是楼明月。

苏缨轻飘飘落在了他面前。

楼明月眯着眼睛，歪着头，沉浸音乐中。

城门下，集聚起指指点点之人，责他不该清晨如此扰民。

楼明月浑然不觉，表情如泣如诉。

音乐拔高处，似清呖凤鸣，要冲破一切桎梏，扬羽九霄。

“我一夜踞坐危檐，把琴而奏。日出之际，曲调之中，忽然有高昂之响——”楼明月睁开眼睛，看着苏缨，“料是当有一场激战至。”

苏缨没有作声。

楼明月望她，微感讶然：“我说，激战将至，你不害怕？”

苏缨不解：“以我的身手，天下鲜有人能敌，有什么可害怕的。”

楼明月拊掌称妙，道：“我果然没有猜错，你才是真人不露相。”他神情诚挚道，“我将身家性命都押在你身上，你让我做什么我就做什么，你收我为徒可好？”

苏缨眼帘微垂："你要这么大的本事做什么呢？"

楼明月倒吸一口气："谁人不想要呢？我有了本事，天下再也没有人能欺辱我，我想做什么，就做什么。想要当十二楼的统领，也是一夕之间的事。"

苏缨哑然一瞬："可我就算这么有本事了，也有无能为力的事呀。"

"无能为力？比若？"

苏缨掰着手指数与他听："比若，我弹不了你这么好听的胡琴、调不出最好看的胭脂、射不中百步之外的小苍蝇，还有还有，改不了旁人的心意。"

楼明月忙忙摆手。

"你说这些有何用，人都有做不了的事，这并非本事高低，而是生来决定的。"

苏缨歪着头，笑眯眯地说："有用啊，人必须时刻记得自己做不到什么。"

"然后呢？"

"先知道了无能为力的，其余的，都是可以试一试的。"

楼明月惊讶地抬起头，发现苏缨神情认真，不像玩笑话。

苏缨不与他解释，她像是话本里写的，一个真正的江湖高手一样，丢出了故弄玄虚般的一句话，惹得江湖青年抓耳搔腮，即点足掠走，隐然烟霞中，神龙见首不见尾。

楼明月略显狼狈地收了胡琴，跟在她身后。

"卯时，我看见燕无恤单骑出城，东向长安而去。"

"我知道。"

"你不去追赶他？"

"不去。"

"那你去长安做什么？"

"自然是做我该做的事。"

"哎，等等我。我随你一道。"

第十章 江湖再会

◇◇

L A N G J I J I A N G H U

唤醒长安城的，是铿锵钟磬之声。

一列白马，从东市飞驰而过，策入权贵聚居的长宁坊。

马蹄敲打工整石板上，响彻初醒的市坊。

不比白玉京，长安城多日出而作之人，此时人们已忙碌起来，宽阔大道旁稀疏有来往人影。

众人纷纷侧目，长安城有规定，行马有速。这些人枉顾法纪，纵驰如此，真是闻所未闻。

这四五匹马都通体雪白，马上人穿的抚顺司官服，当头的是李揽洲。

他眼圈隐隐青灰，面色白得像一揉就碎的纸。

勒马“清微馆”前，马匹长嘶，未及马停稳，他即飞身而下，蹿入门中。

穿过院落，来到厅堂，就看到了披发散衣的陈云昭。

常日里，麋鹿兴于左而目不瞬的陈云昭，短短十几日内，颓败若染沉疴之人，眼睛深深陷落，眼眶布满血丝。

李揽洲进入厅堂的时候，他怔怔看着面前的巨大水晶笼。

其间，燕子已亡。

羽毛凌乱，小小一团瑟缩在角落里。

他双目发直，指间无意识地揉搓着眼底、鼻梁。

听到脚步声，他干裂嘴唇微张，头也不回：“说吧，到哪儿了？”

“三日可临长安。”李揽洲道，“幽、并戍卫大军，还有北边六十三郡人马，都听从孙卓阳的调配，三十万大军。”

陈云昭猛地捏住手中玉戒，用力得几乎要将它攥成粉末。

“匹夫敢耳！匹夫敢耳！竟敢调幽、并之军，谁来抵御胡人？”

“他经略幽州多年，前有他儿子孙止水通敌的事……”李揽洲目光微闪，“我正搜罗他暗通胡人的证据，可这老东西太狡猾。”

陈云昭转过头来，诧异问：“父皇呢？他这样调兵，父皇竟然准许？”

李揽洲道：“陛下还是……称病不朝。殿下有丞相的支持，又掌握了京城一半的戍卫兵马，还掌握白玉京……恕我直言，此时殿下若还不进宫面圣，陛下的猜疑之心不可止，恐怕认为孙卓阳调兵是真的要勤王。等到大军真临长安，社稷危矣。”

陈云昭眼眶发红，无意识地咬着指甲，玉石深深陷入他的掌心，磕出红白相间的印记。

“人人都知道他是我的人，他却默不作声地控制了白玉京，给我下了好大一个套，我此时如何面圣？我小看了他，我小看了他……”

陈云昭视线抬起来，看向巨大的水晶笼。

“我本该十几天前就进宫，却迟迟不进，前天没去，昨天没去，今天也没去。

“我本该按兵不动，名义上我的人却拿下了白玉京十二楼的统领，意图坐山观虎斗，这个当口，孙卓阳也不得不去巴结他，他竟是要为韩信。

“我本该……”

他喃喃说着，惨然一笑，散落肩头的头发亦微微颤抖。

“天子之剑，上决浮云，下决帝纪。我只知道拿他当我最后、最利的那把剑。以五岳崤函为镡，天下苍生为鞘，为我无坚不摧，诛杀贼寇。

“却没想到，算来算去，还是算漏了他的心思。

“我其实摸不透他，你也摸不透他。”

李揽洲闻言，脸上浮现出了一个极为怪异的笑容，似牵扯着嘴角勉强才能笑出来。

“殿下所言谬矣。

“我斗胆请殿下今日就冠服齐整，进宫面圣。

“燕无恤一定会来。

“我太了解他了。”

这一天天明时，白玉京的人才发现武经阁守卫撤得干干净净，任何人都可以长驱直入上顶层。

顶层的秘典被搬得空空荡荡，唯有几页残卷，虽并非百病客的《大宗师》，然而其上书写难以言喻之精妙绝学，虽只有断简残章，但在白玉京引起了轩然大波，十二楼集众群起而夺之。

所引起的争斗，又是另一番后话了。

长安城道路中间有御道。

唯有皇帝特别恩宠的人，才会准许他在御道上行车马。

譬如今上唯一留在身边的皇子陈云昭。

现在，陈云昭正一人一骑，走在御道上。

这和皇子出行的排场十分冲突——即便是再落魄的皇亲贵戚，一旦招摇过市，都会努力在不僭越的条件下，凑几匹马，几驾车，几个家仆。

而他确确实实是一个人，前无猛士开道，后无卫兵仗身。

一人一骑，从容过市。

“我等有丞相门生、南军卫尉姚兴怀麾下八千人可用，抚顺司上下五百人，共八千五百人。”李揽洲冷静分析谋划的声音在陈云昭的耳边响起，“孙卓阳这些年虽然一直妄图把控白玉京，拿住从十二楼推选往禁军的人脉，却一直未能把手真正插入禁军，现在能为他所用者唯有不到一千人的赤旄营，副廷尉是左怀元。

“所以他狗急跳墙，从幽州撤边关卫兵。幽、并两州他经略已久，最少能调回大军十万。

“不能再拖了，这个局面越拖下去，对孙卓阳越有利。

“如此动乱，一则上意未明，二则群臣不安，三则民心失定。不到半个月，长安富户迁走三千五百户，长安若再不定，南面但有灾荒、匪寇，一呼百应，天下大乱将至也。

“殿下宜当机立断，入宫、面圣、诛邪、定乱！”

陈云昭问他：“你觉得，我有几成胜算？”

李揽洲道：“我有上、中、下三策，供殿下择一掌控乾坤。”

李揽洲说这话时，精致眉眼自灯火中盎然抬起来，眉蕴饱满玉华，身裹云骧鹤衣，其傲然睥睨之色，一如当初一身灰衣初次寻上他时，对他说：“我有天下重器，人莫能知，今献之，为殿下诛杀心腹大患。”

李揽洲说的“重器”，是青阳子传人，湛卢剑意燕无恤。

果真不到三月，诛杀了孙卓阳有力臂膀，幽州刺史孙止水。

他果真办到了。

自那时起，陈云昭开始相信刺客的力量，也开始体谅父皇的惧怖——倘若

棋盘上纠葛缠绕，汲汲营营，精妙布局于一子，而那子忽然被不可阻挡的外力摧毁……是一件超出他的认知范围并且非常可怕的事情。

与所谓“万军之中取上将首级，兵立溃败”，是一样的道理。

这一次，李揽洲出的仍然是这样的奇招。

他说，下策是集结兵马，以手中八千五百人逼宫，取武库，清君侧，迫陛下退位。

此计最大的变数在皇帝手里还捏着的北军八千人。如果陈云昭直接逼宫，皇帝必定会调动北军，八千五百人对八千人，并没有太大胜算。更何况如果皇帝还活着，以他多年杀伐决断建立的威信，号召力是巨大的，陈云昭很可能腹背受敌，很快被围剿，故为下策。

中策是避祸远走，如今上意未明，陈云昭不动，孙卓阳也不敢动，二者处在一种微妙的平衡之中。故长安城戒备并不算森严。孙卓阳调动幽、并兵马，北方必乱，陈云昭此时可以逃到南方，集结兵马，等北方国乱，再挥师北上。此为坐山观虎斗之计，虽有一定的胜算，然而一旦放任贼寇入中原，无异于引狼入室，再起内斗内耗，恐有国覆之忧。只取一时之利，故为中策。

上策……

说到上策时，李揽洲深深望了陈云昭一眼，然后，揽袍跪下：“上策，请殿下与往日无异，清减仆从，宫门解剑，独自觐见陛下。”

陈云昭胸中一凛，当即想否决这个提议，但又从他独傲而笃定的神态中，窥得了一些机奥。此计乍闻之下，荒唐至极，细细思索，又有许多可操作的余地。

李揽洲将他之计策，一一献上。

陈云昭目中若蕴滚动乌云，沉涩晦暗。

最后，李揽洲叩道：“请恕我罪，在下披肝胆为殿下献此危策，让您千金之体，冒此悬顿之危，实为天下苍生、黎民百姓计，唯您可使止刀戈、熄兵灾，免沧海横流、国破家亡之祸。我奉殿下为明主，誓死追随，必使勇士暗伏，绝不令殿下有丝毫损伤。”

陈云昭将他扶了起来，打量他：“听君一言，拨云见雾。倘能消弭兵灾，化解危难，舍我一身又有何惧。”

陈云昭一人一骑，还走在长安城的御道上。

人群熙熙攘攘，谨守秩序，川行道上，皆不敢有半步越界。

来而往者，三千之众。

踽踽独行者，一人一马。

从清微馆走到昭德门，慢行者需要一炷香的时间。

就在这一炷香的时间内，有无数蜡丸碎裂于许多人的掌下，取出的薄扉上带简洁杀令，弓弦张弛的声音响在朝阳照不到的工整木檐之间，血腥味漫起在钩心斗角的屋角一隅，尖刀的刀刃，从布衣怀里露出一角，又被看不清动作的人拉入深巷中，一声被堵在喉咙里的惨呼，消失在长安城幽深曲折得终年不见光照的陌巷中。

正是秋日。

是时太阳已升，日从东方天际斜斜打下来，将长安城分割作明暗各半、光影交叠的迷离之城。从日起就暴晒的瓦当片片发烫，入夜后就一直藏在阴影里的去处则是冷如冰窟，白气氤氲。

陈云昭的衣摆都没有动一下，他沛然缓行，半身沐浴在初升朝阳里，衣上的纹绣被日光照耀，反射出尊贵堂皇的光，他面若冠玉的脸颊，也被阳光镀上一层软暖的橙色。

马蹄每往前踏一步，空气中的血腥味就要更深一些。

过往百姓不知发生了什么，尚惘惘然，自顾前行，唯胆大者敢偷觑御道几眼。

在一个拐角时，忽闻人群骚乱，前方忽现一影，乃一匹奔腾若狂的马拖着一辆铁车，猛地向御道中间撞来。

陈云昭眄去，面上风平浪静，眸间波澜不兴。

只是一扯马缰，令马蹄住了。

疯马奔来，众人大喊，眼见就快靠近御道之时，从巷道中蹿出一粗衣壮士，手脚短粗，布袖断了一截，露出铜色精壮肌肉，大喝一声，猛以肩背狠撞马颈。

奔腾中的疯马被他撞得硬生生改了一个方向，他像肉球一样被弹飞了开，重重撞在路边货架上。

马改道之后，偏离御道，朝路边手无寸铁的妇孺撞了去。

人群纷乱推搡中，一妇人怀中抱的婴孩被挤得飞了出去。

妇人本吓得瑟缩，失声大叫。

眼看眨眼间就是数条人命，陈云昭眼神却只淡淡扫过，苍白指节握住缰绳，夹一夹马，兀自朝前去了。

他走出没有两步，听得身后一声巨响，马匹轰然倒地，铁车翻倒在道上，

车轮犹在转着。

劫后余生的妇孺嘤嘤哭泣的声音中，残破货架和废墟当中，立了一人。

尘沙四溅，他玄衣裹身，陌刀雪白，是燕无恤。

一片狼藉。

陈云昭于马上，立在阳光所耀处，玄衣人站地上，刚好在廊檐的黑影里，怀里还抱着一个呱呱而泣的婴儿。

他将婴儿递给了妇人，对陈云昭微微一笑："古有潘玉奴步步生莲，今有五殿下步步白骨，真不世之奇景。"

陈云昭驻马笑道："一将功成万骨枯，大仁之仁是非仁罢了。"

阴影中的玄衣男子往前迈了一步，流光探入他幽深眉眼，薄分一张毫无表情的脸，一半明于天光下，一半埋在阴翳里。

陈云昭的手放开了一直攥在掌心的马辔，指尖微颤，一指覆在了剑鞘侧面。

此刻，燕无恤敌友莫辨——

自从燕无恤夜挑十二楼，直接掌握了岌岌可危的白玉京之后，连一向欲将他除之而后快的孙卓阳，都连发了许多书信联络他，必许以高官厚禄，意图拉拢。

假若他此刻受孙卓阳所托而来，刺杀自己……陈云昭后背簌簌爬上了一层惊栗。

陈云昭急于从燕无恤的眼睛里看到他的意图，然而他面对的那双眼睛仿佛无波古井，在他的探究中，燕无恤面上浮出一丝冷冷的、带着嘲弄的笑。

嗖——

刀刃破空的锐响，令人眼耀鼻酸。

雪白的刀光从他手中流出，仿若一片流泉，冷光潋滟，向自己猛劈而来。陈云昭只觉浑身血液都凝固了，脑海一片雪白，满心唯有"大事休矣"四个字。

叮的一声，想象中的痛觉并没有传来。

陈云昭茫然睁眼四顾，发现他原是替自己挡去了背后一支暗箭。

陈云昭怔了片刻，方回过味来，心里怦怦而跳，继而是无限狂喜，如溺水的将死之人，抓到了一根救命稻草。

李揽洲果然了解燕无恤。

"燕卿！"他胸中慷慨澎湃，浑身热血流窜，"你雪中送炭的情谊我永世不忘，成大事后，必许你封疆列土，昊天为鉴。"

燕无恤一脸古怪，望了他片刻，继而微笑道："不必了，我只要李揽洲的项上头颅。”

燕无恤说出要李揽洲头颅的瞬间，陈云昭面色骤改。

他知燕、李二人自幼相交，恩情甚笃，故李揽洲对此人知之甚深。

然而自从太初一役之后，二人形同决裂，燕无恤这么久都没有杀李揽洲，为何在这个关头忽然起了杀意？

他沉吟良久，将应未应之时，燕无恤仿佛丝毫也不在意他允不允诺，已对他做了一个“请”的手势，遥指宫城。

长乐宫将近，大风过天，白云流变。

危局在前，不由细思。

陈云昭眉目转肃然，轻夹马背，驱马向前。

燕无恤等他走了几步，方迈上御道，随他而去。

一玄一白，遥临宫城。

风中，鸽鸣一样的退令呼啸传送，从一楼，传到另一楼。

察觉到孙卓阳派来的杀手正在撤退，方才以身挡马的粗衣大汉转过头，看向两幢骑楼的阴影交叠处。

那里，李揽洲一袭锦袍鹤氅，卓然而立，手持一柄滴血长剑，望着陈云昭和燕无恤的背影。

他双眉紧蹙，神情晦涩。血液衬得剑光惨白，然他的脸比剑还要白上几分。

“禀李司丞，燕无恤入阵，护卫五皇子殿下，孙太傅派来的杀手已尽撤了。”

李揽洲抿一抿唇，抬手擦拭手中剑，唰的一声收剑入鞘，声未至，身已动：“回长乐宫，戒备。”

此刻的长乐宫，与山雨欲来的长安仿若两个世界，它与从前毫无二般，威严耸立在长安极北，紫薇所耀，众星所卫。

巍巍皇都，旄麾飞扬，军士整肃，披坚执锐，彀弓弩，列刀戈。

陈云昭在百步以外就弃了马，步行到朱门前。此门高十二丈，布门钉一百八十一颗，列卫兵上百人，齐刷刷一色红底金甲，刀戟为门，寒光交错。

陈云昭身形颀长，然而身长也只有数个门钉之高。

虽是凤子龙孙之尊，形单影只之时，在此气凌九霄的宫城门下也显得单薄渺小。

陈云昭丝毫没有迟疑，解下腰间玉印，递与守卫查验。

而后，朱门敞开，刀戟张立，露出一条刀光森森之中的道路来。

他回过头，看见燕无恤正递给守卫一方金色印符，觉得眼熟，微微蹙眉，却思索不起来在何处见过。

他问："燕卿此何印？"

燕无恤答："白玉京。"

白玉京的统领位比三品，是铜印，虽也是金灿灿的，然而明显燕无恤手中这个更加光华四射。

陈云昭眯了眯眼，旋即意识到，这是晨光太盛。

二人步行入内，守卫甚至没有收缴燕无恤的陌刀，任由他大剌剌持刀直入。

陈云昭诧然，低声问："昭德门百官解兵，十二楼统领亦不得免，燕卿何以得执刀入？"

燕无恤走在他身后，淡淡道："十二楼单独一楼的统领，和十二楼所有楼的统领，想必不大一样。"

值此关头，宫门内还有万千机锋，千头万绪，一步也不得行差踏错，纵有七窍心肝，也无法兼顾太多。

他只是带着隐隐的怪异感，与燕无恤一前一后，走在砖石道上。

李揽洲的话响在耳边："上策，需争'三心'。此百官顾盼之际，臣民惶惑之时，双方不管哪一方，先图穷匕见者输。殿下还有丞相的支持，首先，要争'百官拥戴之心'。宜联络丞相，以忧虑圣驾为由，携百官求觐见天颜，候长乐宫外。

"如此，殿下孤身入宫，一可昭殿下昭昭纯孝之心，二可争百官拳拳拥戴之意，还望殿下莫失此机。臣将伏抚顺司高手于长乐宫外，护卫殿下安危，还请勿忧。"

今日卯时，丞相岳明夷已携百官候在皇帝养病的长乐宫安定殿外。

陈云昭需疾赴安定殿，免时长生变。

约莫一刻钟后，走到成化门，前方就是长乐宫的玉阶了，到这里，就算是陈云昭腰侧佩的剑也要解下来，燕无恤也放下陌刀。

漫漫砖地，直接苍穹的御道，九九八十一阶恢宏楼阁。

陈云昭走到中道，停下来喘息。

燕无恤立他身后，打量他："你没有武艺傍身？"

陈云昭额上冒汗，喘息道：“我父皇在经过青阳子刺杀一事后，怎会允许他的儿子学习武艺？”

燕无恤默然不语。

陈云昭忽问：“你为什么会帮我？”

燕无恤笑了笑，反问他：“你说呢？”

陈云昭自然心知肚明，这便是李揽洲对他说的“第二心”，李揽洲说：“天将大乱，三面胶着，上意未明，敌我未分，此……正是刺客出手时。”

他道：“燕无恤看似袖手红尘之外，仰奉道家无为之说，实因家人蒙青阳子刺圣之难，深受罹祸，故掩其能，藏其形，而封湛卢入鞘，十年不见其踪。我知其人胸怀纯挚，怀一二少年心性，又有通天彻地之能，虽无兼济天下之志，然自认秉承湛卢剑意，有拯护苍生之责。不然，幽州孙止水之事，他亦可袖手旁观矣。

“古有湛卢剑，唯有德之君能持之。殿下宜守礼节、正纲常、明胆略，以显匡扶社稷之能。

“逢此危难之际，倘若殿下舍己身、纳名言，以苍生黎庶为念。以舍身之义，感仁侠之念，必得‘刺客之心’。此所以臣谏殿下不弃长安、孤身入宫探疾之故也。

“若得燕无恤之力，一来，可护殿下无虞。二来，若可趁机斩杀孙卓阳，太傅一派群龙无首，必望风归降，殿下可尊陛下为太上皇，坐稳江山，再慢慢清理不迟。”

引燕无恤刺杀孙卓阳这一计，细细思来，竟大有可为之处。

当下困局，只要孙卓阳死，许多问题都可迎刃而解。

只是……

“孙卓阳并没有谋逆，还是当朝太傅，我等师出无名，骤然暴起，治之以私情而不是国法。恐不能服众，幽、并之军必反。”

李揽洲道：“此非常之时，亦需非常之计，不得已为之。殿下除掉孙卓阳，便可在丞相协助之下掌握长安，尊陛下为太上皇，便具正统之名，集长安之兵有三万，拿到虎符，还可调动京畿兵马五万，再有分散各地之师，数日内集兵一二十万不难。届时虽也难免一场兵灾，也已经胜券在握了。”

陈云昭对这一关节，本有忧虑：“今日之燕无恤，可还是当日之燕无恤？”

对方如今可是夜挑十二楼，名噪一时，握白玉京权柄于一手，有当日韩信坐择楚汉之相的白玉京统领。

朝堂两派的风波暗涌之际，他骤然出手，摘得白玉京，并且立场暧昧，并

不抗拒孙卓阳的拉拢，端起作壁上观的态势。

陈云昭甚至有些怀疑，此人或许从头到尾都不是什么侠客，而是一个高明的政客。

李揽洲没有迟疑："识人莫识其形，其形易惑。识人当识其心，其心不改。以我对他的了解，燕无恤就算是死，也不会帮助多行不义的孙卓阳。"

"他不助孙卓阳，是否可能袖手旁观？"

李揽洲笑了："不会，当日幽州，燕无恤出手，今日长安，燕无恤还会出手。"

一个人的行为，他的选择，是有迹可循的。

李揽洲目光微闪，轻轻一句话，低得陈云昭几乎听不清。

"我相信他……"

陈云昭恍惚的当头，御道之上，灼日愈炽了。

见陈云昭出神，燕无恤似看透所想，微笑道："你现在知道，我为什么想要李揽洲的头颅了？"

他说这话的语气，半点杀意也没有，甚至可以说温和得不像话。

陈云昭却感到一丝凉意，似乎窥见了这一对自幼相交、中道分途的挚友关系中最阴暗、晦涩的所在。

天下有人知己如此，纵为敌手亦不相疑，竟是幸是灾、是福、是祸？

最后十几阶台阶，陈云昭又歇了一次，至呼吸全然平缓，方缓缓迈步，一级一级登上阶梯。

燕无恤负一手，随他身后。

安定殿高入云霄，正对着西南方向仙宫苑的仙人捧露像，五步一岗、十步一哨，白玉阶梯之顶，默立身着官服的当朝文武。一部人被丞相岳明夷所率，立在阶前。还有一部分，跟随在太傅孙卓阳的身后。还有一些，长跪殿前，哀呼"陛下"。

前两拨人似乎发生过仅限于口角的争执，几位老臣情绪激烈，满面涨红，皓首之上银发微颤。

然而这些人只是群臣一隅，一眼看去，只见锦袍相间，光华粲然，官威赫赫。

听见新的动静，众人纷纷将目光朝这边投来。

看见陈云昭是孤身一人至，交头接耳之声，窃窃而响。

岳明夷起孔清声道："孙太傅，你散布谣言，说五殿下结党营私，图谋不轨，有谋逆之心。然而今日如何啊？你前呼后拥，侍仆千百，还把赤旄营副廷尉左怀元也唤到身畔，而五皇子担忧陛下圣体，纵孤身一人，也以礼觐见。你可曾见过这样的结党营私、谋逆之人？”

四下哄起喁喁之声，赞同者众。

陈云昭冠服齐整，面上有些憔悴，挂着一个儿子该为父亲缠绵病榻而有的清消之容。

他在百官中间，一步步走近安定殿，振衣下拜，对着紧闭殿门，扬声道：“有劳通传，儿子不孝，因父皇之令，不敢擅来长安。然而近日长怀忧虑，寤寐难眠，皆因担忧父皇圣体之故，恳请父皇传召，儿子只远远看一眼，知道父皇圣体安泰，甘愿引颈受斧斤之罪。”

他言辞恳切，声泪俱下，伏拜殿前，额头一撞，便是隐隐一个红印。

四下里安静无声，众人或感之，或敬之，或默默相对。

唯有一人的脚步声，还在慢慢往前。

陈云昭在抬起头的瞬间，泪眼蒙眬中，看见孙卓阳朝自己投过来一个带着笑意的眼神。

他立刻明白过来，这个眼神并非对自己，而是在看他身后人。

霎时间，眼前又浮现燕无恤手中光华璀璨的金印。

一晃、一晃……

那不是铜印，分明是一品大将军金印！

唯公卿、王侯、大将军，可携兵器过昭德门。

燕无恤已经投靠孙卓阳了！

这个念头像携风裹骤雨的闪电一样，抽鞭子般狠狠抽在脑海里。

陈云昭浑身发僵，如坠冰窟，绝望地看着燕无恤的脚步一步、一步越过他，走向了孙卓阳。

燕无恤夺下十二楼，根本就是为了给自己资本，引诱孙卓阳拉拢，并借此非常之时的投靠，赚取高官厚禄。

理顺了这个动机，陈云昭感觉浑身血液都冰凉，心跳也停滞一般，眼睁睁望着燕无恤走到孙卓阳身侧，并回过头来，丝毫不避他质问的眼神，甚至对他露出了一个意味深长的笑。

孙卓阳手中出现一物，乃是一个令符。

他已逾花甲之年，然而因常年军旅，背脊依旧挺直，持着那令符问：“好

一个循规蹈矩、不结党营私的五皇子，那你怎么会有京城南军卫尉姚兴怀的令符？”他目亮如电，又望向岳明夷，“如若在下没有记错的话，姚兴怀是丞相门生吧？”

这个令符，是苏缨下落不明时，陈云昭欲施恩交给燕无恤的。

燕无恤最后也没有去找救兵，这个令符的下落也随着孙卓阳骤然发难、皇帝的突然“病重”而被陈云昭所忽略。不料，此刻却出现在孙卓阳的手上，成了他“结党营私”的罪证。

他慢慢站起身来，脸色苍白，目凝寒光，望向燕无恤。

燕无恤面无表情负手立于孙卓阳身侧，目光虽对着他，却不知在思索什么。

“匹夫，你……无耻之尤！”陈云昭忍不住破口而出，面上肌肉抽搐了一下，又窒然噤声，片刻后方道，“我不认识此令符，不知是哪里的奸邪小人，陷害于我。”

正在此时，安定殿内忽响起极轻的脚步声。

随着一串内监奔来，众人肃然静默，就连孙卓阳都收敛态度，敛裾默对殿内。

陈云昭面色惨白如纸，视线抬起，见殿堂忽大敞，殿内匝地黑金纹玄玉砖，两排仙鹤回颈落地宫灯，蟠龙缠绕玉柱，黼黻铺陈于地。顺着其上绵密、繁复的花纹，一直看到头，内监宫娥拥着危坐龙座之上的苍老君王。

着玄端，戴冠，面遮冕旒，背脊微微伛偻，神态依旧威严。

皇帝安坐安定殿内，毫无病态。

至此时，陈云昭才确定，长安这番乱局，并非是孙卓阳一手遮天挟持帝王欲图自立。

帝王并非毫不知情，甚至，也有可能是他授意的。

群臣下拜，山呼万岁，丞相、孙卓阳位居三公不拜，只微微躬身。

只有两个人一动不动，腰悬大将军金印的燕无恤站在原地，默默出神，视线没有往天子处看一眼。

陈云昭一动不动站在原地，下意识寻找李揽洲的身影，却无所获。

再望丞相，岳明夷脸转向前面对天子，并不看他。

陈云昭失神片刻，眼神转暗，缓缓朝前走去，独自一人，一步迈入日光未经的薄寒大殿之中，撩开衣摆，肃然端整下摆，声音在空旷殿堂中有些回音，听来平静得不真实：

“儿子拜见父皇，见父皇龙体安康，终可解儿朝夕悬忧之心了。”

皇帝启口，声音传自冕旒后，仿若自天上来。

“你终日忧悬的，是忧朕病笃，还是忧朕康泰？”

陈云昭哪堪承受这等诛心之言，伏叩于地，身自筛筛：“父皇垂训，是以利刃戮儿臣之心，儿臣怎敢有如此无君无父、大逆不道之想！儿臣万死难当！”

皇帝问：“你既纯孝忠厚，为何暗结从党，收买义士，身在白玉京，心在长安城，把手伸到朕眼皮底下捣鬼？”

陈云昭身形一凝，微微抬首，额上密密尽是冷汗。

“儿臣万万不敢，此太傅构陷之言，万望父皇不要偏听偏信。”陈云昭蓦地直起上身，指孙卓阳道，“他才是结党营私、欲图不轨之人，他放任幽州刺史孙止水与北方戎狄暗通款曲，排除异己，戕害忠良，借修筑白玉京、太玄宫诸事掠夺民财，中饱私囊，为争权夺势无所不为，儿臣只愿为父皇一清座下，不愿此人致使父皇圣名受损，请父皇明鉴！”

陈云昭说罢，深深叩首。

站在丞相身后的御史大夫闻其言，思忖片刻，两步出群官之列，御前再拜：“回禀陛下，五皇子殿下所言非虚，臣也有一本要奏。太傅手握幽、并两州兵马，无陛下御旨，擅自从边关撤兵，倘戎狄借机南下，长驱直入，数日便可兵临长安，此岂非破国之祸？太傅肆意妄为至此，与叛国无异，请陛下明鉴。”

一时，丞相身后的诸多官员均出列随在御史大夫之后。

唯丞相岳明夷站在原地不动，垂首望地，一言不发。

面对指摘，孙卓阳跪拜在地，无片言辩解，只颤声道：“陛下……老臣一片忠心，陛下是知道的啊。”

大殿里，静默了良久。

呼吸可闻，落针可闻。

故皇帝猛抬手狠拍龙椅之响，譬如雷霆乍闻。

“逆子！放肆！”他厉声吼道，“你看看你身后跪的这些人，你还说没有捣鬼，没有结党营私？”

他面朝群臣训斥：“尔等食君之禄，不思忠君，与贼子篡逆，罪同谋逆！”便即下令，“左右，除五皇子外，其余都拉下去，当即斩首，缉捕家人，等候朕的发落。”

天威惊变，众人瑟瑟发抖，陈云昭浑身发颤，臣属呼号辩解，满堂嘈杂混

乱，瞬间便有人吓晕过去。

当即便有侍卫进来拿人，拖着被吓瘫的官员欲出门去，就在这时，丞相岳明夷挺身而出，大声道：“且慢！”

丞相一向柔顺懦弱，这一声却刚劲有力，即便是皇帝，都怔了一怔。

丞相仰视天颜，他从胡须开始，一点一点颤抖，直至浑身都在抖。

然他目光直视于前，丝毫不避，颤颤巍巍道：“陛下，御史大夫长孙修，已是三朝元老了，他是什么样的人，您不知道吗？御史大夫适才不过是直言相谏，俱陈是非。我朝自开国以来，广开言路，海纳百川，方有天下归附、翰墨文章之盛。陛下，偏听则暗，兼听则明，杀戮言官，非圣君之相啊！”

他泪眼蒙眬，字字陈诉，襟怀切切，句句泣血，解紫绶金印于阶前，伛偻下拜，叩头不止。

“老臣岳明夷，以我全家上下老小之命作担保，请陛下收回成命，饶御史大夫一干人等一命。”

皇帝当即怒驳：“岳丞相，你以为朕不知道你暗中都做了什么？”指着他道，“你难道能脱离事外？你勾结皇嗣，请人请到白玉京去了，朕还活着呢，你意欲何为？”

岳明夷抬起头来，张了张嘴，唯有两行清泪，片言也说不出来。

皇帝重拍扶手，怒喝：“还等什么，把这一干乱党都拿下！”

岳明夷猛地吸气：“老臣上不能谏君主，下不能安百官，觍为一国之相，今日当以我头颅，叩陈君王，望陛下三思！”说罢，猛地朝白玉丹墀撞去。

眼看片刻之间，就要血溅宫台。

忽而有一声朗笑响起，一道身影从百官之中走出，温厚绵长的力劲止住了岳明夷，拍晕了他。

萧萧索索的黑影，出现在了夹道中间。

“我有一语，试问陛下。”

皇帝声音自殿中传来，问身侧之人：“这是谁？”

内监答道：“这是孙太傅为陛下引荐的骠骑大将军，昨日已赐过印了。”

皇帝语气稍缓，道：“传。”

燕无恤安置晕倒的丞相于阶前，不避讳百官惊诧目光，迎着天子巍巍之怒，穿过玉台阶，一步迈入大殿。

繁华宫阙的大门，幽暗得像猛兽张开的口，穹顶无所不至的阴影，瞬间将他纳入其中。

乍逢此变，孙卓阳大惊失色，左顾右盼，给左怀元递眼色，然而左怀元亦是满脸茫然，不知燕无恤究竟意欲何为。

皇帝看燕无恤又迈了两步，天光至门而暗，宫灯烛火逐渐勾勒出他的面貌——玄衣一袭，身形矫健，腰束蹀躞带，四肢修长，容颜俊秀儒雅。孙卓阳称其武勇，然就此望之并不十分粗壮，长身静立，反倒像个文质彬彬的读书人。

陈云昭缓缓撑起上身，浑身如从水里捞出来一样，额发皆湿透了。他扭头看去，背着光，看不清燕无恤的表情，只见幢幢一黑影，临门轩，面天子，而止步。

内监斥道："无礼，见陛下还不下跪叩首。"

燕无恤止步，道："在下有三问，一问陛下，五皇子固然结党营私，孙卓阳只因长伴陛下，擅自撤军、遗祸戮民、耽于朋党、敛财筑城、祸国殃民，便可毫不过问？

"二问陛下，十年借荡寇之机，挝杀无辜武人，无度掠夺民财，致民不聊生，不顾戎狄虎狼眈眈于北，为内耗自争，引兵灾于庶民，留百姓御贼寇，戮言官于堂上，视民如草芥，此行与夏桀商纣何异？

"三问陛下，天子犯法，是否与庶民同罪？"

字字落地，回荡殿中，无人来得及拦住，也无人可拦住。

皇帝不自禁往后却了却身，眯起眼睛，像被这年轻人披携进门的光刺了目，玉冕旒轻轻摇晃，发出清脆的声音。

他着实反应了好一会儿，方反应过来，此人竟于明殿之上，群臣之前，说了多少大逆不道，罪可千刀万剐的悖言！

皇帝猛地立起身来，喉咙里发出嘶哑不成声的吼声，推翻眼前玉案，哐当一声巨响。天子愤怒得冕旒不住地摇晃颤动，手上青筋暴起，大张开口，却像一头不会言语的雄狮一样，因极度的暴怒只能发出"嗬嗬"的声音。

群官惊骇，孙卓阳面色骤改，竭吼道："来人，速速拿下！"

然而燕无恤即便手无寸铁，也不是寻常侍卫能拿得住的人，眨眼间，数人被击退。

逢此惊变，天子身侧重重侍卫，金戈锐响，纷叠其前。

"陛下息怒。"燕无恤的声音传自兵戈交叠之中，他夺得一把长剑，身若游龙，穿插于同时围上来的数十人中，尚有余力，语调不急不缓，整殿可闻，"在下甘冒千刀万剐之罪，也要将此三问明陈君前，还乞陛下一一为庶民作解。"

皇帝怒不可遏，胸口剧烈起伏，面色倒缓缓平静下来，冷笑道：“狂徒敢耳，朕不与无名之辈、将死之人计较。”

“无名之辈？”燕无恤猛一点足跃起，足蹈刀兵之上，慨然长笑，“陛下可还记得青阳子？

“青阳子是我师父。”

这是燕无恤第一次承认，青阳子是他的师父。

他自小最讨厌青阳子，因其人随性恣情，一怒而牵连天下之人，不问而授湛卢剑意，连累他失去亲人，又让他像怀揣重宝的稚子，混迹江湖，一藏许多年。

然而此时此地，刀兵之中，心起孤注一掷之念时，眼前却不由自主浮现了青阳子的身影。

当年，对方是因为什么慷慨激昂，怒刺君王？

是否和此时的自己一样，怒而生愤，满溢不平，胸腔之中郁结的、困囿的、冲撞了多年的一团热火，欲压愈烈，愈燃愈灼。

即便他此时已没有身怀湛卢剑意，那把剑却好像还在胸腔之中，被血脉里的熊熊战意激得铮铮回鸣。

尘霜中磨砺，布满尘茧的手滚烫，胸口、脑中亦是烫的，那把火像要从喉咙里烧出来。

燕无恤想，即便他再试图以诗书礼节、圣贤辞章包裹自己，他始终骨子里还是个心不平，意不平，则剑不平的江湖莽夫。

刀光剑影中，执剑利刺，在猛绽出的血花之中，他听见自己对自己的嘲笑——

“我与师父，其实是一样的人。”

那边，不可磨灭的噩梦沉疴难愈，光“青阳子”三个字便是最快的魔咒，急速将天子拖回了十年前那一天。

那一日，嗡嗡剑鸣响彻云霄，一剑横天而来，在锋利的剑刃之下，王侯将相和牲畜并没有任何区别，当死亡近在咫尺时，帝王权威尊严扫地。

皇帝面色大变，大喝道：“长生营侍卫何在，给我拿下，立即斩杀！”

十年的时间，皇帝为防青阳子之事再演，不但销天下神兵，烧藏武残卷，筑抚顺司，闫割江湖，还层层筛选，择家世清白，一意效忠者，在羽林军中筑长生营。

其中将士个个身怀绝技，均可以一敌百。

皇帝常使二十人以上于眼可及处护卫他，殿外还有八十人。

百人长生营，若天罗地网。

皇帝一声令下，长生营侍卫纷至沓来。

然而已经晚了，燕无恤修为已臻化境，更甚于当日的青阳子，这么短的距离，世上几乎没有拦得住他。

他执着向前，每行一步，足底便留下一个血淋淋的足印，片刻时间，威严堂皇的安定殿，几成了修罗场。

长生营眼见护卫不住，便要护天子走。

燕无恤清啸一声，纵跃而起，剑气如虹，罡风转眼便罩天子之前。

皇帝大呼："你退下，我许你万户侯！"

燕无恤眼风轻轻掠过，背后长生营侍卫越来越多，他分明没有见过，然而脑海中却突然浮现了当日青阳子横亘云霄的一剑。

那把剑，最后落到哪里去了？

它没有刺入天子的胸膛。

而是苏缨捧着它，娇娇俏俏的，仗剑要保护自己。

电光石火的关头，一些杂乱的、毫无章法的，甚至没有逻辑可言的景象快速掠过，他手凝剑气，似掌风，又似剑刃，猛然推出。

他刺下了青阳子十年前未能刺下的一剑。

古有湛卢，仁剑之首，剑体纯金，流以日月山河之文，收以辞章凤藻之鞘。

亘古以来，此剑若温厚长者，垂视芸芸众生。

剑刃之下，帝王将相，黔首黎庶，一视同仁，不察尊卑，只看德行。

时有谚云："君有道，剑在侧，国兴旺。君无道，剑飞弃，国破败。"

然而不管是在世人的传说，还是典籍的记载里，它都更偏于监督君王德行的礼器，而不是一把悖逆弑君的凶器。

身着龙袍的君王只看得见玄衣刺客掌向前推，那只手分明无刃在手，他却感到剧痛贯胸，振动薄弱苍老的心脉，不由自主垂头自视，并没有半分伤痕，锦袍上依旧是十二章纹，龙腾云霄，天地山川。

然而他的呼吸却骤然紧了，像被一只巨大的手扼住了咽喉，面色涨红地急速喘息，伸手无意识地抓着胸口的锦衣，冠冕上系的青玉充耳猛地拍打在脸上。

"你竟……你敢……"

树皮一样褶皱松弛的脖颈剧烈颤动着，发出夹杂嘶吼的声音。他双目圆瞪，

不可置信地望着玄衣人，黑白分明一双深瞳，尚因怒火迸出慑人的光。

即便濒临死亡，这个以铁腕暴戾、专断独行著称的君王，依旧昂然挺颅，僵直脖颈，维持着君王的气势和尊严。

然而他目中的光如烟火一绽很快就消散了，他猛然倒退，摔倒在龙椅上，后脑磕上扶手，圆睁的双目渗出鲜红的血，望向安定殿的大殿一角。

这一惊变，令整个安定殿内倏然之间陷入了巨大的惊惶之中，长生营侍卫的动作都凝滞了，侍卫中有胆子小的连手中的刀都握不住，天子猝然驾崩，若追究他们护卫不力的责任，是满门抄斩的罪责。

无人料得到燕无恤暴起发难，会真的毫不犹豫一掌推入天子的胸膛，劫后余生的御史大夫几人不提，孙卓阳眼珠子几乎瞪了出来，丞相又昏倒在地，无人主持大局。

燕无恤立于龙椅前，缓缓收回掌，衣袍垂落，掩住了手。

他目光追随君王最后的视线，那里，巨大的水晶罩下，安放着白玉京的微缩城池。大道纵横斜，高楼入云霄，云中仙人来往，凤鸾展翅齐鸣，似闻钟鼓之声。

陈云昭是诸人之中最先反应过来的，他准确机敏地抓住了这一惊变的时机，哀呼："父皇！"连滚带爬地冲过来，抱住瘫倒在龙椅上的天子，竭力嘶喊，"父皇！父皇！"

燕无恤向后退了一步。

孙卓阳立即道："快拿住这叛贼，将他凌迟处死！"

陈云昭猛地转过头来，眼神恶狠狠地瞪着孙卓阳："孙卓阳，你竟敢指使人刺杀父皇！你这乱臣贼子，人人得而诛之，孤将生啖你肉！"他站立起身，面上犹挂泪痕，厉声道，"长生营侍卫何在，给我拿下！"

殿内的局势在这片刻之间发生了巨大的变化，皇帝驾崩，没有立太子，长安城内没有别的皇子，只有陈云昭一个人。

他理所当然地成为皇位第一顺位的继承人。

而孙卓阳，幽、并大军未到，所赖只有左怀元的赤旄军，中间派飞速倒向了陈云昭一方。

原先只听从皇帝调配的长生营几乎毫不犹豫地就听从了陈云昭的调令，纷纷倒戈，缉拿孙卓阳。

孙卓阳带领左怀元等人当即反击。

陈云昭下令护送文武移旁宫等待，封宫格杀，瓮中捉鳖，将孙卓阳一干乱党一网打尽。

其中，有一部分人来拿燕无恤。

燕无恤心愿已了，无意逗留，且战且行。

他一出殿，层层叠叠的侍卫涌了过来。

适才他轻易得手，一则因武功盖世，当世无人能匹；二则使计诈降孙卓阳，距天子只有几十步之距。而今要全身而退就没那么容易。

冲出安定殿时，长生营守在宫外的八十个侍卫也涌了上来。

适才在殿堂内地方狭小，有天子在侧，投鼠忌器，长生营不好施展。而此刻群官已被清走，白玉台阶顶端方圆数十丈的广地，长生营立刻摆开阵法，举弓与盾，戈矛耸刺，金甲鳞次，将燕无恤团团围在了当中。

精锐长生营之外，又有北军将士源源不绝而上，一时长乐宫高台之上，对付孙卓阳等人的唯有数十人，却有团团数百之人围在了燕无恤处。

燕无恤左手握一柄自侍卫手中夺来的十二尺长刀，大开大合，鲜血四溅，湿透衣袍，右手握袖中刃，并袖中携来的铁钉暗器，身侧杀出赤红一圈重影。

他提气一跃而起，而长乐宫哨岗、宫楼上藏伏的弓弩手立即万箭攒射。他挥舞长刀，内力震飞一波，而乱箭再射，应接不暇，只得再度落地，长生营举盾又至，数百之人，将他围得密不透风。

激战之中，地上的血染红了长乐宫的高台，蜿蜒流下，从玉阶上瞪目龙首的头顶上溪流一样潺潺滴落，再顺着九十九重台阶流下。

孙卓阳等人已是强弩之末，不一会儿便束手就擒。抵抗间，孙卓阳发冠坠落，黑白交加的头发凌乱披散，被刀剑横上脖颈，他转头望了望被重重围攻的燕无恤，哈哈大笑，高声嘲弄：“燕无恤啊燕无恤，飞鸟尽，良弓藏，狡兔死，走狗烹！你还不明白吗？这两父子根本就是一样的人，你昏头啊！若没有你，他现在已是个死人了，你为他冒险，立下这等大功，他却要置你于死地，要是跟了我，哪会像现在这样，上天无路，入地无门？你愚蠢不堪，自寻死路，神仙老子也救不得你，陪老夫地底黄泉见吧！”

他狂笑罢，怒视陈云昭：“黄口小儿，愚鲁稚子，我孙卓阳纵横沙场一世，手下杀敌无数，最大的耻辱就是死在你这妇人心肠的小畜生手里。”说完，猛力以颈撞刀，血溅三尺之高，睁目而去。

左怀元见状，痛呼三声“太傅”，也随之饮刃自刎而亡。

李揽洲飞速赶到长乐宫的时候，长生营数十人、侍卫数百人、弓弩手百人，团团围困着燕无恤一个人。

高台之上，断臂残肢，血液飞溅。

玉阶之巅，陈云昭负手而立，静观战局，不发一言。

李揽洲拾级而上，有一侍卫在他耳边跟他说了大致情况。

他面色微白，加快脚步，奔至陈云昭身侧，道：“殿下，孙卓阳乱党已清，现唯余下燕无恤一人，众臣既已移旁宫，请殿下下令止战。”

陈云昭看他一眼，面色有些不豫：“你去哪里了？”

李揽洲回禀道：“臣被乱党所绊，幸而殿下无恙，臣已下令抚顺司清缴宫外乱党。”

陈云昭微微颔首，眼睛仍望着战局，一言不发。

李揽洲焦急万分，复恳求：“请殿下下令住手，燕无恤……对殿下有功啊。”

陈云昭眉毛一挑，斜睨他：“李卿，你糊涂了？你说一个弑君之人对我有功？”

李揽洲被陈云昭黑沉沉的眸光一扫，遍体生凉，面上表情凝住，好似第一次见到他一般，唤：“殿下？”

陈云昭顿了顿，语气稍缓，道：“父皇猝死，群臣都看到是被燕无恤所刺杀，我若饶了他，天下皆可戳我脊梁骨。我怎可不给群臣一个交代？”

李揽洲道：“此等关节何足忧虑，一尸首，乱刀斫面足矣。”

陈云昭眉心隐隐一跳，沉默片刻，轻声道：“我为什么要救他，他临阵投孙卓阳，背叛于我，害我差点丢了性命。”

“殿下难道看不出这是他的计谋？”李揽洲倒吸了一口凉气，“我等正愁无罪名刺杀孙卓阳会引两州兵马反叛……今日若无燕无恤，殿下命已休矣！”

陈云昭微微蹙眉，指着孙卓阳的尸首，道：“你怎和那乱臣贼子如出一辙之言？”

李揽洲双目一点点沉下来，他撩开衣袍，下跪叩首，额触冷地，一字一顿道：“臣李揽洲，恳求殿下，放燕无恤一条生路。”

他屈着身体，跪在地上，四肢发僵，浑身发冷，竟不自觉微微颤抖起来。

他原本很了解陈云昭的为人，知其隐忍聪慧，有济世安民之心、吞吐天下之志。

然而此时此刻，他却感到面前的人像是换了一个人，不过一朝一夕，皇帝才驾崩，尸骨未寒，还躺在安定殿的龙椅上。

而今日一早还甘愿挺身而出，孤身入宫门的陈云昭，像被其父皇还魂附体一般，陌生得令人害怕。

良久良久，陈云昭才说话，他启口，伴随一声轻轻的叹息：

“这世间本就不该有湛卢剑意，我若君临天下，卧榻之畔，岂容他人酣睡。”

短短一句话，像携数九寒冬的冰雪，倾头而下。

又如一击闷雷，直直地，击在脑门上。

李揽洲像死了一样，僵立着跪了很久。

长乐宫的安定殿前，千军万马为笼，将燕无恤罩入其中，让其上天无路，下地无门。

陈云昭看着其中被血洗刷的玄色身影，眼前仿佛又浮现自己铸造的水晶笼，天地是唯一的容器，将自以为行侠仗义者围困其中，看着他眼睁睁撞着坚壁，却无法突阵而出，最终只得困死在其中，让世间再无湛卢剑意此物。

这本该是非常美妙的一幕，然而李揽洲却破坏了它。

陈云昭目视其背影，一手在后，手捏成拳，不发一语。

直至李揽洲纤长的背影与重重围困刀兵厉光化作一体，陈云昭无端端想起，李揽洲说过的“三心”——除了群臣之心、刺客之心，最后一个是“民心”。

“殿下，如今社稷危如累卵，长安富户十室九空，究其原因，无他，唯失尽民心之故。臣方才所言，群臣之心、刺客之心得一或可拥天下，然而若要绥靖四海，江山稳固，则需殿下长悬民心于怀，如此，方是江山万年，长久之道。”

铮铮言辞，切切之心，仿若还在眼前。

直至今朝，他还是满面诚挚，为自己筹谋大事的肱骨智囊。

屡出奇招，不必险阻，功劳赫赫。

血腥味卷着微微的风，直袭到衣袍袖底，陈云昭不耐腥味，后退两步，眉头紧蹙，低声喃喃自语：“李揽洲……缘何天下将入囊中，你却反叛了？你究竟活在这世上，还是活在梦中？”

此时，有人来请示杀不杀突然闯入的李揽洲。

陈云昭横掌比了个手势。

长生营知道燕无恤的厉害，吃了大亏之后，不敢正面撄其锋芒，结成耗围之阵，重盾环绕，尖枪掩护，并弓弩手在哨岗上配合，阵法变化，守得滴水不漏。

燕无恤足踩白玉坚砖，上有万箭封路，只得朝一个方向，挽刀长驱直入，铮铮碎甲，便是被刀锋斜扫之处，也是摧枯拉朽，血肉横飞，方杀出一个缺口来，便又有新的人立即补上。

他手下的刀逐渐狠辣，浑厚气劲翻盾，长刀直取头颅，溅射的鲜血盖面而来，血腥气凝滞鼻息，断骨之声、哀号之响不绝于耳。

然而他面对的仿佛是一片永远也看不到尽头的金戈铁马之海，长生营皆杀尽了还有北军侍卫，北军侍卫尽了还有南军，即便是将长安戍卫都杀尽了，还有王土上的所有王臣。

这似乎是和当初幽州一模一样的局，引诱他为自己以为的对错，负下与天下为敌的罪名。

然而他此时此境，已不怀幽州之惑，只是心中萦绕的大事已了，一心一意惦记着答应苏缨的“白首偕老”之约，奋力欲脱出重围，与她相会。他心中早已定计，一面征伐，一面缓缓靠近陈云昭的方向。

未料到鏖战之际，忽而从铁盾之中，跌跌撞撞走出一白衣之影。

看到来者的瞬间，燕无恤血渍染污、黑沉如铁的眉眼，霎时浮现惊诧之色。

是李揽洲，一头总是绾系得干净如玉的发髻此时毛发耸立，总是洁净不染片尘的白衣满是血迹，双目里蕴着氤氲，嘴角微颤流下鲜血，一步一踉跄地朝他走来。

燕无恤一眼望见他身上被刀枪刺开的伤痕、背后插的断箭、虎口因挥舞长剑而流下的血，胸中骤然大恸，长刀卷他背后逐击侍卫，托住了他摇摇欲坠的身躯。

“燕……兄。”李揽洲猛地向前栽倒，伏在燕无恤肩头，血从他嘴角一股接一股地淋漓而下，他呛得血沫横飞，不住咳嗽，一句话也说不出。

燕无恤厉声道：“把住肩膀，出去再说。”

他身后的衣服，很快便湿了一大片，不知是李揽洲口中的鲜血，还是其目中泪水……一滴一滴，顺着他后颈滴落。

燕无恤猛地一刀挥出，刀锋碰撞锐甲，火花四溅，长刀鸣动，嗡嗡直响。他从腹腔内，狠狠吐出一口浊气，忽向身后冷笑道：“你既决意独行，又何必中道而改路？你这个人，总是半途而废，做不成书生，也当不好官。”

李揽洲缓缓点了点头，还是没有说话。

他的手，慢慢自燕无恤肩头垂落。

咔嚓一声，是玉石落地之响。

他遍布擦伤，尽是鲜血的手猛然滑落，气息骤断，身躯沉沉地坠落在地。

燕无恤一面突阵，一面回护着李揽洲的尸首，然而千军之中，难以兼顾，很快，李揽洲的尸首落了地，一身白衣消失在刀甲的苍茫之海中。

燕无恤已杀红眼，足踩剑身刀锋，活生生撕开一道鲜血淋漓的口子，终于杀到约莫隔数十步的距离，看到了站在台阶上的陈云昭。

他道："你惧怕湛卢剑意，因此要我的性命，是也不是？"

陈云昭看着他被鲜血所污，被刀戈从视线中分裂开的脸，感到心底阵阵凉意——莫非此人当真是铜铸铁浇之身，缘何能在重责摧志之下，千军万马之中，鏖战这么久，也不见颓丧之态。

陈云昭因李揽洲的背弃和身死面现哀伤之色，他望着燕无恤，淡淡开口，不由自主吐出真言："你亦明了，此不合时宜之术，应当永远消失。"

燕无恤大笑道："陈云昭，枉你聪明一世，难道你不明白，世间万物生生相克，没有湛卢剑意，还有法令，有人心，有林林总总刀枪剑戟，有千千万万芸芸众生，就算是天下之主，也难免其中，你何必落入和你父亲一样的窠臼。"

陈云昭面色微沉："这不一样。"

燕无恤道："你以为，我为什么要拿下白玉京？"

陈云昭胸中一紧，蓦地有些不祥之感。

不等他答，燕无恤又道："我已将湛卢剑意著为书籍，化作十二残简，留在了武经阁。恐怕现在已经传遍白玉京，只要有人收齐十二章，潜心修炼，便能练成，你以为灭我一人，便可高枕无忧了吗？"

陈云昭面色大变，额头面颊透出隐隐苍白，道："这不可能……"

"这怎么不可能？"当即有人反驳，而反驳的声音却不是传自燕无恤，而是一个女声，缥缥缈缈，似从云中来。

那声音使了内力，虽甜美娇俏，却令人听闻心神震荡，气血不安。

陈云昭循声而看，仰起头，只见仙宫苑的仙人捧露像上，雕刻得栩栩如生的仙女掌中，好像有一束反射的日光，与金绯剑光混杂一处。

远远望去，如神仙捧的一滴露。

她的裙裾，又像软暖的一朵云。

“谁？”陈云昭厉声问。

她面上罩着重重纱幔，声音透出天真，当真宛若不知事的少女，温婉娇憨：“你们都找错人啦，阵里的人根本没有湛卢剑意。”

她咯咯而笑：“我才是青阳子的传人。”

陈云昭惶惑道：“不可能，天下不可能有两套这样的绝学。”

那云上女子叹息道：“这是你井底之蛙，坐井观天，你不知江湖浩渺，茫茫无际。你所知所见，唯浮萍一露罢了。”

她说话之间，驾驭剑气，足尖轻轻点在“仙人”拈花状翘起的指尖上，轻盈地纵身而起。

与她温柔细软的话不同，她浑身剑气如潮汐激荡，所过之处，木廊断裂，瓦甍残飞，刀剑四散。

这足以令天地失色、乾坤颠倒的巨力，中间包裹的却是花朵一样的面纱，霞光一样的裙摆，柔软如乌云的青丝。

恍若天人！

她手持绯色长剑，俯冲而下，身体如被浩浩天风裹挟，甚至就像是从云霄之间吹下来的一缕清风。

缥缈若清风，却迅疾若闪电。

此时此境，与十年前一模一样！

是时陈云昭尚小，躲在内监宫人的身后，见识了青阳子的惊天一剑。

他惊讶地发现她的动作，与当初的青阳子如出一辙。

陈云昭在仓促之中只来得及后退了一步，侍卫和宫人大多在燕无恤身畔，来不及做出任何反应，一把闪耀着冷冷寒光的剑，已轻柔搭上了陈云昭的肩头，横亘脖颈，一寸之距。

挨着剑刃的地方，立刻密密麻麻起了一层粟粒。

“殿下，我可与他不一样。”她的声音仍是细细的，带着闺中女儿特有的娇软，“天下乱不乱，百姓死不死，和我没有半点关系。你记住，只要你让我不开心，我就杀了你。”

陈云昭只觉，这话虽然恣意任性，却完全是她做得出来的事。

犹如被一个不知世事，却手握重器的稚子拿剑比着，世间的道理伦常对她没有约束之力。

陈云昭一生之中，从未如此感到这样深深的惧怖。

他被巨大锋利的剑气笼罩其中，眼花缭乱，耳鸣胸闷，血气震荡，张口呼救，从口里发出来的却是残破不成调的嘶喊。

就在这个关头，长生营急撤军回援，打开一个缺口。

瞬间，他身侧剑气骤然退去，几乎要侍卫的搀扶才站得稳，猛定睛而视，那女子已悄然无踪，适才在战阵中的燕无恤，也已不见踪影。

仙人捧露像巍巍然在天，流云浮动，天光阴翳。

仿若一梦。

陈云昭猛烈地咳嗽着，像溺水的人一样，抓住侍卫的衣衫，最终眼前一黑，厥倒在地。

那是兴平十二年的事了。

兴平十二年，治理大靖三十二年的皇帝骤然驾崩，因皇帝未立太子，其余诸子又远在边关封地，群臣拥戴五皇子继承大统，于长乐宫承宁殿登基，改元太初，谥先帝以“怀”，尊为孝闵皇帝。

新帝登基之后，即将起居朝会之所移到承宁殿，重修长乐宫安定殿，改为宗庙祭祀地，封为“三心殿”。

对于孝闵皇帝的驾崩，史书上讳莫若深，只记作“帝崩于安定殿”，具体为何而亡，找不到只言片语。

因此便有野史和民间传话，捕风捉影，演作了一个荆轲刺秦王一样的故事。

据说有曾在宫殿里做内监的家人原话为证：那刺客一身白衣如雪，持三尺长剑，因身负家仇，一怒而起，刺杀天子。后来他没能逃脱侍卫的追捕，死在乱刀之中，刀剑斫面，容颜都辨不清了。

民苦于孝闵皇帝日久，对这刺客难免同情，这则传说在演变中逐渐掺了些神仙精怪，越来越玄乎其玄：

说白衣刺客葬下之后，那一夜雷电响彻天地，第二天尸首不见了，化作了一块玉。

说白衣刺客将死之际，有神仙在长乐宫的仙宫苑显灵，白云为帔，霞光为裳，青鸟鸣叫，仙乐隐隐，迎他上天，去做云中君。

太初元年是不太平的一年。

这一年新帝登基，而北方动乱，幽、并两州兵马联合孝闵皇帝第三子反叛，

戎狄趁机南犯，国家危难之际，原白玉京中本闲养的壮勇豪侠之士挺身而出，许多人参军入旅，抵御戎狄，包括独臂的原太初楼统领云未晏、蓬瀛楼统领赵越等人。

其中赵越用鞭如神，力大无匹，曾一战斩寇百人，累战功封爵，镇东海。

云未晏足智多谋，有统帅之风，虽独臂也身先士卒，后封将军，徙长安。

还有数不清的王师，连年征战，终于在太初三年，平定了内乱，驱逐了戎狄。

战乱平息的那一年，皇帝下诏，轻徭薄赋，与民休息，并大封许多白玉京出身、立下战功的武将，然后借机，永久地封了这座富丽堂皇的“神仙城”，驱散能人异士，改为皇家园囿。

许多人揣测原因，有些人说，是因为白玉京每年要耗费巨大的人力物力，而经孝闵一代，国库空虚，已然负担不起这么大的支出。

也有些所谓“内幕消息”不胫而走：因为有高人在白玉京留下了秘籍的断简残章，共十二章，合成天下绝学，倘有一人集而练之，将近天人之际，世莫有能挡者。

传说这话的人，每每捂半边嘴，神秘兮兮地说：“天子，怎么会让世上有天人呢？”

说是这十二章散落白玉京，不知都流传到了谁的手里，查也查不出来，聚在一起又恐生事，也不能所有人都抓起来，因此只好将侠客们重新放归了天涯海角。

一直到太初七年，天下有逐渐太平、百废俱兴的迹象，皇帝才改元元兴，后话不提。

只说这中原大地，自古皆然，无论春秋冬夏，云来云往。

太平的年岁滋养着郁郁葱葱的群山峻岭、浩浩荡荡的江河湖海。

大千世界，十丈红尘，生如过客，行色匆忙。

只看不知哪一年，何处的灵秀山中，飞瀑泉边，枯木之畔，凉亭之中，有一个看着像是四五岁的小女孩，拉一匹小小青鹿为坐骑，正听亭中说书先生说故事。

说书先生白发白髯，颧骨高耸，红光满面，满袍的肃肃山风，说得眉飞色舞。

他随身带着一个小小童子，童子抱着一个竹筒晃，在水边玩水。

说书先生年纪大了，故事说得慢，听他故事的，大多是林间的猎人、樵夫，道上行走的商旅，还有躬耕陇亩的农人。

今日是第一遭见到有小女孩来听书。

小女孩，还是独自一人的小女孩，还生得粉妆玉琢，肤如凝脂，眸如麑鹿，穿得矜贵精致，粉粉绫裙，硕硕明珠，微胖的小手牵一匹青鹿……在一群泥腿子当中，特别显眼，偏偏她自己还不自觉。

那青鹿神态娇憨，机灵的耳朵直颤，戴白玉流苏的笼辔，缰绳有些长，一半牵在小女孩的手里，一半拖在了地上。

小女孩绷着一张小脸，听得严肃至极，专心致志。

小青鹿嘚嘚嘚撅蹄子，不住地试图衔起拖地上的绳子。

说书先生一直在注意小女孩，也不说故事了，询问："小姑娘，你的家人在哪里呀？"

小女孩被他搭话，呆了一下，然后举起粉拳，比了一个礼，结结巴巴地说："在……在下燕小芙，独自出来闯荡江湖，见过……老前辈。"

说书先生被她这模样逗得哈哈大笑："你才这么小，你爹娘放心你出来闯江湖吗？"

那自称燕小芙的小女孩，不自然地攥了攥青鹿之缰，玉盏一样的小小下巴扬起，语气颇不忿："我不小，我也是个剑客了。"

"嚯，还是个剑客呢。"说书先生这才发现，她小小的青鹿脊背旁，还挂了一把木雕的剑。那剑虽是木剑，然而木工精细，雕琢藤蔓、小花、小叶，十分精巧喜人。

四周坐着歇凉的山中樵夫，还有喝粗茶的歇凉猎户起哄："你舞一套来瞧瞧，舞得好看，我们赏给你钱。"

燕小芙将缰绳绕了两圈，缠绕在青鹿的脖子上，然后提起木剑，做了一个剑术的起式，短短胳膊伸得笔直，膝盖灵巧屈起，煞有介事地舞了起来。

她身姿柔软灵巧得像山间的小小雀鸟，绷直的脚背如饱满的亭亭荷叶，木剑带起清风，携卷落叶，挑飞松针，忽旋身地面，忽足踏枝上。

众人鼓掌赞叹，连说书先生的孙儿都抱着竹筒，围了过来。樵夫摸出几个油光锃亮的铜板，迎头撒给她。

燕小芙提木剑作揖，蹲下身去一个一个地捡铜板。

捡着捡着，忽然看见一个铜板前，有一双很眼熟的靴子，靴子之上，是与松林一色的落落青衫，她蹲在地上，捏着铜板，缓缓抬起头，顺着那人的衣袍、腰带、衣襟，看到了一张阴云密布的脸。

“爹……爹爹？”

“燕小芙。”她爹的声音阴沉得能拧出水来，“你胆子越来越大了，不仅离家出走，闯荡江湖，还要江湖卖艺？”她爹又是气，又是笑，俯下身来，伸指轻轻略开她额发上沾的松针，揽住她的胳膊，拎小鸡一样轻轻巧巧地拎起来。

“快把钱还给别人。”

“我不！”燕小芙紧紧捏住铜板，撇着嘴转过身，埋在他怀里，“这是我辛辛苦苦走江湖卖艺赚的钱。”

这话一出，众人都笑了，连她爹也笑，胸膛微微地震动着，令燕小芙气更不平，抱着她爹的肩膀就要啃，被她爹一掌捂了回去。

樵夫中有一人识得的，道：“原来是燕大侠的千金，怪道说浮游山上，哪家还有这等聪明灵慧的女孩。燕大侠不要客气，让她收下吧，就当是给令千金买糖吃的。”

燕小芙小脸一白，大为失望：“这里还是浮游山吗？”

“你以为呢？”

她爹给了她一个不轻不重的脑瓜崩，将她从怀里放下来，置于众人之前，推背催促：“给伯伯道谢，咱们回家，你娘该着急了。”

燕小芙只得乖乖作揖，一个个挨着谢过去，行礼完了之后，又蹭回了她爹背后，踢着小青鹿的蹄子玩。

她爹与樵夫等闲话了两句，正要将带她回去，被说书先生叫住了。

说书先生道：“原来你就是燕大侠，我孙儿慕名久矣，此行特来寻访，想拜入大侠门下，学些本事，不知可否。”

她爹引过那童子，掂掂筋骨，试试软韧，问他：“你学武想做什么？”

童子严肃地凝着一张小脸，有些紧张，操着稚嫩的嗓音说：“替我爷爷搬粮食。”

说书先生猛拍自家孙儿肩膀，示意他不能这么说。

“无妨无妨。”她爹哈哈大笑，“这孩子心思纯孝，资质尚可，习些拳脚，谋个立身之本，绰绰有余，明日叫他上山来吧。”

燕小芙听这话，眼睛一亮，从她爹腿后探出一个小脑袋来，瞅着说书先生的孙儿，眨巴眨巴眼：“你做什么蠢呢，跟我爹学这些没用的，他学了好些年，连我娘都打不过。”

说罢，她脑袋上立马挨了一记爱抚一样的轻拍。

众人又是笑。

小童子端正精神，跪下磕了个头，操着稚嫩嗓音道：“谢谢师父。”

燕小芙被她爹背着，慢慢上山。

她小小的身躯蜷缩在爹爹宽广的背脊上，跟她一起离家出走的小鹿也被“缉捕归案”，被牵着缰绳一头，深一脚、浅一脚地走在山路上。

燕小芙记得，爹爹是会轻功的，然而他背着自己的时候极少用，怕颠着自己。

浮游山又高又陡，面前转过三道崖，应当就能看见她娘立在山上等她的身影。

燕小芙昏昏欲睡，玉白的小手抓着她爹的肩头。

忽听他问：“小芙，你为何屡屡离家出走？不喜欢住在山里？”

燕小芙摇摇头，说：“我喜欢浮游山，也喜欢师兄们，可他们都不打不过我，多没有意思呀。”

她爹哑然失笑。

“山中的豺狼虎豹也不是我的对手，我都打遍山中无敌手了，难道不该出去闯荡江湖吗？”她百无聊赖地踢着一路的花草枝叶，“爹爹，我是习武之人，可浮游山连强盗都没有，这样太平，不够施展。”

“上哪儿学的花门邪路的话。”她爹语气沉了下来，“太平不好吗？”

“好是好，可这样一来，我习剑做什么呢？”

她爹将她放了下来，蹲下身，与她平视。

燕小芙第一次在她爹的脸上看到这样严肃的神情，其宽厚温暖的手掌轻轻覆在她的头顶，语气像山中吹来的松风，温柔之中，存着凛冽的端肃。

说下了她一生永存心底的话——

“剑习了，要存在心里。

“记住你的剑，既要对付眼前的猛兽，有一天也要护卫这世上平凡的弱者，更要不惧危险的强者。

“这是剑的意义。”

番外

钱塘江潮

燕无恤最初将一身湛卢剑意传给苏缨的时候，没有想过有一天，这些本事会被其用来对付自己。

起因是燕大侠一次管闲事。

自与苏缨完婚之后，燕无恤携她归隐浮游山，放迹烟霞，至此销声匿迹，江湖难觅。

且说天下总是兴衰更迭，张弛代序，如潮水涨落。自尝到前朝白玉京种种累赘之处，朝中律令渐疏。

尘归尘，土归土。

江湖重归民不告、官不究的灰色地带。

江湖之中舟来舟往，草莽之上人来人去，各大门派又渐如雨后春笋冒出尖芽来。

与十年前江湖传说青阳子的事迹一样，十年后，江湖在说的是另外一个人的名字。

那就是一剑震慑未央宫，一命改天换地的江湖豪侠李揽洲。

那说书人将惊堂木一拍："且说那一日，是雷动九天，天地一色，李大侠身披白狐氅，头戴紫金冠，腰系狮蛮带，手掣青锋剑，施展那一步千里、绝妙无双的轻功，是蹑云登霄、从天而降，俺的娘哎，惊煞了宝甲金胄的官爷们，屁滚尿流……"

说着荒唐故事的是个黑茶堂，名"来无忧"，位于钱塘江边，提供给过路的船老大、水手、商人行走打尖用。

这茶堂说的是官府早就禁了的秘闻，聚的是贩夫走卒三教九流，吃的是点了果仁的粗茶，卖的是掺了不少水、寡淡无味的酒。

地是黑的，泥地上不知多少人走过；墙壁是黑的，临近钱塘江、浸泡了多年水汽的木柱边上生了小小霉耳；茶也是黑的，漂着油星点子。

故而，当一抹扎眼赤色飘入茶堂的时候，说书人的惊堂木都凝滞在了半空，几乎是所有人，都将目光转了过去。

是一个女子，妙龄女子，身量不高，身姿玲珑，面罩重纱，上露皎洁清眸，裹身赤衣如火，手携芙蓉宝剑，步履无尘，恍如九天仙子。

她孤身一人，飘然而入，袖拂桌面，施施然坐下，点了一盅杏仁茶、一盘瓜子。

连说书人都因此女转了一副小心翼翼的态度，减了不少粗俗俚词，更遑论四周啧啧轻叹，窃窃私语。

而赤衣女子仿佛浑不在意聚在她身上各式各样的探究目光，坐下来，便嗑着瓜子兴致盎然地听起了书，一双圆圆鹿眸凝向说书人，随故事跌宕，清光扑闪，听到兴起处，还打赏了好几个钱。

众人见她一身贵气，手携宝剑，步伐轻盈，交头接耳，纷纷猜测是不是钱塘江家的大小姐，也有猜测是江上白衣帮中的高人。

总之定然来历不凡，光是那把清光凛凛的芙蓉剑往桌边一放，便阻绝了不少觊觎的目光。

听完了一出《长乐宫之巅》李揽洲李大侠的逸闻，赤衣女子一推面前堆成小山的瓜子壳，拍起手来，声音妙如雏燕莺语："好，赏。"

只见她抬起袖子，手中掷风，一物骨碌碌转了好几圈停在说书人的案上，乃是一粒亮灿灿的金瓜子。

这一粒足抵百日说书之获，那说书人又惊又喜，眉飞色舞，像碰着了活财神一般。

他搜肠刮肚，将会的本儿，选那些精巧不俗、妙趣横生、跌宕起伏的，恨不能剖腹掏肝，尽说与她听。

赤衣女子在他第二本刚起了个头就打断了。

"为何还是说李揽洲的？"

说书人道："姐儿，青阳子大侠那些本，都是往前人听的，说烂了嘴，哪敢出来污您的耳。"

赤衣女子疑惑地"噫"了一声，不解道："前推八十年，江湖上称大侠的，莫非只有他们两个人了吗？"

"姑奶奶，侠是多，大侠少呀，小的以为，'侠'字不能看本事架势，勇夫武夫自是多如过江之鲫，那些鲁莽汉子，今日你打我，明日我打你，哪里看出来一个‘侠’？正所谓，气冠天下曰豪侠，泽及老百姓曰大侠，路见不平曰乡侠。

“像我这等，纵有除暴安良之心，可惜有心无力，学不来舞刀弄枪，动动嘴皮子，宣扬狭义，也叫斯文儒雅之侠。”

赤衣女子怔怔不语。

说书人又道：“大侠大侠，自然是要做大事的。青阳子和李揽洲两位大侠做的事，哪一件不是惊天动地。”

赤衣女子闷闷了片刻，忽而问：“有燕无恤燕大侠的本儿吗？”

说书人沉默了半天，底下传来阵阵翻找之声，赤衣女子探出头去，见他在褡裢里翻翻找找，最终翻出一卷稀稀落落泛黄散开的话本子，手沾口水去翻。他翻到其中一页，怯怯地问：“姑奶奶，是燕……燕大侠大闹白玉京宝神庵的本吗？”

“大闹什么？什么庵？”

“宝神庵哪！尼姑庵。”

赤衣女子面色一沉，不见她手上什么动作，那搁在桌边的筷子飞了出来，猛地倒插在了说书人面前的桌子上，入木三分，筷尾疾颤。

四下惊声，说书人骇得面如土色。

赤衣女子按桌而起，手撑栏边，一双顷刻前还流光溢彩的晶亮眸子，此刻如罩冰雪，眸光冷冷四向刮过。

“我知道你们大多是钱塘江上白衣帮的人。

“回去报你们的舵主、坛主、帮主。钱塘江家前来应战。

“我已下了战书昭示江上三十二洞、八十七帮来观战，我只在这里候十二个时辰，你们不来，便是认输了。从此见到钱塘江家，都给我退避三舍。”

众人大惊，连滚带爬而去。

钱塘江家和白衣帮的纠葛，几乎无人不知，无人不晓。

说不上谁对，说不上谁错。两方虽摩擦不断，扼江岸各自为政，互相不服气，也出过不少互相挑事的事。

但是这样公开下战书，周知附近有名望的帮派都来观战还是第一次。

更何况，钱塘江家这次派出的还是一个娇滴滴的、仙子一样的姑娘。

战书下什么名字也没落，只画了一朵怒绽欲滴的芙蓉花。

江家什么时候出了这么神秘的女子高手？

附近各大帮派都派了人过来，舟舸竞下，一时江畔摩肩接踵，各路观战的人不到半日就聚起来了，将江岸围得水泄不通。

“来无忧”茶馆附近，更是门槛如沸，一脉贩夫走卒，卖水面的、卖茶汤的、卖果子的，都挑着担子聚起来，倒像个小小集市。

外头七门八路、三教九流，沸反盈天。

“来无忧”茶馆内却安静得似乎能听见针落地的声音。

没有人敢进来，老板在门口挂了打烊的牌子，茶馆里只有一桌，桌边只坐了赤衣女子一人。

除她之外，只有那被留下的倒霉说书人。

口中流走的茶水清苦，瓜子嗑多了舌尖发麻，唯有不重样的话本，一则一则，被说书人用抑扬顿挫的语调说着，回荡在安静的茶馆里。

夕阳西下，霞光浮在清澈秋水上。

白衣帮第一批应战的人到了，是江阳分舵的舵主，其人身量长壮，持一柄九节鞭，赤着上身，满身遒劲肌肉，进入“来无忧”茶馆不到一盏茶的时间，就被脸朝地踹了出来。

轰——

江畔围着的人群炸开惊声。

而后是分坛坛主，内力深厚，太阳穴高高鼓起，足下如风，掀帘持笛而入。这次过了一盏茶的时间，然而也只过了一点，坛主像一个球，猛飞出来，落入江水之中。

这不仅仅是惊讶了，众人面有骇色，皆道江家什么时候竟出了这样厉害的高手。

白衣帮大长老踏着一缕暮色而来时，众人都知道白衣帮急了，被一个无名女子，在群雄之前一而再、再而三地折煞面子，白衣帮的真正高手长老终于坐不住了。

长老站在竹帘前，没有像前面的人那样着急进去，而是问：“敢问女侠是江家哪一房？”

帘中女声冷冷：“与你何干？”

“在下即便是败，也想知道败在谁的手里。”

女子恁然而笑：“行不更名，坐不改姓，姓洪，名福。”

长老大惊：“你……你非江家人？”

女子淡淡道：“那有什么，你们不也请了别人吗？”

约莫两盏茶的时间后，长老被一道凌厉剑气送了出来，这次众人有幸看到了神秘女侠的兵器，那是一把柄镂着粉色芙蓉石的长剑，拖着葳蕤缨，缀着明月珠，望着华而不实、累赘不已。

然而就是这么一把脂粉气的剑，清光凛凛如蛟龙，剑气猛扑掀帘幕，击飞了白衣帮一等一高手、清水堂长老的兵器。

剑光下，赤衣女子的衣袂宛如一朵怒放的木芙蓉，猛然一绽，又敛回竹帘后，众人连她的面貌都没来得及看清。

钱塘江畔挑起了将四野照得恍如白昼的灯。

小小一座“来无忧”茶馆折败了一个又一个的高手。

白衣帮急了，十万赏金令下也无人愿意迎战。

白衣帮便也顾不上好不好看，派出了撒手锏——“钱塘江潮”。

时下，孤勇之风渐弱，阵法之风极盛，各个门派都有看家阵法，不依赖一两个高手，而是靠众人的配合完成较量。

“钱塘江潮”便是白衣帮的镇派之阵，六名高手立小舟头，分守“清水、浊水、溪涧、大江、观楼、观潮”六个点，十二个自小长在江边、熟通水性、膂力过人的汉子划着水，小舟蹿行江上，趁着暗流波涌，层层递进，围追绞杀，无往不利。

“钱塘江潮”随江水流动，变化万千，最大限度化地利为己用，威力无比，曾经绞杀过数个江湖成名的一等一的高手。

众人见白衣帮对付小小一女子竟也搬出了这副架势，震惊者有，暗嘲者也有。

只见江上擂鼓忽起，六艘白帆小舟趁潮而聚，六名高手执着兵器，立在舟头。

赤衣女子掀帘而出。

她提剑跃上泊在码头上的大船桅杆，身轻如燕，赤衣垂落，身披最后一缕霞色，恍若披着一身烈火，缓缓四顾。

“哪个是白衣帮帮主白不凡？”

江畔吊脚楼上，一众人簇拥的粗大汉子操着大嗓门应：“我在这儿！”

赤衣女子移过灵眸，静静看他。

“我若破了你的‘钱塘江潮’，你缩不缩尾巴做人？”

白不凡大受屈辱："你这猖狂女娃，恁会叫嚣！你不是江家人，帮江家出个什么头？不瞒你说，我也请了一等一厉害的高手，等他一会儿到了，将你个不知天高地厚的小女娃拎起来揍一顿屁股，你才知道到底谁厉害！"

赤衣女子低低嗤笑一声："你请的那个人，打不过我。"

白不凡听了这话登时恰如被踩了尾巴的猫儿，从椅子上跳起来："大言不惭！你知道我请的是哪个你就敢口出狂言。他快马就要到了，刚才我儿孙来报，已经在二十里开外，你见了他，不要吓得尿裤子！"

赤衣女子冷冷一笑。道："我不管你请的是谁，我就是他姑奶奶。"说着，俏脸沉如寒霜，执剑而起。

江上风云骤变，只见那女子剑法玄妙灵动，内力刚猛，一剑送出，风中便有呼呼龙吟之声，两条红袖施展之处，水注猛起，剑气层叠，盖顶而下，竟是刚猛无比。

若非她娇躯玲珑，足点桅杆，长袖翻飞，曼立浪头，无人不怀疑这是个七八十岁的内功老者方能使出来的威力。

然而，这姑娘望之不过花信之年。

她使剑使得倦了，便将手中芙蓉剑噌地归入鞘中，转以袖袍荡水波，万千水滴在她手中似都成为利刃，飒飒飘飞，削帆摧桅。

群雄且惊且骇，与她对阵的六名白衣帮高手更是方寸骤乱。

白不凡看得目瞪口呆，伸手一擦面上飞溅的水滴，喃喃"邪门了"，又催手下："快去问问燕大侠到哪里了。"自捉起一槌，跃至大鼓边，擂鼓云动，亲自调动"钱塘江潮"。

他内力不凡，鼓声震天，擅为惑乱人心神的"群魔乱舞曲"，鼓点一动，可激人内生战意，令气血激荡，久不能歇。

《群魔乱舞曲》一响，六大高手精神俱是一振，恰江上一诡谲之浪，阵法陡转厉，齐齐朝赤衣女子攻去。

那女子却似乎也被曲子影响，身形忽然变得奇怪，力劲失了把控，忽然发起狠来，高大桅杆在她凌厉气劲下发出崩裂的声音。

忽然，六大高手当中一人被猛地打飞出来，速度极快，眼看就要撞在江边石柱上。

正千钧一发之际，一道绵长气劲横空而出，黑影掠过，衣袖一挡、一带，柔化女子之力，将那人去势一止，提携住衣领，而后——混不在意地扔在了地上。

“燕大侠！”白不凡见了来者，喜得跟见了祖师爷一样。

众人听白衣帮帮主铜锣一样的嗓子炸开，这才看见一玄衣挺拔之客不知何时轻飘飘立在了江畔一角飞檐上，江风鼓舞袍袖，勾得他身姿傲然挺拔，只见他霍然蹬足，身形如电，只是一瞬，便从檐上临了白不凡的鼓前。

他环操双臂，足尖一点，将白不凡的鼓槌牢牢压在了鼓面上，止住了魔音灌耳鼓点声，眼睛却是一动不动，望着在“钱塘江潮”中上下翻飞的猎猎赤衣，喃喃似自语：“白兄弟，这场我不打了。”

白不凡大惊：“这是说的哪里话？”

“我打不过她。”玄衣客轻描淡写。

“这天下还有你打不过的人？”

“谁让你运气不好，江家偏选了她来。”

“这女娃娃到底什么来头，如此厉害？”

玄衣客面浮微笑，悠悠说了一句：“她是我姑奶奶。”

两人正说话间，忽然一道水剑泼天而来，携一股雄浑霸道的力劲，玄衣客身形灵巧点足避开，他身后的白不凡就没这么幸运了，被从头到尾，浇了个透。

见那女子立在断了的桅杆头，双目泛红，袖子微微颤抖着，如冰的目光扫来。

玄衣客云淡风轻的语气登时一转，急促道：“糟了。”

倒霉的白不凡被水剑力道打得咳嗽不止，揩着脸上的水：“什么糟了？”

玄衣客目光凝在女子颤抖的袖间、绯红的衣角，蹙起眉道：“你的群魔乱舞曲，闯大祸了。”

正此时，那女子腰间的剑再度出鞘，她也不管其他五个高手，提剑向这边纵来，她冷冷的声音，伴随着剑风嗡吟：“燕老二，你的刀呢？”

……

这赤衣携剑的，正是苏缨。

原来，白衣帮帮主白不凡从前和燕无恤有些交情。

自燕无恤隐退之后，为躲避朝廷查捕，销声匿迹，江湖逐渐少有人知。

白不凡却深知他的本事。

白不凡苦恼于和江家的争端，便频频往来走动，三拜浮游山，望燕无恤能出手助他一臂之力，教训一下江家人，一灭江家气焰。

燕无恤禁不住他再三恳求，耐不住他三番五次烦扰，在一次喝得醉醺醺时，点头答应了。

苏缨得知此事，勃然大怒。她因忌惮朝廷查捕，虽已过经年，仍极是反对他再插手管江湖上的纷争，尤其是这等门派之争，听闻此事发了好大脾气，足足三日不令他踏足房门。

然而，燕无恤因许诺在前，悔罪认错都好，只怎么都不肯收回奔赴钱塘的主意。

苏缨眼见劝不得，一怒之下，先一步挂剑而出，单骑策马临钱塘，一封战书掷入白衣帮，就此挑起了这一番争端。

原本燕无恤到了，此事便该有一个了结，坏的是，“钱塘江潮”与“群魔乱舞曲”大大激发了苏缨体内的湛卢剑意。

她避入浮萍山之后，潜心修炼多载，却还是不能应对自如，被诡谲的鼓点和外劲一催，竟有些走火入魔之相。

情势危急如此，由不得燕无恤多想，掀衣便迎。

燕无恤黑色的身影闯入苏缨以剑气凝结的水圈时，其他五个高手同时后撤。

他未携兵刃，赤手空拳而来，蓦迎一道劈面而来的剑气，举臂凝气劲回挡，连连在两个风帆上疾点，鬼魅般欺入苏缨三尺之侧，破重重水剑，衣袍上没有沾湿一滴水。

“阿缨！”他身形逼近时，轻唤了一声。

迎接他的是白森森剑光。

燕无恤疾偏身避让，凌厉剑气擦肩而过，他襟口、袖口登时裂了好几道口。

在他身影忽然停滞时，苏缨执剑傲立桅杆头，利刃刚好横于他颈侧。

嗡——

芙蓉剑承受不住她的内力，剑刃微微颤抖，剑刃清光背后，她眼尾绯红。

擦身之际，他两指疾掣，将三尺青峰勉力夹在手中。

这是惊天彻地的一剑，也唯有燕无恤能接住这剑。

排山倒海的气劲登时如山岳倾倒，剑压层层下来，即便是燕无恤这样的宗师都感到一股寒意，心里暗诽湛卢剑意这怪胎魔功，他不过承了片刻，捏着剑的手微微颤抖，黑眸眯着，额上渐渗出汗。

“阿缨！”

咫尺之间，那双熟悉至极的眸子似混沌未开的蒙昧，鬓发乱拂她雪白面庞。

趁她片刻失神之际，燕无恤指间往下一压，袖袂翩摇，猛让过身，她登时被自己的气劲往前一带，险些从桅杆上掉落。

燕无恤飘身到她身后，又拽住她衣带，免她当真掉落。

苏缨借衣带之势抡臂反身，又一剑递来。

燕无恤将她衣带一绕，身法如行云流水，翩然转身避开。

他知苏缨已陷入迷津，此时五内如焚，气劲更似这钱塘江的浪潮，一浪一浪，如若不令她发泄，淤结五内，必有内伤。

故而他只是躲闪，并不应战。

然而湛卢剑意实在太过凌厉，堪为三尺之内，最霸道的近身功法，倘若控制不好，足以令任何近身三尺之人化为齑粉。

即便是燕无恤在剑压下也不能游刃有余，惊险万分周旋片刻，衣后已被汗湿了一圈。

他目光扫过江面，忽俯身而下苏缨立桅杆的舟头，足一踏。

钱塘江无风而起浪。

桅杆头苏缨一个踉跄，猛稳住了身形。

浪潮如涌，浪起滔天。

两个顶尖高手的较量，在江畔人看来，只是蒙蒙一片水雾，只知钱塘江今夜没有风，浪却很大。

最后是玄袍客抱着赤衣女子从水雾中纵出来，轻轻落在了码头上。

赤衣女子的剑已经回到鞘里，她昏迷过去，被玄衣客挽住膝弯，小心翼翼地搂在怀里。

他们身后的船，几乎没有一艘还完好。

白不凡和钱塘江家诸人期期艾艾地迎上来问输赢。

燕无恤目光只凝在臂弯里沉睡的女子面上，丢下一句："平。"

他又对白不凡道："你与江家各让一步，从今往后，莫来找我。"说完，便纵身去了。

身影被江风一荡，倏忽间不见踪影。

苏缨醒来的时候还能听到钱塘潮水起起伏伏打在石头上的声音。

她身上衣衫换过了，躺在干爽的被褥里，屋子里灯火昏昏，罗帐软垂。

一翻身，就撞入了燕无恤的胸膛里。

“你在江上险些走火入魔了，以后不得这样冒失。”

他指节分明的手，轻轻梳过她头上的青丝。

此时苏缨还有淡淡的怒气，拂开他的手，不愿意搭理他。

“燕老二，”她说，“我还在生你的气，你莫挨我。”

“巧得很，我也生你的气了，咱们是否可以扯平？”

“你、你还敢生气？”

“若是我来得再晚一点，就大大不妙了——看来我今后得把你看好，把你身上力气都耗尽了，免得你那魔邪之功，再出来吓着别人。”

苏缨气得咬他的肩膀，说：“什么魔邪之功，还不是你没有问我，就传给我了！”

钱塘江水，还在一浪一浪拍击水岸。

罗帐后，苏缨攀着她夫婿的手，逐渐抓紧，口里渐渐说不出完整的话来。

她喘息着，轻轻道：“你要再敢管这样的事，我……我就不理你了。”

“再不管了。”他埋在她胸口，声音含糊，“我不让白不凡上山了。”

她仍气不平：“我当然是魔邪之功……你，你是为了守诺命都不要……一身正气，为义气折腰。”

屋中应当只有一盏灯，薄帐也透着风，檐上窸窸窣窣，是春雨如绵。

经连夜缠绵的细雨，空气是舒爽而清澈的。

然而盘旋到帐底，却染上了一重盛夏的燥。

他附耳低声说：“你说的都是负气的话，我只为你折腰。”

后来，钱塘府接到线报，派出几个人来调查江上决斗之人究竟功力怎么样时，没有人说得清楚。

唯有那说书人离得最近，看得明白。他说，一个女的和男的打，最后两人打平了，谁晓得两个人什么关系。

衙役立即放下了心：“打得平就好，打得平就好。”

就怕再出一个，谁也打不赢的。

这件事也就不了了之，无人再追查了。

横竖，如今天下已不尚孤勇，而尚阵法。

势起势落，时光更迭，一向如此。

很久很久以后，说书人连李揽洲的话本也不说了。

他走街串巷的时候，倒是乐得把赤衣女子拿出来说一说，惊堂木一拍就道：“那女侠，身裹绫罗绸缎，腰挎明珠宝剑，端的是如凌波水上，仙子人间，腰间鼓鼓囊囊一袋，装的都是金瓜子。

“各位看官听我细细道来，这位女侠啊，她说她行不更名，坐不改姓，名‘红拂（洪福）’。”

江湖还是那个江湖。